SV

und müsste ich gehen
in dunkler Schlucht

Buch 6

Schlucht

1

Rainald Goetz
Klage

Suhrkamp Verlag

1. Auflage 2008
© Suhrkamp Verlag Frankfurt am Main 2008
Alle Rechte vorbehalten
Schutzumschlag: mit Walter Schönauer
Satz: Jung Crossmedia, Lahnau
Druck: Pustet, Regensburg
Printed in Germany

Klage
Vanityfair 2007/08

»sonst sonnst dich du, Sonne
im Ratgrab der Ferne«

Niklas Luhmann

Februar 2007

1.2.7
Donnerstag, 1. Februar 2007, Berlin

Beim Heben des Kopfes wird der Dunkelraum sichtbar, den ich in letzter Zeit in verschiedene Richtungen hin auszumessen versucht habe, notiert Kyritz, vielleicht vergeblich.

1 Text
2 Politik
3 Geschichte
4 Liebe
5 Familie
6 Justiz

Ein Gewitter zieht auf. Kurze Zeit später setzt heftiger Regen ein. Kyritz wollte hier nur für einen Augenblick Frieden finden, ohne an Leid und Tod erinnert zu werden.

drunten, draußen. 2.2
Freitag, 2. Februar 2007, Berlin

Im Schutz der Ahnungslosigkeit losgelaufen, hingefallen, plattgelegen. Dann ist immer die Rede vom sogenannten Wiederaufstehen, wie jetzt in Rocky VI. Sex? Naja, so platt auch wieder nicht, aber schon in die Richtung. Denn zu dieser erhebenden Breitwandmelodie von: von unten, von ganz weit draußen komme ich her, muss ich mir auch hier wieder sagen: jede Idee, die sich nicht am Sozialen bricht und dabei verwirren, zerstören oder beglaubigen lässt, gibt es gar nicht. Auch das sieht man an Brinkmanns Zorn. Asozialität heißt Tod.

Und der Weg da hin geht durch die Finsternis der Schlucht von Nichtkunst, Bosheit, Größenwahn.

Damals war ich Tasso, noch davor Robespierre, gegen Büchner, gegen Goethe, immer Prinz von Homburg, gegen Kleist: der blinden Tat geweiht, dem Wahn, der Sprache, dem Sieg, egal wie krank erkämpft. Aber nur weil dieses Programm sich selbst widerlegt hat mit der Zeit, muss man sich doch nicht dem elenden Gegenentwurf beugen und Ja sagen zur Macht des Faktischen der – *mehr*

Das wären so paar Themen, die mir im Moment vorschweben würden, in meiner SCHLUCHT.

riesige Supercomputer
errechnen eine Vielzahl von Entwürfen
und simulieren Sichtbarkeit

DER NEUZEITLICHE MENSCH
steht in der Irre

Schlangengrube
Samstag, 3. Februar 2007, Berlin

in die ich gefallen bin, Teller voll Schlangen, silbrig, in Bewegung, von dem ich essen muss. Die Schlangen sind unterschiedlich dick und lang, manche sind in der Mitte zerhackt, eine ganz kleine, direkt hinter dem Kopf abgehackt, schießt auf mich zu. Ich greife eine andere zerhackte, esse das vordere Stück, etwa 10 Zentimeter, das geht erst ganz gut. Einen Rest spucke ich aus, etwas Fellartiges liegt da, das sich immer noch autonom in sich bewegt, spreizt. Mir wird übel. Ich will das sich langsam in sich bewegende Fellstück hinaustragen, werde beobachtet, muss mich vor Ekel beim Zugreifen fast übergeben.

In täglichen Fragmenten will er eine ganze Weltchronik erstellen: Kyritz. Meine Domain ist inzwischen von einem professionellen Domainhändler, der sie zum Verkauf anbietet, aufgekauft werden. Die Seite von Handke bietet Bilder, Forschung, Links, fast so schön wie die von Kracht. Google Österreich listet die Einträge nach Jüngstigkeit auf, seit wann? Vor 11 Stunden gefunden: Ruine 112.

Treppe
Post
Handy
Krake

Zu dritt im GMF, bei Zweiraumwohnung, die neue Platte wird präsentiert. Ich dachte, sie spielen live. Wenn zwei reden, freut sich der dritte, er kann in Ruhe denken. Der Adressat des Textes duldet aber kein zuzweit, das schließt ihn aus. Zum Trost kriegt er bei McDonald's ein McFlurry-Eis, wird ihm aus dem 030-Magazin das große Zweiraumwohnung-Interview vorgelesen, dann die dort von Inga erwähnte Nummer WIR WERDEN SINGEN vorgespielt, Musik von 2001, unalt.

Sonntag: trödeln. Montag: politblog.de.

Sonntag
Sonntag, 4. Februar 2007, Berlin

Die Enge des Talentfensters, durch die einzig man rauskommt richtung Welt. Egal was man gelernt hat, will, kann. Man tastet die Wände ab. Ah, da. Nur da? Nur so klein, eng, minimal offen? Eher unangenehme Erkenntnis. Gegen die man rebelliert, man sympathisiert mit der hysterischen Autonomie, die der Prinz von Homburg handelnd für sich reklamiert, und ist gleichzeitig abgestoßen vom überspitzt rigorosen Moralinfantilismus, durch den hindurch Kleist seinen Helden zur Erlösung kommen lässt, im lächerlich widerstandslosen second-life-Reich der Kunst. Prinzipienmaximalismus, Rechthaberei, Ichstumpfsinn – *mehr*. Gegen diese Billigvariante des Rebellischen lebenslang zu rebellieren: Goethe, letztlich aber natürlich auch todtraurig. So also werden, traurig, schwach, fahl, lebensdumm?

schwer gehen ihm die Jahre
schlimm das Nichtverwirklichte im Sinn
die Sage, sagst du, wage
wie weniges Vertagte, wunschgemäß dahin

Danke Armin Petras, dessen unfassbar öde verregneter Inszenierung des Prinz von Homburg am Gorkitheater sich diese seitlich hier jetzt doch nicht ganz ins *mehr*-Nirvana abgeschobenen Überlegungen verdanken.

Vom Gemeinsamen beaufsichtigt: das eigene Handeln, man muss es nur tun, nicht auch noch selbst überwachen. Der Text will aber unüberwacht agieren, absolut autonom. Dabei bringt er einen Autismus der Lebensführung hervor, an dem er selber erstickt.

Gegenbild: kürzer. Montag: politblog.de

Ultrarealism
Montag, 5. Februar 2007, Berlin

Exorealismus
Brutalorealismus
Idealo- kontra-
Kontrarealism

Politik. Der Körper der Macht, präsentiert von einer Frau: nicht nur das Bild davon ist noch unbestimmt, auch das Interaktionsgeschehen in kleiner Gruppe reagiert alarmiert auf die unbekannten Situation FÜHRENDE FRAU. Merkel bei den Saudis.

I detest, I hate, I am disgusted
disgusted by the trottelei
the trottelei of – more – and more of –

Freitagabend, Basso: B, C, D, E, A in lockerer Runde, die KRAKE, viel Grinsen, sehr viel gute Laune, Glamouraufführung zur Show, viel Angst. Die Leute nehmen sehr viel F. Leise sitzen G und H im Eckchen, flüstern, demonstrieren Nähe und genießen die von ihnen ausgesendete Aura der Intriganz. Klatschreporter M wackelt dominant durch den Raum, er kommt vom Gegenkosmos K, wird von N geschnitten. Huh.

Stunden später. Auf Zehenspitzen schweben L, O, A über die von jahrelanger Übung überbreit planierten Pisten substanzeninduzierter Redundanz, nichts hoch nichts im Kopf mal wieder, in richtung Wochenendenhochbeginn. Montagmorgen aber werden alle – *mehr*

Textentzug durch Reden, Argumentverbesserung
dieser wilde Fluss von Ideen vor mir

Accatone
Dienstag, 6. Februar 2007, Berlin

Man sieht das Leuchten im dritten Stock, kommt aber vorne beim Eingang nicht ins Haus. Soll von der Seite kommen, da ist keine Türe, kommt von hinten, durch die Baustelle. Sperrholz, eine Leiter neben einem Vorsicht-Schild im Treppenhaus, der 4. Stock, schon zu hoch. Aber da ist es doch, schräg unten, hinter Glas im Hellen: die Schreibtischarmada, da sitzen sie, eng gepackt in einem weiten großen Raum, die Köpfe und Bildschirme, einzelne aufrecht dahingehende Menschen, ja, das Kommando Gegenwart.

Dann stehe ich an der Empfangstheke, wirr, kann vor lauter Vielheit kaum etwas erkennen. Volker Corsten bringt mich nach links hinten, wo ich am Ende des hallenartigen Raums durch eine gläserne Trennwand hindurch Ulf an seinem Schreibtisch sitzen und auf seinen Computer schauen sehe, während rechts von ihm Herlinde Koelbl mit Assistenten ihre Lichtgerätschaften aufbaut, um eine Fotografie zu machen. Ulf schaut auf, sieht mich, kommt kurz raus, kurzes Gespräch. Im Knieen notiere ich ihm meine neue Nummer auf die ausgedruckten Textbeispiele. 80 Sekunden höchstens, bin schon wieder draußen. Nichts schöner als laberlose schnelle Arbeitskontakte. Akut euphorisiert stehe ich dann in der Deutschen Guggenheim gegenüber, ARKADIEN UND ANARCHIE. Montags freier Eintritt. Die Leute drängen sich vor seltsam lichtflirrend düsteren Gemälden, italienischer Divisionismus, verstehe.

Aber der römische Held will mit seinen Freunden rumhängen, hat keine Lust zu arbeiten. Er schickt seine Frau auf die sogenannte Straße. Sie verlässt ihn. Er lernt eine andere kennen, die sich in ihn verliebt. Seriöse Arbeit ist ihm zu anstrengend. Die neue Freundin soll für ihn arbeiten. Er sieht seinen eigenen Tod im Traum. Er begeht einen Wurstdiebstahl in der Stadt, kommt beim Fluchtversuch mit einem Motorrad zu Tode. Accatone, 1961, heute Mitte 40.

andere Fülle: Kommando Friedrich Hölderlin
das neue Monopol: stellare Themen

Hauptwerke der politischen Theorie
Mittwoch, 7. Februar 2007, Berlin

Ein herrlicher Morgen, Kyritz dahin am Rad, Kronprinzen-
brücke, Adenauerstraße, Bismarckallee, heißt so hier, die immer noch traumhaft leergefegte Weite zwischen Bahnhof und
Regierungsbauten, blassgelb besonnt da vorn im Westen nä-
hert sich das Kanzleramt, Ecke Willy-Brandt-Straße, abstei-
gen bitte. 9 Uhr 30, Kabinett.

In der Sicherheitskontrolle bleibt Kyritz schon am ersten
strengen Türhüter hängen, schade, dass ich nie richtig Kafka
gelesen habe. Die Verhandlungen mit der den Zugang zum
Kabinett bewachenden Frau Gillar, die sich erst empört,
dann freundlich, aber auf jeden Fall ausgiebig unerbittlich
der Abweisung des Kyritz von hier widmet, passen zu diesem
halkyonischen Tag. Die Anordnungen sind Unsinn, aber sie
werden eingehalten, das stabilisiert das Weltgefühl. Ich notiere den nächsthöheren Ansprechpartner, telefoniere mit ihm
von daheim aus, schreibe ihm eine kurze Mail, sehr geehrter
Herr, vielen Dank für Ihr Entgegenkommen. Und nächsten
Mittwoch wieder: 9 Uhr 30, Kabinett.

Der brandenburgische Held ist verliebt, passt nicht richtig
auf, wie der Schlachtplan besprochen wird. Gegen ausdrück-
liche Weisung greift er den Feind an und siegt. Wegen Renitenz wird er trotz seines Sieges zum Tod verurteilt, aus Prinzip. Er sieht seine Schuld ein, kann deshalb begnadigt werden.
Die Prinzessin tritt vor ihn hin und wird seine Frau. Da fällt
der Held in Ohnmacht.

Mitschrift
Medienspiegel
Rede
Meldungen

Hunger nach Inhalt: das Netz. Der Ästhetikkram ist schön, wenn er gut ausschaut, aber egal. Es geht doch um geistige Energie, um Experimente, welche Art von Rejektionswerten wirft ein Resultat auf? Wut, Freude, Mangelattacke.

163 g/km

§ 269 ZPO Klagerücknahme

Donnerstag, 8. Februar 2007, Berlin

Die Frühjahrsgrippe ist da, in voller Hochblüte, der eisige Regenwind im Gorkitheater hat sie gebracht.
– bei wem hast du dich angesteckt?
– bei Kleist
Vielleicht aber auch nur bei Fritz Kater, das wäre bisschen weniger klangvoll. Draußen liegt Schnee. Ich will heim, in die Berge.

Die Verlobung wird in Biederstein gefeiert, im Haus der Schwiegereltern in Schwabing, morgen. Franz Harnack, so heißt hier der Bräutigam, ein junger Leutnant von gerade 24 Jahren, hat seine besten Tage, aber natürlich weiß er selbst das nicht, heute allerdings schon hinter sich. Der Henker.

Die Rechtsabteilung der Debitel hat reagiert. Vorgestern kam der Anruf, dann tatsächlich, zu meinem größten Erstaunen, auch das Fax. Sie geben sich geschlagen, nach drei Monaten. Ich habe etwa 10, 12 Briefe hingeschickt, auf keinen einzigen haben sie geantwortet. Die mir zugeschickten Rechnungen wurden immer höher und verrückter. Das Handy wurde gesperrt. Ich fand das gar nicht so schlimm, aber der Kauzigkeitsfaktor erhöht sich dadurch um einen zu hohen, alltagsverhöhnenden Wert ins normalitätswidrig Abseitige. Inzwischen haben sie das Handy doch auch wieder angestellt.

Sehr geehrter Herr,

absprachegemäß teile ich Ihnen mit, dass wir Ihrer Klage-forderung nachkommen. Der Mobilfunkvertrag mit der Rufnummer 0177 wird rückwirkend gekündigt. Der Anschluss 0172 wird wieder aktiviert.

Ich bitte Sie, die Klage beim Amtsgericht Mitte zurückzunehmen und sichere Ihnen Übernahme der Gerichtskosten zu. Entsprechende Kostenrechnung senden Sie bitte zu meinen Händen.

ich bedaure
für weitere Fragen
mit freundlichen Grüßen
debitel AG
Recht
i. V. T. B.

Schöner gehts nimmer. Debitel AG, Recht. Dass es das überhaupt gibt, RECHT, in der Welt der Debitel. Zur Feier des Tages bin ich abends auf ein kurzes Bier ins Cookies gegangen. Ich stand da, schaute ins Geschehen vor mir und dachte nach über hier.

Last Days

Freitag, 9. Februar 2007, Berlin

Blitzlichtgewitter, gute Stimmung
und ein respektabler Eröffnungsfilm

das lehnen Deutschland
Italien, Frankreich und Spanien ab

Der amerikanische Held ist am Ende. Er irrt bedröhnt durch den Wald, er kommt an ein Wasser, in dem er badet, ein jesusartiges Gespenst. Er friert, wärmt sich an einem Feuer, als Wilder taumelt er einen Berg hoch, da ist ein Weg, eine Kirche, die Glocken läuten, er findet zurück in sein Haus, düstere Villa der Leere und der kaputten Gedanken. Wohin soll ich mich wenden, Herr? Die Haare hängen ihm krank ins Gesicht. Er hat Hunger, steht in der Küche und isst wie ein Tier. Später spielen die Kaputten die Musik der letzten Tage.

I am tired, I am weary
I could sleep for thousand years
a thousand dreams that would awake me
different colours made of tears

Rocky Balboa

Samstag, 10. Februar 2007, Berlin

falschen Text geschrieben gestern
falsches Foto machen lassen, aua
falschen Schriftsatz hingenommen
falsches Alter anerkannt, weil wahr

falsch im Pavillon aus Glas gestanden
und gestritten, falsches Bier getrunken
falsch nicht mal gelogen, aber doch
die Wahrheit nicht gesagt: kleine böse weiße Lüge

Es liegt aber auf der Wahrheitswaage des zitternden Aufnehmens aller einem von Weltseite her entgegenkommenden Momente jedes einzelne Wort, jeder Blick, jede Geste, jeder Tonfall und Gedanke. Von der Sentimentalität des abgewrackten Altmännertums weich geprügelt, schleiche ich aus dem riesigen, nur zu einem Drittel gefüllten Kino 9 im Cubix am Alexanderplatz. Die drei Debilos schräg hinter mir hatten so herzzerreißend mit Rocky Balboas Schicksal mitgefiebert und mitgesungen, danke Sylvester Stallone. Der eine Freund von Rocky, einer in der Kneipe, hatte ein Immendorff-Gemälde in der Hand. Rockys zerstörtes Gesicht, geliftet und

gespritzt, von seinem Sohn wird er umarmt und seinen Gästen erzählt er, vor ihnen am Tisch stehend, die alten Kampf-
geschichten von damals. Schlimm ist es schon, leicht wirklich
nicht.

Im Auto mit dem Vater, ich fahre, fliege über den Rand der
Autobahn hinaus ins Nichts, weiß, dass es aus ist, drehe
mich zu ihm nach hinten um und rufe: Papale, liebster Vater!
– und in Erwartung des Entsetzens durch diesen Moment des
Wissens, dass wir jetzt zusammen sterben werden, innehaltend fragend, was gleich kommt, wache ich auf, aufgewühlt.

erster Morgenvogel dieses Jahres

Kir Royal Berlin
Sonntag, 11. Februar 2007, Berlin

Bin morgen und
am sonntag in
berlin. Wie
schauts aus?
Bier und
generalbespre
chung diverser
wichtiger themen

Absender: michi

Gesendet:
9. Feb. 2007
21:53:11

Kir Royal Berlin, Drehbuchbesprechung. Man braucht mindestens fünf Hauptfiguren und zehn gleichzeitig laufenden
Geschichten. Die Trottel, die reinwollen in den Schwachsinn

der Promiwelt, sind die Hochkulturtrottel, die am Bestsellerbullshit bisschen geschnuppert haben, Kulturjournalisten,
Ressortleiter, Herausgeber und Vorstandsvorsitzende. Die da
oben wollen nach unten, in den Schmutz der Selbsternied-
rigung durch Banalität und dummes Geschwätz. Qualli und
Schnalli in der Bar des Hotel de Rome, Quallis ewiges Angst-
grinsen, Schnallis mädchenhaftes Nuttentum. Der nächste
Mann wird schlank sein und zwei Köpfe größer als der letzte,
mächtiger und reicher auch. Potsdam, Frankfurt, Hamburg,
München, Wochenende in Berlin. Sie sitzen zusammen am
Tisch im Ballhaus des Teufels. Reiter lässt sein Handy sehen,
die Frauen kreischen schon. Später kommt Qualli dazu, wird
von Schnalli ignoriert. Er greift debil lachend nach ihrer
Hand, sie schickt ihm einen eisigen Blick der Verachtung ins
Gesicht, und seine blöde Fresse erfriert. In Berlin derzeit: mi-
nus 4 Grad.

trotzdem draußen, samstaglich
im Herr von Eden, dann im Lois
Stimmungssender Straßenname
Capuccino und Zitronenkuchen
die Großfamilie und verwandte Themen
heiß gebadet, Inga singt

Ackerhalle, Bötzowbier
hallo Tanja, Zeitungen
im Radio gespielt: Scarlatti
geht hinaus und träumet
d-moll-Sonate, Zugabe

gehet hin und schreibet

The Devil Wears Prada
Montag, 12. Februar 2007, Berlin

Rothstauffenberg, MONSTER, Galerie Esther Schipper, Linienstraße 85. Am Boden sitzt mein Doppelgänger, wenn man nahe an ihn herantritt, erschaudert er, und seine geöffnete Hand bebt nach. Gegenüber ein kleines Fenster, Musik, Blick in ein hotelartig eingerichtetes Kabinett mit zwergengroßem Loch in der Wand, Gruselanmutung und Heiterkeit. Jedes Zimmer ist, von außen betrachtet, möglicher Tatort und Schauplatz schrecklicher Geschehnisse. Immer kann alles nur erdenkliche Furchtbare schon passiert sein. Davon bebt der Raum nach, unsichtbar.

Eine Frau mit blauem Schal spricht mich an, stimmt, meiner hat genau dieselbe leuchtendblaue Farbe, er ist nur aus etwas gröberem Stoff. Und ein Mann begrüßt mich mit der Info, er heiße auch Rainald, Rainald Schumacher, wir würden uns von früher kennen, Köln und so. Stimmt, der Vorname, an dem man sich als Rainald freut, auch früher in der Schule immer schon: wie schreibt man das?

Danach findet sich die Gesellschaft im italienischen Restaurant Il Contadino zum Abendessen zusammen, auf Einladung der Galerie. Essen schmeckt super und hört gar nicht mehr auf, immer noch ein Teller mit kleinen Pastakreationen wird serviert, gerne würde ich hierzu ganz dollasemäßig informiert eine Jubelarie vortragen, leider geht das nicht, weil ich keine Ahnung habe von der Küche.

Sehr wohl jedoch von Mitte. Gespräch geht über den inzestuösen Mitteterror, ausgehend von der Frage, ob Mitte nervt. Mich nervt Mitte nicht, ich wohne hier. Bobby: aber nicht so wie ich, nicht mitten drin, ich bin DER KÖNIG VON MITTE. Stimmt. Als Nichtkönig kann man jedes einschlägige Mitteevent ganz leicht meiden, wenn man will, man wird nicht in Handschellen gefesselt vorgeführt, im Gegenteil, die Leute kommen freiwillig.

Ich dachte an B, hatte ihn neulich aus der Ferne gesehen,

wie er mir auf einem Roller entgegenkam, sein sympathisches Gesicht, über das ich mich früher gefreut hatte, inzwischen aber aus Erfahrung wusste: sein Ungeschick ist Tarnung, sein rehhaftes Lauern kommt aus der Angst, die in ihm permanent sich tumultuarisch überstürzenden bösen Absichten könnten dem Gegenüber zu früh erkennbar werden, das würde den Spaß an der aktuell beabsichtigten Gemeinheit mindern, das war mir, während er auf mich zugefahren war, wieder eingefallen und es hatte mich reaktiv selber böse durchzuckt: ach er schon wieder, BC, DAS EWIGE ARSCH-LOCH, und da war er auch schon vorbeigeknattert gewesen, auf der Auguststraße war das, hier, mitten in Mitte.

Das ruhelose Grab
Dienstag, 13. Februar 2007, Berlin

geh schon mal frühstücken
ich muss noch duschen

Bin gegen die Pubertät. Die Verherrlichung müsste umgekehrtwärts laufen, richtung Erwachsenenleben, das vor der eigenen Jugend bestehen könnte, das würde heißen: Feier des Kaputten. Und genau nicht nachträgliche Romantisierung damaliger Liebesgeschichten, Freundschaften und angeblich so einmalig hochgespannter Geisteszustände jugendlicher Unbedingtheit. Das ist alles gar nicht wahr.

Weil Jugend und Kunst in der destruktiven Lust, in einem wütenden Autoaggressivismus sich berühren, wollte ich mit Kippenberger argumentieren und habe ix Bücher, Kataloge und Broschüren von ihm am Boden vor mir ausgelegt. Frauen, Gelenke, Psychobuildings, Anlehnungsbedürfnis, Broken Neon, Peter, Petra und und und. Was ich nicht finde: Durch die Pubertät zum Erfolg. Was schon, zweimal: Abschied vom Jugendbonus. Den hat er mit dreißig genommen, für Albert Oehlen zum 30. Geburtstag nochmal.

Und wie ich gerade zum Schriftsteller Mark Z. Danielewski, wie er jetzt in der Faz von Dietmar Dath vorgestellt wird, kommen möchte, läutet es an der Türe, Tobias Begalke von Vanity Fair Online aus München ist da, ja bitte, kommen Sie hoch in den vierten Stock. Er klappt seinen Computer auf und setzt sich hin. Halbe Stunde später ist praktisch alles erledigt, Wahnsinn. An den Vorbereitungen für Abfall habe ich im Winter 97/98 etwa drei ganze Monate hingeschraubt, mit der Unterstützung von Suhrkamp und speziell von Günter Berg, danke nochmal dafür, danke heute Vanity.

Mohnhaupt denke derzeit
über andere Möglichkeiten nach
auf die Angehörigen zuzugehen

ich habe deshalb mit der Einstellung
des Spielbetriebs gedroht

Anna, machst du uns noch zwei
doppelte Politkovskaja bitte, ja?

Im Kabinett
Mittwoch, 14. Februar 2007, Berlin

Um 9 Uhr 25 tritt eine kostümbekleidete Frau, die noch nicht der Tod sein kann, von rechts an Kyritz heran:
  – Sie müssten jetzt gehen bitte
  – jetzt schon?
  – ja
  – ich dachte, ich kann bis –
  – der erste Minister ist eben gekommen
Hatte ich gar nicht bemerkt, obwohl der Raum nicht groß ist. Er hat drei Zugänge, ich stehe neben dem südwestlichen und habe gerade ein Bild entdeckt, das ich gerne noch kurz aufnehmen würde: gegenüber, auf der anderen Seite des Zim-

mers sitzt Kanzleramtsminister de Maizière an einem Schreibtisch, eine weit offene Fensterfront hinter sich, diesig im Dunst der Fernsehturm draußen, und vor de Maizière, der wach nach rechts vorne schaut, stehen wie um ihn herumgruppiert und für dieses Foto aufgestellt: die Bildjournalisten. Es sind nicht viele hier, vier TV-Kameramänner und acht Fotographen etwa. Sie zielen mit ihren Objektiven, über den noch leeren Sitzungstisch hinweg, auf die Türe links neben mir, von wo sogleich das Kabinett den Raum betreten wird.

Diesen meditativ gespannten Alltagsaugenblick des Davor nehme ich also noch mit und folge dann der strengen Frau durch die Vorhallen des Sitzungszimmers im 6. Stock zum Aufzug. Vorbei an den irgendwie arbeitsam wirkenden, aktiven Menschen, die in kleinen bewegten Gruppen zusammenstehen, auch in Sitzgruppen zusammensitzen, und alle eines machen: miteinander reden. Leider gehts zu schnell. Ich kann es nicht erfassen, trennen, ordnen, richtig sehen. Die Frau dreht sich schon um, ob ich ihr noch folge. Keiner geht dem Tod verloren, komme, bin schon da, gedenke nicht zu fliehen.

Die wirklichen Situationen des politischen Betriebs selbst in Augenschein zu nehmen, um davon verwirrt zu werden und dadurch besser über Politik nachdenken zu können. Die mediale Repräsentation zeigt eigentlich auch alles, aber es irritiert einen nicht, man kennt es, man sieht über die Wahrheit hinweg. Dies hier ist also ein echter Hochamtstermin in der wöchentlichen politischen Liturgie. Soll der alte Ritus wieder eingeführt werden? Das hieße: zwei Fotographen und fünf Wortjournalisten beobachten, wie die schwarzweiße Herrenrunde sich ihre Zigarren und Zigaretten anzündet und der Qualm des Geistes über ihren Köpfen steht. Entscheidend ist: das Bild von hier hat keine Worte. Die Exekutive ist nicht das Parlament, hier wird nicht geredet, hier werden Entscheidungen prozessiert. Und die später in den Nachrichten gezeigten Bilder sollen eben dies reaffirmieren: Land wird regiert, don't panic.

Der für diese Welt zuständige Held heißt Dr. Rudolf Kyritz, Jahrgang 1951, Jurist, unverheiratet, keine Kinder. Arbeit im sogenannten BMI als Ministerialrat, Referat O 3, Abteilung O, Protokoll Inland. Quereinsteiger, keine richtige Karriere, pflegt vielfältige musische Interessen. Der Job war nie sein Leben, macht seine Arbeit aber gerne. Der Henker. Morgen: Wörter und Körper.

oh, Nüstern des Staubs

Donnerstag, 15. Februar 2007, Berlin

Georg Baselitz, Brücke Remix, Contemporary Fine Arts, Sophienstraße 21. Die Galerie ist leer, eine Wand quer verschoben neu gestellt, wo früher Schlauch war, ist jetzt weite Raumanmutung, die Holzbohlen des Bodens sind spiegelnd schwarz frisch gestrichen. Sogar die Baselitzschen Bilder hängen teilweise nichtverkehrtherum aufgehängt. Alles herrlich, nur der Effekt ist nicht gut: zu entspannt, zu lässig, allzu souverän.

Die ganze Remixidee ist falsch. In München konnte man in den riesigen Räumen der Pinakothek der Moderne die Gegenüberstellung der alten und neuen Bilder sehen, vom Optimismus und der freien Farbenfreude der neuen ist mir ganz traurig zumute geworden. Ich habe früher im Baselitzschen Gesicht lesen zu können geglaubt: dies ist ein Mensch mit Depressionen. Hier steht man vor hübschen Schuhen, es sind sogar Stiefel mit Sporen, im Stil des frühen Andy Warhol schwungvoll hingekritzelt, Tusche, Farbe, die grotesk stiefelverrückte Welt der Stiefelfrauen und ihrer sm- und ns-ruchsuchenden Männer wird begeistert sein.

Kunst soll unverständlich sein, die Welt ist auch so. Je weniger zu erkennen ist auf einem Bild, umso besser. Das ist auch der Einwand gegen Kippenberger: zu zugänglich. Durch seinen frühen Tod hat sich ein falsch nachsichtiger Blick auf sein Werk etabliert, der das daran Defizitäre ganz unsichtbar gemacht hat. Aber der jetzt bald zehn Jahre laufende Erfolg der neuen figurativen Malerei hat deren Welterfassungsgrenze wieder überscharf hervortreten lassen. Jedes neue Neo Rauch Bild schreit ja richtig: hör halt auf zu malen! Es tut so weh, die hohlen Gestalten, der blöde phantastische Traumbildquatsch, die handwerklich so primitive Malerei, die Dumpfheit des Willens zur Nichtreflexion. Nieder mit all dem narrativen Gefasel. Denke ich und zeichne das große Baselitzgemälde auf der hinteren Querwand ab. Die historische Aufladung, mit Brücke, Dresden, Munch etc, macht aus dem Comic aber keine Malerei.

Um ein echtes schönes Bild zu sehen, kann man in den Wedding fahren, wo in der Außenstelle der Galerie Max Hetzler Temporary, Osramhöfe, Oudenarderstraße 16, in der Butzer-kuratierten Ausstellung Kommando Friedrich Hölderlin neben vielem anderen auch das riesige neue Albert Oehlen Gemälde Martin Peter ausgestellt ist.

Die Wahrheit: das Problem. Lockerheit: Trottelkategorie. Für wütend lies: zornig, Wut hat so was Verzweifeltes, Zorn geht nach vorn, zornig produktiv, der vorgestrige Autoaggressivismus von Jugend und Kunst.

Kir Royal Berlin. Gegen die Meldung, dass Benjamin von Stuckrad-Barre, 33, sich gestern nach Besuch der Baselitzeröffnung in Begleitung eines RTL-Teams zur Behandlung einer schweren Abhängigkeit von legal erhältlichen falschen Ideen in eine Entziehungsklinik für prominenzsuchtkranke Prominente in Buch bei Berlin begeben hat, werde ich gerichtlich vorgehen. Gleich kommt David Lynch vorbei. Später Ostermeiers Katze auf dem heißen Blechdach.

Fremdling auf Erden

Freitag, 16. Februar 2007, Berlin

Peter Huchel, 71
einer der wichtigsten
Poeten der Gegenwart
verließ vor drei
Jahren die DDR. Seine
heutige Position
klärt er im Gespräch
mit Karl Corino

Es regnete in Strömen an jenem Nachmittag und an den folgenden Tagen. Jean, sagte sie, bist du es? Du hast noch immer dieses Messer in der Hand, wirf es weg. Da brach ich plötzlich in Tränen aus.

Das Seelenheil des kindlichen Helden ist bedroht durch das Erscheinen der Figur der rätselhaft lieblichen Cousine. Später wird diese Passion in Erfüllung gegangen sein. Geheimhaltungsbedarf entsteht auch aus Respekt vor der Zartheit eines nicht sofort benennbaren Geschehens. Sehr leicht kann man eine Liebesgeschichte für sich selbst zerstören, indem man sie munter weiterplaudert an die beste Freundin, an jeden zweiten also, der Sache des Rätsels das Ungeheuerliche, Offene, die Frage so nimmt. Tratsch zerstört Komplexität.

Aus Schweigevorsichten bilden sich später Intaktheitsfiktionen. Bald ist ein Familiengeheimnis daraus geworden. Den von außen hinzukommenden Fremden, die per Liebe kooptiert werden und in das Kleinkollektiv Großfamilie einmal hineinheiraten werden, kann nicht von Anfang an das ganz Ausmaß aller Unaussprechlichkeiten zugänglich gemacht werden. Um den Schweigekomplex herum bilden sich Konfabulationen, überall da, wo besonders präzise Details in der familieninternen Selbstdarstellung überliefert sind, kann man sicher sein: so war es nicht. Der Henker.

An Thomas Ostermeiers Katze auf dem heißen Blechdach, die das Familiendrama in einer virtuos balancierten Nichtzeit zwischen 1948 und 2007 hält, wird dabei genau das Gegenteil deutlich: es gibt über die Jahre hinweg keine Gleichheit in der Art der Kaputtheit von Familien, das erneuert sich wirklich mindestens alle zehn Jahre, wie genau der Horror ausschaut, dem Ehe und Familie unterliegen. Nie wieder wird es eine geldgroßbürgerliche Lebenswelt und Familienkultur geben, wie hier im US-amerikanischen Süden der 50er Jahre. Und genau weil der Text der Dialoge von Tennessee Williams wie eine Zeitsonde in dieses Damals führt, ist das Stück interessant.

Das Grundsetting Frauen kriegen Kinder ist archaisch, die daraus folgende realisierte Lebensweise geradezu hysterisch zeitgenössisch. Auch deswegen ist es nicht schlecht, wenn es zuhause zu allem von außen Kommenden erstmal heißt: nein, falsch, Unsinn. Bin dagegen.

jetzt drohen dafür drei Jahre Haft

Primula acaulis
Samstag, 17. Februar 2007, Berlin

Der Frühling ist da. Tyler Brulé hat gesagt: das Netz sei ein Medium der Bilder, nicht der Buchstaben. Wenn er dieses Diagnosemärchen für sich braucht, um Monocle Online außerordentlich zu machen, wunderbar. Aber in der Sache selbst werde ich im laufenden Prozess hier eigenhändig Evidenz vorlegen, die das Gegenteil beweisen wird, so Klage.

– ich mag ihn nicht
– er mag dich auch nicht

Leserreporter decken Schwindel bei Bild auf. Qualli ist gar nicht so fett. Qualli isst Obst. Fotos beweisen: Qualli macht Ananassaftkur. Qualli hat schon 3 Pfund abgenommen.

Nachdenken, ist ja Quatsch. Fragen haben an die Politik, besser lesen, Beobachtungssituationen reflektieren. Zum Beispiel das Berufsverständnis des im Kollegenkreis weltberühmten sogenannten Herrn Wonka. Letzten Mittwoch wurde er zu Beginn der Bundespressekonferenz vom Regierungssprecher Wilhelm sogar mit Handschlag begrüßt, sympathisch rot angelaufen setzte er sich hin. Und konnte dann in der Fragerunde gar nicht mehr aufhören, zu jedem Thema maximal belanglos investigativ nachzufragen, zur geübten Freude des Kollegiums der hier versammelten Ministeriumssprecher und Parlamentskorrespondenten, die ihren Herrn Wonka gerne so bekommen, wie sie ihn kennen.

Zu rotgrünen Zeiten hat Kurt Kister die Sparvariante dieses journalistischen Grundtypus vertreten, freche Fragen, nichts dahinter. Gerne lümmelte er sich so leicht rotzlöffelmäßig in die mittelhinteren Bänke und stellte besonders an Tagen, an denen besonders regierungskriecherische Artikel von ihm in der SZ erschienen waren, die ganz besonders kritischen Fragen: Herr Anda, können Sie für die Bundesregierung eindeutig ausschließen, dass ich ein besonders geduckter Ranwanzer bin, der sich dabei aber allen Ernstes für den Inbegriff des Aufmüpfigen hält, und zwar schon seit Schulhofzeiten?

Und die Regierung kann dann nicht einfach sagen: das geht Sie gar nichts an, Herr Prantl, lernen Sie erstmal richtig hochdeutsch sprechen, wegtreten. Die Regierung muss antworten. Die Leute hätten mehr Spaß an der Politik, wenn auch dieses grandios unspektakuläre Ritual Bundespressekonferenz, das jeden Montag, Mittwoch, Freitag stattfindet, öfter mal auf Phoenix übertragen werden würde. Aus der Wirklichkeit der Produktion von politischer Öffentlichkeit.

Vor 600 Leuten im Kino 3 des Cinemaxx, der Abschlussfilm der Berlinale, Perspektive deutsches Kino, OSDORF, bitte einen Applaus für Maja Classen. Dann zu viert im Weekend, ganz früh, herrlich leer noch. Oskar führt uns hoch in den 15. Stock. Lichterdecke, Lichterwand, hier wird hart genagelt

werden. Und im Sommer dereinst mild verstört am Dach
rumliegen.

walk a mile in my shoes
walk a mile in my shoes
oh yeah – and before you abuse
criticize and accuse
walk a mile in my shoes

Bier, Bier, Bier, Bier, Wodka, Bier, Bier. Puhchen. Daheim um
kurz nach drei. Ich kann mich kaum noch auf den Bauern halten.

Nächtliches Eisfenster
Sonntag, 18. Februar 2007, Berlin

Blumen der Toten
aus kälterem Land,
eisige Flammen
im Wasser der Scheiben –
euch hat das Feuer
der Sterne gesandt,
nächtige Blüten
und Blätter zu treiben.

Wir sind angeschlagene Giganten
Montag, 19. Februar 2007, Berlin

Der jugendliche Held ist ewige 17, heißt Alican, sieht aus wie
24 und steht in Hamburg wegen einer Messerstecherei unter
Ausschluss der Öffentlichkeit vor Gericht. Im Abspann von
Maja Classens Film Osdorf wird mitgeteilt, dass der Prozess
gut ausgegangen ist. Dem Angeklagten wurde Notwehr zu-
gebilligt, Freispruch. Zuvor hatte der Täter sein Handeln im

Moment des Streits in einer Weise nacherzählt, dass man zum ersten Mal in dem Film richtig Angst bekommen hatte vor ihm. Erst der Flash eines Blitzlichts habe ihn aus seiner blutrauschartigen Erregung gerissen, in der er auf sein am Boden liegendes Gegenüber, das ihn mit einer Waffe bedroht hatte, eingestochen hatte, immer wieder, ins Gesicht, in den Bauch.

Das Blitzlicht der Kultur fällt ein in die zugetrotzte Welt jugendlicher Delinquenz, und die jungen Männer sehen plötzlich selbst, wie schön sie sind, wie melancholisch, wie angeschlagen, und wieviel Hoffnung doch in ihnen sein könnte. An manchen Stellen hat die Hochkultur die Funktion der Sozialarbeit mitübernommen, ein gegenseitiges Ausbeutungsverhältnis, im Glücksfall zu beiderseitigem Nutzen. Frank Baumbauer hat an den Münchner Kammerspielen bald nach Beginn seiner dortigen Intendanz so etwas gemacht, Constanza Macras hat im Hau von Matthias Lilienthal hier in Berlin eine Rap- und Tanzshow für Jugendliche aus Kreuzberg inszeniert, an jedem zweiten Landestheater Deutschlands finden solche Be-your-own-star-Contests statt. Nach dem Film wurden die Macher vorne beklatscht, auch die Hauptdarsteller.

Der Vorvorgänger von Frank Baumbauer, Hans-Reinhard Müller, der in einer sehr 70erjahrehaften Kampfabstimmung von Theatermitarbeitern und Zeitungslesern gegen den intelligenten Theoriestar Ivan Nagel die Krone dieser Kammerspiele-Intendanz gewonnen hatte, von der Kritik als bajuwarisch harmlos und als Intendant der Putzfrauen, die ihn gewählt hatten, belächelt, hatte in seiner ersten Pressekonferenz als Schwerpunkt seiner geplanten Projekte auch eine Intensivierung der Stadtteilkulturarbeit seines Theaters angekündigt, Hasenbergl, Giesing, Laim.

So war es in diesem Moment von 1972/73 der auch in die Hochkultur hinein sich gerade so langsam verlierende politische Aufbruchs-Zeitgeist gewesen. Darin lassen sich die

Theater ungern von irgendjemandem überbieten, wie sehr sie im Geistesmodischen eben dies abbilden, was das gerade Gängige ist. Die Zuschauerkünste müssen daran Anschluss halten. Zuhause wurde über alle diese Dinge viel geredet, Hans-Reinhard Müller ist nämlich der aufgeregt beobachtete Patenonkel des damals jugendlichen Kyritz gewesen.

Presseschau am Montag: Nina Hoss in der Berliner Zeitung, Benedikt Taschen im Tagesspiegel, Stefan von Holtzbrinck in der SZ vom letzten Dienstag, Joachim Lottmann in der WamS, Rebecca Casati im Spiegel des Schwachsinns von Second Life. Die Engländer kommen bei Qvest eingeritten aus London und ermutigen ihre hiesige Chefredakteurin: big yourself up. So jedenfalls habe ich Anne Philippi neulich verstanden.

Strukturale Anthropologie 2
Dienstag, 20. Februar 2007, Berlin

Die Liebenden sind unter dem Mispelzweig zusammengesessen, im Glück des Drogenrauschs bedeutete ihnen das gemeinsame Zukunft. Geschichte von vor ein paar Wochen, die sich anhört wie von ziemlich lange her. Im Sommer vor zwei Jahren, als das Nordbahnhofareal noch eine der schönsten innerstädtischen Brachlandschaften war, habe ich dort auf abendlichen Lesegängen mit Paul Noltes Ordnung der deutschen Gesellschaft die Nachkriegsmentalität von 1920 zu verstehen versucht. Aber man kommt an den inneren Herzkern des Erlebens der Vorfahren nicht wirklich heran, und das liegt nicht an Defiziten der historischen Wissenschaft, sondern an der maßlosen Radikalität des Verschwundenseins von Vergangenheit.

Claude Lévi-Strauss polemisiert im Zeit-Gespräch, von Fritz J. Raddatz streng verhört, mit Gustav Seibt gegen den intellektuellen Interventionismus von Meisterdenkern wie Sartre, Enzensberger, Grass. Der Intellektuelle taugt nicht zur aktuellen politischen Intervention, Erfahrung des 20. Jahrhunderts. Simmel, Mann; Benn, Heidegger, Jünger; auch Adorno, Böll, Walser, Kluge; Handke, Strauß. Trotzdem ist es gut, wenn auch gefährliche und, speziell im nachhinein, gut erkennbar falsche Gedanken öffentlich geäußert werden, denn nur auf die Art können sie aus dem Denken des Einzelnen wieder in die Gesellschaft zurück übergehen, aus der sie gekommen sind.

Schreiben, wie Yves Saint-Laurent durch den Film CELEBRATION über sein Modeschöpfertum der letzten Jahre irrt: stolpernd, schreckhaft, schmerzgesteuert, um Normalität bemüht, vom Anblick des Schönen des weiblichen Menschen gebannt und für einen Augenblick getröstet, unerweckbar somnambul.

Kältegang zu Dussmann dann
bewegte Himmel, teils verhangen
Middelhofftext, Aufgesang
kick it right and hit and run

Zustellung am frühen Nachmittag

Rebellmarkt
Mittwoch, 21. Februar 2007, Berlin

du Saubazi!
ich hau dir eine rein!

Ganz Deutschland diskutiert, ob die Boulevardblätter von Springer mit ihren hasserfüllten Seite-1-Kassibern gegen die Dämonen der noch inhaftierten Gefangenen aus der RAF nur in der üblichen Weise eine besonders gemeine öffentliche

Stimmung melken oder ob – aber auf Springer schimpfen, das kann Rainer Meyer, 39, Journalist aus München, in seinem rebellmarkt.blog besser.

Am besten schimpft man da, wo man sich am besten auskennt. Es wird am wütendsten, lustigsten und triftigsten. Textschimpfen natürlich, nicht in echt, wie zwei Stockwerke tiefer hier, wo die dicke Schauspielerin mit ihrem Mann und den Kindern wohnt, und sie macht den ruhigen kleinen netten Mann phasenweise offenbar so verrückt, dass der dann wie im Prollcomic ausrastet und unfassbar laut rumschreit, die Kinder kreischen, die Möbel poltern, und das ganze Haus wackelt. Ist auch gewollt so, demonstrativ unbeherrscht, bloß nichts unter der Decke halten, man ist ja Künstler usw. Nicht schön.

Schön: Textschimpfen. Es passt zum Text, wie das Gegenteil zum Bild. Was man liebt, abbilden, so Wolfgang Tillmans gestern in der SZ, und betexten, so der Text hier, was man hasst. Manier dabei vermeiden. Rein technisch stellt sich deshalb die Frage, wie man mit der Sau umgeht. Die Sau drin lassen, sie aktiv drin halten, die Sau gerade nicht rauslassen, kann manchmal noch schöner sein als umgekehrt.

Die Figur des Rebellen im Politbetrieb ist zur Zeit mit Seehofer besetzt. Lang wie ein Leuchtturm stand er letzten Mittwoch vor dem Kabinett, natürlich lächelnd, das heißt bei ihm: unnatürlich verkrampft, schief, unlocker. Man schaut nicht gerne in dieses Gesicht. Das ist der Unterschied zu Schröder, dessen populistische Institutionenverachtung er zu kopieren versucht. Bei Schröder war es echt, bei Seehofer ist es ein bayrischer Provinzchargenwitz.

Der echte CSU-Rebell ist Gauweiler, von dem das Saubazizitat stammt, der abgemeldetste Politiker Deutschlands. Als junger Mann ein irrwitziger Karrierist, von Strauß so protegiert, dass man fast eine erotische Komponente in dem Verhältnis der beiden Männer zu spüren glaubte, Schnauzbartträger, hallo Deutsche Eiche. War aber nicht. Er heiratete, kriegte Kinder, adieu Karriere in der Politik. Einsam habe ich ihn neulich durch irgendwelche Bundestagshallen schlurfen sehen. Was macht er eigentlich genau zur Zeit? Den Saubazi für Klage porträtieren.

Trauer um Willy Peter Stoll. Mit dem jüngeren Bruder nachts in riesigen anarchoschwarzen Buchstaben an die Mauern der geliebten Ludwig-Maximilians-Universität gesprayt, nachdem Willy Peter Stoll bei seiner Festnahme in Düsseldorf erschossen worden war, September 1978.

Ein Tag aus Goethes Leben
Donnerstag, 22. Februar 2007, Berlin

Aufsatz von Erich Trunz, 1961 mündlich vorgetragen, 1972 in einer Zeitung veröffentlicht, 1980 in einem DDR-Buch, jetzt 2006 bei Beck nocheinmal neu erschienen. Hinuntersteigen in die Dunkeltiefen der Geschichte.

RAF, 1976: Wir haben gesagt, das sozialdemokratische Projekt gegenüber dem Befreiungskampf der Völker der Dritten Welt ist die Vietnamisierung der Counterinsurgency, die Strategie der Unterschleichung der offenen Intervention. RAF, 1985: Wir sagen, es ist notwendig und möglich, eine neue Phase für die Entwicklung revolutionärer Strategie in den imperialistischen Zentren zu eröffnen und als eine Bedingung für diesen qualitativen Sprung die internationale Organisation des proletarischen Kampfes in den Metropolen, ihren politisch-militärischen Kern: westeuropäische Guerilla, zu schaffen.

Wir haben gesagt, wir sagen: der autoritative Gestus dieses anmaßend geheimnisvollen Plurals, die verbal hochgedrehte Überspanntheit des politischen Kampfvokabulars, die leuchtende Anmutung des Wahnhaften und Unbeirrbaren, Staatsverachtung, Weltidealität, und die im vorhinein immer wieder unberechenbare Bereitschaft zum Sprung in die letzte, fürchterliche Tat. RAF, 1986: Heute haben wir mit dem Kommando Ingrid Schubert den Geheimdiplomaten Braunmühl, Politischer Direktor im Außenministerium und eine der zentralen Figuren in der Formierung westeuropäischer Politik im imperialistischen Gesamtsystem, erschossen.

Erschossen, angegriffen, hingerichtet: noch Mitte der 80er Jahre war der Faszinationsbann durch die Haltung der unerbittlich rächenden Grausamkeit nicht gelöst. Die Debatten stagnierten. Dass man trotzdem auch durch die RAF hatte politisiert werden können, so wie die Älteren zuvor durch die Studentenbewegung, dass 77 auf seine Art historisch so wichtig war wie 68, wurde bestritten. Aus der Irre dieser Dämonien mich zu befreien, schrieb ich den Roman Kontrolliert. Er hat ein supersimples Resultat: du sollst nicht töten.

Goethe schläft schlecht zur Zeit, viel Stress im Job, wir schreiben den 12. April 1813. Die Preußen haben gestern Weimar besetzt. Goethe haut kurz ein Gedicht raus.

gebannt, berührt, errettet
wo Kitsch steht, muss er weg
zum Kitsch hin doch sich aber
treiben lassen erstmal
angstlos, offen, trottelweich

In der Besetzung von neulich im Donnerstagscookies beim Bier. Schutzbrief, Warhol, Abmahnung. Geschäftsführung ohne Auftrag. Ich weiß gar nicht, wer die Klageschrift geschrieben hat.

Zweifel und Gewissheit
Freitag, 23. Februar 2007, Berlin

Claudius Seidl kommt mit offenen Armen auf mich zu und ruft: Rainald!, was ist das Thema?!

– Welches Thema?
– Das Thema der Woche!
– Ach so, verstehe, keine Ahnung.

Vielleicht könnte es sein, sagte ich dann, dass wir alle zu wenig wissen. Geschichte und so, frühe Neuzeit, Heinz Schilling, Aufbruch und Krise. Fand Claudius Seidl nicht gut. Traurig schaute er mich aus seinen betrübten Augen an, und ich sah ihn denken: schade, noch so ein Renegat, der abfällt vom Jetztglück des Jetzt.

Das war vor vier, fünf Jahren, bei einem Eggers & Landwehr Abend in deren Café in der Rosa-Luxemburg-Straße. Dabei meinte ich ja nur, dass wir neue Impulse brauchen von irgendwoher, dass irgendetwas erschöpft sein könnte am Spaßcraze unserer vergangenen, so herrlich gewesenen Findesièclewelt. Zumindest ich selbst fühlte mich so. Aber das Zeitungsmachen duldet keinen Zweifel, daran leiden sie alle, an der Gewalttätigkeit ihrer Produktionsgewissheiten. Und wenn ich mir die Ratlosigkeit des wöchentlichen Claudius Seidlschen Unterhaltungsfeuilletons in der Fas heute anschaue, muss ich sagen: ein paar seriöse Impulse täten sehr gut.

Zweifel und Gewissheit, Skeptische Debatten im Mittelalter, von Dominik Perler, Klostermann Verlag, 2006.

ein Kleid ist keine Hose
der Vater ist nicht die Mutter
meine Herren, Sie sind verhaftet

Woran die Herren auch leiden: an den geistigen Folgen ihres Angestelltentums. Da wird der Chef, der sich auf völlig infantile Weise an seinen Untergebenen austobt, von seinem Unterchef als Herrscher aller Reußen bezeichnet. Vielleicht nützt die Ironie ein bisschen was, um sich so das Ausgeliefertsein an die Cheftrotteleien ein bisschen erträglicher zu machen. Dabei müsste einer dem Chef einfach nur sagen: Sie sind wohl komplett verrückt geworden, in Ihrem Führerbunker da. Reißen Sie sich doch mal zusammen und benehmen Sie sich wie ein halbwegs vernünftiger Mensch. Das tut der nämlich nicht. Umgibt sich statt dessen mit einer Garde letzter Getreuer und pflegt sein lächerliches Führerbunkerfeeling: wir sind von Feinden umzingelt. Sicher gibt es manchmal auch etwas von dem legendären Führerkokain, damit der angeknackste Größenwahn wenigstens stundenweise wieder auf die Beine kommt. Und, Schatz, ich möchte, dass du dir die Haare tönst, tiefschwarz, das wirkt so schön energisch.

neben Skizzen zu einer Theorie des Donners

Der Henker
Samstag, 24. Februar 2007, Berlin

Hier ruhen in Gott

Generalmajor a. D. Hans Harnack
geb. 1. 6. 1864 zu Paris, gest. 3. 7. 1957 zu München
und Frau Olga Harnack geb. von Rosen
geb. 17. 1. 1869 zu Düsseldorf, gest. 21. 10. 1959 zu München

R. I. P.

Er war von Geburt und Beruf zuerst Sohn, aufgewachsen mit einer älteren Schwester in Kassel, dann in Dresden, die Mutter lebte lange Jahre in der eben neu errichteten Irrenheilanstalt Marburg, bevor sie, ungeheilt, mit gerade 40 verstarb. Seine Frau Olga war die späte Tochter eines spätberufenen Malers, der vom Familiensitz Großluckau bei Prenzlau an die Akademie nach Düsseldorf gegangen war und dort, schon etwas älter, die Tochter eines Gastwirts geheiratet hatte. Hier kommt ein Nebenstrang Katholizität in die leicht vorgeschädigte Familie. Auch der erstgeborene Sohn der beiden, die vier Kinder hatten, wurde, wie sein Vater, Militär.

Debussy, George, Graf Kessler, Kronprinz Rudolf
Maupassant, Slevogt, Boldini, Menzel
Rilke, Spengler, Nietzsche, Wagner, Brahms

Rudolf wird geisteskrank
sein Bruder Matthias
wird an Rudolfs Stelle
zum Oberhaupt des Hauses Habsburg erklärt

Schönstes Rauchen aller aller Zeiten. Susi Meyers Jelinek in München: ich hassä Mänschän. Crazy alex, fucking kreuzberg, an edelweiß of white light, sox36.de. Galerie air garten, pizza piccola, ockhamistische störung, bierbauers heimkehr: 339.

Politische Publizistik

Sonntag, 25. Februar 2007, Berlin

Im Schwabinger Krankenhaus schreibt der Sohn den folgenden Bericht von seinem letzten Gefecht nieder:
Écoust-St. Mein, 31. August 1918. Als Ordonanzoffizier hatte ich um cirka 4 Uhr 30 früh von Major Koch den Befehl erhalten, die genauen Stellungen der 3. und 4. Eskadron festzustellen. Begleitet von einem Meldegänger ging ich durch Écoust bis zum Südwestausgang des Ortes. Tote Engländer lagen da von den Kämpfen der letzten Tage. Die beiden Schwadronen der abgelösten 106er waren in einzelne MG-Nester verteilt. Die Engländer streuten die Gegend mit MG-Störungsfeuer ab. Eine ruhige Orientierung war daher nicht möglich.
Ich hatte gerade unseren rechten Flügel verlassen, um Anschluss nach Norden zu Ulanen 15 aufzunehmen, als das Trommelfeuer einsetzte. Sprungweise versuchte ich, zurück zum Kampftruppenkommandeur zu kommen, um meine Meldung zu machen, aber es war unmöglich durchzukom-

men. Ich beschloss, bei einem leichten MG das weitere abzu-
warten. Um uns herum die Rauch- und Staubwolke der ein-
schlagenden Granaten. Da wurde das leichte MG durch Voll-
treffer vernichtet.

Vor uns tauchten die Sturmkolonnen der Engländer auf.
Plötzlich erhielten wir auch seitlich und von halblinks hinten
Feuer. Die Engländer waren in Écoust und Tout durchgebro-
chen. Runge gab den Befehl abzubauen. Sprungweise ging es
nun über tellerflaches Gelände zurück. Eine Schrapnellkugel
fuhr mir durch den linken Oberschenkel, eine Gewehrkugel
zersplitterte den Schaft meiner Pistole, mein Stahlhelm wurde
mir durch einen Schuss vom Kopf gerissen. Aber immer noch
ging es langsam rückwärts.

Da erhielt ich, als ich am Rand eines Granattrichters stand,
um die Lage zu überblicken, einen Schlag gegen das Schien-
bein, war von einer Explosionswolke umgeben. Ich wachte
im Granattrichter liegend auf, die Beine nach oben. Das war
wohl meine Rettung. Mein Fuß lag umgedreht am Knie, so
dass ich die Sohle sehen konnte. Mein erster Gedanke war,
dass ich nun in Gefangenschaft kommen würde. Ich vernich-
tete sofort alle Papiere und Stellungskarten, die ich hatte, und
verscharrte die Fetzen in der Erde. Aber die Engländer
kamen nicht weiter vor. Über mir tobte noch ungefähr – ah!
– ja, nee – also:

Mantel an, den Degen drunter
los gehts, Aufgesprengter
Ausritt nach Hannover –
Pferde scheu, die Lüfte kühl

Abendland geht unter

Anhörungssaal 3.101

Montag, 26. Februar 2007, Berlin

Die politische Woche in Berlin beginnt mit Nieselregen, Anfahrt zum Marie-Elisabeth-Lüders-Haus über die Adele-Schreiber-Krieger-Straße. Wer ist die schönbenamte Adele? Folge einer Quote bei der Straßennamenfindung, die die Stadt mit neuen Geschichten bekannt machen soll: um die letzte Jahrhundertwende war die österreichische Journalistin Adele Schreiber für die politische Sache der Frauen und Kinder aktiv, heiratete mit 31 hier in Berlin den Medizinalrat Richard Krieger, Genaueres bei berlingeschichte.de.

Im Sitzungssaal normaler Politalltag, kaum Frauen, auf der Bank der Ministeriumsmitarbeiter keine einzige. Auf der Zuhörertribüne sitzt eine Frau mit großem Block, die während der Befragung des ersten Zeugen ausgiebig ihren dunkelgrauen Stiefelabsatz massiert, dann mit ihrem weißen Kuli zitteraalhaft wackelt. Andere Reporter schreiben ihre Berichte quasi live in die auf den Knien liegenden Laptops.

In einer 23minütigen Eingangserklärung legt der Zeuge Dr. Hans-Georg Maaßen, Ministerialrat im Innenministerium, dar, wie sein Referat im Fall des Herrn Kurnaz zu dem Prüfergebnis kam: da Herr K. sich länger als 6 Monate im Bundesgebiet nicht aufgehalten hat, ist seine Aufenthaltsgenehmigung erloschen, § 44 Ausländergesetz, § 51 Aufenthaltsgesetz. Es handelt sich um ein Erlöschen kraft Gesetzes.

Herr Dr. Maaßen, 45, ist ein ruhiger konzentrierter Fachmann. Man merkt ihm an, dass er manche Frage läppisch findet, aber auch nichts dagegen hat, denn der öffentlichen Kritik und der gerichtlichen Überprüfung ist das Behördenhandeln ausgesetzt, das verhindert Willkür. An manchen Stellen besonders akribischer juristischer Begründung überträgt sich die Faszination für die verbalen Apparaturen des Rechts, mit deren Hilfe die Behörde den Einzelfall ergreift, dabei auch Grobheiten und Härten in Kauf nimmt.

Der Ausschuss interessiert sich für politische Kampffragen,

aber die Befragung des Ministerialrats Dr. Maaßen gewährt Einblick in behördliche Rationalität, wie sie wahrscheinlich zu selten öffentlich sichtbar wird. Später, abends, kommt Fischer, von zwei Frauen flankiert, die Adele-Schreiber-Krieger-Straße zu Fuß daher. Es ist jetzt 19.43, Kriegsjahruhrzeit wie an jedem Abend. Auf Spiegel Online beschreibt Carsten Volkery, wie die Befragung Fischers lief, bis spät in die Nacht hinein.

natürlich, der STAAT hat ein Sicherheitsinteresse
und die JOURNALISTEN vertreten
die Freiheitsrechte der BÜRGER
da gibt es bisweilen Konflikte

Amtliche Schriften II
Dienstag, 27. Februar 2007, Berlin

Zum Aktenstudium zieht Dr. Henker sich dienstags zurück.
  Jérôme Bonaparte
  Helmuth von Moltke
  Friedrich Wilhelm I., Kurfürst von Hessen
  Schreckensherrschaft des –, Thronverlust

Dem Angeklagten wird Folgendes zur Last gelegt.
  – leide, male, dichte, fort
  – schön
  – Hermann Hesse
  – echt?

Ich bin 60 Jahre alt, Facharzt für Psychiatrie, und arbeite hier in der Vollzugsanstalt Moabit als Anstaltsarzt.
  Wahrheitsdroge
  Lichtentzug, Schlafentzug
  Stressposition, Exekutionsdrohung
  Schiffsgefängnis, Stockholmsyndrom, Waterboarding

An manchen Tagen sehnte Dr. Goethe sich zurück zu jenen Zeiten, als man die Sachen, die man mochte, noch nicht als sexy bezeichnete, meist aber sehnte er sich nicht, denn er war nicht sehr jammerlappig vom Grundtyp her und tendierte dazu, was ihn faszinierte, direkt anzupacken und für sich auf seine Art selber zu versuchen. Ruine 113.

Tom Burr und Jack Pierson, Galerie Neu, Philippstr. 13
Ricarda Roggan, Schacht, Galerie Eigenart, Auguststr. 26
Addendum: Maeterlinck

Facharbeiterficken

Mittwoch, 28. Februar 2007, Berlin

in Gartenlauben
in Bunkern

In den neu eröffneten Räumen der Galerie Werner, Kochstraße 60, findet ein Essen zu Ehren von Per Kirkeby statt. Philipp Haverkampf von Contemporary Fine Arts erklärt die Genealogie der Galerieassistenten, die vom Berliner Urgaleristen Rudolf Springer über Michael Werner zu Bruno Brunnet und so letztlich zu ihm selbst geführt hat. Nach Art eines alten Handwerks wird der Beruf des Galeristen vom Meister an den Assistenten weitergegeben, der sich nach einer Lehrzeit mit eigener Galerie dann selbständig macht. Michael Werners Sohn Julius Werner leitet die Berliner Dependance, mit schwarzem Mitteboybart, schwarzem Gipsbein und schwarzem Teleskopstock humpelt er umher und begrüßt seine Gäste.

Da ist Florian Illies, guten Tag. Wir reden über Wolfgang Tillmans. Das Interview in Monopol, das Foto von ihm dort, seine Ausstellung jetzt in Hannover, BALI. Kein Ferienfeeling wird dem Besucher gestattet, nichts auch nur entfernt Kulinarisches, es ist eine strenge, experimentelle, fast erzieherisch politische Ausstellung. Im oberen Hauptraum der Kestner Gesellschaft sind mit Materialien belegte Tische aufgebaut. Du sollst lesen und denken, nicht einfach nur schöne Bilder angucken. So geht man vorbei an den absichtlich ärmlichen Sperrholztischen, fast gebrechliche antimuseale Provisorien, und vertieft sich in ein assoziativ arrangiertes Faszinationsmaterial alter Zeitungsausschnitte, alter Zettel, Flyer, Bilder, Kalender, eine Archäologie der jüngsten Vergangenheit, die einen seltsam bedrückt und traurig stimmt.

Eigentlich glaube ich nicht daran, dass auf diese Art das Politische in eine Kunst hinein importiert werden kann. Aber sehr wohl kann so ein für den Künstler unverzichtbarer Krieg gegen sich selbst geführt werden. Gegen die zu simple Schönheit der eigenen Sachen, gegen die innerkünstlerisch stringente Logik der eigenen Weiterentwicklung. Mit jeder neuen Werkgruppe hat Wolfgang Tillmans mit unfassbarer Selbstverständlichkeit und Leichtigkeit die Türe zu neuen Bildern aufgemacht, nie dabei, vielleicht das schwerste, die früheren Resultate dementiert oder vernachlässigt.

Dann wird zum Essen gebeten. Die Galerie ist riesig, drei Räume hintereinander, überall stehen runde Tische mit jeweils acht Gedecken. Das Essen kommt von Grill Royal, das neue Lokal an der Weidendammbrücke, das nächste Woche eröffnet. Auf der Toilette liegt TEXT 2, ich nehme die Zeitschrift mit hoch und erlaube mir die Unhöflichkeit, erschöpft von der Konversation am Tisch, hier nachzulesen, wie Diedrich Diederichsen im Gespräch mit Andreas von Dühren wieder einmal aufargumentiert, radikal präzisistisch überdreht. Auch von ihm könnte ich, wie von Wolfgang Tillmans, jede Woche ein neues Interview lesen.

Geräusch des Tages: Trillerpfeifengegrell.

März 2007

Aldi-TV
Donnerstag, 1. März 2007, Berlin

82. Sitzung
des 16. Deutschen Bundestages

das haben sicher alle
sofort verstanden
wenn nicht, stehen die Geschäftsführer
die das ausgehandelt haben, für
Erläuterungen zur Verfügung – sind Sie damit einverstanden?
ich höre keinen Widerspruch, dann ist das so
beschlossen

Kurz nach neun geht die Kanzlerin, vom Bundestagspräsidenten Lammert angekündigt, ans Rednerpult und beginnt ihre Regierungserklärung zum Europäischen Rat am 8. und 9. März 2007 in Brüssel:
Ich freue mich, heute zu Ihnen als Vorsitzende des Europäischen Rates sprechen zu können. Wir haben uns als Bundesregierung sehr gut auf diese Präsidentschaft vorbereitet. Sie wissen, dass in die deutsche Präsidentschaft der 50. Jahrestag der Römischen Verträge fällt. So wie 1957 steht die Europäische Union auch heute wieder an einer wichtigen Weggabelung, allerdings natürlich unter völlig veränderten Rahmenbedingungen. Damals, vor 50 Jahren, ging es um den Wiederaufbau Europas, um die Schaffung tragfähiger Grundlagen für einen beginnenden Wohlstand. Heute geht es darum, die bisher versäumten oder nur halb vollzogenen Anpassungen der Europäischen Union an ihre neue Größe auf

der einen Seite und an eine völlig veränderte Weltlage andererseits vorzunehmen.

Wie ihr Vorgänger Schröder ist die Kanzlerin Merkel keine besonders gute Bundestagsrednerin. In ihrer Zeit als Oppositionsführerin hat sie nicht wenige wichtige Reden regelrecht in den Sand gesetzt, unspektakulär, fehlerhaft, schlaff. Das von unten her Angreifen und Zubeißen hat ihr überhaupt nicht gelegen. Auch das Gegenteil, die gehobene Rede zum besonders erhebenden Anlass, gelingt ihr nicht. Für die großformatigen Sätze bedeutungsschweren Inhalts, die rhetorischen Fertigstücke aus dem Fundus, findet sie keine Melodie. Folgen drei von ihnen hintereinander, kann sie selber nicht mehr folgen geistig, versteht nicht, was sie sagt, und gerät in eine pastös pastorale Redeweise, die durch ein automatisiert manieristisches, merkelspezifisches Ab und zu wenig Auf am Satzende entsteht. Wahrscheinlich hat ihr Vater so gepredigt.

Bei Reden mittlerer Reichweite und von fassbarem politischem Inhalt hört man ihr gerne zu und kommt gut mit. So eine Rede hält sie heute. Auf der Regierungsbank haben sich der Vizekanzler Müntefering und der Außenminister Steinmeier mit ihren Oberkörpern zum Zuhören höflich nach links gewendet und zeigen höfliche Gesichter des inneren Zugeschaltetseins, hinter denen erkennbar autonomes Träumen stattfindet.

Aldi-TV dokumentiert vorallem dieses Zuhören auf der Regierungsbank, etwa alle zwei Monate, Langzeitprojekt, Abteilung Physiognomische Fragmente. Ausgangspunkt war die körpersprachliche Gewalttätigkeit, die Fischer und Schröder in der Spätphase von Rot-Grün von der Regierungsbank aus immer grotesker vorgeführt haben, rotgrünes gemeines Lungern, offensiv, wenn der Gegner redete: Verhöhnungslungern. Das gibt es heute gar nicht mehr. Frau von der Leyen zeigt eine kleinmädchenhaft helle, fröhlich vorgebeugte Überaufmerksamkeit und Wachheit. Da würde man gerne in großem Schwall hinein kotzen, in dieses Gesicht. Nur leider geht das nicht, man tuts auch nicht, Abschlussreim ins Kurzgedicht.

Demokratie als Bauherr
Freitag, 2. März 2007, Berlin

Kyritz geht früher heim, legt sich ins Bett und liest weiter in diesem Buch: Das schwarze Ei, von Heiko Michael Hartmann. Der Held ist arbeitsloser Historiker. Er kriegt eine Stelle in der Parteizentrale der derzeit regierenden Partei. Der Arbeitsplatz ist äußerlich dem Oval des neuen Bundespräsidialamts nachempfunden. Das Innenleben der Zentrale wird als Maschinerie des Irrsinns beschrieben.

Die Sekretärin macht sofort erotische Avancen. Die Vorgesetzten schwadronieren beim Einstellungsgespräch Hohltext aus der Politwelt daher. Ein Nackter namens Hombach tritt auf, ein Schönling namens Schill, und der naheste Kollege des Neueingestellten hat auch ein paar Macken, unter anderem den Namen Mack als Namen. Die Statistiker sind Spinner. Im Raum der Medienbeobachter wird geraucht und gelärmt. Die Bibliothekarin trägt eine schwarze Brille und hat blonde Haare. Es arbeitet hier bei der Partei auch ein Krimineller, der mit kriminellen Methoden, mit anonymen Anrufen, einem Angriff mit Computerviren auf das gegnerische System, gegen den politischen Gegner vorgeht. In der nebenan gelegenen Botschaft von Ghana wird ein Mensch erschlagen. Die Ministerin heißt Heidi, von ihr kursieren Nacktfotos, im Gespräch mit ihr hört der dauernd diffus sexualisierte Held ihre Strümpfe knistern. Der Held ist krank, hat Hautausschlag, auch Mack hat früher einmal Hautausschlag am Rücken gehabt. Er zieht sein Hemd über den Kopf und zeigt seinen nackten Rücken her. All das ist in einer unfassbar scheußlichen, hochliterarischen Kunstsprache aufgeschrieben, die beim Lesen ein Hirnstottern bewirkt, das richtig weh tut im Kopf.

Sicher hat die Realität in solchen Angestelltenwelten Aspekte des Farcehaften. Aber gerade deshalb wünscht man sich von der Literatur dazu einen höheren Realismus der Einsicht, ein Abbild der Prozesse, die gegen alle Erstannahmen eben doch ein maßvoll vernünftiges Funktionieren in diesen Welten ermöglichen. Man geht ja ganz direkt und normal miteinander um, äußerlich. Und große Energien gehen dahinein, das in den Begegnungen subtextlich Mitgeteilte uneindeutig, offen, in der Schwebe zu halten. Das betrifft die Erotik, die Fragen der Macht, der persönlichen Wertschätzung, der charakterlichen Disposition, der intellektuellen Über- und Unterlegenheit, die Rituale des Alltags. Nicht eine gesteigerte Sensibilität, wie sie der Autor Hartmann für seinen banalen Helden aktiviert, ist das für diese Dinge zuständige Wahrnehmungsorgan, sondern vertiefte Reflexion.

John Rawls beschreibt in seiner Geschichte der Moralphilosophie die intellektuelle Gestalt von David Hume in einer Weise, die dem Romanautor, im Hinblick auf die dargestellten Fragen, vorbildhaft vorkommen kann: ein radikaler Skeptizismus im Geistigen, der seine Radikalresultate dann aber wieder abgleicht an der Normalität alltäglicher Überzeugungen und Verhaltensweisen. Eine intellektuelle Übung, die sich auf den moralischen Charakter positiv auswirkt, die Fähigkeit gesellschaftlichen Zusammenlebens befördert und es so ermöglicht, die Bedingungen des menschlichen Lebens hinzunehmen, so Hume, ohne Resignation und ohne Klage.

Auch das reale schwarze Ei hätte als Vorbild für einen sehr schönen Roman dienen können. Denn es ist eines der schönsten neuen Gebäude in Berlin, von den Architekten Martin Gruber und Helmut Kleine-Kraneburg Anfang der 90er Jahre entworfen und von 1996 bis 1998 erbaut. Poetischer Rationalismus.

Berliner Ärzte

Samstag, 3. März 2007, Berlin

Die Ärztekammer Berlin vergibt
am 24. März erstmals die

Georg-Klemperer-Ehrennadel und -Medaille
an Ärztinnen und Ärzte, die sich besonders
verdient um die Medizin und das Gesundheitswesen
gemacht haben. BERLINER ÄRZTE stellt
in diesem Titelthema den Namensgeber
und sein eindrucksvolles Leben und Wirken vor.

Samstagsgang von zwei Berliner Ärzten um den Leopold-
platz: Schinkelkirche, Sonnenschein, unbekannter Baum in
Reihe in der Adolfstraße; in einem Hinterhof mit neuen Häu-
sern, Vorwendezeit, Weddingstyle; vorbei am riesenhaften
Krematorium. Das Postamt hat eine speziell gemauerte Fassade, zeitliche Verdachtsdiagnose: 20er Jahre. Dann im Café
von Karstadt, Kuchen und Kaffee; dazu wird nachmittaglich
mild geplaudert.

– isch bin aus Kreuzberg, du Muschi
– isch weiß

die Mond, der Mauer, der Sonne, la langue
la ferme, der Eisen, der Reihe, die Grund

almak, moruk, gülmek, gül
im Club der polnischen Versager Bier
für vier. wiosna: Frühling –
iki, üc, dört, bir

Die Kultur der Niederlage
Samstag, 4. März 2007, Berlin

Sommer 1918
Zwischen Belle Époque und Moderne
Bayerns Krone 1806
Geschichte eines Deutschen

Aber die Engländer kamen nicht weiter vor. Über ihm tobte noch ungefähr zwei Stunden Infanterie-, MG- und Artilleriefeuer. Allmählich ließ es nach. Hilferufe waren überall zu hören. Langsam wurden die Verwundeten geborgen. So kam auch Harnack an die Reihe. Es wird einen Augenblick weh tun, sagte der Sanitäter. Die zersplitterten Knochen knirschten, das Bein wurde wieder nach vorn gerichtet. Auf einer Tragbahre liegend konnte er noch die Lage feststellen, etwa 100 Meter von der englischen Stellung weg und 200 Meter vor der eigenen Linie. Die Engländer beschossen die Tragbahre, wohl in der Annahme, es sei ein MG-Transport. Endlich kam er zum Kampftruppenkommandeur. Major Koch stand da mit bitterem Lächeln. Harnack konnte noch verschiedene Meldungen über den Stand der Engländer und die eigenen Truppen machen. Als Auszeichnung erhielt er später dafür das Ritterkreuz des königlichen Hausordens von Hohenzollern. Unter andauerndem Artilleriefeuer wurde er dann zurückgetragen, in ein Auto verladen und in einem Feldlazarett ausgeladen. Damit hatte hier in Écoust-St.Mein am 31. August die Lazarettzeit angefangen, die über eineinhalb Jahre lang dauern würde, in Mons, Halberstadt, München.

Südlich von Écoust schlugen westpreußische Regimenter in erbittertem Kampf mehrfache Angriffe des Feindes ab. Beiderseits von Bapaume brachten preußische, sächsische und bayerische Regimenter den feindlichen Angriff zum Scheitern. Am Nachmittag warf der Feind beiderseits der Straße von Arras nach Cambrai frische Divisionen in den Kampf. Aber am späten Abend war die Schlacht zu unseren Gunsten entschieden.

die Erde bebt, das Berghain tanzt
der Mond zieht seinen krummen Weg
die Hochbetagten flüstern leise
einander Kindheitsbilder zu von einst

Korrektur

Montag, 5. März 2007, Berlin

Ware, Vorschau, Merkel, Schröder
Spiegel, Springer, Sachen, Namen

Reise, Technik, Wissenschaft, Justiz
Häuser, Kunst, Musik, Geschichte

Wie es sich genau mit den chaotischen Zuständen, die in Altensam nach Angaben des Roithamer geherrscht haben, verhalten hat, inwiefern allein der Begriff Altensam Vernichtung der Person und des Wesens des diesem Begriff schutzlos, weil vollkommen ungeschützt ausgesetzten Roithamer gewesen ist, ist der heutigen Gegenwart so unzugänglich entzogen, wie es der damaligen von 1975, als Thomas Bernhards Korrektur erschien, komplett plausibel gewesen ist. Ein hermetisch gegen Wahrheit und Leben abgeriegeltes Weltsystem hat damals auch nicht wirklich geherrscht, aber die Idee, dass das so wäre, hat zur gegebenen Selbstverständlichkeitsgrundlage kollektiven Kommunizierens gehört, wogegen nur im absatzlosen Suadatext künstlerisch, im politischen Weltverschwörungsvokabular fundamentalistischst angeschrieen werden konnte.

Die öffentliche Erregung, die Christian Klars Grußwort an den Rosa-Luxemburg-Kongress 2007 ausgelöst hat, hat auch ein Moment von Korrektur an der Vergangenheitsvergessenheit, von Selbstkorrektur des Diskurses an sich. Das Vokabular und die Geisteswelt der Äußerung werden als heute fremdartig und störend, auch als gefährlich identifiziert. Aber der Diskurs kann nicht einfach nur darüber hinweggehen, weil er sich vom Geist des so vergangenheitshaft Gesagten an sich selbst von früher erinnert und dadurch in seiner Identität, die reine Gegenwart ist, provoziert fühlt. Ja, stimmt, so hat man damals gedacht und geredet, das ist ja komplett verrückt.

So holt der Diskurs im aktuellen Abstoßungsakt des Vergangenen einen Zweifel an sich selbst und der Totalität seiner Verständnisgrundlagen in seine aktuellen eigenen Prozesse herein, macht dabei die Grenzen der eigenen Gegenwartshysterie noch selbst sichtbar. Vom angeblich so wahnhaft Unverständlichen fällt dadurch ein guter Schatten auf das angeblich so Hochvernünftige des gegenwärtigen Geredes. Wetter in Aufruhr, Rauchen so böse, Kinder so toll, Zukunft im Dunkel. Übermorgen werde ich planungsgemäß nach Brasilien und Kolumbien weiterreisen.

Malträtierte Fregatte

Dienstag, 6. März 2007, Berlin

John Bock, MALTRÄTIERTE FREGATTE, Klosterfelde, Zimmerstraße 90. Man kommt rein, vom Titel angelockt, und steht vor einem Haufen kaputten Blech, verschrottetes Auto, komprimiert, zerstört, malträtiert, ziemlich riesig auch, der Zugang ist fast zuversperrt dadurch. Das fühlt sich schon mal sehr gut an.

Um die Kurve, der Raum geht auf: Skulpturenverhau in Hüfthöhe, bunt, viel, auch ziemlich kaputt. Hinten ein hölzernes Bootsmodell eines schwerbäuchigen historischen Schiffes, heil, und links davon ein Männerkopf als Büste. Irgendwas hängt da am Mund. Aus dem dunklen Nebenraum hört man Schreie, folgt dem Ruf der Malträtierten. Im Halbkreis stehen alte Sessel und Couchen da, da kann man sich niedersetzen und ein groß an die Wand projiziertes Video angucken. Oder man geht weiter nach hinten, wo links unten ein Fernseher am Boden steht. Der dort laufende Film zeigt die Zerstörung des vorn am Eingang liegenden Autos, ein riesiger grün-weißer Polizeilaster war das also gewesen. Er wird auf einem roten Tieflader in eine Kiesgrube gefahren und dort von zwei schmutziggelben Bulldozern, sozusagen von Hand, zusammengequetscht, gestaucht, zum Block zurechtgeprügelt.

Rockmusik röhrt los, ah, von der großen Videoleinwand her, Rockrock, Rocksound, waste myself away, so far away. Worum geht es hier eigentlich in dieser Ausstellung? Jetzt schreien sich die Schauspieler an, Mann und Frau, Stress, Zerstörung, Poesie. Die verbale Gewalt des Schreiens, des menschlichen Konflikts, wirkt schrecklich, schön hingegen das balletthaft choreographierte Zusammenzerstören der alten Fregatte. Ein melodischer Loop setzt ein, die Spieler kommen in ein Zimmer, wo eine blut- und schleimverschmierte Frau, am Rücken liegend, ihre Beine aus dem Wust der Dinge streckt, weißer Schaum wird auf die nackten Unterschenkel aufgetragen, ein Eigelb wandert armaufwärts, abwärts, aufwärts, von physikalischem Erklärungstext begleitet. Auf dem Schrank sitzt eine Frau mit hoher Rokokoperücke am Kopf und bekleidet am Leib mit entsprechendem Kostüm, da schaut auch schon der Mann, der mit ihr redet, selber auch so aus, dass er zu ihr passt. Der schreiende Hauptdarsteller stürzt sich von hohen Balkonen in die Tiefe, wird aufgefangen vom federnden Netz der Kunst.

Gut zerprügelt schleicht man raus. Da stehe ich vor einem braunen Plastikkoffer, auf dem das Wort Hosen steht. Links ragt der Kopf einer Gitarre heraus, rechts menschliche Beine, mit einer laschhellbraunen Cordhose bekleidet, darunter eine Metallplatte, auf dürren Metallsteckchen in der Luft gehalten. Und fange an, diesen sanften Melancholiestoß abzuzeichnen, weil er mich an John Bocks traumhaft angeschlagene Baby Shambles Skulptur in der White Cube Ausstellung im Endpalast der Altrepublik, Weihnachten 2005, erinnert. Ein freundlicher Galerieassistent kommt herbei und fragt, ob er helfen könne, Erklärungen, ob man irgendetwas wissen wolle. Och nö, vielen Dank, ist alles bestens so. Vielen Dank für die sehr schöne Ausstellung. Im Rausgehen nehme ich den Erklärungszettel mit. Da wird man dann später alles nachlesen können und erklärt bekommen, später. Jetzt: ne sommes nous pas tous des frégates maltraitées?

Unbeobachtbare Welt II

Mittwoch, 7. März 2007, Berlin

introibo ad altare Dei
ad Deum qui laetificat iuventutem meam

Aber der Held hat sich übernommen. Sein Aufstand gegen die Welt der Väter und Vorväter ist gescheitert. Der Sturm hat sein Boot zerschlagen, die Bank hat der Familie das Haus entrissen. Die Oberen bleiben die Oberen, die die Unteren nie werden hochkommen lassen. Verranzt und zerlumpt, verlacht vom Kollektiv der Gemeinen, innerlich zertreten beugt sich der Held schließlich wieder unter das alte Joch der alten Arbeit. Ende. DIE ERDE BEBT, La Terra trema, Visconti, 1948. Das Ende ist ein Schock, so plötzlich, so ausweglos, so finster. Und agitiert dabei für politische Parteinahme, wie keine noch so optimistisch sozialistische Morgenrötekunst es je könnte, aber auch kein extra realistisch schrundiger Wirklichkeitsdokumentarismus. Das Politische gehört zur Ästhetik, nicht nur im Kunstwerk. Ästhetische Theorie, Unbeobachtbare Welt, der theoretische Skeptizismus von Adorno und Luhmann ist in seiner nervösen Feingliedrigkeit auch zur Erfassung politischer Ideologie und Realität besser ausgerüstet als der so materialreiche, aber theoretisch viel gröber gemachte Anklage- und Einmischungssoziologe Bourdieu. By the way: adieu Baudrillard.

Pasolinis ACCATONE, so erzählt jetzt Klaus Theweleit in der neuen Ausgabe von Spex in einem Artikel über Pasolini, hätte ursprünglich von Fellini produziert werden sollen, doch wäre der nach Ansehen erster Muster von der Eigenständigkeit der Filmsprache des Filmanfängers Pasolini nicht überzeugt gewesen. Und auch fast ein halbes Jahrhundert später, wo die Accatone-Zeit von 1961 sichtlich aus der Gegenwart herausgestürzt ist, abgestürzt in den Historienraum, in dem die Vergangenheiten von Uschi Obermeiers 60er Jahren neben Biedermeier, Prinzregentenzeit und Untergang des

Abendlandes auf vergegenwärtigende Erweckungsrekonstruktion warten, kann man Fellinis Urteil nachempfinden. Accatone ist bildlich roh, aber die von Pasolini so bewunderte Welt der Vorstadtjugend ist dadurch gar nicht wirklich erfasst. Man sieht, was er meint, wird davon aber nicht ergriffen. Und erkennt umgekehrt in Viscontis Sozialmelodram DIE ERDE BEBT genau die Wucht der altmeisterlich gemachten Bilder als den Ort der politischen Agitation.

Heute: Henker hat frei und lässt sich treiben, vom frühlingshaften Wetter geführt zu den hohen Bäumen an der Chausseestraße, den hellen Sandweg hinein zum Dorotheenstädtischen Friedhof, am Mittelstreifen zwischen den Bäumen blühen jung die Krokusse, lila und gelb. Der Weg führt hin direkt zu Hegel. Seitlich links im Gebüsch steht der nicht besonders große rötliche Stein, wo sein Name eingraviert ist und die Daten seines Lebens. Da liegt er also begraben. Aus der Tiefe rufe ich, Herr, zu dir. Wolltest du, Herr, der Sünden gedenken, Herr, wer könnte da noch bestehen?

Gestern: Qualli hat Klage eingereicht. Caroline-Urteil, Intimsphäre, Titelbetrug. Schnalli soll nicht mehr als Schnalli bezeichnet werden dürfen, Volksverhetzung, Roman. Frau Dr. Gerda Müller, Vorsitzende Richterin an dem für diese Fragen zuständigen VI. Zivilsenat des Bundesgerichtshofes: da wünsche ich Herrn Dr. Qualli viel Glück und Gottes Segen. Morgen: der Pornophilosoph Baldur von Schirach spricht über die politische Sendung der jungen Generation. Bild berichtet live und exklusiv.

Das sexuelle Leben der Catherine M.
Donnerstag, 8. März 2007, Berlin

Nordost: CDU
Nordwest: FDP

Südost: SPD
Südwest: Linke, Grüne

Vom Schiffbauerdamm kommend, rechts RTL, gegenüber die
ARD, auf die Marschallbrücke und den prachtbauhaften
Reichstag zufahren, über jedem Eckturm weht die noch nie
sehr schön gewesene, seit dem letzten Sommer noch scheußlicher gewordene deutsche Fahne, und in jeder Ecke hat eine
andere Fraktion des Bundestages ihre Räume.
Der 1. Untersuchungsausschuss zu den politischen Hintergründen der Nichtentlassung des deutschen Türken Murat
Kurnaz aus der US-Gefangenschaft in Guantanamo kommt
wieder in dem großzügig hohen Stephan-Braunfels-Gedächt-
nisraum im sogenannten MEL-Haus, das erst seit Sommer
2004 bespielt wird, zusammen, und der Vorsitzende Kauder
der Jüngere, Siegfried, Villingen-Schwenningen, behält seine
Linie einer diffus beleidigten Korrektheit bei, natürlich auch
bei der heutigen Befragung des ehemaligen Präsidenten des
Bundesnachrichtendienstes, Dr. August Hanning, jetzt Staatssekretär im Innenministerium, als wäre schon seit Jahren
bekannt, dass bundesdeutsche Spitzenbehörden sich dahin-
gehend verschworen haben, den kleinen ordentlichen Siegfried Kauder lebenslänglich hinters Licht zu führen. In welchen Brunnen haben sie den eigentlich hineinfallen lassen als
Kind?
Man kennt die Art, wie Politiker reden und denken, leider
wirklich bis zum Überdruss, viel zu wenig aber, wie gesagt,
die Art des Verfahrens von Behörden, das Denken und Reden
der Ämter, Ministerien, Dienste, Missionen, Gerichte, Bun-
desanstalten und Institute. Dort wird, in den Kommuni-
kationsmaschinenräumen der Gesellschaft, auf Arbeitsebene
der Betrieb am Laufen gehalten, so unsichtbar und unver-
zichtbar wie der elektrische Strom, der die mitarbeitenden
Computer speist. Untersuchungsausschuss heißt: eine Behörde steht unter Verdacht, einen Fehler gemacht zu haben,
und die zuständigen Beamten rechtfertigen ihr Handeln am

konkreten Einzelfall und machen dabei die Verfahrensvernunft der Behörde sichtbar.

Es braucht nur fünf, sechs oder acht Leute nebeneinander gestellt, die in die Vergangenheit der früheren Jahrhunderte zurückreichen, um in die Zeitgegend von vor gut 200 Jahren zu kommen, als der diesbezüglich später vielkritisierte junge Geheime Rat Göthe, von Politik fasziniert, an der Verwaltung und Regierung des kleinen Herzogtums Sachsen-Weimar und Eisenach mitgearbeitet hat, und aus den von ihm verfassten Amtlichen Schriften geht gut nachvollziehbar hervor, –

aber halt: die Eieruhr fiept, Herr Kauder ruft den endlos labernden Abgeordneten Ströbele zur Ordnung: Ihre Zeit ist abgelaufen, 8 Minuten haben die Grünen, die FDP, die Linke, je 17 die Großen, CDU und SPD. Ergibt die sogenannte Berliner Stunde. Wird eine zweite Berliner Stunde gewünscht? Von mir nicht, ich gehe heute abend zur Eröffnung des neuen Ladens Grill Royal. Ein Mitgast meldet fürsorglich: Per Kirkeby schreibt man mit nur einem e. Oh, ich bitte um Entschuldigung.

ein Schluck, ein Hauch
ein Wind von tausend Blicken
Gespräch im Stehen, tausend Themen
ein Blitz, ein Foto, viel Erschrecken
und früh beschwingt nachhause gehen

Catherine-Millet-Straße
Iris-Radisch-Straße
Internationaler Frauentag
Jahr der Geisteswissenschaften

und ich füge ein letztes hinzu
es geht um Sachverhalte
um politische Zensur
es geht um deutsche Räume

Und nichts an mir ist freundlich

Freitag, 9. März 2007, Berlin

warum?
ist doch falsch

In der Bibliothek werden die Bücher der letzten Tage, klage, Kannibale, klage, eingesammelt, berührt von Hand, betupft mit Neugedanken, so noch einmal nachbeseelt und wieder ins Regal des Wirr zurückgestellt. REGALE IN AUFRUHR.

Die Bibliothekarin bemüht sich um Neutralität ihrer menschlichen Kundschaft gegenüber. Was der Auftritt Einzelner an überstark sendenden Persönlichkeitssignalen mitteilt, wird hirnintern an einem eigens hierfür zuständigen Diskretionsort akzeptiert und ohne weitere Bearbeitung durch wertende Folgegedanken automatisch in den riesigen Speicherkatakomben des absichtlich zu Übersehenden versenkt und abgelegt. Der nichtstumpfe Mensch hat am Ende ganz normaler Arbeitstage allein von daher eine relativ herkuleische Geistesarbeit hinter sich. Andererseits ist das Gehirn ein grundsätzlich von sich und seiner eigenen Aktivität selbst sehr begeistertes Organ und reagiert auch auf diese dauernde Eindrückewegschaffaufgabe wie auf jede andere zunächst einmal positiv agitiert. Das egal wovon geforderte Hirn freut sich, denkt besser. Der Mann am Tresen vor mir leiht ein Buch aus, das den großen Titel trägt: Die Macht der Ideen.

Draußen hat sich langsam ein herrlicher heller Frühlingstag in den späten Nachmittag, in den Vorabend inzwischen schon hineingeneigt. Kyritz hebt den Kopf und lauscht und spürt die Schwermut und den Frühling in sich schwach zusammenkommen.

Das Prinzip Wirklichkeit
Samstag, 10. März 2007, Berlin

Ich habe das politische Denken das cirkumspektive Denken genannt – um sich herum schauend, rückwärts und vorwärts, nach links und rechts. Alles bedenken, bitte nichts vergessen. So Wilhelm Hennis im Gespräch mit Stephan Schlak in der Zeitschrift für Ideengeschichte, die ich bei pro qm gekauft habe.

im Blick nach vorn entstehen die Dinge
im Blick zurück entsteht das Glück

Dirk, Bea, Mark; Carras, Cash, BZ. Tag der Wahrheit, Gang der Freude, die politischen Ideenkreise der Gegenwart.

Wolfgang Tillmans: manual
Pet Shop Boys: Catalogue
Bob Dylan: Chronicles, Volume One
Tocotronic: Pure Vernunft darf niemals siegen

später: Michi, Grill, Disco
Berghain: Kathedrale der Verstörung
die: Nurerahnbarkeit des Raums der Wahrheit
rise from your grave: dj Harrys Hymnen
Junior Boys: live gesungen –
und draußen in der Luft: die Vögel

Die Entstehung der christlichen Bibel
Sonntag, 11. März 2007, Berlin

Selbstverständlich würden die Brittings energisch den Anspruch erheben, eine ganz besondere Familie zu sein. Das Energische würde sich im Gestus des Enthusiastischen darstellen, die Begeisterung für die eigene Naturellbesonderheit dabei komplett im Sozialen aufgehen. Gespräche, Feste, permanentes Politisieren, Austausch und Abgleich von Ideen des Augenblicks.

Sie waren Handwerker gewesen, Bürgermeister, hatten Juristen hervorgebracht, Ärzte, Offiziere. Als junge Leute haben sie im Gegenüber die intensiven Blicke, das ihnen Gleiche, gesucht, das intensive Gestikulieren gefeiert, das Jungsein und die immer leuchtenden Augen. Immer war der gegenwärtige Moment der letzte, höchste und allerherrlichste. Permanenter Superlativismus, Kindlichkeit, Kinderbegeisterung und natürlich generationenlanger Kinderreichtum. Sie fühlten sehr süddeutsch, ultramontan, wittelsbacherisch, und pflegten eine unbefragte, fast aggressive Katholizität.

Dass sie ihre ältere Tochter Fanny an den doch sehr nordisch kühlen, hochgewachsen steifen, außerdem nun wohl doch dauerhaft schwer kriegsversehrten und zuletzt im Grunde und genaugenommen auch noch berufslosen ehemaligen Leutnant Franz Harnack abgeben sollten, fiel dem Vater Britting gar nicht leicht. Es verdross ihn auch ein Hauch von protestantischem Dünkel, den er vom künftigen Schwiegervater herkommen fühlte. Was bildet der sich eigentlich ein, dieses lächerliche Männchen?

Dr. Eduard Britting
Oberkriegsgerichtsrat i. R.
geb. 20. November 1863 in Würzburg
gest. 8. Mai 1941 in München

Marie Britting
geb. von Campenhausen
geb. 20. September 1871 in Miltenberg, M.
gest. 26. Oktober 1948 in München

Rosalie von Zaicz
geb. von Campenhausen
geb. 16. September 1873 in Miltenberg, M.

gest. 23. August 1968 in München

Irene Britting
geb. 18. August 1903 in Neu-Ulm
gest. 20. Mai 1990 in Aufkirchen bei München

Cornelia Kyritz
geb. 3. Oktober 1958 in München
gest. 12. März 1994 in Horgen

R.I.P.

Und wieder zu den Blumen gehen, illuc abire, falls es das gibt, ad flosculos et flores, beim Sonntagsgang im Humboldthain.

Ragazzi di vita

Montag, 12. März 2007, Berlin

and can you teach me
how to dance – real slow?

Wir standen im sogenannten RICH CLUB in der Rosmarin-straße und redeten über das neue SZ-Feuilleton. Michi hatte von Andrian Kreye erzählt, vom Yogen und vom veganen Essen, um uns herum haben die hiesigen Donnerfrauen und Koffertypen zur pumpenden Musik ihr Spaß- und Pumpgewoge abgetobt, und all das hatte sich plötzlich grausam banal und traurig angefühlt. Das Nachtleben ist sehr wohl auch ein Ort des Unglücks, der Reflexion auf Empfindungen der Alienation, des Ausgeschlossenseins vom Kollektiv und der hier eindeutig unangenehmen Erfahrung von individuellem Anderssein.

Könnte man jetzt vielleicht wegmachen, durch Trinken, Kiffen, Kokain, aber vielleicht würde man dadurch auch nur noch schräger draufkommen. Meist muss ja schon etwas da sein an innerem geistigen Vorgebrizzel, dass die Koproduktion mit einer Substanz etwas bringt. Denken, Seele, Zeit, die drogengeführten Eingriffe finden an riskanter Stelle im Menschen, dort wo das Herz offenliegt, statt. Davon weiß das Spießerhandbuch Breites Wissen, das einen komplett verblödeten und hohlen Umgang mit Drogen spiegelt, gar nichts.

Der CO_2-Ausstoß des Döpfner-Porträts im SZ-Magazin liegt bei exakt 164 mt/z, was auf den extrem hohen Schleimgehalt des Textes von Michael Jürgs zurückgeht, der beim Lesen in Megatonnen pro Zeile frei wird und so die Umwelt schwer belastet. In einer Befragung habe ich eingeräumt, DAS OPFER beschimpft und mit Bier übergossen zu haben.

Die Meute
Dienstag, 13. März 2007, Berlin

Die Prozesse der Politik haben sich in den Medien ihr Pendant in Gestalt der MEUTE, im Kollektiv der Journalisten, von denen die Politik sich jagen lässt, geschaffen; Kollektivitäten, die sich adäquat aufeinander beziehen. Kein einzelner Autor kommt mit seinem Solotext an die Wahrheit der politischen Geschehnisse wirklich heran, so wie das politische Geschehen selbst in keiner noch so exponierten Einzelfigur aufgeht. Die Kollektivierung findet auf die allersimpelste und selbstverständlichste Weise statt, durch dauerndes Reden. Alle reden mit allen, ununterbrochen. Wer da nicht mitmacht, macht sich verdächtig und passt nicht dazu. Für Allüren des Einzelgängerischen gibt es im politisch-journalistischen Komplex keinen Platz.

Redend dimmt man sich gegenseitig runter auf einen ironiestabilisierten Level gemeinsamen Wissens, ähnlicher Bewertungen und gerade in kleinerer Abweichung aneinander anschlussfähiger Gesamteinschätzungen. Der mittlere Scherz ist das bevorzugte Kontaktgerät. Es wirkt ängstlich, aber auch menschenfreundlich und höflich, wie die Politjournalisten sich gegenseitig ihrer individuellen Nichtherausgehobenheit versichern. Die Könige der Disziplin haben etwas besonders Angenehmes, Sympathisches an sich. Dirk Kurbjuweit, Bettina Gaus, Eckhart Lohse, Günter Bannas. Am Ende wird der beste Berichtstext sowieso nicht von stark eigensinniger Autorschaft, sondern von der Fähigkeit, sich für den Gegenwartsvorgang durchlässig zu machen, gezeichnet sein, vom Moment selbst idealerweise fast geschrieben.

Herlinde Koelbl hat in ihrem Buch SPUREN DER MACHT ihre Methode, eine genau ausbalancierten Spannung zwischen Nähe und Distanz, in der Langzeitbeobachtung von einzelnen Menschen am weitesten geführt. Ein unerschöpfliches Dokument der, wie es im Untertitel heißt, Verwandlung des Menschen durch das Amt ist dabei herausgekommen. In ihrem Folgeprojekt über die Medien, wieder ein Film und ein Buch, DIE MEUTE, Macht und Ohnmacht der Medien, Knesebeck 2001, hat sich aber gezeigt, dass Kollektive sich mit dieser Methode nicht richtig erfassen lassen.

Der Gegenstand ist sozial kompliziert, kann im Einzelgesicht, dem Erkenntnisort des Fotos und des Fernsehbildes, nicht stellvertretend dargestellt werden. Dann sieht man die Meute als Rotte, aber es passiert zu viel, immer ist zu viel zu sehen, wie in echt. Auch das Interview greift nicht, die individuelle Einzelrede des einzelnen Journalisten, denn der Praktiker verwendet Selbstbeschreibungstext funktional, zur Abwehr von Erkenntnis, die ihn an seiner Arbeit hindern würde, nicht um sich Seelenwahrheit zu erschließen. Von diesen Schwierigkeiten der Darstellung handeln die Leuchtfeuer der Freude und des Auflachens, die in jeder krassen Beschimpfung konkreter Personen, im Kunstraum der Literatur also, zünden. Den Weg der Ruhe wählt die Wissenschaft.

Anatomie des Menschen 2

Mittwoch, 14. März 2007, Berlin

Licht fällt nachmittags ins Führerhauptquartier von links. Der Zwischenredakteur telefoniert mit dem Büro von Peter Gauweiler in München. Herr Dr. Gauweiler sitzt an einem schwierigen, umfangreichen Schriftsatz, teilt auf bayrisch die Frau Daubenmerkel mit, für alles weitere sei ab morgen wieder direkt das Berliner Abgeordnetenbüro zuständig. Vielen Dank, bis morgen.

Wolfgang Neskovic, der eitle Unsympath im schwarzen T-Shirt unter seinem schwarzen Jackett, ist in seinem Amt als Obmann der Fraktion Die Linke im BND-Untersuchungsausschuss nicht mehr zu halten. Das also ist also der Lübecker Richter, der damals mit seinem Wort vom RECHT AUF RAUSCH die Phantasien der frühen 90er Jahre aufgenommen und beflügelt hat. Zehn Jahre später wurde seine Berufung zum BGH erfolglos mit einer Konkurrentenklage angegriffen.

Cannabis-Beschluss des Bundesverfassungsgerichts, verkündet vor 13 Jahren, am 9. März 1994. 1. Ein verfassungsmäßiges Recht auf Rausch gibt es nicht. 2. Geringe Mengen zum Eigenverbrauch bleiben straffrei. 3. Gleich schädliche Drogen müssen nicht gleichermaßen zugelassen oder verboten werden.

RAF-Debatte. Claus Peymann ist auf Spiegel-Online EINE TRAGISCHE FIGUR. Er muss die heutige Sprache erstmal neu erlernen. Er ist in einer verzweifelten Situation, ohne ethische Grundlage, Opfer der Diktatur des Kapitals, mit dem seit 40 Jahren öffentliche Hände ihre Intendantenbesoldung auf ihn einprügeln, das sei, so Peymanns Worte bezogen auf Klar, seine persönliche Tragik.

Im Waldeyer, Anatomie 2, finden sich bei den Muskeln des Kopfes, in der Abteilung der mimischen Muskulatur, der M. risorius und der zygomaticus major und minor, die, auf Bewusstseinsbeschluss hin kontrahiert, dem Gesicht äußerlich den Ausdruck von Lachen geben. Doch lacht der Mensch, der diese Muskeln absichtlich betätigt, sichtlich nicht.

So wirkt die simulierte Seriosität von Springerchef Döpfner, ganz ähnlich wie die von Burdachef Burda. Seriosität entsteht aber so nicht, auf Befehl, per Absicht, durch äußerliche Betätigung einschlägiger Seriositätsmuskeln: Wagner, Kunst, eigener Text, an dessen Sätzen man legendäre 16 Stunden FEILT. Das ist Pornographie von oben. Der Mächtige hat seine Seele zerstört, durch Vernichtung zwischenmenschlicher Reziprozität, das ist der Preis für Geld und Macht. Die Stinkenden, die Mächtigen, DIE KAPUTTEN.

Die künstlerische Arbeit hat in bewährter Weise Herr G. Schlich durchgeführt.

Berliner Aufzeichnungen 1942 bis 1945
Donnerstag, 15. März 2007, Berlin

wie blau du deine Himmel werden lässt
wie blass den Sonnenhut
so bunt gestreift das Kleid
das Hemd, den Blumenstrauß im Schoß so –

rot geschnürt die Schuhe, rotgeführt der Blick
im Wasser, blau das blau gewellte Wasser
liegt ein weißes Boot so licht: Jugend 1874

Träumte von Monocle. Das ich ganz gelesen hatte. Dass wir es aber insgesamt doch besser machen würden. Sich ins Unrecht setzen durch falsche Handlung, Hassgedanken, fiese

Reden: Fortsetzungsmotor.

Gerry, 2002, von Gus van Sant. Die Ausweglosigkeit, die Düsternis der Gegenwart, die absolute Fürchterlichkeit dieser Nullerjahre. Der ganze Horror des ganzen kranken 20. Jahrhunderts kommt darin nocheinmal zusammen vor. Das Neue hat noch nicht begonnen. Ruine 114.

Baldur von Schirach, Ich glaubte an Hitler, 1967
Henriette von Schirach, Der Preis der Herrlichkeit, 1975
Richard von Schirach, Der Schatten meines Vaters, 2005
Ariadne von Schirach, Der Tanz um die Lust, 2007

Am 3. August mittags versammelte der jugendliche Kommandeur Major Harnack, der erst vor wenigen Monaten das Regiment bekommen hatte, das Offizierskorps zum letzten Mal im Kasino um sich, um auf die Größe der Zeit hinzuweisen. Mit einem Hoch auf den obersten Kriegsherrn, dem Gelöbnis unverbrüchlicher Treue endigte diese feierliche Stunde. Sommer 1914.

Die Liebenden aber haben sich auf die Idee hin ausgerichtet, dass ausgerechnet sie das alles völlig anders machen würden als alle anderen vor ihnen, im Frühjahr 1944.

der Jahrhundertsommer des Jahres 2003
dann 2004, 2005, 2006
Wien, Schleef, Tempo, früher
die alte Idee: politische Kunst
der Januar 2007, der Februar, der März

Die kalte Wüste der Erinnerungen: Lüge. Die Schmerzen der Vergegenwärtigung. Aus lauter falschen Sätzen eine Wahrheit werden lassen: Literatur.

Nomoi

Irgendwann kam die Idee auf, zum Schlechten müsse man sich nur offensiv bekennen, dann wäre der Bann des Bösen gelöst und man selbst befreit von den negativen Folgen eigenen scheußlichen Verhaltens. Aber das Kollektivexperiment mit dieser Idee hat ergeben: sie ist falsch.

Der Eitle, der bekennt, er sei eitel, wird es dadurch nur noch mehr. Der Intrigant, der seine Fäden spinnt zwischen den Menschen und dabei offen unterstellt, intrigant seien wir doch alle, hat unrecht. Auch der Gossip, an dem angeblich doch jeder sich erfreue, wird, uneingegrenzt von Widerspruch, zu einem schnell wachsenden Tumor, der die Menschengruppe, die er befallen hat, verfaulen lässt und so zerstört. Situationen legen Disloyalitäten nahe, ununterbrochen, es ist sozial nützlich, wenn Innenkräfte im Einzelnen da dagegenhalten. Wer den Verrat als Feinstaerosol immer schon mitatmet in jedem Gedanken auf andere hin, entzieht sich selbst die Basis seiner eigenen Gesellschaftsfähigkeit, Offenheit, Vertrauen, Gütesehnsüchte, das ganze Schwächearsenal riskanter Innenzustände.

So bleibt die neue Bürgerlichkeit, an die jetzt seit fünf Jahren hinphantasiert wird, ohne eine Ahnung von derartigen Problemen der Anständigkeit, für die manchmal auch Arbeit am Selbst nötig sein kann, ein lächerlicher Fasching für die Rohen, die Quallis und Schnallis, die Deppen, die Stumpfen. Wenn ich Helge Malchow gegenüber, der ein Organ für diese Klagen hat, meine Empörungssuada sich in Rage reden lasse und immer wieder beim Gipfelpunkt des Unverständnisses, der Unbegreiflichkeit und Ungeheuerlichkeit ankomme, wie unfassbar VERBLÖDET, wie absolut rätselhaft DUMM das doch alles sei, wie unglaublich, dass diese Art Schwachsinn sich halten kann und ja auch wirklich real erfolgreich durchgesetzt hat überall, usw usw, kommt von Helge abwiegelnd der Hinweis: sei es denn nicht immer schon so gewesen?

London, Paris, 19. Jahrhundert; Rot und Schwarz etc; und nur jetzt neu hier in Berlin, neu nur für uns.

Aber was wäre das denn für ein trauriger Trost. Und historisch außerdem vielleicht auch noch halb unzutreffend. Das Böse des 19. Jahrhunderts ist eine emanzipatorische Idee. Diesen emanzipativen Kern des Bösen haben die Verbrechen des 20. Jahrhunderts aber weitgehend restlos zerstört. Die Gegenwartsfunktion des Bösen trotzdem nicht zu verkennen: Gegengedanken dagegen hervorzurufen. Auch die Kunst geht kaputt, wenn sie sich selbst direkt affirmiert, in egal welcher ihrer Dimensionen. Bezogen auf die Politik: die affoiden Exzesse der Regierung Schröder in ihrer Spätphase, ebenfalls durch Nichtnegation erst richtig monströs geworden.

Hier erklingt ein Gong. Die Bibliothek wird gleich geschlossen. Der Bibliothekar hat gute Laune. Es ist kurz vor zwei. Die letzten Kunden werden gerne noch bedient. Richtlinienkompetenz und Regierungstechnik, Souveränitätsproblem, Regierungslehre, Max Webers Thema: Die Persönlichkeit und die Lebensordnungen, Spuren Nietzsches. Die Rotunde hier im MEL-Haus ist, erklärt der Bibliothekar, der schönste Arbeitsplatz Berlins. Wochenende gleich beginnt.

Deutscher Psalter

Samstag, 17. März 2007, Berlin

Sehr geehrter Herr Dr. Goetz,

Sie haben am 26. 02. 2007
an der zertifizierten Online-Fortbildung
Übelkeit, Erbrechen und Obstipation
in der palliativen Situation
des Deutschen Ärzteblattes teilgenommen.
Auf der Seite http://www.aerzteblatt.de/cme/teilnahmen.asp
können Sie das Ergebnis abrufen.

Mit freundlichen Grüßen
Redaktion Deutsches Ärzteblatt

Altschwabinger Geschichten
Sonntag, 18. März 2007, München

der Kleinhesseloher See mit Schwänen
Kurfürst Maximilian I. von Bayern und sein Jahrhundert

Brücke am Wasserfall im Englischen Garten
die beiden Rumfordmühlen am Schwabinger Bach
Blick von der Höhe des Chinesischen Turms nach Norden

Prinzregent Luitpold füttert die Enten am See 1907
älteste Anlage der Loden Frey Fabrik 1871
der 1952 wiedererstandene Chinesische Turm
am Schwabinger Bach südwärts 1976
das alte Schloss 2006 am Biedersteiner See

Der junge Mann muss ins Haus der Eltern der jungen Frau
kommen und beim Vater um die Hand der Tochter anhalten.
Noch Mitte des 20. Jahrhunderts sind aggressive Reste dieses
Brauchs in Benützung. Die Eltern haben in Wirklichkeit
zwar nichts mehr zu sagen, aber es wird ihnen doch zumindest formal noch das Recht eingeräumt, darauf bestehen zu
dürfen, dass der künftige Schwiegersohn zum Handanhalten
kommen muss. So kommt er denn und lässt es sich ingottes-
namen bieten, von dem äonenweit von ihm entfernten Mann,
der nichts ist als der lächerliche Tochtervater, ein bisschen
schwach, ältlich und hohl angeredet zu werden. Ein Hoch
auf 1968. Und während die Männer im Haus reden, machen
die Frauen einen Gang um den Kleinhesseloher See.

Reise nach München, Computer kaputt
leise rieselt der Schnee, herrliche Luft

Siebzig verweht VI

Montag, 19. März 2007, München

in einem Notizbuch findet sich
der Gedanke eines festlichen Balls
auf dem der Erzähler sein Leben –

Aber in Wahrheit war das alte Schloss Biederstein schon im
Jahr 1944 von Bomben getroffen und zerstört worden, Klein-
Biederstein wurde 1960 abgerissen, um dem Nordschwabin-
ger Stadtaufbruch Platz zu machen, und das kleine Eckhaus
Biederstein der Familie Britting, 1910 gekauft, 1941 an Franz
Harnack, 1981 an dessen älteren Sohn Johann Valentin Harnack übergegangen, war zuletzt von diesem Ende des Jahres
2006 in einer dem Erzähler nicht ganz unverständlichen Aufwallung von plötzlichem Altersgrimm –
    ihr, die ihr meiner spottet,
    seid alle enterbt –
diesen Erben entrissen und an FREMDE verkauft worden,
um das Haus und die mit ihm verbundenen Lasten endlich
los zu sein, frei verfügbares Geld in die Hand zu bekommen
und damit Unabhängigkeit zu erwirtschaften. Das Alter ist
eine so schwierige geistige Herausforderung, weil vom Körper her so viel Kaputtheit anflutet und die davon irritierten
Gemütslagen zu schwach sind für die Großaufgabe, jetzt ab-
schließend mit dem Leben seinen Frieden zu machen. Allzu
ruhig und leise, tatenlos, ziehen sich die langen Stunden, nicht
nur nachts, dahin, und umso schneller und härter kommen
die Gedanken zu ihren überklaren, böse in sich kreisenden
Resultaten. Denken im strengen Sinn ist auch Irrsinn, darauf
hat ein normal aktives Leben den plötzlich in die Hölle der
Kontemplation verstoßenen Altersmenschen nicht vorbereitet. Die Urteile und Wertungen, die sich ihm von daher aufdrängen, erreichen selten die ganze Kompliziertheit des tatsächlich Gelebten, und je besser und widersprüchlicher ihm
das in Wirklichkeit gelungen ist, umso schwieriger kann es

später sein, das in all seinen Facetten geistig nocheinmal für sich wiederzugewinnen.

19. März, Namenstag des Josef. Schutzpatron von Bayern, Österreich, Pate der Forsythien.

Die letzte Reise
Dienstag, 20. März 2007, München

von Zeit zu Zeit wurde im Nebenzimmer gesprochen – endlich ging die Türe auf: er wurde gerufen

Die Erwachsenen standen beim Telefon in der Ecke. Dort hatten sie die Nachricht vom Tod der Tante bekommen. Den Kindern wurde das Faktum des Todes der Tante mitgeteilt. An was die noch ganz junge Tante, Mutter von sechs Kindern, so plötzlich gestorben war, wurde nicht gesagt, weil es wahrscheinlich nicht gesagt werden konnte. Die Eltern mussten sofort nach Amerika reisen. Die Kinder kamen in die Familie der Cousinen nach Biederstein. Es war Winter, im Fernsehen wurden die Skirennen übertragen.

Pop seit 1964
Mittwoch, 21. März 2007, Berlin

FEB. 1,1933
JAN. 1,1968

Mit Irma bei Henze zum Fotographieren.
Nicht ich nagle Gaston politisch fest, er mich.
Er hat in der Palette gelesen.
Er spricht über Fanon.
Ich frage, ob er foltern würde.

Es geht ein Zucken durch das rauhe indianische Altweiber-
gesicht des jungen Playboys aus Chile. Für die Revolution,
ja. Gaston fasst sich an seinen Afrolook und sagt: ich lasse
mich nie fotographieren.

Back home in hate city, Aufatmen im Hass. Die Propaganda-
lügen der Spiegel-Titelgeschichte über Berlin. Die rote-Ho-
senträger-Idee von Kultur im Dreschflegelhirn von M. Matussek: ich scheiß dich zu mit meiner Dominanz. Bitte,
gerne. Dass nochmal einer kommt und diese schirrmacher-
sche Leiche aus den 90er Jahren neu zu beatmen und wieder-
zubeleben versucht, die Ordinärheit und Gewalttätigkeit von
Ansagekultur, das stumpfe, grobe Agendasetting, lächerlich.
Kultur handelt genau davon nicht: von Führung, kollektiver
Unterwerfung unter irgendwelche Ansagen, von Zustimmung zu Machtallüren und zum Nummer-eins-Gehabe.

Man kann es auch in Jonathan Meeses Revolutionsspektakel
DE FRAU in der Volksbühne sehen. Wenn Ratlosigkeit und
Schwäche die Aufführung erfassen, und eben dies macht
einen Teil der Spannung des Abends aus, dass er sich dem
dauernd aussetzt, ins schwach Banale wegzuschmieren, fällt
Jonathan Meese in seinen sadistischen Act und schreit seine
Nummer zwei, Bernhard Schütz, mit wuttobendem Gesicht
an: wer ist die Nummer EINS?!, WER ist die Nummer
eins?! Der terroristische Schrecken der Politik soll auch in
der Kunst drohen, die davon aber zusammenbricht, wenn
nur ein Element, so wie in der Aufführung am letzten Freitag,
fehlt, Kathrin Angerer. Sie hatte in der Premiere mit einer so
ernsthaft ausagierten Freude an der sexuellen Tat den Körper
des Jonathan Meese behandelt, gestreichelt, umspielt und
besänftigt, dass allein von daher das ganze Spektakel gerechtfertigt war. Sex, Zartheit, Liebe balancierten den schwarz-
ledernen Männermachismo der Drohungen und des Auf-
trumpfens dieser Kunst. Ohne diese Balance zerfällt sie zu
nichts.

Nicht im Gegenstand, nicht in der Methode, nicht im Fasziniertsein von Grellheiten und Missverständnissen würden sich Kunst und Journalismus unterscheiden, sondern im Gefühl für Balancen, in der Sehnsucht nach Uneindeutigkeit, das heißt: im Interesse an Wahrheit.

On Kawara
Hubert Fichte

eine weitere, nur beim Vornamen genannte Person wurde durch einen fiktiven Vornamen geschützt

Eleganz und Idylle
Donnerstag. 22. März 2007, Berlin

in der Malerei des 18. Jahrhunderts

Herr Präsident
liebe Kolleginnen und Kollegen
lassen Sie mich meine heutige Rede
mit einem Traum beginnen

Klaus-Dieter Fritsche, 53, Geheimdienstkoordinator im Bundeskanzleramt, früher Vizepräsident des Bundesamtes für Verfassungsschutz, tritt nicht nur in der heutigen Zeugenvernehmung im Kurnaz-Untersuchungsausschuss auf, sondern auch als Nebenfigur in dem Roman DER HENKER, der die Lebens- und Familiengeschichte des Dr. R. Kyritz, 56, zum Gegenstand hat. Herr Dr. K. war also zur Befragung des Herrn Kurnaz nach Guantanamo entsandt worden. Gab es eine Anweisung an den Herrn K., wie er diese Befragung durchzuführen habe? Eine solche Anweisung hat es nicht gegeben. Haben Sie später nocheinmal mit Herrn K. darüber gesprochen? Darüber habe ich mit Herrn K. nicht mehr gesprochen.

Im Traum würde ein höherer Realismus gelten, der Bilder, Handlungszusammenhänge und Gefühle, Personen, Erlebnisse, Wortsignale und das Ungesagte ohne Formalstress im betrachtenden Blick zu einem normalen Ganzen zusammenkommen lassen würde, spannend, alltäglich und kohärent. Vorne auf dem Schutzumschlag würde die Nymphe liegen als RUHENDES MÄDCHEN, auf der Couch, am Bauch, nackt, die rosa Beine auseinander, wie von Boucher gemalt. In der Alten Pinakothek in München würde Herr Dr. K. vor diesem Gemälde in irgendeine spannende, lebensverändernde Handlung verstrickt werden, wahrscheinlich in die Liebe. Herr Dr. K. ist aber Junggeselle, dabei natürlich unjung und kaputt auch inwendig, verschiedene Dachschäden nicht unbeträchtlichen Ausmaßes haben Zerstörtheitsrelikte am Haus des Lebens des K. hinterlassen, man spricht vom Krankheitsbild der Erschütterten Hütte, Reparaturspuren natürlich auch von Kaputtheitbeseitigungsarbeiten überall etc., bei äußerlich aber eher intakt wirkender, fast unversehrt erscheinender Lebensführung. K. wäre hier also der Lebende und doch auch noch: DER DENKER.

zu Details dieser operativen Maßnahmen
kann ich später in nichtöffentlicher Sitzung
gerne Genaueres sagen

Wir, die Völker Europas
Freitag, 23. März 2007, Berlin

Wieviel Blut klebt eigentlich an den Gedanken, die sich um ein Verstehen der Gesellschaft, wie sie ist, bemühen? Die im Nachvollzug politischer und institutioneller Rationalität auch deren Kälte und Härte sich anschmiegen, nicht nur deren Problemlösungskapazität, die dabei, je feinsinniger und genauer sie sich komplizieren, auch umso selbstgerechter und grausamer werden gegen den ganzen riesigen anderen

Existenzkontinent des zu Beklagenden: Ausgrenzung, Leid, Schwäche, Knechtschaft, Gewalt, Unterdrückung.

Das Punkgefühl des Denkens würde Blut erstmal immer bejahen. Würde Gegengewaltrechte reklamieren, wo Unterdrückungserfahrungen gemacht werden, würde auf der Seite der Räudigen und Ratten, der Getretenen und Weggeboxten stehen, ganz automatisch, weil auch der Intellektuelle ein fundamental aus der Gesellschaft der Vielen Ausgestoßener ist. Und würde aber auch da destruktiv Konsense zerdreschen, wo Beleidigte und Entrechtete in selbstgewissem Gestus, aus der Erfahrung, damit instantmäßig Zustimmung triggern und Widerspruch ins Reich des Bösen der Herzlosigkeit abschieben zu können, in großer geistiger Gemütlichkeit darauf bestehen, dass ihre Weltbeschreibung schon reicht: Kapital kacke, Staat Terror, Behörde auszuzutzeln knetemäßig, Rechte einzuklagen beim Gewaltsystem, System natürlich eh komplett im Arsch, Niederlage des Kapitals nur eben noch zu vollenden etc. In so einer Diskussionsrunde, die es an jedem Freitagabend in ix Wohnungen und Kneipen nicht nur in ganz Europa ixfach gibt, wo das emotionale Recht der Schwäche diskursiv gewalttätig wird gegenüber den Kompliziertheiten der Politologie, Soziologie, Philosophie, wäre es richtig zu sagen: dieser Stammtischbullshit ist Quatsch. Diese Emotionen sind verblödet. So simpel gehts nicht. Ein bisschen mehr Freude am Faktum ELEND DER WELT, die man als Elender trotz allem gottseidank auch hat, sollte doch eingestanden und dadurch für weiteren Erkenntnisgewinn freigegeben werden.

Korrektur zu den Zeitkontingenten der Berliner Stunde in Minuten: CDU 19, SPD 19, FDP 8, Linke 8, Grüne 7.

Über die Bedingungen seiner Haft in Guantanamo teilte Murat Kurnaz den deutschen Befragern mit: die Hitze ist zu groß, die Nahrung zu wenig, die Zelle zu klein.

Tagebuch eines begabten jungen Mannes

niedergeweint

Fuggerstraße
Welserstraße
Victoria-Luise-Platz

Foto Meyer
Lumix von Panasonic

Motzstraße
Martin-Luther-Straße
Hohenstaufenstraße
Ansbacherstraße
Fuggerstraße

Regenbogen-Apotheke

Viktoria-Luise-Platz
Münchener Straße
Winterfeldtstraße
Eisenacher Straße
Schwermetall

Café Tim's

Maaßenstraße
Nollendorf-Platz
Else-Lasker-Schüler-Straße
Kurfürstenstraße
Potsdamerstraße
Die neue Mitte
Dennewitzstraße

Kurfürstenstraße 174
Center
busy-beaver
Hirninstallation

verlesen, gehört, geschrieben, gezeigt

Bulgarisches Kulturinstitut
Galeries Lafayette Berlin

vielen Dank für Ihren Besuch

Mariae Verkündigung
Sonntag, 25. März 2007, Berlin

der Engel des Herrn
brachte Maria die Botschaft
und sie empfing vom Heiligen Geiste

ave, Maria, gratia plena
Dominus tecum: benedicta tu in mulieribus
et benedictus fructus ventris tui
Jesus, alleluja

siehe, ich bin eine Magd des Herrn
mir geschehe nach deinem Worte

und das Wort ist Fleisch geworden
und hat unter uns gewohnt

ave, Maria, gratia plena

Festakt

Montag, 26. März 2007, Berlin

die Sonne scheint, die Luft ist kalt
bei Dussmann Bücher angeschaut

mit leichter Hand gesetzte Sätze
in die Handlung weitertragen –
was ein Wort nicht kann: erzählen

Im Deutschen Historischen Museum spricht die Kanzlerin
über Europa. Die normale Satzmelodie fängt die schrittweise
Senkung der Tonhöhe auf den letzten Silben eines Satzendes
bei der vorletzten Silbe mit einer Hebung ab. Diese Abfang-
hebung wird hier verweigert, die Tonhöhe sinkt stetig tiefer
nach unten, vorletzte und letzte Silbe bilden ein Plateau gleicher Tontiefe. Das widerspricht dem Punkt, der das Ende des
Satzes betont. Ein Manierismus entsteht, Textstress wird bewirkt.

Bullau, Neon, Orte, morsch,
deutsche Kanzler, Rokoko
Leserinnenbriefe, Fragesatz

damit hatte ich als Vizepräsident
des öfteren zu tun

Alpha Dog

Dienstag, 27. März 2007, Berlin

Der Held ist bekifft. Er hat Streit mit einem ehemaligen
Freund. Der Freund haut dem Helden nachts sein Haus in
Klump und bestiehlt ihn. Der Held muss verschwinden. Er
fährt mit seiner Clique im Auto durch die Gegend. Sie suchen
den Täter, um sich zu rächen. Zufällig treffen sie dessen jün-

geren Bruder und nehmen ihn mit. Sie feiern Party, kiffen, hören Musik, hängen in den Villen ihrer Eltern ab. Sie wollen den Jungen loswerden, kommen auf die Idee, ihn umzubringen. Diese Idee führt zur realen Mordtat, begangen vom Underdog der Clique. Der Täter wird gefasst, der Held kann fliehen.

Im Kino wird Bier getrunken, auch gekifft. Der Realismus von Alpha Dog kommt aus den Bildern, der Musik, den Typen und ihrem dauernden Bekifftsein. Immer wieder heißt das Motto krachermäßig: ich roll uns jetzt erstmal so ein richtiges OFENROHR. Schnell wird aber auch das Bedrückende, die Abgefucktheit der Kifferasozialität genauso realistisch gezeigt wie ihre Normalität. Denken: geht nicht. Irgendwas wollen: wieso denn? Lieber noch einen bauen und dann schauen, was sich so ergibt. In kleinsten Schritten, jeder für sich gerade noch erträglich nahe an normalem Verhalten, führen so Ödnis, Paranoia und Streit auf quälend sinnlos zwanghafte Weise zum Mord.

IV. Sekundäre Elastizitäten
Freitag, 30 März 2007, Berlin

Ist aber Vorschrift. Warum? Weil ich es sage. Herr Kauder hat von seinem Vorsitzendensitz aus auf den kleinen roten Supermachtknopf, über den er gebietet, gedrückt und damit alle Mikrophone im Saal ausgeschaltet, nur seines geht noch. Dazu erklärt er jetzt: ich habe da so ein rotes Knöpfchen, da geht alles aus, dessen habe ich mich eben bedient. Und er ermahnt den auf dem Zeugenplatz sitzenden Außenminister Steinmeier: Herr Steinmeier, antworten Sie nur auf Fragen derer, denen ich das Recht zu fragen genehmigt habe, sonst läuft das ganz schnell aus dem Ruder, glauben Sie mir, ich kenne mich da aus. Die Heiterkeit im Saal, die ihm antwortet, ist ein bisschen spöttisch, aber nicht nur unfreundlich. So fast schon panisch strikt, wie der Ausschussvorsitzende Kauder seine Funktion als Vorsitzender erfüllt, überzieht er die Situation ins leicht Kasperletheaterhafte, das gibt Spielraum für Unernst, das wird von Mitspielern und Publikum offenbar als angenehm empfunden.

Kunst würde so sachorientiert vernünftig und um Augenmaß bemüht verfahren wollen wie eine ideale Bürokratie. Und der Publikumssteuerung von Politik und Journalismus ihr Gesteuertsein durch Probleme entgegenhalten. Die Taz schreibt auf Seite eins riesig: Warum Steinmeier gehen muss. Das soll bei der eigenen Klientel Kaufimpulse setzen, zugleich Überlegenheitsgefühle auslösen, hö hö, die lustige Taz, macht da lustig Titelunsinn wie die lustige Bild-Zeitung. Aber es ist gar nicht lustig. Die ressentimentabgesicherte Verhöhnung derer, die in den Apparaten Entscheidungen treffen und dabei wirklich Verantwortungslast übernehmen, ist reaktionäre Antiaufklärung, so gesellschaftsschädlich und verblödet wie die Autoritätsfixierung und Apparategläubigkeit von vor 68. Rot-Grün ist auch an falscher Amtsverachtung gescheitert. Steinmeier ist anders, eine Ecke weiter als Fischer und Schröder, komplizierter, zurückgenommener, seriöser und kultivierter. Als zum fünften Mal dieselbe gleiche Frage von irgendwem gestellt wird, lehnt er sich zurück, holt tief Luft, weil so viel Schwachsinn Kraft kostet, fasst sich dann geistig und setzt nocheinmal neu an, indem er es sich selbst vergegenwärtigt: also!, worum gehts denn?! Und dann erklärt er alles nocheinmal von vorne, wieder anders, neu.

So wie der Frühling in der Leibnizstraße, abends, auf dem Weg zur Schaubühne: das Grün spitzt aus den unteren Tiefen in Augennähe der Gebüsche plötzlich hoch in die Baumkronen, weit hinauf, hellstgrün prickeln da oben die hellen Punkte der Ahornblüten, daneben der Grünflaum windbewegter Weidenzweige.

Die Staatsbedürftigkeit der Gesellschaft

Samstag, 31. März 2007, Berlin

Morton Feldman hat 1984 das Stück For Philip Guston geschrieben, heute wird es im Haus der Kulturen der Welt aufgeführt. Es ist kurz nach drei am Nachmittag, die drei Musiker vom Trio Nexus kommen aufs Podium, das in der Mitte
des Restaurantsraums aufgebaut ist, ruckeln und zuckeln
sich an ihren Instrumenten fest, nehmen mit ihren Gesichtern
den innerlich zeitgetakteten Musikerkontakt zueinander auf
und fangen an zu spielen. Flöte, Klavier, Xylophon. Leise
Töne erklingen, fast melodiefrei ruhige Sequenzen, eventuell
bevorzugt in Dreiereinheiten portioniert, sicher aber minimal
und unvorhersehbar verschoben im Zusammenspiel der drei
Instrumente, als würde jeder für sich sein und spielen, aber
auf äußeren Anstoßkontakt durch das Außentonereignis
vom anderen Instrument her doch reflektorisch reagieren
mit eigenem Ton. Angenehm, interessant, meditativ auch,
und bald auch anstrengend in seiner Reduziertheit, in der Be-
tontheit der Kargheit der Aussagereduktion. Zeit erfahren,
das tut weh.

Wer ist Morton Feldman? Was will er sagen? Was hat er
gedacht? Ein Requiem für Philip Guston. Wie war das nocheinmal mit Philip Guston? Nach etwa einer Stunde entsteht
der Eindruck, die Musiker würden jetzt Phrasen hintereinander und dabei auch wirklich miteinander spielen, ein sensa-
tioneller Effekt, Freude durch Verstehen, mit dem Zweifel
unterlegt, dass das gar nicht stimmt, was man da beobachtet.
Kleiner kurzer Pausengang nach draußen, gegen fünf Uhr,
auf ganz leisen Sohlen, die Glastüre zur Spree hin wird von
einem knallgelb bekleideten Wärter ganz leise geöffnet, draußen scheint die Sonne, auch hier eine hohe wehenden Weide,
dahinter das Kanzleramt, der Staat, der uns Aktivsten der
Kultur es ermöglicht, diesen Radikalismus moderner Kunst
erfahren zu können.

Gemeinsam mit etwa 50, 60 anderen Leuten. Auch die Gemeinsamkeit des Zuhörens gehört zum Erlebnis einer solchen über vier Stunden hin sich streng und quasi kaum entwickelnden Abstraktmusik. Was denkt der andere Mensch, der das hört? Was hört er überhaupt? Die Schmerzen der Langeweile, der inneren Abschweifung, der gedanklichen Armut, manchmal denkt man gar nichts, auch ein stressiges Gefühl, dem das Kollektiv als Gegenstütze die Stabilität der Vorhersage entgegenhält, dass man hier gemeinsam weiter zuhören wird. Einfach weil man genau zu diesem Zweck hier nun einmal zusammengekommen ist. Und wird dann plötzlich doch auch wieder von der Musik ergriffen, von irgendeinem Klang, einer Beobachtung, einem Gedanken und wieder aufgenommen in diese Archaik des Zusammensitzens um die Musik der Töne hier.

Später zu dritt in der Süppchenschlange. Dann im Auditorium der minimalistische Elektrokrachjapaner. Das Loopdröhnduo aus Peking, titankatzenhaft im Trockeneisnebel. Zuletzt: The Necks. Bitte das Bier draußen lassen, Hirn kommt nach. Aber auch wenn Morton Feldman in seinem puristischen Isolationismus irrt, von heute aus gesehen, sage ich, die Trauer darüber, was im 20. Jahrhundert an Subjektauslöschung sich ereignet hat, –. B mag mein Denken nicht, ich meist selber auch nicht. Falsches reden, falsch denken, aber dann im Schreiben da dagegen, das könnte fast eine Definition guter Textproduktion –

FAUL. So der Titel meines demnächst von mir herausgegebenen Fußball-Magazins, das auf dem Desinteresse des Herausgebers an ganzen Sätzen und an Fußball gründet. Heft 1: Faul macht morgen wieder frei.

April 2007

Goethes späte Lyrik
Montag, 2. April 2007, Berlin

Im Inneren der Galerie Winter, Chausseestraße 104, läuft ein minimalistische Video von Anina Brisolla, draußen im Hof brennt ein echter Balkon. Die Feuerwehr, kaum angerufen, ist schon da. Alle schauen hoch in den fünften Stock, wo hinter der Balustrade des Balkons die Hauswand vom Widerschein der Flammen gelblich flackert. Es prickelt, brizzelt, knackt und riecht nach Feuer. Kein Mensch ist zu sehen, Rufe bleiben unbeantwortet, es geht nur ein Aufzug hoch in diese Wohnung, keine Treppe, Neubau. Von oben tropft Wasser in den Hof. Feuer verendet, Faul muss los.

Mit dem Rad nach Süden, richtung Hau, im Abendglanz. Links vorne leuchtet, dramatisch honiggelb und beinah voll, der große nahe Mond. Faul will wieder Liederdichter werden, liederlicher, fauler. Lieder schreiben, wie sie Dirk von Lowtzow singt, PHANTOM/GHOST, als Mann im schönen Hemd, auf englisch, so britisch camphaft überdreht und tiefdeutsch ernst zugleich, die Stimme kunstvoll klar und natürlich individuell. Die Lieder gehen von schubertiadischer Spielerei zum Pianohousestomper und Pubclassic, widerspruchsreich und unkategorisierbar, so auch die Gesten und Signale des Auftritts. Wie ist das Ganze der hier vorgeführten Musik denn zu verstehen? Der Mitmusiker und Keyboarder Thies Mynther hat eine fast hysterisch gefasste Intensität in sich eingebunkert, eine hochgespannt elektrisierte Innenenergie, Bewegungen dazu eines eher unharten Körpers. Momente von Beschämung und Heiterkeit, wenn Dirk von Lowtzow sich in den Applaus hinein verbeugt. Gleich zu

Beginn des Abends hatte er seinen Kopf in der Verbeugung fast bis auf den Boden hinunter sinken lassen, so ein Verbeugungszitat zur Verbeugung selbst mitgeliefert. Gute Uneindeutigkeit setzt den Rezipienten frei. In seinem Staunen kann das Kunstwerk, das die eigene Ambition geheim hält, sich vollenden. Und es passt sehr zu dieser Kunst, was für ein unspektakulär sympathisches Publikum hier im Hau für diesen Abend zusammengekommen ist. Applaus, zwei Zugaben, der Ruf nach dem TAXI!, und Licht an und aus. Danach in den Sesseln der Haubar im ersten Stock sitzen und trinken ein Bier. Faul wird morgen gegen Klage –

Kernseife
Gurken
Kaffee
Studentenfutter

Qvest
Texte zur Kunst

Protokolle Ausschuss
Akte Gauweiler
Sachstand Klar
Volltext Meere

grundsätzlich werde ich die Bordkanone nicht einsetzen um mich gegen einen Gegner zu wehren

Die Verstümmelten

Dienstag, 3. April 2007, Berlin

Missbehagen wegen Lob, Textwidrigkeit von Lob, Sozialterrorismus mit Lob, Aggressivität und Destruktivität von Lob. Lob ist schlecht. Es installiert ein Gefälle, eine Nähe, eine Anmaßung; und stellt auf ganz unerfreuliche Art in Frage, dass das Gelobte eben zu loben ist, weil es geglückt ist. Ein Aussehen, eine Geste, ein Kontakt, erst recht natürlich jedes extra hergestellte Ding, ein Essen, ein Buch, eine Musik. Gelobt zu werden ist furchtbar, aber noch schlimmer ist es, wenn man versehentlich selber derjenige ist, der ein Lob äußert. Scham, weil man spürt, das gehört sich nicht, die ganz Kaputtheit des Lobens wütet dann in einem. Man hat sich ans Gelobte einfach drangeschmissen, anstatt die Freude des Geglückten aufzunehmen und in Gedanken umzusetzen, warum genau die geglückte Sache einem so geglückt vorkommt. Lob erniedrigt die Welt des Gelobten, wie auch den Lobenden, Analyse und Argument erhöhen den geistigen Zustand, in dem alles sich befindet. Zustimmung schwächt, Kritik stachelt an, energiefiziert die Welt.

Das stricherhaft Abgefuckte des Lobens, Lobnutten, Lobtrottel, Trottelkartelle gegenseitigen Lobens. Keine schönere Art von Zustimmung zur eigenen Bemühung und den Resultaten gibt es, als die Ablehnung durch die, die man selber für totale Deppen hält. Die auch deshalb so blöd sind, weil sie so viel Angst haben, selber abgelehnt zu werden. Deshalb allen anderen gegenüber in vorauseilender Zustimmung auftreten, um so sicherzustellen, dadurch auch selber Zustimmung zu sich selbst erdealen, erzwingen zu können. Alles sehr falsch. Am extremsten hat den Weg dieser Art von Kaputtheit und Verblödung die dahingegangene Springer-Zeitschrift DER FREUND begangen. Ob man als Autor von Elke Heidenreich mit Lob niedergestampft wird oder vom Schleimemphatiker Volker Weidermann, ist nur ein gradueller Unterschied an Scheußlichkeit. Und es hebt unglaublich die Laune, wenn man manchmal merkt, dass man damit nichts zu tun hat, weil man selber anders unterwegs ist und anderes beabsichtigt. Was denn? Hymnen kotzen, schöne Texte machen, Leben lernen, halleluja Karwoche.

Morgen geht Vanity Fair online. Klages Server wird vom Netz genommen. Irgendwas zuckt noch am Verstümmelten, ein letzter Hirnstrom ist noch aktiv. Existenznulllliniensehnsucht: natürlich immer auch dabei.

Wallensteins Lager
Mittwoch, 4. April 2007, Berlin

GÖTZ VOR DEM AUS
Schacht Konrad genehmigt
Berlichingen schon stirbt

ich kriege die Stars nicht in den Griff
ich denke über den Abschied nach
ich muss für die 2. Liga planen

Die Analyse Seite 26/27: was unterscheiden? Was nicht? Was gezielt verwirren, was warum verwischen? Und welche Präzision als Vorbild nehmen, für welchen Fall? Die Wissenschaft von den menschlichen Dingen kommt im Radikalismus begriffsgesteuerter Klarheit zu sich. Ihre künstlichen Paradiese sind Orgien der Ordnung, der Parzellen, abgetrennter Bereiche, wo isolierte Abstrakta gleicher Natur zusammenpassen und interagieren, alles immer auch maximal gegenteilig zu den Verhältnissen und Vorgängen in der Realität. Wirr ist das Leben, dunkel die Kunst, die sich genau deshalb nach der künstlichen Klarheit der Wissenschaft sehnt. Aber nur, wenn sie mag. Wenn sie Short Stories mag, mag sie wahrscheinlich was anderes als Wissenschaftswirrheitskunst und macht dann Short Stories. Was sollte es dagegen zu sagen geben? Natürlich einiges.

Wetter aber zu schön für Konzentration. Luft kalt und klar. Unter den Linden, unter den Linden. Kurz bei Saturn, Post ans Gericht. Dachte nachzulesen bei Montaigne, über den Ruhm, über den Dünkel, was sagt er zum Lob? Aber der irre Effekt ist: kann gar nicht mehr richtig lesen. Habe nun, ach, neun Jahre ausschließlich gelesen, oder waren es sieben?, die sieben leiseren Jahre. Über die Trunksucht, über das Üben. Über den Daumen, über den Zorn. Und war nicht das genau die Uridee KLAGE gewesen: den Text verlassen, vergessen; das Wort ergreifen und geschehen lassen.

Nachts am Scanner: Irrsinn der Maschine.
Geben Sie Ihr Kennwort ein.
Entrichoma: schöne Sache.
Handlungsstillstand: kenn ich nicht.
Frühjahr 45: Deutschland liegt in Trümmern.

Der fremde Mann im Hof fängt sofort zu erzählen an: er habe hier gewohnt, in seiner Studienzeit, da oben, im zweiten Stock, wo das Fenster offen ist, da hat sich nichts geändert hier, das ist alles gleichgeblieben, die Fassade und der Putz, nur das Haus da, das war noch nicht da, das ist neu, was ist denn das? Er hat in den 50er Jahren zwei Jahre hier gewohnt, kennt aber das Viertel genau, denn seine Eltern haben in der Chausseestraße 16 ein Kino betrieben, er ist hier auch aufgewachsen, nach dem Krieg mit Brecht in Kontakt gekommen, der hat da drüben gewohnt, wo jetzt nichts ist, da war ein Lokal, da hat man sich getroffen und geredet. Brecht hat ihm auch Bücher zu lesen gegeben, die hat er ihm dann natürlich wieder zurückgegeben, das war ja klar. Er hat mit Brecht viel diskutiert, war aus russischer Kriegsgefangenschaft heimgekommen, hatte entsprechende Streitgespräche mit Brecht über die Amerikaner. Konnte hier nicht studieren, an der Humboldt-Universität, weil er nicht mitmachen wollte bei denen, ist dann in den Westen, lebt inzwischen aber wieder in Berlin, wollte sich, wie gesagt, nur mal das Haus anschauen, wo er als Student damals zwei Jahre gelebt hat, er hat Maschinenbau studiert. Notabitur, dann musste man sich freiwillig melden zur Wehrmacht, es war kein offizieller Zwang, aber man hat sich nicht getraut, sich zu verweigern. Jahrgang 1926? Nein, 27. Ah, er schaut jünger aus als 80, das denke ich nur. Leider bin ich in Eile. Er redet und redet.

Hat dann auch Vorträge gehalten an der Universität Braunschweig über Brecht. Braunschweig? Hofmannsthal? Pilze? George? Sie reden jetzt über den Papst, über Theologie.

das ist eine gestenreiche Existenz
mit theoretischem Rückgrat

21. Kap. Eigenrecht der Situation
Donnerstag, 5. April 2007, Berlin

because I was born
with a nervous breakdown

Zitternd flattern die Lider über den Augen, der Sprecher schaut nach innen, wo er die Gedanken zu Sprache werden fühlt, den Prozess einer mehrfach gestaffelten Jagd von Intentionalitäten verfolgt, zu deren Schauplatz sein Hirn wird, wenn er konzentriert spricht. Auf dem Gesicht zeichnet sich viel von diesem Hirnvorgang ab. Kurz bevor die Lüge ausgesprochen wird, blinkt es in den Lidern automatisch oder sie lassen in einem blitzhaften Erstarrungsschub die Kraftanstrengung sichtbar werden, die gegen diesen Automatismus aktiv wird.

Die Menschen würden es aber zu vermeiden versuchen, sich gegenseitig in dieser kriminalistischen Weise zu beobachten. Wie überhaupt ein nachsichtsvolles Abschatten allzu genauer Wahrnehmungen zum Normalverhalten im Alltag gehört. Gerade der Hysteriker, von überscharfen Beobachtungen und Gedanken gequält, solange er außerhalb einer Situation ist, geht in der Situation selbst, vor lauter Aufregung, so sehr auf und unter, dass das Überscharfe seines scharfen Blicks dadurch angenehmerweise aktuell deaktiviert wird. Es hilft auch, das Beobachtete unausgesprochen für sich zu behalten, da kann es sich verkleinern und von Gegengedanken widerlegen lassen.

Ähnlich wie mit den Wahrnehmungen wird mit den Reflexionsresultaten verfahren. Sie werden der Welt der Praxis natürlich nicht um die Ohren gehaut, sie sind ja Resultat von Verstehensaktionen. Das heißt auch, sie kennen den Bereich ihrer Gültigkeit, das Denken. Sie wirken nicht direkt auf Praxis. Sie sind nicht dazu da, praktisch umgesetzt zu werden, sondern theoretisch, dazu sind sie da, das Denken anzuregen. Denke ich, während ich durch die Schaubühne laufe, auf der Suche nach dem kranken König. Thomas Ostermeier ist erkältet. Er führt mich durch die vielen Bühnenräume, wo kurz vor Aufführungsbeginn jeweils eine ganze Armada von Aktivisten den Theaterabend vorbereitet. Diese Riesentanker der Kultur, sie verschiffen Geist auf ihre Art, in ihren Sozialkomplexcontainern, Text ist ganz woanders, in der Unendlichkeit des Stillealls gedachter Gegenteilskaskaden.

von dort werde ich in den kommenden Monaten
zu meinen Aufklärungsflügen starten

Illegal wollen wir, schreibt Luhmann, ein Verhalten nennen, das formale Erwartungen verletzt. Dazu müssen wir die Augen zunächst an ein gewisses Zwielicht gewöhnen. Anlässlich des Todes von Paul Watzlawick: in Luhmanns frühem Buch, dem unwahrscheinlichsten Büroroman FUNKTION UND FOLGEN FORMALER ORGANISATION, zu lesen. Diese Theorie, die im Moment so sehr verschwunden ist, wird, davon ist der Gläubige durchdrungen, wiederaufstehen irgendwann, spätestens am dritten Tag.

ich nicht – Erinnerungen an eine Kindheit
und Jugend von Joachim Fest
Sie hörten die vierte von vierzehn Folgen
gelesen von Otto Sander

Fortsetzung folgt: nach Ostern
am Dienstag um 14 Uhr 30

Land und Meer

Dienstag, 10. April 2007, Berlin

gestreckt
gefährlich
vertretbar

Freude an der Angst, wenn die Fahrt zu schnell wird auf den Skiern, weil der Berg zu steil ist und der Schnee zu hart, wenn der Körper von den Buckeln der Piste, der er sich anvertraut hat, nach unten geworfen wird, und es trotz größter Anspannung und Aktivität aller Steuerungssysteme doch dauernd akut unvorhersehbar ist, ob man weiter gut nach unten runter durchkommt oder plötzlich stürzt.

Somnambulismus, Krieg, Avantgarde
Rausch des Kontrollverlusts
den Körper niedermachen, Rauchen, Sport, Freude an –
die Prolligkeit der körperlichen Selbsterfahrung

Die Regeln des Diskurses fortschrittlicher Kollektive sollten deppenoffener verfasst sein. Falsche Gedanken, Begriffe und Argumente sollten weniger stark verachtet sein. Blödsinn kann ja widerlegt werden, muss nicht über gebannte Begriffe ausgeschlossen werden. Hierarchien von Begriffen sollten in Bewegung bleiben. Früher herrschende, jetzt gestürzte Begriffe sollten nicht auf immer in den Begriffsorkus der Unaussprechlichkeit verbannt sein, und früher unterdrückte, jetzt herrschende Begriffe sollten die Herrschaftsskepsis, die sie selbst an die Macht gebracht hat, weiterhin auch auf sich selbst anwenden. Starke Begriffsaufmerksamkeit tendiert dazu, einen von allen Diskursbeiträgen überstark genervten Diskursüberdruss hervorzubringen. Die alte Kunstidee des Grenzenüberschreitenden sollte auf das Soziale übertragen wirksam bleiben: gerade auch der, der im falschen Vokabular schon widerlegte Ideen vorträgt, sollte als Fremder, der die

Diskursgemeinschaft eventuell bereichern kann, begrüßt werden. Geschichtslosigkeit ist anstrengend, kann aber auch, wie Naivität, das allzu Elaborierte neu vitalisieren. Dafür sollte diskursiv Offenheit vorgesehen und bereitgestellt werden.

das Wort Element bedarf allerdings
noch einer kurzen Erklärung

Der Schneeleopard

Mittwoch, 11. April 2007, Berlin

Duftmaschine im Mahonienbusch, dunkelgelbgrün
Weinmeisterstraße, Rosenthaler, Gips
von Fahrrad Flöckner heimwärts unterwegs
Welt riecht gut im Frühfrühling der vielen ersten Blüten

Schlegel, Tieck, Novalis; die Zweidornbaumallee
Brunnen, Tor, Chaussee; wir werden singen
Entwurf, gesendet, Spam, Papierkorb
über den Schmerz; über den Text

Da Text bringen, wo Text wurscht ist, und wo Hochtext hingehört, zuerst den Trashtext bringen. Nulltext senden, Blindtextflug mit Bildern, wild verfahren: ohne Notfallplan gemacht.

2. Straße mit Musiker nachts
3. Meer mit spät besonnten Wolken
4. hohes Lichtfenster mit Bodenspiegelung
5. Neonröhrenkunstverhaubetrachter
10. Schutzengel mit Knabe
11. Vanitaswand

Traum und Gerücht
geschnitzt, dramatisch, zerwandert
einsilbige Liste, betrübte Behörde

der weißhaarige Mann, 2007
der noch jugendliche Major Harnack, 1914
der zweitgeborene Kyritz, 1967
die 19jährige Fanny Britting, 1919
und die 23jährige Marie Campenhausen, 1895

Ortsunangemessenheit sichert Distanz, die Autonomie des Textes dem Leser gegenüber, vertritt so die unverzichtbare Ernstzerstörung, die der Text braucht, um frei atmen zu können, andernorts: Ironie, Übertreibung, Historizität, Fiktion geschlossener Geschichte. Wie in jeder kalkulierten Regelverletzung ist auch in Ortsunangemessenheit eine Reverenz an die Schönheit der verletzten Regel enthalten und die Ansage, in nichtkünstlichen Zusammenhängen regelsensibel, das heißt: höflich agieren zu werden.

Sacramentum Caritatis
Donnerstag, 12. April 2007, Berlin

Die Kassiererin im Extra hält mir einen ausführlichen Vortrag über die von mir gekaufte Zeitschrift MÄNNER AKTUELL, der in die mehrmalige Beteuerung mündet, sie sei schon 35 Jahre verheiratet, sie brauche das alles nicht mehr, das sei für sie nicht mehr relevant, aber schämen müsse sich doch niemand dafür, auch nicht für Kondome, das sei alles ganz normal inzwischen. Während sie anstrengend daneben, freundlich gemeint, immer zudringlicher, halb in Andeutungen, halb überdirekt, leise vor sich hinmonologisierend auf mich einredet, zieht sie das Essen durch den Scanner und gibt mir anschließend vier Herzen, die hier Treuepunkte heißen. Später wird daraus Salatbesteck.

Herzerlstock und rosa Wölkchen
für Frühfrühling lies: Hochfrühling

Im Hof steht am Abend ein spektakuläres Auto: ein älterer Citroën, späte 8oer Jahre, riesenlang und superflach auf den Boden hingekauert, Variant, Break, Kombi, Familiale, dunkelorange metallic lackiert, blaue Sitze. Wer bist denn du? Und eine schöne Selbstbezeichnungsschrift verkündet hinten auf dem Heck: CX 25 TRD TURBO 2.

Später beim Bierbauer an der Bar, wo ich stehe und warte, spricht mich der Mann neben mir an, wir würden uns aus München kennen, über eine gemeinsame Freundin, die Sabine. Er sei der Martin. Und ich erzähle ihm sofort von meinem heutigen Traum von Klaus, über den ich die Sabine kennengelernt habe, der in diesem Traum Maler geworden war, mir von 90 Bildern erzählt, aber zur Menge abwiegelnd erklärt hatte, das wären alles Variationen von eigentlich nur drei Bildern. Das hatte dann gedanklich länger nachgehallt im Traum, die Variantenfrage.

Sinne der Kunst: ist es sinnvoll, diesen Begriffsknecht am Ort seiner Unterdrückung, im avancierten Kunstdiskurs, zu befreien zu versuchen? Die sinnliche Erfahrung, die das Werk dem Menschen in seiner Gedankenwelt erst zugänglich macht und so der Reflexion vorausgeht, sie erst ermöglicht. Die theoretizistische Kaputtposition von Klage: antisinnliche Abstraktkunst machen, die aber selber lieber anders wäre, den direkten Eindruck sucht, die ruhige Darstellung des Sachverhalts.

Osterferien halten an in Bayern. Gauweiler spricht morgen beim Fürstenrieder Frühlingsfest der CSU München Süd, im Festzelt an der Drygalskiallee.

Sammelstelle für Versprengte
Telefonzentrale Reichskanzlei Führerwohnung
Reichsluftfahrtministerium Wilhelmstraße, Berlin Mitte

am 22. April
am 23. April

aber von einer gemeinsamen Befehlsstruktur
war nichts mehr vorhanden

Hauptwerke der Ungleichheitsforschung
Freitag, 13. April 2007, Berlin

ein französischer Prinz
ein ungarischer Magnat
ein türkischer Vasall
der Fürst von Siebenbürgen
ein schwedischer Vasa

Angriffe auf Informationssysteme

Was festgelegt ist, muss richtig sein, andernfalls sticht es als falsch ins Auge und stört. Bleibt es hingegen offen, wird es von der Wahrnehmung sinnvoll ergänzt und richtig verstanden. Das sieht man auch gut am gegenteiligen Fall der optischen Täuschung, da wird die interpretatorische Arbeit der visuellen Primärdaten durch das Gehirn ausnahmsweise durch einen Fehler auffällig.

Wir sitzen zu viert vor einer Pizzeria in der Torstraße beim Abendessen, am Nebentisch tagt eine TV-Produktions-Gruppe, Kulturnamen und Wertungen werden ausgetauscht, dann macht der Taz-Verkäufer seine Runde, und weil er so nett nervös ist und auf Nachfrage eines Franzosen die heute beigelegte Le Monde Diplomatique auch auf Französisch anpreisen kann, kauft unser Tisch zwei Exemplare. Anschließend reden wir über die israelische Politik im Gazastreifen und im Nordlibanon. Je verrückter die Verschwörungstheorie, umso detaillierter wird sie begründet. Die Attraktivität von Irrsinn ist gigantisch. Man kann dann als mittelinformierter Zeitgenosse immer nur relativ lasch und beleglos sagen: glaube ich nicht.

Freude an der Aufschrift
Griesnockerlsuppe
Empathieexzess und Abwehrnicken: jaja, ich weiß

Im Innenhof des Berliner Ensembles, unter den hohen, noch nicht beblätterten Bäumen, hier haben sich die Leute mittags in der Sonne an die Biertische zum Essen, Trinken und Reden hingesetzt. Ich schaue meine Stein- und Wallensteinnotizen an, gehe dann an die Pforte. Da tritt Alexander Fehling auf mich zu, er spielt den jungen Helden, wir gehen zum Interview hinüber ins benachbarte Lokal. Später spreche ich im Wellenreiter an der Spree mit Friederike Becht, die die Prinzessin von Friedland spielt, Wallensteins Tochter. Um vier beginnt die Probe, II. Aufzug, 3. Auftritt: mein Vater hat nicht gealtert, sagt sie beim Wiedersehen mit dem Vater, wie sein Bild in mir gelebt, so steht er blühend jetzt vor meinen Augen.

Sprachstress durch Zeitferne, Gegenwartsflash durch Philipp Tinglers Bericht übers Berghain im vorletzten Qvest. Es geht doch ganz einfach: leben, schreiben, lesen.

Wallensteins Tochter
Samstag, 14. April 2007, Berlin

Ihr Warenkorb ist leer
ah, das ist gut, dann hätte ich gerne bitte
bisschen was –

vom herrlichen Sommerwetter heute draußen
von der Friedrichstraße ausgewählte Paare und Passanten

von Günter Figal Gegenständlichkeit in der SZ
und vom Kaufhaus Dussmann dieses Buch von Sascha Seiler

im Kopf geht mit der Wallenstein
geht mit: der Gedanke, wie die Liebe heute lebe
geht mit Hölderlin: da ich ein Knabe war
und geht mit Goethe und Prometheus: bedecke
deinen Himmel, Zeus, mit Wolkendunst

und dem plötzlichen Erinnerungsgefühl, das hierher gehört:
je jünger man ist, desto weniger hat man Problem mit Gegenwartsferne, mit Ranzigkeit und Alter, das stört einen nicht,
man liebt die alten Texte, Gedichte, das Hysterische, Novalis,
Trakl, George, Platon, das Gestörte und Verrückte, versteht
Nietzsches Zarathustra, Wittgensteins Tractatus oder Kierke-
gaards Entweder Oder tausendmal besser als später, wenn
man viel mehr weiß, aber vom überspannten Sound und den
gestelzten Posen angewidert ist.

kaufe also Geld bei der Commerzbank
kaufe Zeitungen beim Spätshop am Oranienburger Tor
kaufe Hunger, esse Brot, liege kurz am Bett

meldet sich von wo Gebot: du sollst nicht begehren
meldet sich der Warenkorb, die Antwort
meldet sich im Lied:

we do it every weekend
I like to do it with my friends
sometimes we videotape it

then we watch it – and do it again

Der Warenkorb war leer, jetzt befinden sich darin: Gedanken,
Bilder, Vogelstimmen; Erinnerungen, Ängste, Fehler. Im Warenkorb befindet sich das hier von Wallenstein und seiner

Tochter Aufgesagte und mit ihm mein Verdacht, die gegen alles resistente Evidenz: ohne Textich geht es nicht.

Klage
Montag, 16. April 2007, Berlin

Haus der Schande. Das verfehlte Leben eines modernen Gelehrten zu führen, dabei zugleich absolut fasziniert von der verzweifelten Lage. Liege am Wasser, schaue in den Himmel, brackige Luft wehe vom Karpfenteich her, Weltvertrauen habe er komischerweise kaum abgekriegt. Portal der Träume, Atem des vergangenen Jahrhunderts, Schlucht 14.

Niedrige
Elende
Leidende

Kranke
Verzweifelte
Erledigte

Klagen und Fälle. Die Welt sei fern und heimlich höher als der Wind, der Wirrnis bringt, die Helligkeit der Überschriften angeprangert lässt. Grasrand, Bauanleitung, Nagelrost. Adler, Hase, Kummer, Tat. Mücke, Falke, Wolkenzug.

anstatt zu fliehen, rennen DIE MENSCHEN zum Feuer hin

Saturn
Dienstag, 17. April 2007, Berlin

Ordnung zersetzen, Wahrhaftigkeit prüfen, Modus unverfasster Bildentstehung aktiviert. Der Patient hat einen Asthmaanfall nachts erlitten und ist daran erstickt. Der Folgedelinquent wird in den frühen Morgenstunden aus seiner Zelle geholt, nochmals verhört, dann entlassen, danach erschossen. Der Notarzt füllt das Formular aus, der Vorgang Sinnzerfall hat sich, hier Ruine 108, auf seiten der Zentrale fortgesetzt. Mitochondriale, matrimoniale, monozentrische Mobilitätsunterlassung. Totenhütte, Sonnenschutz.

sonst sonnst dich du, Sonne
im Ratgrab der Ferne

Michi ruft an, Kyritz berichtet: Ordnung wird täglich wahrer erfasst, für morgen sei Bildrecht vorhergesagt. Weiter bei Kleist, Anruf von Max, Prognose ähnlich günstig wie hier. Auch er habe nie wieder Dinge und Leute gesprochen. Worte schon alt, Krankheit ganz frisch. Über der Spitze gestriger Unterlassung sei im Vorverfahren gegen beschmutzte Gesichter der vormals besprizte Vergnügte ausgetauscht, später verwechselt worden. Sache ist jetzt wohl verglüht.

Friedrich Hitzig, 1811-1881
Hermann Blankenstein, 1829-1910
August Tiede, 1834-1911
Rudolf Mönnich, 1854-1922

Nehme er, Dürer, diese Liste eventuell nocheinmal vor oder zurück? Wenn die Sterne dadurch düsterer erscheinen: gerne.

truth study center
Mittwoch, 18. April 2007, Berlin

Wolfgang Tillmans' neues Buch MANUAL beginnt mit schwarzem Leinen, grauem Vorsatzpapier, einer unscharfen silbrigen Diskokugel, und dann kommt eine Serie 16 monochromer abstrakter Bilder, leicht verschliert:

blass hautfarben, dunkelrosé;
blau, blauschwarz, braungrau, laschgelb;
abstrakte Haut, dreimal;
Idee von Tropfen, Meeranmutung, Sand;
rote Uferbäumeschemen, laschgrüngraues Geschliere.

Erst dann erscheint als erster Gegenstand ein Sperrholztisch, mit vier wiederum fastabstrakten Bildern belegt. Das Argument dieses dezidiert strengen, aber auch freundlich undogmatisch auftretenden Auftakts heißt Freiheit. Bildlich wird hier alles möglich sein: Schmerz, Schrift, Klage, Schönheit, Forschung, Suche. Auch in der Gegenständlichkeit von Wolken, Brücke, Gottheit, Pflanze, Sex. Abriss, Haus, Gesichter, Treppe. Vom Experiment des immer weiter sich ausdehnenden Universums dieser Kunst kann Text sich anregen lassen, alles mit aufzunehmen in die eigene Sammelstelle für Weltzugriffsweisen, bis hin zu klanggesteuerten Buchstabenkomplexen ohne direkte Bedeutung, senje pilaster, kerskana viluti. Das Buch schließt mit grünem Abschlusspapier, Wirr erfasste Zuversicht.

Holzfällen
Donnerstag, 19. April 2007, Berlin

Ich würde mich auch nicht dagegen wehren, vom Realtheater in der Echtwelt zu lernen: den Blick gesenkt zu halten, die einen grell durchzuckenden Affekte abzufangen, bevor sie den Gesichtsbildschirm erreichen, bitte bisschen leiser sprechen und den Ichpunkt bisschen abzuschwächen. Wo das Soziale der Wahrheit zu nahe kommt, körperlich vermittelt, schrecken die Elemente voreinander zurück, Menschen, Wünsche, Aufgaben und Ambitionen, suchen Deckung im Ungefähr der Aussicht auf den nächsten Augenblick, der kommen wird. Dabei erfährt man Höflichkeit als Vorsichtsvorgang, das Wohltuende der Tugenden der Diskretion. Nur der Text bricht auf die Art gebändigt traurig in sich zusammen.

Er will lärmen, geschichtslos, sinnlos, glücklich sein. Dann ist er wahr, wenn er stumpf ist und böse, aggressiv und kaputt. Er muss zum Sozialen, dem er sich verdankt, ein ungekünstelt fundamentales Destruktionsverhältnis unterhalten. Text ist hier: die aus der Sprache lebende Literatur. Und es ist interessant und sehr entmutigend zu sehen, dass die Autoren, die diese Art sprachgenerierte Literatur machen oder gemacht haben, eigentlich immer, zwangsläufig in der Isolation, im sozialen Abseits und damit über kurz oder lang in der Verblödung irgendwelcher abgedrehter Individualkosmen, im Schwachsinn gelandet sind. Privatroman, Langsame Heimkehr, Bocksgesang.

Daniel Kehlmann, der mit seinen praktisch textfreien Büchern die gehobene Angestelltenkultur vertritt, wollte in mehreren Gesprächen, die wir bei verschiedenen Suhrkampabenden früher hatten, von mir wissen: was ich denn so toll fände an Benjamin von Stuckrad-Barre? Was an Harald Schmidt? Und was an Thomas Bernhard? Es war interessant, mit ihm über den deutschen Idealismus zu reden, aber nicht über diese Fragen. Sie waren ganz ernst gemeint, und eben deshalb auch so sinnlos. Daniel Kehlmann besteht zu 99 Prozent aus Bildung, Klugheit und Literatur. Daraus kann man flüssig und lässig gut lesbare Bücher machen, viele werden es noch werden, schade, dass sie nicht mehr bei Suhrkamp erscheinen. Aber für die Welt der Erkenntnis, der Kunst, für das wirkliche Leben also ist diese Art von Literatur komplett belanglos. Der größte Texthysteriker, Thomas Bernhard, hat den widernatürlichsten und schönsten Entwicklungsweg in seiner Kunst genommen: ist immer platter, immer deutlicher, immer zugänglicher geworden. Er hat seine Intellektualität auch aktiv niedergehalten, im Interesse der Produktion, seine geistige Verfeinerung eher in richtung Grobheit getrieben, und ist dabei zugleich der immer fragilere, schütterere Mensch geworden. Das wäre doch das Ideal: aus der Normalität des realen Lebens heraus eine maximal asoziale Kunst zu machen, Sozialtextkunst.

Die Stadt in der Frühen Neuzeit
Freitag, 20. April 2007, Berlin

Kalte helle Welt hier morgens bei der Humboldt-Universität, das Sommersemester hat begonnen diese Woche, und jetzt gehen die vielen Menschen auf der Straße zielstrebig den Institutsgebäuden zu, werden gleich in einem Vorlesungssaal, aufgenommen von den Worten des Dozenten, das imaginäre Reich des Wissens ihrer Wahl betreten, um dann da sich zu befinden, geistig abhängen und vor sich hinträumen zu können. Das Spektakuläre der Universität ist die Gleichzeitigkeit von Welttotalität und Hochspezialisiertheit –

Einführung in die Thanatosoziologie,
Probleme der indogermanischen Verbalmorphologie,
Avestisch II, Afrikakolloquium, Basketball Kurs I Männer,
Brown Bag Seminar Makroeconomics,
Machiavellis Begriff der Politischen Lüge und
Historische Herkunft der Lügenkultur in der modernen
Politik –

Dieser gigantische Geistessupermarkt, der Aktualität gegenüber relativ träge, was nichts ausmacht, weil er zugleich auch noch, anders als das ähnlich inhaltsreiche Internet, ein Anwesenheitsort der realen menschlichen Körper ist. Die kommen hier zusammen, meist ohne sich gegenseitig zu erschießen, und verbringen hier ihre echte Zeit miteinander. Drei Jahre, vier oder sechs Jahre, früher gerne auch mehr. Die Dauer dieser Zeit, ihr Leerlauf und ihr Verplantsein, der Fokus auf Abschluss, auf Durchkommen und es hinter sich bringen, weil man endlich mit dem echten Leben loslegen will, das Passagere und Gebremste, das, auch in noch so verschulten Modulen, Vertrödelte der sozusagen besten Jahre Anfang zwanzig: diese versammelte Studiumsabsurdität und intellektuelle Sinnhaftigkeit zugleich summieren sich zu dem an keinem anderen Ort der Welt akkumulierbaren, lebenslänglichen Kapital, das hier an der Universität vergeben wird, nur an Studenten.

Geistig konstruktiver wird man nie mehr leben. Später geht es darum, die Sachen niederzutrashen, in der Kunst aus dem ihr inhärenten Urnegativismus heraus, im Journalismus gejagt von den gegenstandsverbrauchenden Exzessen der Aktualität. Aus dieser Triade heraus am Schreibtisch sitzen, hinüberschauen über die Charlottenstraße auf die spätkaiserzeitliche Staatsfassade der Universitätsbibliothek und antiideale, destruktive Dinge denken, planen, lesen, tun, und –

unter allgemeinem Aufbruch
fällt der Vorhang

Einführung ins Denken
Samstag, 21. April 2007, Berlin

Unterschlupf suchen im Wort, um so zu allem immer mitzusagen: im Gegenteil, im Gegenteil. Das ist das Schöne an jeder sprachlichen Äußerung, sie hält von selber die Balance, sie zieht den Schweigeschweif des nichtgesagten Gegenteils am Gesagten hinter sich her, das ist der Stress von Sprache, der im Geredeten von selber vergeht, sich zugespitzt sichtbar macht erst im: Schrei der Schrift.

eins zwei drei, vier fünf sechs sieben
elemente durchgetrieben, klein geschrieben
untersetzer ausgestrichen, altversuch gelöschte
nimm sie hin, vertritt die klage, lasse ohne

sinnschmerz untersagte sachen rauschen, lagern
offen stehen im getrümmer der verstiegenen gesänge
geexzess der senke, heb dich lied im e, erzähle

Doch was wissen wir eigentlich, wie SÄUGLINGE denken
und handeln? Nächste Woche hoffentlich: wieder echte Politik.

Am Nullpunkt der Literatur
Sonntag, 22. April 2007, Berlin

Reichts denn schon, so bisschen am Nachtleben rumzufor-
schen und davon zu berichten? Vielen nicht, mir schon. Die
Schwierigkeit ist nur, von dort auch wirklich das Erlebte
nachhause mitzubringen in den Text. Er sollte so bewusstlos,
ichstark und zugleich quasi autorschaftsfrei sein, wie das im
Geschehen sich verlierende Auftreten des angenehmen, unge-
duckten, uneitlen Menschen dort. Viele von genau denen
kommen im richtigen Nachtleben zusammen, und die dabei
gemachten Erfahrungen wollen im nachträglichen Bericht
nicht angeberhaft aufgeplustert werden. Dazu tendiert aber
das Geschriebene, weil es so leise ist, will TEXT werden,
stolz, hysterisch, gewichtig. In vielen Blogs wird jetzt die
grundlegende Erfahrung des Schreibens gemacht, dass das
vom eigenen Erleben erzählende Schreiben so lange gut geht
und gut klingt, solange die Ichfigur sich selbst und ihrem
Berichten gegenüber eher blind bleiben kann. Resonanzen
stören diese Selbstunsichtbarkeit, das selig Automatische,
das das Schreiben anfangs haben kann. Beim Plappern und
Schnattern muss das Schreiben aber bleiben wollen und trotzdem die Last seiner selbst, des Geschriebenseins fühlen und
benützen, fürs Weiterdenken ausbeuten können. So eingesetzt, treibt Text das Erlebte über das Gewusste hinaus, dieser
Surplus wird beim Schreiben als Glücksgefühl spürbar, später
auch dem Leser. Springt der Text nicht auf diese Art um in et-

was Neues, vor dem Schreiben noch nicht Gewusstes, bleibt
er stumpf. Text ist ein Wildling, will auch spinnen und spielen, eine siebenfach tertiäre Naivität sei der Raum seiner Forschung –

vorhut, vorsatz, aderlass
streifzug wie in –
wirtod: einmannbaum der stückwerktrage
lustversprengte montagstage, wurfgefedert, eingedenk

Eine Untersuchung über die Prinzipien der Moral

Montag, 23. April 2007, Berlin

Haltung ist ja Mist, sagte ich zur Barbi, einer Kunstfigur aus
dem Kosmos Lottmann im schönsten lottmannschen Imperfekt, ging zu der Balkontüre, die es hier zwar gar nicht gab,
um sie aber ersatzweise wenigstens umso sperrangelweiter
aufzumachen, atmete tief durch und fühlte mit dem kühlen
Frühlingswind dieses schönen Montagmorgens die frische
Luft der Erzählung hereinfahren ins Geklage dieser Tage, der
leicht läppische Reimzwang war davon scheinbar noch nicht
so richtig vergangen, aber egal. Nachts war ich aufgewacht,
hatte wieder –

little illicit lyrics
more illicit little nonsensicals
my little verbal illicities –

im Ohr gehabt, ohne zu wissen, was damit oder mit diesen
englischen Worten eigentlich genau gemeint war oder wäre,
und im Hintergrund rauschte dazu die lottmannsche Welt-
saga auf und ab, Billerlesung, Schirachbesuch, Uslarstress,
worauf mich die im letzten Roman von Lottmann als geile,
kluge Sexpuppe grausam verheizte Barbi hingewiesen hatte,
und an ihrem Computer, meiner war ja kaputt, die taz-Blogs

erschienen dort nur als linksspaltige Fäden von Einzelwort-tropfen, hatten wir gemeinsam auf der sogenannten Lott-mannborderline um halb eins uns paar Minuten nur umgese-hen und absolut euphorisiert hatte ich festgestellt, ähnlich wie damals vor drei Monaten, als ich zum ersten Mal die Vanity-räume betreten hatte, das ist es, das wird es, so geht es nach vorn. »Wenn ich jetzt auch noch«, sagte ich da zur bekannt-lich ja auch noch unfassbar schönen Barbi, »für die wörtliche Rede die klassischen lottmannschen Anführungszeichen zu verwenden anfange, wird in und zwischen diesen Doppelstri-chen, diesen kleinen schwarzen Katzenkratzern, die dem Text erst richtig Sexreiz geben, eine derart sinnliche Spaßdimen-sion aufreißen und sich öffnen, in die hinein vorzustoßen –« Da aber freilich war es ja längst schon geschehen. Und ich er-zählte der jetzt neben mir liegenden Barbi das morgen hier folgende dritte Kapitel: Warum Biller und Lottmann von der Liebe so wenig verstehen. Und Klage, wir lachten, so viel.

Landschaft mit Ruine
Dienstag, 24. April 2007, Berlin

Was ich schon immer sagen wollte, sagte ich daraufhin zur Barbi, das ist kein guter Ansatz, um was los zu werden. Die Barbi saß im Unterhemd des gestrigen Eintrags vor mir am Bett, als ich um viertel nach neun Uhr abends todmüde und hungrig von der sogenannten Arbeit nachhause gekommen war, und las im Spiegel die RAF-Titelgeschichte.

Sofort diskutierten wir wieder über den diesbezüglichen Lottmanntext, seine speziellen Privaterinnerungen an die Zeit von vor 30 Jahren, um 1977 herum also, und seine komi-schen Gedanken dazu, in einem RAF-Spezial in einer Welt am Sonntag, von vor paar Wochen. Die politische Dimension des Schreibers Lottmann, der in seiner storyfanatischen, irr-lichternd verkommenen Weise mehr als wir alle anderen wirklich ein homo politicus – die Barbi unterbrach mich.

Jetzt mal halblang, erst völlig übertriebenes Lottmann-bashing, jahrzehntelang, jahrelang, jetzt genauso absurdes Hochloben der Lottmannfigur, das sei doch Quatsch. Ich musste der Barbi recht geben. Das letzte Mal, als ich Lottmann selbst und direkt begegnet war, bei einem Kiepenheuer-fest direkt nach der Schröder-Bundestagswahl, mit Schröders durchgeknalltem Elefantenauftritt im Fernsehen, der die Wahl erst wirklich für die SPD verloren hatte, wo ich aus irgendeinem mir selbst jetzt entfallenen Grund meine Aversionen gegen den lottmannschen Lügeneimer, wie er da wieder einmal vor mir stand, versuchsweise aufgegeben hatte und ihm allen Ernstes irgendetwas über Schröder erklärt hatte – die Barbi schaute genervt. Sie war ja selbst dabei gewesen an diesem Abend, neben uns beiden gestanden, und ihr musste niemand und als letzter ich erklären, wie im lottmannschen Comic-Kosmos der Welt die Menschen und Ereignisse schon im Moment des Geschehens nichts waren als Anstoßkicks und Abstoßpunkte für die daraus beim Schreiben im Lottmanngenerator quasi autonom, von selbst aufflammende, pararealistische Lottmannsaga. Man wusste beim Lesen der RAF-Erinnerungen nicht, was er wirklich erlebt hatte damals, was sich jetzt beim Schreiben der Erinnerungen aus storytechnischen Gründen so von selbst dazuerzählt hatte, allein mit dem Alter musste er mühsam nachregulieren in der Erzählung, er war ja in den letzten Jahren nicht älter, sondern immer jünger geworden, was man auch nicht einfach nur als Lüge abtun musste, denn auf eine Art stimmte es ja sogar für seine Geschichten, und genau so hatte er dann nach dem Kiepenheuerfest in einer Taz-Geschichte auch wieder eine Figur meines Namens irgendwie mit irgendetwas angeblich Gesagtem auftreten lassen, was ich selbstverständlich so überhaupt nie gesagt hatte.

Und zwar allen Ernstes, wie gesagt, hatte ich ja irgendetwas gesagt zu Schröder, nein: erklärt, allein das ist in der lottmannschen Comicwelt ein Witz hoch zehn, der die Erzählmaschine wie verrückt befeuert, der Ernst, das Erklären, dieses ihm so ganz und gar Entgegengesetzte undsoweiter. Aber die Barbi räkelte sich, und ich musste denken, sorry, und hörte auf zu reden. Auch zum Gähnen und Räkeln hätte ich der Barbi meine naturgemäß auch wieder unweigerlich ernsthaften Erklärungen darlegen können, ich stand selber ja immer noch im sogenannten Mantel unausgezogen vor dem Bett der Barbie, breitete jetzt aber die Arme aus und sagte: du hast doch neulich von der Dirk-von-Lowtzow-Geschichte im neuen Spex erzählt, die habe ich jetzt vorhin –. Da klingelte das Handy der Barbi, sie ließ sich zur Seite rollen und während sie mit Ariadne redete, ging ich in die Küche und hörte eben noch aus dem dort laufenden Fernseher den Satz kommen, im Präsens:

die Stimmung ist heiter
das Wetter gut
aber Möllemann sagt:
heute mach ich meinen Einzelstern –

um kurz darauf, in Bauchlage, auf der berühmten Wiese aufzuschlagen, 12 Uhr 36. Man sah dann wieder dieses berühmte offene Zelt da stehen, in Weiß, und ich dachte gutgelaunt: Landschaft mit Ruine.

Die Kultur der Freiheit
Mittwoch, 25. April 2007, Berlin

Qualli saß im Taxi und hatte schlechte Laune. Das Handy wackelte in seiner Hand, die Hand wackelte am Knie, das Bein wackelte insgesamt, und unten klopfte der Fuß gegen den Fahrersitz in dem viel zu engen Wagen, der obendrein auch noch viel zu langsam fuhr. Qualli wählte wieder.

Schnalli ging nicht an den Apparat, schon seit einer Stunde, Quallis Taxi fuhr durch die südwestlichen Outskirts von Berlin, Schnalli war in Hamburg, es war später Abend, Schnalli hatte die Verabredung, jetzt erreichbar zu sein, wieder mal nicht eingehalten, und der Schlag von Quallis Fuß gegen den Sitz vor ihm intensivierte sich. Während Schnalli bestens gelaunt in größerer Clique, Exfreund und Lover auch dabei, beim Feierabenddrink in der Steenskogge das Vibrieren ihres Handys in der vorderen Hosentasche ihrer Röhre fühlte, mit Freude an der Bosheit des banalen Lebens das Gerät herausnahm, die Anzeige Unbekannter Teilnehmer sah, und sofort zeigte Schnalli der neben ihr stehenden Kollegin das Display und sagte dazu, guck mal, ich habe ihn schon fünfmal weggedrückt, jetzt ruft er schon mit unterdrückter Nummer an. Und die Kollegin lachte hysterisch.

Sagen Sie mal, sagte da der Fahrer und drehte sich zu Qualli nach hinten in den Fond um: aber mit Ihrem Fuß ist alles in Ordnung, wa? Qualli schreckte zusammen. Sein Bein hielt still. Da merkte er erst, wie heftig er die ganze Zeit auf den Fahrersitz eingetreten hatte, fasste sich und schrie den Fahrer an: was bilden Sie sich eigentlich ein, was glauben Sie denn, wer hier diese Fahrt bezahlt?! Der Fahrer reagierte amüsiert: ich kann Sie leider rein akustisch ganz schlecht verstehen. Qualli atmete ein, baute sich auf, beugte sich vor, las den Namen des Taxifahrers von der Behördenplakette ab und sagte dann übertrieben leise und nah am Ohr des Fahrers: mein lieber Herr Quaiser, seien Sie mal froh, heutzutage, dass Sie überhaupt noch Arbeit haben. Das kann sich nämlich sehr schnell ändern. Sie wissen wohl nicht, mit wem Sie es hier zu tun haben. Dann ließ der dicke Qualli sich tief in den Fond zurücksinken und versuchte das schnappend schnaubende Atmen, das ihn schüttelte, zu unterdrücken. Der Fahrer sagte nichts mehr, und langsam ging die Fahrt dahin.

Beim nächsten Versuch war Schnallis Handy ganz ausgeschaltet, und Qualli tat jetzt so, als würde er mit der Bild-Zeitung sprechen, ja, den Chefredakteur selbst müsse er sprechen, ja selbstverständlich, er selbst, Qualli selbst, sei am Apparat, und dann redete er so, als wäre er tatsächlich durchgestellt worden und würde jetzt dem befreundeten Chefredakteur der Bild-Zeitung diesen ungeheuerlichen Fall und Vorgang hier darstellen, diese Unverschämtheit eines namentlich in der Bild-Zeitung von übermorgen anzuprangernden Berliner Taxifahrers, der ihn, den berühmten Qualli, auf das ungeheuerlichste beleidigt und schlecht gefahren habe, der entlassen werden müsse und werde, seinen Job verlieren werde und müsse und schon noch sehen würde, wo er bleiben müsse und würde usw usw. Da betrat die Burda-Ehefrau Sandra Maria Furtwängler, die heißt doch so, diese Schauspielerin, das Café Unter den Linden, wo die Ariadne sich von ihrer Freundin am Telefon diese Geschichte, die ihr der Taxifahrer, der sie eben gefahren hatte, selbst erzählt hatte, erzählen ließ und –

indem jener dem Terzky aufmacht
zieht Wallenstein den Vorhang vor die Bilder

Gegenständlichkeit
Donnerstag, 26. April 2007, Berlin

Am Abend nahten die Freunde, in Huchels Gedicht, verdunkelten das Brot, verdunkelten den Wein und führten Gespräche mit seinem und meinem Schweigen, während die Barbi von der berühmten Schule der Frauen erzählte und ich von Fahrrad Flöckner. Wo ich nach der sogenannten Arbeit zur Nachreparatur hingefahren war und mich vom Chef selbst dafür hatte ausschimpfen lassen müssen, dass ich das Knacken und Quietschen des neuen Tretlagers, das meinem schönen Schrottrad als Teil eines neuen Antriebs für 174 Euro neulich eigens neu eingebaut worden war, irgendwie unbefriedigend, beklagenswert, ehrlich gesagt eigentlich eine richtig deprimierende, an den Lebensmut gehende Gemeinheit gefunden hatte und deshalb darum gebeten hatte, das nagelneue Tretlager vielleicht wenigstens ein bisschen nachzuölen. Der Chef war ungehalten. Das Lager könne man nicht ölen, das sei ja geschlossen selbstverständlich, wie solle er das denn ölen?! Ja Entschuldigung, sagte ich, tut mir leid, ich kenne mich doch mit Radtretlagern gar nicht aus, deswegen komme ich doch zu Ihnen. Aber ich wollte keinen Streit und war vom erbosten Chef auch so verwirrt, dass ich völlig vergaß, die eigentliche Frage zu stellen: ob denn da auch wirklich ein neues Tretlager eingebaut worden war?

Nachmittags war ich durch das abgesperrte Wildareal beim Nordbahnhof gelaufen, der ehemalige Todesstreifen, der jetzt als künstlicher Naturwildpark angelegt wird, und hatte versucht, meine Gedanken zur RAF-Debatte zu ordnen. Ging nicht, lief nicht, und ich dachte an die lottmannschen Ausuferungen zur Ernstproblematik, ich weiß gar nicht mehr, wo er das geschrieben hatte, nein, falsch, hatte mir das nicht der Helge Malchow direkt mündlich als Lottmannthese erzählt gehabt, dass jedenfalls wir, so unterschiedliche Leute wie Diedrich Diederichsen und ich, in unserer Verkralltheit in den Ernst plötzlich die Wahrheit nicht mehr zu fassen kriegen würden. Und wie mir das damals sofort eingeleuchtet hatte, ohne dass es an der Verkralltheit selbst irgendetwas hätte ändern können. Privileg der Literatur: man trägt auch Argumente vor, aber im Spinnkosmos wirrer unüberblickbarer Unordnung. Und zwar aus dem Gefühl heraus, dass die Welt selber auch so wäre, jedenfalls zu einem Teil, wirr und unüberblickbar. Und für diesen Teil bildet eine bestimmte Literatur ihren auf Destruktion, Komplikation, Argumentverweigerung und grelle Effekte spezialisierten Wirrdestruktivismus aus, ein Defizitprogramm mit Sonderqualität im Schönbereich.

Welt riecht nach Flieder, sagte ich da, oh ja, es wird Mai, und ging am späten Abend mit einem Eisbergeis in der Hand die Bernauerstraße nach Nordosten hoch, der Abendhimmel glänzte stahlhell, war mit zigtausendkilometerweiten rosaleuchtenden Wolkenschlieren verziert, hoch oben stand schon wieder der neu zunehmende halbe Mond kaltweiß, was würde das Jahr wohl noch bringen, der morgige Tag und Text?

La conversation amoureuse
Freitag, 27. April 2007, Berlin

Sex. Denn die Ariadne wollte mit mir über Sex diskutieren, ich sollte in dieses Spielzeugcafé in der Oderbergerstraße kommen, gerne, und dort würde sie mir rauchend und mit offener Bluse, offenem Mund und offen geschürzten Lippen ihre sogenannte Philosophie des Orgasmus erklären, –

Kann es Sex ohne Liebe geben?
Was ist der Orgasmus für dich?
Wann gefällt dir eine Frau? –

und wir würden dabei so tun sollen, als wären wir französische Caféhausintellektuelle, die spielerisch und intensiv zugleich, existentialistisch erschöpft und sinnenfroh willig die großen platten Banalitäten über Männer und Frauen und die Liebe heute austauschen, und die berühmte lottmannsche Videokamera würde natürlich mitlaufen und alles aufzeichnen, und später würde es veröffentlicht werden auf youtube, sagte ich zur Barbi.

Aber die Barbi war sauer. Die Barbi wollte nicht nur Barbipuppenszenen kriegen, sondern echte, ich sollte nicht immer nur ausgedachte Gedanken und Geschichten an der Barbifigur aufhängen, sondern endlich mal bekennen, was mich wirklich beschäftigen würde, so zum Beispiel meine Poetologie: KLITORIS. Funktion Gottes. Roman.

Ichextinktion, Privatsphärenschutz, Realreportage;
Fiktionsfiktion, Leserorientierung, Spannung; Nichtverrat;
Offenheit, Wahrheit, Direktheit, Antipoesie;
simple Szenen, Dinge, Worte, die man sofort kennt;

und Neuheit, Jetztheit, Aktualität.

Zur Schnallifigur, fügte ich hinzu, ist zu sagen: das ist die Figur der kleinen verschlagenen Nutte, die den alten dicken Männern Angst macht mit ihrer Idee vom angeblichen Wissen und Wissensvorsprung der sogenannten kleinen klugen Mädchen. Da will der alte dicke große Mann gleich abnehmen, Obst essen und viel Wasser trinken, gesünder leben, Kokain einkaufen, betrunken sein, und all das in der allerordinärsten stumpfesten Art, wie es die Art eines Qualli eben nun mal ist, sagte ich zur Ariadne und senkte meine Stimme. Jeder Blick ein Geistesblitz, jedes Wort ein Sinnenfest, jede Kathedrale gotisch selbstverständlich. Dann musste ich los, denn ich hatte meine Freitagsverabredung in der Bundestagsbibliothek, hatte den Ausweis vergessen, radelte heim, radelte zurück, und mit dem Daniel Richterschen Wahlspruch von früher –

ich male alles
und rede mit jedem –

nahm ich meinen Absprung aus dieser ansagewidrig wieder komplett politikfreien Woche ins Wochenende der Berliner Kunst, adieu.

The Dash Snow Show
Samstag, 28. April 2007, Berlin

Ich dachte, es wird wieder so wie bei Baselitz neulich, wo BSB, so nannte sich in den 90er Jahren des vergangenen Jahrhunderts der junge PSB-Fan Benjamin von Stuckrad-Barre selbst, mit gesenktem Kopf einen Schritt hinter Kir Royal Berlins Helmut Dietl auf der CfA-Eröffnung einherging, demütig und gewichtig sich seiner Aufgabe als der neue Baby Schimmerlos bewusst, und ich machte einen Schritt zu auf die beiden und sagte zum Baby: Schatz, mach dich nicht so klein, so groß bist du gar nicht, ließ mich dann einmal durch die sehr gehobene Eröffnungsgesellschaft wehen und war am nächsten Tag wiedergekommen, um in Ruhe die Kunst anzugucken.

Das brauchts diesmal nicht, die Räume sind für die DASH SNOW SHOW eigens garantiert kunstfrei gehalten, Dash Snow selbst saß extrem dekorativ am Boden, von einem Kreis von Freunden umgeben, schaute hippiehaft und ehrgeizig aus, aus den Lautsprecherboxen in der Discoecke der Galerie kam angenehm kaputte Heroinmusik, Joy Division, Closer, war auf der Platte zu lesen, ich machte paar Fotos, es war viertel vor sieben, und fuhr dann nachhause, um Zeitungen und Essen einzukaufen. Als ich mit meinen Sachen an der Extrakasse anstand, rief A an, den ich schon ewig nicht mehr gesprochen hatte, er sei in Berlin, eventuell später oder morgen könne man sich sehen, wunderbar, auf morgen oder später also. Dann aß ich in der Küche ein sogenanntes Butterbrot, hörte Radionachrichten und war wieder mal erfüllt von Abscheu gegen alles. Kunst, Menschen, Betrieb, Auftrieb, nieder mit.

Und während ich diese Liste in Gedanken gerade noch adjektivfreier werden lassen wollte, rief B an, der für das Berliner Kunstwochenende gerade aus Hamburg herübergekommen war, ob wir nicht zusammen zur DASH SNOW SHOW gehen würden wollen und dann weiter durch die Galerien, die anderen seien auch informiert. Wir verabredeten uns um zehn vor acht vor der Galerie, und als ich diesmal ankam, wurde der Künstler, der mit meesemäßig goldenem Haar im Innenhof stand, gerade von einem echten Fotographen fotographiert, es blitzte andywarholhaft, und jetzt war auch der Buzz zu spüren, den der Name DASH SNOW, wahrscheinlich das insgesamt wichtigste Kunstwerk des Künstlers dieses Namens, versprochen hatte, und ein Heiner Bastian rief: Wim, wir gehen da rein jetzt!, und der so angesprochene Wim war tatsächlich der Wenders und rief laut auf amerikanisch: I'll see you later.

Dann doch nocheinmal bei den lasch vergilbten Bildern, den braven Collagen, ein Bett mit Büchern hinten im Eck,

Bettlaken, Bücherturm. Alles so hübsch, dass es weh tut, aber um Kunst geht es hier nicht, es geht um den Sozialaufstand, der vom Kunstkomplex heute wirklich in einer Weise in die Welt gesetzt wird, effektiver und lärmiger, als Generationen früherer Künstler es sich erträumt haben. Nur: mit welchem Argument? Was haben die Reichen den Armen zu sagen?

Später standen wir vor den Pferdeställen im Hof des Postfuhramts, es war düster, die Bilder von Renaud Regnery waren schwarz in schwarz gemalt, am Boden lag eine abfallhafte Skulptur von Alexander Lieck aus Schaumstoff und Glasresten, und natürlich, das ist klar: aller Anfang ist leicht in der Kunst, das Provisorische und Beschädigte, das Defizitäre ist von selber da, das Ungenügen, Missbehagen, die Kritik. Es wurde von den reich gewordenen Künstlern selbstverständlich immer bestritten, dass ihr Reichtum ein Problem sein könnte, für ihre Kunst. Aber das war nicht die Wahrheit. Die Wahrheit war –

aber der Rest war nicht mehr zu hören, weil die Band jetzt zu spielen angefangen hatte, bei der von der Galerie im grünen Salon der Volksbühne veranstalteten DASH SNOW PARTY, und sie spielten so wahnsinnig laut, dass es fast so weh tat in den Ohren wie vorher die Hübschheit der Bilder in den Augen. Lärm und Kitsch, Sehnsucht nach Schmutz und Hipness, Party und Unentrinnbarkeit der Netze des Sozialen, morgen, mit Bildern von Christopher Wool und Räumen von Thomas Hirschhorn: Gegenargumente gegen heute.

Das Kapital
Sonntag, 29. April 2007, Berlin

Wie kommt es eigentlich, dass Leute durch Reichtum so stark verblöden? Das liegt vor allem am Geld und seinen Effekten. Der Arme will geben, weil er selbst bekommen möchte, der Reiche lebt in beständiger Angst, ausgenutzt zu werden, wird engherzig dadurch, ungroßzügig und geizig. Schon ist die Seele kaputt, der Geist narkotisiert. Und da haben die sozialen Großfolgen des Geldes noch gar nicht gezündet: Freiheit, Überlegenheit, Weltzugang, Beweglichkeit, Macht.

Für all das schämt sich der Reiche, weil er bei jeder Taxifahrt spürt, dass eine Welt nicht in Ordnung ist, die ihn so übertrieben mit Glück beschmissen hat, den Taxifahrer aber definitiv nicht. Die Frau an der Kaufhauskasse auch nicht, die Proletengruppe am Bahnhof, im Flughafen, im Fernsehen, alle stehen sie, wie die meisten, auf der Loserseite des Lebens. Warum nur man selber nicht? Es gibt keinen Reichtum, der verdient wäre, das weiß jeder Reiche auch. Aber wohin mit der Scham? Wo die Gedanken hernehmen, die eine so extrem komplizierte Kollisionsstelle, wie sie der Reichtum zwischen Individuum und Gesellschaft installiert, und zwar in dauernder unausgesetzter eigener Erfahrung und Praxis eigenen Handelns, verstehend erschließen, für Erkenntnis der Welt und der menschlichen Natur, für das Leben also nutzbar machen könnten? Wo die Zeit denn hernehmen, um nachdenken zu können?

Verblödung durch vorsortierte Kommunikation. Flucht vor Nichtreichen mit ihren anstrengenden Ideen, mit dem Ideenüberhang überhaupt, Flucht in den Genuss beim guten Essen und beim komplett sinnlosen Einkaufen von Schwachsinn, von Dingen, die superscheußlich sind und einen brutal und gewalttätig erniedrigen. Es ist so hohl, dass man es nicht glauben möchte, aber es stimmt, die Frauen der reich gewordenen Männer gehen hinaus und hinein in die Stadt und kaufen den allerscheußlichsten Krempel der Welt zusammen, schauen am Ende mit ihren debilen Jeans, Pumps und Taschen alle aus wie neureiche Polinnen, weil sie auch dafür keine Zeit haben, ein Gefühl für ihren Geschmack zu entwickeln, irgendetwas Nichtnachgeplappertes zu empfinden. Daran ist in der Welt der Reichen der größte Mangel, an einer einzigen eigenen Idee.

Je gehobener die Gesellschaft, umso größer die Angst vor Ausschluss, vor Ächtung, umso größer der Druck auf Konformität hin. Hektisch und ängstlich, zu irgendeinem Termin nicht eingeladen zu sein, hetzen die Reichen zueinander hin, stehen zusammen, reden und bestätigen sich dabei panisch gegenseitig die immer gleichen Lügen, Dummheiten, Platitüden und Gemeinheiten, um so jeden Abend noch mehr zu verblöden. Die Regeln des sozialen Spiels leiden auch an Entwertung der Kategorie der Achtung. Jeder Trottel, der dabei ist, darf Anspruch erheben, geachtet zu werden, allein deshalb, weil er dabei ist. So wird der Ordinärste und Lauteste, der Gröbste und Dümmste zum König der Reichen.

Es ist eine Strafe Gottes, reich zu sein, noch schlimmer ist es, reich zu werden, und die Höchststrafe ist es, reich gewordener Künstler zu sein, Malerfürst und Star, das ist die Hölle auf Erden. Sie laufen ja überall herum, ängstlich, zerstört, geben ein Interview nach dem anderen, ohne Idee, kaputt wie ihr Geld. Die Kunst hält noch, bisschen lässt sich der Anschein noch aufrecht erhalten, durch Wiederholung, und an Nullen wird es nicht fehlen, die widerstandsfreien Bewunderungstext an den reich gewordenen Malerfürsten hinlabern, und er nickt und nickt. Morgen: Die Frau des reichen Malers. Shortstory.

Empire
Montag, 30. April 2007, Berlin

Chaotisch und kaputt, traurig, provisorisch und zermüllt waren die Gedanken geworden beim Betreten des Gehirns von Thomas Hirschhorn in den Räumen der Galerie Arndt, die Schultern sackten nach vorn, der Kopf wurde schwer, und leise, um die Schmerzen der Gegenwart nicht noch mehr zu vergrößern durch Lärm der Bewegung und Worte, gingen wir, den Kartonlabyrinthen mit den geschundenen Leichen darauf folgend, immer weiter nach hinten, in die Mülltiefen dieser Räume, und ich nickte nur dumpf und sagte immer wieder: ja.

Wenn man dann einatmet, aufschaut, nachdenkt und sich fasst, die Sachen anschaut und erkennt: Sessel, Fernseher, Holzscheiben, Riesenpillen; Worte, Wandgekritzel; alles abgetapet mit braunem Packtape; auch der Boden mit kartonierten Pflasterinseln beklebt, damit das Grauen der Welt nicht völlig ungeschützt von unten hervorbricht, vielleicht auch unter dem Abgeklebten das Beschädigte heilen kann minimal; Kamin, Spiegel, Bücher; Sinn, Schmerz, Trash; wild, tragisch, fein; Riesenkartonröhre, schräg und quer durch jeden Raum, kaputter Grundgedanke, superdominant; und man auf die Art langsam aus dem Dumpfen der sinnlichen Erstschläge, die hier auf einen niedergehen, nach vorn in die Klarheit der Frage denkt, was das hier eigentlich ist, nimmt man beim Rausgehen einen Zettel mit, bunte wirre Graphik, leicht psychotisch aufgemacht, ein thesenhaftes Gedankenpapier, Theoriegraphik, mit dem Titel des Ganzen: Wo stehe ich? Was will ich? THOMAS HIRSCHHORN 2007.

Ein Stockwerk höher wurde in einem vollbesetzten verdunkelten Nebenraum gerade ein Vortrag gehalten, der Künstler spricht selbst, sagte jemand, und tatsächlich saß Thomas Hirschhorn, mit dem kraftvollen Körper des Bildhauers beleibt, rechts unten vorne, klein hingehockt neben einer Projektionswand und sagte gerade in leicht schweizerisch gefärbter Sprache, auf vier Säulen stehe diese Arbeit STAND ALONE 2007 –

Liebe
Philosophie
Ästhetik
und Politik –

da fing ein kleines Kind am Arm seines Vater zu schreien an, ganz hinten, direkt neben mir, und der Vater schaut stolz in die Runde der Zuhörer, wie das Schreien seines Kindes hier ankommen würde. Aber durch diese vier riesigen Worte, die da eben zu der kaputten Müllwelt gesagt worden waren, war ich so genau erfasst in meinem Empfinden von dieser Sache, dass ich keinesfalls ein Wort mehr dazu hören wollte, schon gar nicht vom Künstler selbst, der energisch konzentriert wirkte, so sympathisch analytisch, wie das Kunstwerk selbst maximal genau dagegen auch gerichtet, und ich ging nach draußen, ins helle Licht, echt angeschlagen, aufgewühlt, freute mich und hatte eine Energie. Kunst ist gut, sagte Knut, und so gingen wir zu Wool.

Mai 2007

Wilhelm Meisters Wanderjahre
Dienstag, 1. Mai 2007, Berlin

Verrückte Regel: jeder muss sich alles fragen lassen. Wie hast du deinen Tag verbracht? Wie dein Leben, wie die letzten Jahre? Was ist aus dir geworden, Jochen Distelmeyer?

Zu einem bekannten Zirkusmusikclassic – Manege frei, hier kommen die Artisten, die Show beginnt, wir wünschen gute Unterhaltung – kam die Band Blumfeld um kurz nach neun auf die Bühne des Clubs im Postbahnhof, stimmte sich auf die Tonhöhe der verklingenden Zirkusmusik ein und fing an zu spielen. Etwa zwei Stunden und knapp 30 gespielte Lieder später wusste das Publikum: es ist okay, dass die Band sich auflöst. Es machte ihnen einen Riesenspaß zu spielen, die Hits von früher klangen frisch und toll. Die Entwicklung, die die Band genommen hat, war falsch. Und Jochen Distelmeyer wird sein Leben lang als Musikant auftreten, er wirkte schon jetzt wie ein aktueller Udo Jürgens, der unglaublich elegant in seine Bühnenjahre kommen wird.

Aber welche Musik wird er spielen? In sich hat er keine neuen Lieder mehr, er hat keine Haltung zur Welt und keine Worte, keine Melodien, keine Sehnsüchte und keinen Zorn. Ohne all das geht es aber nicht. Statt dessen ließ er sich vom Assistenten, Zitat eines uralten Zitats, eine Gitarre nach der anderen reichen, wie viele waren es eigentlich, und dieser Joke wirkte, inmitten des Immergleichen der anstrengend interessanten Harmoniewechsel, wie ein Schrei nach echter Abwechslung, nach einem Moment von Direktheit und Sinn.

Die größte Schwierigkeit für den als Authentoiden startenden Künstler ist seine Entwicklung. Herrlich beginnt das Leben, das Werk, und dann geht es langsam, während der Erfolg anfangs noch zunimmt, stetig bergab. Ist so, auch wenn es tausendundeinmal schon so war, in jeder neuen Künstlerlaufbahn ist dieses Schicksal von grandioser Grausamkeit und Entsetzlichkeit. Gebannt schaut das Publikum zu. Ja, er taumelt, ja, er stürzt. Nein, er kann sich nicht halten, es ist vorbei, er hat sich verloren, die Magie ist dahin. Dann tragen die Betroffenen ihre Gedanken dazu vor, hilflos theoretisieren sie am eigenen Lebensweg herum, haben beste Gründe für alles, die doch komplett uninteressant sind. Ein einziges gelungenes Lied wäre die Antwort, aber Eigensinn und Metierbeherrschung stehen dagegen, Souveränität, die das Leben dem Künstler zugetragen hat, zerstört in ihm die Basis seines Schaffens, Ungenügen und Negativität. Jetzt wäre es gut, ein nichtauthentoider reflektierter Künstler zu sein, ein Spieler oder Formexperimentator, der das Exzentrische zu verwerfen die Kraft hat, die individuelle Entwicklung aus seiner Kunst rauszuhalten, der tatsächlich künstlich immer neu ansetzt, als hätte er noch nie etwas gesagt.

Viele Intellektuelle und Undergroundleute, die ihr Leben so zukunftsoffen experimentell angelegt haben wie der Künstler sein Werk, haben in Jochen Distelmeyer eine faszinierende Identifikationsfigur gefunden, der öffentlich sichtbar für alle die schmerzliche Geschichte des Wegs in die Reife vorgelebt hat, exemplarisch. Wahrscheinlich deswegen, nicht wegen der Intellektualität ihrer Ideen, hat die Band Blumfeld in ihrem Entwicklungsgang so viel intellektuelles Mitgefühl auf sich ziehen können. Die Frage der Zuhörer und Weggefährten aber bleibt auch nach dem Abschied offen: und wie ging es weiter?

Krisiun

Mittwoch, 2. Mai 2007, Berlin

Gründe sind uninteressant, sagte ich zur Barbie, mit Gründen liefern sich die Leute nur selber Erklärungen für etwas nach, was eigentlich anders sein sollte, das wird begründet, anstatt geändert. Die Barbie war zum Personalchef gerufen und entlassen worden. Falsches Verhalten, schlechte Arbeitsresultate, unsinnige Gedanken, Theorien und Bewertungen, alles, was jeder vernünftigen Intuition widerspricht, wird mit guten Gründen gerechtfertigt. Der Personalchef hatte das Buch des Lebens der Barbie geöffnet und dann schweigend darin gelesen. Zur Begrüßung hatte die Barbie beim Betreten des Büros zum Personalchef »hallo« gesagt, er hingegen nur: »guten Morgen«. Dann am Telefon:

aufgrund erhöhter Nachfrage
können wir Ihren Servicewunsch
zur Zeit nicht entgegennehmen
bitte versuchen Sie es
zu einem späteren Zeitpunkt noch einmal

Weil Zarge zu diesem Zeitpunkt auf Montage war, hatte die Barbie das Büro anschließend verlassen und auf dem Krisiun-konzert gegen die plötzliche Geschlechtsumwandlung der Heldin Argumente vorgetragen. Auch gegen die Namen Gesine Cresspahl, Rainer Maria Rilke, Tonio Kröger und Hanno Sowieso seien Beschwerden anhängig. Beim Öffnen der berühmten Balkontüre war frühmorgens von der Barbie die folgende, auch den Vorabend einbeziehende Szene beobachtet und gedacht worden:

Sturzflug der Taube, Sommer im Ansturm
gleißend und heiß, weißt nicht noch wie sie –

ist doch großartig, Leute

From A to B and Back Again and Again

Gründe sind uninteressant, ja gut, aber die Leinwand trotzdem nicht leer lassen, alles schreit danach manchmal, siehe Abfall II.1.5, 27.3.98, sondern sie locker mit Geschmier grundieren, und plötzlich ist das schönste Bild fertig. Kunst ist unausrechenbar, ihr Eigensinn ihr Weltenhorizont, so sichtbar, so fern. Und Lottmann in dem Video: ja, mein Lieber, wie hast du eigentlich strategisch diese Perspektivwechsel eingesetzt, und vor allem: wie motivierst du sie?, das virtuose Changieren der Tempi und der Modi, in deinem neuesten Roman?

Aber wenns zu wirr wird, zu frei, zu lässig oder zu gemein, ist der Witz weg, kann der Text sich selbst nicht folgen und verstehen, ist er schlecht geworden. Die Anspielungen müssen objektiver Natur sein, sprachgegeben, geschichtlich eingespannt in alte Kunst und aktuelle Welttatsachen, müssen das Private überschreiten. Schreiten?, sagte ich zur Ariadne, die in der berühmten offenen Bluse zu mir gesagt hatte:

im Bett muss es krachen!, aber natürlich
will ich auch INTELLEKTUELL stimuliert werden –

weshalb wir – nee, das geht nicht. Das kommt später. Diese Gedanken jedenfalls hatte ich im Gespräch mit B geäußert, immer noch beim Kunstwochenende, bezogen auf die Bilder von Christopher Wool. Die waren das Schönste gewesen, was ich in diesen Tagen gesehen hatte, ausgestellt bei Hetzler, so viel leicht geglückte Geste, souverän gewischtes Grau, freihändige hingeschlierte Instant classics. Offensichtlich hat er viel gelernt bei Albert Oehlen, ohne teilzuhaben am absolutheitsschöpfenden oehlenschen Kampf gegen alles, gegen Schönheit, Können, Nichtkönnen und Kunst. Aber man sieht an diesen Bildern von Wool, und muss dabei staunen, dass es auch das eben doch gibt, innerhalb der Kunst: die

Welt des direkt Schönen. Wie grenzt sie sich ab vom Kitsch? Wie steht sie zum Kaputten? Und wie kommt es bei einem Künstler von Anfang 50 zu einem so unglaublichen Qualitätssprung innerhalb seines Werks? Das gibt es seltsamerweise offenbar doch auch: Nichtniedergang. Ich wusste die Antworten nicht im Moment, stand da schon im Aufzug, entschuldigte mich und notierte: Morgenaufstand, Nichtpenetranz, Kontaktsperregespür.

Agenda: Klar, Kaputt, Wirr, Kyritz, Knef

ich habe genossen das irdische Glück
ich habe gelebt und geliebet

Politische Schriften des Jahres 1809
Freitag, 4. Mai 2007, Berlin

Zu Beginn der heutigen Bundespressekonferenz um halb zwölf teilte der Sprecher der Bundesregierung, Ulrich Wilhelm, die Termine der Bundeskanzlerin Angela Merkel für die nächste Woche mit. Nachdem Fragen zur Regierungsbildung in Serbien, die von der Bundesregierung mit Aufmerksamkeit verfolgt wird, zur Sozialen Gestaltung der Globalisierung und zur Teilnahme von Schwellenländern am Gewerkschaftertreffen beantwortet waren, stellte der heute die Pressekonferenz leitende Herr Dr. Eckart Lohse zu den weiteren Terminen der Bundeskanzlerin fest: das wird also alles widerspruchslos hingenommen? In der anschließenden offenen Fragerunde wurden folgende Themen erörtert: ein Urteil des Bundesarbeitsgerichts, Außenminister Steinmeier zur Urananreicherung, Verhandlungen mit Iran; zum Thema Krippenplätze hat es ein Gespräch zwischen dem Finanzminister und der Familienministerin gegeben; die estnische Botschafterin ist beurlaubt; über die Geiseln im Irak gibt es keine Auskunft, über die Integrationsprobleme der EU-Mitglieds-

staaten und die Privatisierung der Bahn schon, die Verhandlungen laufen. Danach waren keine weiteren Fragen offen,
und Herr Lohse sagte um 12 Uhr 17: dann schließe ich die
Pressekonferenz und wünsche allen ein schönes Wochenende.

fuck it all
Samstag, 5. Mai 2007, Berlin

sag alles ab
fuck it all
Kapitulation

glaubt nicht
ich sei gekommen
alles hier nur abzusagen
ich bin nicht gekommen abzusagen
sondern zu erfüllen

fuck it all
KAPITULATION
sag alles ab

glaubt nicht ich sei gekommen
denn ich bin gegangen

FUCK IT ALL

sag alles ab
Sonntag, 6. Mai 2007, Berlin

Werben, Kritik, Durchlaufprobe
Sprache, Schauspieler, Prinzipal, Fotographie

sag alles ab

Wirkung, Politik, Geschichte
Zuschauer, Langeweile
Knallcharge
Halle

wer Durst hat
komme zu mir und es trinke
wer an mich glaubt

Ameise, ZERKARIE, Nervenknoten
Bizarrerien, Bürokrat

fuck it all

War Kleist eigentlich Jurist? Nee, aber Tucholsky. Ballhaus
Naunynstraße, Deutsches Tempo, Phantasyreportage folgt.

Der Balkon
Montag, 7. Mai 2007, Berlin

Da trat ich auf den Weltbalkon und rief: ich habe einen schwarzen Stock gefunden, er hing als Ast, der abgefallen war, von der
Linde hier im Hof, von ihren Blättern in der Luft gehalten, frei
schwebend über dem Boden. Ich griff danach und nahm den
Stock. Meinen Schlüsselbund habe ich dabei verloren. Ich
fügte erklärend hinzu, es gehe mir um inhaltliche Dünnheit,
fast schon Leere, ich sähe mich als abstrakter, nichtgegenständ-
licher Produzent von Wortresultaten, von der Inhaltsüber-
ladenheit der Kunstwerke angewidert. Der Stock stehe jetzt
hier auf dem Regal, neben dem Globus und dem Buch Aufbruch und Krise. Leute, rief ich, das schaut echt gut aus. Check
– it – out.

Aristotelische Abschnürung

Donnerstag, 10. Mai 2007, Berlin

Im Europasaal 4.900 des Paul-Löbe-Hauses wurden Bundes-
minister Dr. Thomas de Maizière und Hans-Josef Vorbeck,
Bundeskanzleramt, als Zeugen zum Fall Kurnaz vernommen,
während drüben im Reichstagsgebäude vor dem Plenum des
Bundestages die Aussprache zur Regierungserklärung Ge-
sunde Ernährung und Bewegung abgehalten wurde. Hinter
vorgehaltener Hand gähnte der Ausschussvorsitzende Kauder. Der Blick ging von hier über die Spree nach Osten, rechts
das rote Haus der ARD, grau dahinter das Jakob-Kaiser-
Haus, in der Mitte die Marschallbrücke, links die türkisspie-
gelnde Glasfassade des MEL-Hauses, die Kugel des Fernseh-
turms darüber und unten die berühmte Betonbramante-
treppe, nassbraun schmutzig im Nieselregen.

Presse muss sich auch gegenseitig mit Beobachtung bedrohen, nicht nur das politische und kulturelle Gegenüber, andernfalls kollabiert die vierte Gewalt. Korruption, Loyalitäten, Machtrausch. Herr Dr. Hofmann holt tief Luft, sagte
Herr Kauder, und meldet sich noch einmal. Im Hintergrund
lümmelten die Leute des BMI und machten ihre Geringschät-
zung für die fragenden Herren Abgeordneten deutlich. Kauder: Das will ich nur so zur Kenntnis nehmen. Der Zeuge:
Diese Erklärung habe ich diktiert, schreiben lassen und dann
korrigiert. Und auf die nächste Frage noch einmal der Zeuge:
Jetzt verstehe ich nicht, worauf Sie hinauswollen, Herr Abge-
ordneter.

Rote Liste 2002

Samstag, 12. Mai 2007, Berlin

Zeitungen aussortiert und geträumt über unser Metier, das
gedruckte Wort, die Materialität der Papiere, die unendliche

Lust an dieser Optik und Haptik. Nichts ist so interessant wie die gestrige Zeitung, im Gegensatz zum bekannten Diktum, und das Gestern kann sein das von vorgestern, von vor zwei Jahren, zwei Monaten, vier Wochen oder mehreren Jahren. Drüben im Büro lagern noch ganze Kartons von den Berliner Seiten der Faz, sie fungieren da als Kommode im Gang, werden irgendwann aussortiert und gesichtet werden. Dabei ist das Interesse völlig unnostalgisch, es geht um die geistige Struktur von Aktualität, in Interferenz von öffentlicher Kommunikation und individuellem Bewusstsein.

Um von daher besser zu verstehen, welche Abhängigkeiten und Freiheiten man hat im Kopf vom Vorgegebenen der jeweiligen Gegenwart, von Worten, Haltungen, Gefühlen und Positionen, die kollektiv kursieren. Es stärkt die Bemühung um individuelle gedankliche Präzision, wenn man immer wieder erfährt, dass es keinen Gedanken gibt, den man nicht dem öffentlichen Diskurs als Koproduzenten verdankt, dass ähnlich Interessierte sehr ähnliche neue Schlüsse aus neuen Situationen ziehen wie man selbst, dass nicht generalisierte Mechaniken der Ablehnung oder der Affirmation ins Reich intellektueller Unabhängigkeit führen und dass trotzdem nicht alles schon gesagt ist oder von anderen auch gesagt wird oder werden könnte, dass es wie in jedem auch in einem selbst einen Kern des Einzigartigen gibt, den man selbst nicht kennt, aber herauszupräparieren versucht durch Schreiben, Lesen, Debattieren, Schweigen und Schreien.

Immer da reagiert man erfreut, wo ein Sprecherort seine Kernkompetenz selbst richtig erfasst und erfüllt. Die Taz macht immer wieder auf Seite 1 mit der RAF auf, ja, von der Taz erwartet man dazu immer noch das Kompetenteste, aber die Artikel lösen die Erwartung nicht ein. Was ist los, Taz? Zum selben Thema, überall: Debattenüberdruss, Ende der Debatte wird gefordert oder herbeigesehnt. Aber wieso? Wen etwas nicht interessiert, der ignoriert das Thema, und die Interessierten verfolgen mit Staunen, wie jede große gesellschaftliche Debatte, so auch jetzt wieder im Fall der RAF, ihren Gegenstand immer noch weiter neu mit neuen Aspekten auflädt und bereichert. Dass alles schon gesagt wäre zu irgendetwas, das gibt es überhaupt nicht. Die Natur des öffentlich Gesagten ist der Streit, die Abweichung, die Kritik. Draußen: Wind der Wahrheit, Regenschauer, Sonne, Wochenende jetzt.

Horkos
Sonntag, 13. Mai 2007, Berlin

Die Drohung mit Beobachtung heißt im Kern: man wird Dinge über den Beobachteten denken, die stimmen. Das ist natürlich Stress für beide Seiten. Aber deshalb stabilisieren die sich gegenseitig beobachtenden Menschen und Institutionen sich gegenseitig mit dieser Drohung. Deswegen muss ein Interesse bestehen, mit Beobachtung bedroht zu werden, was sich von selbst ergibt, wenn man selbst andere mit Beobachtung bedroht. Man muss sich das eigene Negative, das man ja kennt, dann nicht mehr nur selbstvorwurfsvoll selbst vorhalten, das hat immer so etwas Bigottes, sondern weiß es außerhalb seiner selbst so aufgehoben, dass man immer schon dagegen eingestellt sein kann, um dagegen vorzugehen. Und zwar nicht in sich selbst gegen sich selbst, sondern gegen die anderen, die schlecht von einem denken, die einen missachten würden, wenn man sich schlecht verhalten würde, uralte Ethik des äußeren Scheins.

Deswegen ist es schlecht, wenn es bei Springer verboten ist, die Wahrheit über Kai Diekmann öffentlich zu sagen, und zwar schlecht für Springer selbst. Diekmann muss den Anschein erwecken wollen, zuerst und immer auch in der Nahumgebung seines eigenen Hauses, als wäre er ein anständiger Journalist. Auf die Art könnte er all das Negative und Kaputte, was das Machen der Bild-Zeitung mit sich bringt, besser kontrollieren. Unkontrolliert aber explodiert Negativität, weil sie auf direkteste Weise auch Lust verschafft und

Kasse macht, ins Gesamtsystemzerstörerische. Solange Diekmann hausintern nicht davon bedroht ist, verachtet zu werden, hat er keinen Anlass, dem durch vorbeugende Sophistikation seiner Zeitung Bild und seiner selbst entgegenzutreten. So schadet das springerinterne Verbot, das es dem Springerautor Alan Posener verbietet, eine außerhalb von Springer überall verbreitete Bewertung von Diekmann auch springerintern auszusprechen, am meisten Diekmann und Springer selbst.

Von Selbstverachtung gefährdete Berufsstände, Politiker, Mechaniker, Installateure, Journalisten, Computernotdienste, alle die, die eigentlich denken, was ich kann, könnte doch eigentlich jeder können, wenn er nur wollte, haben einen Hang, ihre Selbstverachtung an den Kunden weiterzugeben als Kundenverachtung, den Kunden zu betrügen, er ist ja selber schuld, dass er sich nicht besser auskennt im eigenen Metier. Deshalb sind genau diese Berufsstände besonders stark auf Selbstkontrolle angewiesen, auf interne Kritik, auf die Drohung, dass jeder einer genauen Beobachtung unterliegt. Und natürlich muss gerade der Journalismus, die gesellschaftlich installierte Zentralinstanz für Beobachtung und Drohung mit Beobachtung, eben diese Beobachtungsdrohung auch dauernd nebenher gegen sich selbst richten. Sich daran selbst stabilisieren, dass die Gefahr besteht, dass allzu unanständiges Verhalten zwischendurch auch einmal, gegen kollegiale Loyalitäten, öffentlich gemacht werden könnte.

The Whitest Boy Alive

Dienstag, 15. Mai 2007, Berlin

Lange Schlange stand vor dem Tape am Samstagabend beim Whitest Boy Alive Konzert, es gab gar keine Abendkasse mehr, Konzert war ausverkauft. This is the beginning of the concert!, rief Erlend Øye triumphierend appellativ in die ersten Takte der ersten Nummer hinein, weil der erste Applaus ihm vielleicht zu schwach erschien für die Sensation, die hier jetzt kommen sollte, und die Leute freuten sich sofort und applaudierten heftig. Erlend Øye ist ein Nerd turned Superstar, und die Musik von Whitest Boy Alive ist echte Clubmusik, für reale Musiker in einer echten Band entwickelt und extrem konkret gespielt. Sie spielten ihre herbstlichen Songs von der Platte, die auf zurückgenommen minimale Art die stimmlichen und melodiösen Manierismen von Erlend Øye leicht variieren. Und sie spielten, getragen von Bass, Schlagzeug und Piano, lange reduzierte Clubtracks, in die sie zum Teil holprig hineinstolperten, nicht mehr aus ihnen herausfinden konnten und dabei das Drama gemeinsamen Musizierens zur Vorführung brachten. Es war der Augenblick der Transgression, den es nur einmal gibt, von einer Welt in die andere, das war das Sensationelle an diesem Abend. Abstrakte Kunst im Sinn des Kollektivgefühls von Dance, Club, Techno, Minimal und der Gegenständlichkeitsterror des Bühnenegos von Erlend Øye, der sich penetrant vor seinen Mitspieler Marcin Oz drängte. He, geh da mal weg, ich will der Produktion des Basstreibens in der Person von Marcin Oz zuschauen, jahrelang hat der früher als DJ Highfish im WMF aufgelegt. In seiner Person kulminiert das Bandkonzept von Whitest Boy Alive genauso stark wie in Erlend Øyes spillerigen hohen Einzeltonmelodien an der Gitarre. Der Synthesizer von Daniel Nentwig, Sebastian Maschat am Schlagzeug, und wieder zurück zu Erlend Øye und seinen gehemmten, grazilen Arm- und Handbewegungen ins Publikum hinein, und wie sie von dort als Eitelkeit und Heiterkeit zu ihm zurückkamen. So ging das zwei herrliche Stunden. Die hintere Wand war gepflastert mit Plakaten der vergangenen Tour der letzten Wochen, die mit diesem Konzert zu Ende gekommen war. Beim Rausgehen wurden die Dinger abgemacht, auch ich nahm eines mit nach Hause, und in der Zeitung stand der Satz: das Bild ist ganz in Grauwerten gehalten, die Stimmung ist melancholisch, und ich wusste nicht warum.

Moira
Mittwoch, 16. Mai 2007, Berlin

Um Fotos zu der Wallenstein-Geschichte zu machen, erschien zu meinem Erstaunen B in meinem Traum. Ich erzählte von Stein, den er ja auch einmal interviewt hatte, er fotographierte mich und schnitt mir dazu auch die Haare. Mir
fiel ein, dass ich zu freundlich war. Wir waren in einem hell
besonnten sommerlichen Innenhof. Meine Haare waren hart
und strohig, erst als ich wieder allein war, wurde mir bewusst,
wie seltsam es war, dass er sie geschnitten hatte. Ich wachte
auf und war so krank als wie zuvor.

Traurig hatte ich mich zur Behandlung des Bösen in meinen
Texten zum Arzt begeben. An der Theke wurde man übertrieben streng empfangen und in ein rätselhaftes Diagnose-
programm eingespeist. Endlich saß ich kurz dem Arzt gegenüber. Mir war klar, dass ich hier kein Wort zu viel sagen sollte,
da stand er schon auf, ich sagte, darf ich noch etwas fragen?,
fragen immer, sagte er schwungvoll und umrundete, schräg
seinen Körper in die Kurve gelegt, die Ecke seines Schreib-
tischs. Er hielt mir die Türe auf, ich dankte und ging hinaus.
Und war so KRANK als wie zuvor.

Am Weltschalter hatte ich um Audienz bei einem Mitmenschen angesucht und um ein Gespräch gebeten. In der großen
Halle waren viele Leute, jeder mit sich und manche auch miteinander beschäftigt. Ich schämte mich, weil ich nicht wusste,
an wen ich mich wenden sollte. Ich ging in die hintere Ecke,
setzte mich auf einen Stuhl. Ich schaute auf und senkte den
Blick. Ich hörte nicht die von oben herab mir zusprechende
Stimme, hörte nur ein Brausen und war wirr und sagte, ich
weiß schon, wer das ist, der da sitzt. Und war auch hier am
Schluss nur krank und kränker durch die Wiederholung
noch.

Nachts waren die Straßen leer, finster und schmutzig. Niemand traute sich hinaus. Dort wurde mir der blutige und von Kugeln durchlöcherte Leichnam gezeigt. Dazu hieß es: denn bald ist jetzt auch dein Geburtstag. Tags kaufte ich Sommerblumen. Die ganze Welt kam mir unglaublich zerrüttet vor.

Speed

Donnerstag, 17. Mai 2007, Berlin

»Genommen« und »wieder genommen«, heißt es bei Klaus Mann im Tagebuch regelmäßig, gemeint ist seine Droge Morphium, bei mir ist mit »genommen« die Droge Lottmann gemeint. »Wieder genommen«: eben wollte ich wieder nehmen, aber der Taz-Blog war unerreichbar oder mein Computer hat Störung. Wegen des hohen Suchtfaktors der Droge Lottmann muss ich mit dem Nehmen vorsichtig sein. Sucht heißt ja auch, die Wirkung wird schwächer durch Gewöhnung, durch zu häufige Wiederholung der Einnahme.

Ich wollte kurz über das Reden schreiben, hatte mich plötzlich wieder in meinen mittleren Argumentspasmus verkrampft und dachte, von Lottmann könnte ich ein bisschen Redewind aufnehmen und mit in meinen Text hinüberwehen lassen. Plappern, plaudern und dabei zugleich ganz ernsthaft argumentieren und erzählen, das ist ja sein Ding. Sich selbst dabei als kommentierende und berichtende Instanz präsent halten, in der besonders irritierenden Weise, dass diesem Textich von Lottmann so viel Böses zugewiesen ist, gemeine Hintergedanken, unterdrückte Gemeinheiten, verschwiegene fiese Nebenabsichten. Es entstehen von daher natürlich auch intensive Rückwirkungen auf die Wirklichkeit, man hat Angst vor einem solchen Menschen, der einem dauernd schriftlich darlegt, welche Fiesigkeiten ihm dauernd durch den Kopf gehen.

Wir hatten über Hamburg geredet, das verrückte Diskurshamburg von früher, vielleicht wird es jetzt im Nachhinein überidealisiert, aber es gab da eine zeitlang schon ein besonderes geistiges Streitklima. Bier trinken und reden, Furchtlosigkeit und Inhaltismus, Freude am Streit, an der Infragestellung, an der Respektlosigkeit vor dem jeweils von irgendwem schon Geleisteten, ja natürlich, jeder machte ja irgendetwas, Platte, Zeitschrift, Buch, Werbung, Kunst, das Gemachte war Anlass dafür, problematisch gefunden zu werden, von innen, aus Produzentenperspektive, von außen, politisch gedacht. Hunger kriegen, Pizza essen, nächster Laden, weitertrinken, weiterreden. Man trat sich gegenseitig als Eroberer gegenüber, mit Freude am komplizierten Gedanken und an einer kollektiv ziemlich aufgekratzt entwickelten Intellektualität.

Diese Verhältnisse wollte ich vorhin also aus der sentimentalischen Imperfektperspektive ziehen und allgemein abstrahiert auf heutige Diskursfragen anwenden, Werbung machen dafür, dass man sich argumentativ wieder viel heftiger gegenseitig entgegentreten sollte, sich angreifen, kritisieren und bekämpfen sollte, in den Texten. Und natürlich erst recht in echt, wo immer man sich dann da begegnet. O je, da steht der B, na gut, los gehts, und man geht ins Gespräch, weil der Geist lebt, wenn der Streit da ist, und das dann schön ist, wenn es so ist.

Kapitulation
Freitag, 18. Mai 2007, Berlin

Liebe Freunde, sagte Dirk von Lowtzow mit einem leichten Beben in der Stimme, wir heißen euch auf das allerherzlichste willkommen zu diesem feierlichen Anlass. Das erste Stück, das wir für euch spielen wollen, heißt: MEIN RUIN. Dann donnerten sie los. Es war viertel vor zehn, die Volksbühne war voll gefüllt, und Tocotronic spielten einen superenergetischen Kickoffsong für die Kickofftour ihres neuen Albums KAPITULATION, das jetzt in zwei Wochen erscheint. Es kam der Titelsong, später auch die schon veröffentlichte Hyperpunksingle SAG ALLES AB, eine herrlich frische Musik aus ältesten Quellen, das ganze Konzert die gutgelaunte Basismitteilung: Platte ist toll geworden, freut euch drauf, wir freuen uns riesig.

Im Tip hat Dirk von Lowtzow ein ausführliches Interview gegeben zu den Absichten und Hintergründen der neuen Platte, zu seinen aktuellen Gedanken zum Gegenwartskontext, in den hinein die Platte erscheint, und dabei einmal mehr eines abgefeiert: das Denken. Es ist unüblich im Kunstkontext, die Leute haben Angst davor, zurecht. Denken ist destruktiv, es hemmt, es lähmt, es macht die Dinge kompliziert und ausweglos, es widerspricht der Kunst, die . blind, glücklich und naiv hervorsprudeln möchte, fundamental. Tocotronic führen das Gegenteil vor: Entwicklungsmöglichkeit durch Reflexion. Nur eine Sophistikation, die den denkerischen Exzess der Negativität nicht fürchtet, kann das Kunstwerk, hier die Band, formatangemessen weiterentwickeln. Was anfangs per automatischer Osmose aus der Umwelt an Widersprüchen ins Kunstwerk vordringt und dort für Reichtum und geheimnisvolle Komplexität sorgt, bei gleichzeitiger Klarheit, die sich einer simplifikatorischen Durchbruchsenergie verdankt, all das also, was sich am Anfang von selber ergibt, muss später per Reflexion sekundär erfasst und bereitgestellt werden als Grundlage. Wovon die Kunst sich im Akt der Produktion, dann wieder blind, zuletzt abstoßen kann.

Konkret hieß das gestern Abend: es sind echte neue Fans entstanden, die im Publikum vorne ihr Erwartungsleuchten auf die Bühne richteten. Von dort her muss die Erfüllung kommen, das muss die Band liefern, das Publikum braucht nur diese Freude mitzubringen, die hellen Gesichter. Komplexitätseinbau ist Sache der Macher, das liegt zurück, wurde hingedacht auf den Moment des Auftritts jetzt, der ganz gegenteilig direkt sein Gesetz erfüllte: mitreißende Musik. Die Leute tanzten, wollten sich werfen und schleudern, feiern und toben. Dirk von Lowtzow schwitzte und schnaufte. Und das Verrückte war: eine emphatische Rockauthentizität von herzergreifender Energie ist das Ergebnis der Konstruktion TOCOTRONIC 2007. Die Leute waren überglücklich, die Band auch. Klage bringt den Text hier hinterher, und dann gerne: Kapitulation.

Kinder im Zuchthaus

Sonntag, 20. Mai 2007, Berlin

Wallenstein, Kurzreport:
1. Brandauer ist der scheußlichste Mensch auf Erden.
2. Der breitgesessene Stein gegen ihn eine wahre Geistgestalt.
3. Um viertel nach zwölf, 0 Uhr 15, sah man das, beim Applaus, wo Brandauer Stein neben sich her schleifte, vorrennend in der Applauskette der Schauspieler, vor an die Rampe, Zitat einer früheren Jubelbewegung auf die Zuschauer zu, jetzt so ausgeleiert wie dieser ganze BE-Trash, traurig, reaktionär, finster, die Sektchenkultur für Prösterchenprolls.
4. Begeisterung im Publikum: absolut, grenzenlos, ohne Widerspruch. Die Leute jubelten. Das war am Ende, nach gut 10 Stunden, der endgültige Abturn, wie die Leute rasten und sich freuten, die fanden diese Müllkippe von Theater wirklich grandios.
5. Scheußlicher als scheußlich, gefühlte 20 Stunden Aufführung: der unfassbar scheußliche Brandauer.
6. Das Scheußlichste am Wallenstein, ich weiß gar nicht, ob das hier bisher genügend klar geworden ist, war der Knallchargenschauspieler Brandauer.
7. Das zweitscheußlichste war Schiller, Schiller ist so grausam hohl, da ist die gleichnamige Trancepopband Schiller ein Geisthighlight dagegen.
8. Der Anfang war toll, Wallensteins Lager, die erste Stunde. Dann wurde es zäh, kurz war es interessant, und dann: lang, doof, platt, dahergeknattert, wie befürchtet. Stühle gut. Sicht

super. Pausen viele. Zarter Mond mit Stern am Himmel, echt: schönster Blick des ganzen Abends.

9. Wallenstein ist kein gutes Stück, es hilft nichts, Wallenstein ist schlecht, schlechtes Theater vom Text her. Die drei Gedanken von Schiller über die Macht, die Melancholie, den Menschen, das ist etwa auf dem intellektuellen Level von Nico Hofmann, diesem Fernsehklamottier, Tunnel, Sturmflut, diese Kategorie von Klamotte, das ist der Wallenstein, so richtig: ganz unten.

Kurz hoch, zwischendurch, rüber, auf den GIPFEL der Integration, drüben in der Volksbühne: Es wurde gerade der Ganz-unten-Star Günter Wallraff befragt, der es an Scheußlichkeit ja fast mit Brandauer aufnehmen kann. Imran Ayata führte die Gespräche der Diskussionsrunde »GANZ UNTEN: 1984/2007«, schöner Titel, schöne Zahlen, und hatte Spaß daran, seine Gäste mit seinen Fragen bisschen hochzuschießen. Drei Minuten Text von Neco Çelik waren interessanter als 300 Knatterminuten Schiller. Caroline Fetscher saß neben Wallraff und redete ihren wallraffhaft banalen Bürokratentext von links daher, wie aufgezogen, bekam dafür dauernd Szenenapplaus. Vielleicht ist Applaus, du musst es nochmal sagen, ja überhaupt das Allerscheußlichste auf Erden.

Aber: Wie liebt man, als ich, diese komische gemütliche Szenekultur der Volksbühne, gut 200 Leute saßen locker verstreut im wahrscheinlich schönsten Zuschauerraum Berlins, Bierchen in der Hand. Hand aufs Herz: ist dieses Bierchen schöner als das Prösterchensektchen in der BE-Kulturhölle? Ja. Warum? Weil die Leute nicht so arriviert sind, das ist einfach angenehmer. Arriviertheit ist ein Widerspruch zum Geistkern von Kultur. Dass sie mit den Jahren unweigerlich entsteht und alle sich deshalb daran zu gewöhnen versuchen, weil sie sich daran gewöhnen müssen, macht die Sache ja nur noch trauriger und elender.

Um Punkt eins kamen dann die Berliner Rapper K.I.Z. auf die Bühne und brüllten los. Eine dreiviertel Stunde Highenergyfun, auf dem Level: mein Leben ist so hart wie mein Schwanz. Ich bin ein schwacher Mensch, aber ein starker Raucher. Ich bin Deutscher, ich bin Deutscher. Es war voll schön hier, machts gut.

Danke K.I.Z. Dann saß ich vor der Pizzeria Pizza Loona und las im Wallenstein-Programmheft den Aufsatz von Dieter Borchmeyer. Auf der Ebene dieser Gebildetheit WERDE UND WILL ICH, übrigens: Brandauer hitlerte auch paarmal bei einschlägigen Deutschlandstellen, den ganzen Schiller dereinst widerlegen.

Schwere Stunde
Montag, 21. Mai 2007, Berlin

Der Sommer ist da, ein wilder Geruch hängt in den letzten echten wilden Büschen hinten beim Nordbahnhof, frühnachmittags in der Hitze, die Männer von der Gartenbaufirma, die hier jetzt dieses künstliches Wildareal anlegen, packen ihren Kleinlaster zusammen und machen Feierabend. Wie der Sommer vor vier Jahren, der Jahrhundertsommer 2003, sich angefühlt hat, ist klar, so ähnlich wie heute. Aber ob man wirklich ein realistisches Gefühl dafür entwickeln kann, wie Leute den Sommer 1798 in Berlin empfunden haben, wenn es heiß war und die Büsche in der Hitze so ähnlich gerochen haben wie heute? Das Riechen war etwas komplett anderes als heute, die Erfahrung von Hitze, die Bedeutung von Sommer, das die Gefühlswelt vorformulierende Vokabular war anders, das Fühlen überhaupt und seine Rolle im Kontext alltäglicher Lebensbewältigung: all diese Dinge, hochkomplizierte Abstrakta, die an jeweils ganz simplen Einzelheiten hängen, über die die jeweilige Fachwissenschaft sicher genau Auskunft geben könnte, addieren sich insgesamt zur großen Ferne der Geschichte.

Der Historiker Schiller war ein Vielschreiber und Abschreiber, ein naturellmäßig immer schwungvoll junger Mann, den seine eigene Ahnungslosigkeit und Inkompetenz viel weniger bekümmerte als der leere Bogen Papier, der zu füllen war. Schiller war kein Genaunehmer, und er hat seinen Erfolg im Weimar der 90er Jahre auf eine unangenehme Anhimmelkultur unangenehm anhimmelwillig gestimmter Frauen gegründet. Es war kein geistig agiles Klima, das die Literatur der dortigen Klassik hervorgebracht hat. Und im Unterschied zum deutschen Idealismus in der Philosophie, dessen komplizierte Resultate Schiller für die Halbinteressierten zum Mitlabern auf simple Gebrauchswertbanalitäten zusammengestampft hat, hat die deutsche Klassik außerhalb Deutschlands völlig zurecht niemanden auf der Welt je interessiert.

Schiller implantiert dem Wallensteinstoff, um ihn dramatisch wirkungsvoller zu machen, eine einfache Liebesgeschichte zwischen dem jugendlichen Helden Max und Thekla. Thekla ist eine Heroine der Gegenwart von 1800, ausgedacht, Kitsch, unlebendig, in der Liebesgeschichte zwischen den beiden will Schiller Politik und Liebe mit Gewalt zusammenzwingen. Aber es gelingt ihm nicht, das Liebesdrama ist zeitlos banal, dramatisch dadurch ineffektiv, und addiert dem Wallenstein nur die Schmachtfetzendimension.

Als Stückeschreiber ist Schiller der Mann der Phrase. Das macht seinen Erfolg, die sprachliche Vereinfachung, der simple Spruch, wo jeder nickt und sagen kann: das stimmt, das habe ich mir auch schon oft gedacht. Es stimmt nur genau deshalb ja auch genau nicht. Und der lange traurige Triumphzug dieser biederen Kalauer und verbal brutal abgestumpften Lebensweisheiten in Schillers Stücken durch die Spießerkultur des 19. Jahrhunderts ins moderne aggressive Hochspießertum im Nationalsozialismus, wo Schiller ultimativ abgefeiert wurde, liegt in Schiller selbst begründet, in der geistigen Kleinheit seiner Sprüchewelt. Für die Tragödien, die er schreiben wollte, hat sein Horizont nicht ausgereicht. Er selbst ist der Inbegriff von Nichttragödie, ein mittelmäßiger Erfolgstyp, der sein Metier ganz gut beherrscht hat.

Aus meinem Roman SCHILLERHÖLLE. Roman. Der, wie es jetzt hier heißt, in der Berliner BZ von heute auf der Seite 30 enden soll, weil dort Wolfgang Thierse, Bundestags-Vizepräsident, sagte und dadurch immer wieder sagen wird:

ein großes Stück
ich bin ganz besoffen
von der Sprache Schillers

vielen Dank, Herr Thierse, nehmen Sie ruhig
noch einen Schluck, einen kleinen

Räuber Götz

Dienstag, 22. Mai 2007, Berlin

Ich möchte eine Entschuldigung ohne Aber haben!
Rudi! entschuldigst du dich jetzt?
Das ist deine letzte Chance!
Es steht hier schon eine Traube Leute um mich herum!
Ich zähle bis zehn! Nein!
Ich gehe zur Polizei! Ich zeige dich an!
Ich möchte von dir eine Entschuldigung ohne Aber haben!
NEIN!

Eine Frau, 38, stand in der Hofeinfahrt, mit gesenktem Kopf schrie sie auf ihr Handy ein. Schlank war sie nicht, ein schöne Hose hatte sie nicht an, ihre Stimme war sehr grell und quäkend, und die Wahrheit sprach sie nicht, denn das von ihr als Traube von Leuten bezeichnete Objekt war ich als Einzelperson ganz allein, ich war aus der Toreinfahrt getreten und hatte kurz innegehalten, weil ich dachte, toller Text, was redet die denn da? Und was mag deren Rudi erst für ein Volltrottel sein? Ich war Autor von Liebesgeschichten geworden. Sommer war in der Stadt, Leute drehten durch.

Zur Zeit arbeitete ich an einer neuen Shortstory: Die dumme Frau des reichen Schriftstellers. Sie hatte ihn zehn Jahre gequält, jetzt hatte er sie verlassen. Nach Rücksprache mit Doris Dörrie sollte ich nicht die Dummheit der Frau, 40, überbetonen, sondern eher auf der Infantilität des sich immer künstlich infantil gebenden Schriftstellers, 40, möglichst penetrant rumreiten. Sie sollten auch Schlitten fahren, eventuell auch mit ihren jeweiligen Gefühlen vorne oder hinten drauf. Aber das war in einer späteren Szene im Winter. Dann kroch ganz langsam der Wasserspritzwagen die Anklamerstraße hoch und spritzte kühles Wasser auf den aufgeheizten Asphalt unter den parkenden Autos, und ich atmete die Luft tief in mich hinein.

Mittags fuhr ich mit B im Auto quer durch die Stadt, ich hatte mein Handy vergessen, musste zurück, stand im Stau in der Friedrichstraße. Treffpunkt war der Rich Club. Ich wartete an der Ecke. Wir halten da natürlich so 5, 6, 7 Bälle gleichzeitig in der Luft, sagte der Typ, 32, vielleicht Rechtsanwalt, und spazierte dazu genau so, wie dieser Satz geklungen hatte, die Behrenstraße daher. Es war jetzt halb zwei und sehr heiß im Auto. Wir fuhren mit offenen Fenstern zum Landesjustizprüfungsamt in der Salzburgerstraße, redeten auf der Fahrt über Schiller. Die Glocke beim Prüfungsamt schlug zwei, eine Stunde später schlug sie drei, und ich notierte: 15 Uhr 2, es wird drei. B hatte mir gerade die Handlung von Schillers Glocke erzählt gehabt.

aber Kameras sollten
die vertrauliche Atmosphäre
nicht stören

Aus dem Büro hatte ich mir gestern Abend noch Hans Mayers Versuche über Schiller geholt, und von Thomas Mann nahm ich dessen Versuch über Schiller mit, den B mir im Abiturjahr geschenkt hatte, zum 150. Todestag des Dichters, seinem Andenken in Liebe gewidmet. Und dann war ich mit der Wallensteinkritik von Peter Michalzik vor der Eisdiele am Oranienburger Tor gesessen, hatte Eis gegessen und in den Sommerabend hinausgeträumt.

Proust ABC
Mittwoch, 23. Mai 2007, Berlin

Schlechte Trivialliteratur, sagte ich daraufhin zum Literaturkritiker Ijoma Mangold, verdirbt die Sitten viel weniger, als Sie es so moralhaft aufgeplustert in der gestrigen SZ behaupten. Wie wäre es mit einem Blick auf die eigene Arbeit? Schlechter Trivialjournalismus, den Mangold selber in der SZ in Sachen Suhrkamp abgeliefert hat, in riesigen Artikeln vor einem halben Jahr, mit scheußlichen Untertönen, ohne Augenmaß und Menschenkenntnis, einfach nur ganz platt sensationslüstern: auch das verdirbt keine Sitten, es ist einfach Ausdruck von unangenehmer Blödheit.

Jetzt hat die Suhrkamp-Geschichte eine relativ spektakuläre Wendung genommen: der scheußliche Hamburger Spinner, der den ganzen Verlag übernehmen wollte, ist im Nichts eines nicht gezahlten Kaufpreises verschwunden. Was meint der Trivialjournalist Mangold dazu? Gar nichts. Sie drucken klitzeklein die Agenturmeldung von ddp. Und direkt darüber ereifert Mangold sich über die verdorbenen Sitten. Allein schon das Angeberwort Sitte ist so hohl. Kultur entsteht nicht auf die Art äußerlich, durch appellhaften Einsatz solcher Worte, sondern durch Denken und normal unfieses Benehmen. Will man fies sein oder nicht? Das muss gedanklich und praktisch auch wirklich entschieden werden, weil ein automatischer Sog zum Fiessein und zur Gemeinheit hinzieht. Als Kind macht einem Güte Spaß, der Erwachsene hat Spaß am Bösen, weil er davon selber schon so viel reingewürgt gekriegt hat im Lauf der Zeit seines Lebens. Unter diesen Aspekten könnten die Leute aus dem Feuilleton, speziell natürlich bei der Angebergroßtrompete Schirrmacher-FAZ und in der SZ, mal ihre Berichterstattung über den Suhrkampverlag überprüfen. Vielleicht würde das mehr zu einem kultivierten geistigen Miteinander beitragen, als 20 oder 200 Trivialromane weniger.

Schriften zur Morphologie
Sozialgeschichte der Jugend

seltene Berufe wie der des Schirmmachers
oder Tapetendruckers könnten komplett wegfallen

DIE DEUTUNGSELITEN DES BOULEVARDS sind
sich sicher: eine Botschaft

hundert tage vanity
Donnerstag, 24. Mai 2007, Berlin

In der Redaktion bekam ich eine Blume, freute mich und sagte, danke. Und dachte leise: danke Vanity, und: danke Ulf.

Kurzgefasstes Lehrbuch der Physiologie
Freitag, 25. Mai 2007, Berlin

in Deutschland wird inzwischen
über personelle Konsequenzen diskutiert –

Den Friseur habe ich behalten, das heißt die Frau Friseurin, und habe mir eben bei ihr die Haare schneiden lassen. Beim Bäcker Taudien werden die Vanillekirschstücke zwar immer bisschen kleiner, ebenso die Schokokirschschnitten, aber sie schmecken super, und ich sagte an der Taudientheke, bitte je eine Schnitte Schoko- und Vanillekirschkuchen, und zahlte 2 Euro. Dann war ich wieder beim Suchdienst Perlentaucher gewesen und hatte von dort dankend mitgenommen den Hinweis auf einen FR-Artikel über die Malerei-Ausstellung in Hannover, wird nachher gekauft, die Taz am Freitag sowieso, auch da denke ich heute nicht an personelle Konsequenzen. Das Bett habe ich mit neu gekaufter weißer Bettwäsche bezogen, aus dem Büro den Keidel geholt, das ziemlich voluminöse, sogenannte Kurzgefasste Lehrbuch der Physiologie. Das war heute morgen. Auch an den Vögeln möchte ich vorerst nichts ändern, als es gerade hell wurde, haben sie den Tagesanbruch auf sehr nette Art bepfiffen, ich ging in der Wohnung herum, anstatt jetzt oder später aus dem neu eröffneten Tresor zu stolpern. Was war noch? Ich sprach am Telefon mit B, wir redeten über verschiedene kulturelle Dinge, Stein kann vorerst im Amt bleiben, bald wieder Konzert, Belle Époque mit Proust und Benjamin, Personal unverändert. Wie auch Bjarne Riis möchte ich nicht mit dem Finger auf andere Leute zeigen, sondern lieber mit Worten. Kleists Kampf mit Goethe bleibt Topthema, die 2-Raumwohnung-Tour von 2004 liegt als Postkarte vor, und auch hier natürlich ohne irgendwelche jetzt plötzlich sinnlos überstürzten personellen Konsequenzen. Gut. Ich glaube, dann können wir die Angelegenheiten an den Personalratsausschuss zurückverweisen und wieder an die jeweilige Arbeit gehen, so weit unverändert. Stop, eines noch: den Simplicius Simplicissimus brauche ich noch, wegen Wallenstein, den muss ich noch von drüben holen. Qualli bleibt, steht auf einigen G-8-Protestpostern, das wird in Deutschland begrüßt und diskutiert, das ist beruhigend zu hören, schöne Pfingstferien einstweilen.

so und nicht anders also
stolperte ich hinüber – ins neue Leben

Juni 2007

Kleine italienische Geschichte
Mittwoch, 6. Juni 2007, Berlin

Beim Heben des Kopfes sah ich mit Staunen: es war eine Woche vergangen, ich hatte wieder genommen, gelb und weiß flimmerte es mir vor den Augen.

    Mailand: Schauer

    Nizza: Schauer

    Paris: Schauer

    Verschiedene Dinge zurechtzurücken, zurückzustellen, einzugestehen und wiederaufleben zu lassen, sollte ich Klage auf Feststellung der folgenden Fakten verpflichten:

die weißen Blumen waren abgeblüht

das Wort Taxifahrer war verschlissen

die Diskette SICHER lag vor mir

der Schritt ins Dunkel meiner Zukunft

kam mir komplett unbegehbar vor

mein Telefon kaputt, tot, ohne Strom

Romantik
Donnerstag, 7. Juni 2007, Berlin

Das Interessante am ästhetischen Urteil ist nicht das Resultat, sondern die geistigen Energien, die frei werden beim Versuch, es zu begründen. Es geht nicht darum, recht zu haben. Der Streit im Ästhetischen ist eine Konkurrenz um Tiefe und Triftigkeit der geistigen Aneignung. Grobianisches Naturell gehört dazu, die Gegenstände aus der Welt des Schönen überhaupt erst richtig in sich einschlagen zu lassen, aber auch ein Gegenorgan des meditativen, melancholischen Sinnierens, der Unsicherheit, Verzagtheit und Nervosität, um das Bebende des Weltgrunds, auf den alles sich bezieht, auch mitfühlen zu können.

Es war Sommer geworden in Berlin, die Linden blühten frisch, und schwer senkte sich ihr Duft auf die Straßen am Abend. Hinten bei der Humboldt-Universität gingen die Leute auf den Seiteneingang mit den roten Plakaten zu, Rüdiger Safranski würde über DIE ROMANTIK sprechen, befragt vom Spiegel-Kulturchef Matthias Matussek. Die Abendsonne scheinte rot auf das Publikum im gut gefüllten Auditorium Maximum, Studenten, Kulturis, Ältere, Cliquen, Dozenten, Frauen, ewiger Eros der Universität. Bildung, Argumente, Geist. Wenn Rüdiger Safranski redete, sprühte es aus seinem Kopf auf genau diese universitätsmäßige Art heraus, die Ideen und Gedanken auf der Suche nach dem sie erfassenden Wort und Satz und Darstellungszusammenhang. Seltsam ist es immer wieder, wenn man es erlebt: die Jungheit und Neuheit jedes mitgeteilten Gedankens, auch des ältesten, wenn er nur auch wirklich gerade neu nocheinmal neu gedacht wird. Denken ist reine Energie und Heiterkeit. Warum Denken lächeln macht, Traktat.

In jeder Hinsicht im Gegenteil: die Figur Matthias Matussek. Er ist durch seine wöchentlichen Videos auf faszinierende Art die Soap seiner selbst geworden, so was ähnliches wie Elke Heidenreich. Die Videoblogs sind eine echte Revolution. Die Leute stellen sich in einer Direktheit und Nacktheit vor einen hin, dass man erschrickt und staunt, man befindet sich ja etwa nur 20 Zentimeter weit weg von ihnen. Dagegen war Fernsehen, die alte Nacktmaschine, ein Medium höflichster Diskretion. Das Internet hat in seiner Vertrashtheit beides radikalisiert: die Bilder und die Schrift. Die Schrift will denken, die Bilder erzwingen physische Präsenz.

Wenn Matussek redet, im weit offenen Hemd, werden Worte zu Vokabeln ohne Zugriff auf die geistigen Inhalte, die sonst von ihnen bezeichnet werden, werden Argumente zum rein körperlichen Akt des Sprechens, der nur noch dazu da ist, Expressivität vorzuführen, Intensität und Plausibilität. Es wirkte deshalb beinahe debil, wenn Matussek anlässlich einer Frage einen Gedanken von Safranski zusammenfasste oder referierte, brutalisiert und auf die letzte Banalität runterreduziert. Es störte ihn dies aber gar nicht, er merkt das längst nicht mehr. Er hat sich völlig daran gewöhnt, dass er vokabularmäßig dauernd komplett über seine geistigen Verhältnisse lebt. Ein tolles Spektakel war dieser Abend, auf den Matussek in seinem Videoblog selbst hingewiesen hatte, vielen Dank. Um viertel vor acht gings los, um viertel nach neun war es vorbei. Ich glaube, die nächsten zwei Wochen muss ich täglich nur noch darüber und über nichts anderes mehr schreiben, über Matusseks und Quallis kulturelle Körper, über Schnallis neuen Job und Schnallis alten Ex. Die ich kannte, grüßte ich im Rausgehen, weil es sich gehört. Später saß ich unallein am Rosi, trank ein Alster, und Lottmann radelte vorbei, am sogenannten Rad. Damit hatte ich jetzt nicht gerechnet.

Mein Leben
Freitag, 8. Juni 2007, Berlin

Mit anderen Worten, sagte ich zur B, ich antworte gern und auf alles, nur nicht direkt. Die Stadt glühte jetzt. Wir saßen auf der schmalen Pressetribüne des Bundesrates, drunten war gerade Sitzungspause. Ein Trupp Presslufthammermaschinisten arbeitete mit Hochdruck daran, die Kalotte meines Schädels von innen her aufzusprengen und so zum Einsturz zu bringen, was brutale Kopfschmerzen bewirkte. Wir redeten über den neuen Büchner-Preisträger Mosebach. Die B machte mich auf eine unschöne Hypertrophie meiner Zustimmungsbereitschaft zu allem möglichen und auf die übertriebenen Bestrebungen zur Ausgewogenheit meiner Urteile aufmerksam. Das war mir entgangen, ich erschrak, die nächste Rednerin trat schon ans Pult. Beim Zuhören merkte ich jetzt, dass ich in den vergangenen Stunden zu viel selber geredet hatte, um noch zu wissen, was ich hatte sagen wollen. Die innere Stimme war scheinbar beleidigt, sie schwieg entweder oder redete absichtlich so leise, dass ich sie nicht mehr hören konnte. Wenn die innere Stimme zu laut wird: Irrsinn. Wenn sie verschwindet: Sozialdiktatdebilität.

Das Missverständnis beginnt vielleicht wirklich da, wo das riesige Ausmaß des SCHWEIGENS im Leben von Marcel Reich-Ranicki übersehen wird und dadurch seine Lust an Lautheit, Klarheit und Überprononciertheit seiner Bewertungen nicht richtig verstanden wird. Man kann nicht nur das Lärmige übernehmen, wie es Schirrmacher versucht hat. Der Kulturtipgeber Matussek als Spiegelkulturchef ist eine direkte Folge dieser Lärmaffirmation im Kulturleitmedium Faz.

Schirrmacher hatte eine richtige Idee: einer großen Vielzahl unterschiedlicher Stimmen in seinem Feuilleton Räume zu öffnen. Aber er hat die Verantwortung seiner Position, sich auch selbst kompliziert geistig weiterzuentwickeln, nicht angenommen. Und umgekehrt kein Gespür dafür entwickelt, was es heißt, wenn er als Chef des Ganzen seine Bücher plötzlich als Boulevardprolet schreibt. Es ist noch nicht so lange her, dass die Feuilletonchefs der großen Zeitungen, Raddatz, Kaiser, Schütte, Karasek und eben Reich-Ranicki, den Wettbewerb um intellektuelle Überlegenheit in ihren Artikeln argumentativ hochgepitcht, getrieben von einer Eitelkeit des Geistigen, ausgetragen haben. Und eben nicht nur im Blick auf die Verkaufszahlen ihrer sogenannten Bestseller. Die B widersprach nicht. Wir redeten über die Rückkehr des Asozialen von den Rändern her, schön. Wir gingen, obwohl die Sitzung noch nicht zu Ende war, hinaus.

Wir Toten
Samstag, 9. Juni 2007, Berlin

Über dem spätabendlichen Rosenthalerplatz kreisten Hubschrauber der US-Armee. Es war immer noch sehr heiß, die
Hitze des Tages ungebrochen, die Leute hatten sich inmitten
der Kreuzung auf den noch warmen Asphaltboden gesetzt,
um ein bisschen zu chillen, es war gerade erst dunkel geworden, kurz nach 10 Uhr. Um den Platz herum hatten die Polizisten Aufstellung genommen, in sehr dicken Uniformen,
dunkelblau und grün. Kyritz hörte, dass aus den Hubschrau-
bern gleich auf die Globalisierungsaktivisten eingeschossen
werden sollte mit Stockhausenmusik, eine Kunstaktion der
Staatsoper, des Hau und der Volksbühne in Kooperation. Als
die Musik jetzt einsetzte, –

glühte schon der nächste Mittag über dem Dorotheenstädtischen Friedhof, Texte von Wolfgang Hilbig wurden vorgelesen, Wolfgang Hilbig war tot, er war gestorben, obwohl er
noch nicht hatte sterben wollen, und wurde jetzt beerdigt.
Kyritz war unberechtigterweise hier. Dies war die Kultur des
Ostens, die Sprache der Texte alt, schwer, dunkel und sehr
schön. Später am Grab: keine Worte. Der Sarg wurde in das
Grab hinuntergelassen. Hilbigs Freunde hatten ihn selber
mit ihren Händen von der Kapelle aus den Weg entlang hierher geschleppt. Sie standen an den Zaun gelehnt und schnauf-
ten. Musiker saßen dabei, machten Musik. Der Abschied vom
Toten ist grausam. Ihn der Erde zurückzugeben als ganzen,
entspricht sehr der Ratlosigkeit und dem Zeitbedarf, die
durch das endgültige Wegsein des Toten entstehen. Und die
Härte des Todes erinnerte die Nichttoten daran, nicht künstlich überhart zu sein im Leben. Feindschaft ist schlecht, böse
sein gut, das macht einander gleich, macht so auch Versöhnung möglich. In einer Gruppe reichten sich die Leute gegenseitig Wein zu trinken, und die, die sich kannten, redeten miteinander.

tut nicht schweigen, redet nur
sagt der Tod, denn die Toten schweigen nur
weil sie nicht mehr reden können
ruhe, Toter, ruhe sanft

Ein letzter Gerichtstag am Ende der Tage ist nichts an Härte
gegen die selbstauferlegte Härte des Schweigens am Grab.
Die Sonne heizte jetzt in die schnell verwelkenden Sommerblumen der zwei bunten Kränze, und der alte Wind der letzten Tage wehte durch die Bäume.

Inferno Vol. 2
Montag, 11. Juni 2007, Berlin

Die ihm zur Last gelegten Taten räumte der Bildhauer Alexander Beil auf Anfrage ein. Er und Frau Katja Riemann hätten den Zaun gegen halb drei Uhr erreicht. Wieder sei es ein
sehr heißer Hochsommertag gewesen. Katja Riemann hatte
in ihrem Tagebuch darüber geklagt. Auf der anderen Seite
des Zauns ging es steil nach unten. Beil stolperte, fing sich,
schlug dann aber doch mit voller Wucht mit dem Gesicht in
der Uferböschung auf. Frau Riemann ging daneben in die
Hocke und schaute vor sich hin. Im Wasser standen Gilbert
und George mit der Kamera, sie filmten die Szene, später
wurde das Video als INFERNO VOL. 2 veröffentlicht. Gilbert und George kommentierten die Arbeit mit den Worten:

death, hope, life, fear
sex, money, race and religion
are the only elements that we carry with us all the time
we make our decisions with those columns
upholding our roof

Buch Neun
Dienstag, 12. Juni 2007, Berlin

Es war Juni geworden, und in Ibiza war die Partysaison mit dem großen Eröffnungswochenende gestartet. Die Feiernden hatten sich im Übermut zum Spaß getrennt. Auf der anderen Seite der Nacht fanden sie sich im DC 10 wieder, die Flugzeuge donnerten eine Handbreit über ihren Köpfen zur Landung heran. Am nächsten Wochenende machten auch das Amnesia auf, das Eden, das Space und natürlich auch das Pacha und das Es Paradis, Eintritt 60 Euro.

Nachdem der Rausch abgeklungen war, schämten sich die Menschen sich. Ihr Gemüt hatte sich verdunkelt, und beim Reden kamen sie in Streit. Durch Oliver Gehrs Videoblog über den neuen Spiegel hatte ich nachmittags einen Moment lang einen aufgewachten Gedanken erfasst gehabt, für etwa eine Sekunde. Es war ein sehr schwüler Tag gewesen, schwarz zogen jetzt die Abendgewitter heran.

digital denial
Mittwoch, 13. Juni 2007, Berlin

Bett, Stift, Decke, Schokolade
Küche, Milch, Computer, Buch
Zeitung, Blätter, Zange, Stift
Datum, Lehne, Lüge, Schokolade

lese, liege, träume, schwitzte
träumte, liege, lese, lag
schwitze, sitze, liege, träume
träumte, schwitzte, liege, lese, las

unterging verloren, kränklich ungenau
ausgemacht versagte, nächtlich näher noch
nie mehr eingesagte ohne, aufgehörte abgesagt
nie mehr abgelehnte löse, morgen wieder ungebracht

ganze Sätze waren sinnlos nicht mehr
ihre Wege hatten mich nur nicht gekreuzt
aus der Schwärze dieser Nächte
kam der Tag zuletzt zu sich kaputt

Im Parlament
Donnerstag, 14. Juni 2007, Berlin

Etwa fünf Minuten redete Horst Seehofer im Stehen auf den Regierungssprecher Wilhelm ein, der schräg hinter ihm in der dritten Reihe der Regierungsbänke saß, dann zwei Minuten auf die beiden Ministerinnen Schmidt und von der Leyen, Seehofers hellblaue Krawatte baumelte zwischen deren Köpfen. Dann setzte er sich wieder hin, saß auf seinem Platz hinter der Kanzlerin und überlegte, wen er jetzt noch ansprechen konnte. Er lehnte sich so weit vor, dass er das Angesprochenwerden durch die Kanzlerin fast erzwingen zu können glaubte, vergeblich.

Die Kanzlerin redete ausführlich mit jedem in ihrer Umgebung, ignorierte aber den direkt von hinten sich zu ihr vorbeugenden Seehofer so entschieden und überdeutlich, dass es ein unmissverständlicher Akt, fast eine körpersprachlich verabreichte Körperverletzung war. Den in der Folge grimmig verzweifelt vor sich hinstierenden Gesichtsausdruck von Seehofer filmte Aldi-TV in Großaufnahme. Schließlich hielt Seehofer dieses aus nächster Nähe Ignoriertwerden nicht mehr aus, bleckte seine Zähne, stand auf, laberte im Rausgehen kurz auf Hintze ein, der ihn begütigend von sich wegschob, und suchte sich dann im Plenum auf den hinteren Plätzen eine Frau, zu der er sich dazusetzen und auf die er dann in großer Ausführlichkeit einreden konnte.

Wer darf wen ansprechen und wie lange vollabern: Machtfrage. Gespräch stellt Ebenengleichheit her, die der Unter dem Ober nicht in jedem Fall aufdrängen darf. Aber auch der Obere fühlt, dass sein Impulsprä, das Gespräch an jeden richten zu dürfen, mit dem Risiko belastet ist, dass er in der Antwort nur seine formale Machtvorrangstellung zurückgespiegelt bekommt, als Person aber Ablehnung registrieren muss. Dass ihm der Zutritt auf eine gemeinsame Ebene verweigert wird, er kein Eingehen auf das von ihm Gesagte, auch keine Herzlichkeit mitgeteilt, kein direkt persönliches Angenommensein als Mitmensch vermittelt bekommt. So kann auch das Betonen der Rangfrage von unten beleidigend sein. Durch minimal übertriebene Höflichkeitssignale teilt der Untere dem Ober die Gemeinheit mit, dass er am Gespräch nur in seiner Eigenschaft als Unter, also pflichtweise teilnimmt. AFFOIDE KONTAKTTAKTIKEN.

Das Schönste an der immer noch irgendwie neuen Bundesregierung ist die generelle Verklemmtheit ihrer Protagonisten. Sie entsteht durch Probleme mit dem Körper, der die Person im Raum des Sozialen zuerst präsentiert. Jedes etwas gebrochenere Bewusstsein registriert die affoiden Rangspiele zwischen den Körpern als Realität und zugleich als Primitivismus, dem eine Abschwächung durch Dämpfung des Körperlichen überhaupt ganz guttut, Gehemmtheit entsteht. Müntefering bearbeitete Akten und signalisierte seiner direkt neben ihm sitzenden Chefin: dass du mich ansprechen darfst, hast du dir nicht verdient in letzter Zeit. So saß sie da und musste überlegen, was sie sagen könnte, und als sie Müntefering dann ins Gespräch zu verwickeln versuchte, wirkte es genau so bemüht, wie es auch wirklich war. Das war zum Zuschauen angenehm. Auch Münteferings unstarre Art zu reagieren, erst höflich, dann mehr als nur höflich, nicht übertrieben freundlich, aber menschlich normal.

Es machte diese Szene sichtbar, was jeder kennt, wie schwierig das Allernormalste sein kann, einfach nur gesprächsweise kurz miteinander zu reden. Den richtigen Zeitpunkt dafür zu finden, den richtigen Ton, die richtige Direktheit und die der Lage angemessene Gehemmtheit. Die Anstrengung, die darin liegt, trotz der Möglichkeit, zurückgewiesen zu werden, den anderen anzusprechen. Das Gewaltige der Humanität, die beim Reden verhandelt und ausgetauscht wird, wieviel Zurücknahme an Affoidem dabei stattfindet und wieviel Brutales auf die Art gezähmt und so sozialisiert wird. Und all das am Ort des Redens überhaupt, im Parlament.

Welche geschichtliche Leistung bewundern Sie am meisten? Die totale Normalität der parlamentarischen Regulation der staatlichen Macht.

Tagebuch 1964 bis 1976
Freitag, 15. Juni 2007, Berlin

Morgens: Nichts schöner als ein sonniger Juni. Nachts hatte es geregnet, und morgens war die Luft klar gewesen, und in den Straßen duftete es frisch und sommerlich. Am Bauzaun der Schöpfung war Freitagsstimmung, in Ramallah kamen die Männer zum Gebet zusammen, und in der Fabrik selber wurde die Produktion der vergangenen Woche gesichtet.

Mittags: Die Bibliothekarin richtete sich auf. Die Kollegin schaute an ihr vorbei. Der Abteilungsleiter war beim Chef zum Gespräch. Ein Fehler in der Betriebskommunikation hatte sich auf die Stimmung in der Rotunde ausgewirkt. Als Kyritz zur Rückgabe seines angemahnten Buches erschien, war es kurz vor halb eins. Die Bibliothekarin wollte eisig wirken, um ihre Kundschaft einzuschüchtern. JA UND?!, schrie ich.

Nachmittags saß ich im Arbeitszimmer und las in Schleefs grünem Tagebuch. Aber wie kann ich meine Gegenwart darstellen, fragte sich Schleef, der Dunkle, 25, wie?, schwer, bedrängt, sprunghaft, Dezember 1969, Stolpern beim Lesen, Zurückgestoßenwerden, Weggehen und Zurückkommen und weitergelesen und so auf den Anfang des Diktats von Klage gewartet, ohne Unruhe zuerst. Schöner Tag draußen, die Gegenwart stellte sich von selber dar, nicht hingegen die Erfassung der Kritik an der Vergangenheit. Wartete, lausch-te.

Sonntag: nicht tot sein wollen sollen.
Montag: den Boulevard nicht verspotten sollen.
Dienstag: das Paradiesproblem direkt darstellen sollen.
Mittwoch: mit Notwehrdichtung sparsam sein sollen.
Donnerstag: und bisschen weniger Pedal benützen.

Abends: herrlicher Abend, ratlos mit Rawls. Die ethische Reflexion sperrt sich gegen direkte Anwendung. Ich wollte wieder mit der Hume-Interpretation von Rawls Verstehenstools gewinnen, wie man die Wertungsgefühle gegenüber einem Seehofer begründen könnte, aber das ist Unsinn. Dann dachte ich an die Familiengeschichte der Kyritz in den Jahren 1964 bis 1976. Als es schon fast ganz dunkel war, ging ich endlich hinaus in die Nacht.

Schleef: verflucht soll ich sein, gebe ich wieder auf.

Torture Vol. 3
Samstag, 16. Juni 2007, Berlin

Wochenende: nichts scheußlicher als eine komplett chaotisierte Wohnung, hallo Wochenende.

Ausgehen: keine Lust.
Aufräumen: keine Lust.
Zeitung: Überdruss.
Computer: keine Lust.
Denken: Hirnkrampf.
Einkaufen: keine Lust.
Lesen: nie wieder.

Sonst noch was? Sonst noch wer? War noch was? Wäsche waschen, abspülen, bügeln, Zeitungen aussortieren, aufräumen: zehnmal nein. Nieder mit dem ganzen Leben.

Renaissance
Montag, 18. Juni 2007, Berlin

Star: ich weiß überhaupt nicht, was das ist. Ich kenne keinen und keiner hat mich je interessiert. Meine Stars waren früher: mein älterer Bruder, meine Lehrer, meine Freunde, neue Lehrer, und dann schon Bücher, Ideen, Typen, Positionen; genau so basic und abstrakt, wie das klingt und ist. Nie wollte ich jemanden kennenlernen, körperlich direkt, dessen Produkte ich bewundert habe, im Gegenteil, schon in der Vorausempfindung kam mir das zudringlich, verwirrend, sinnlos und verblödet vor. Thomas Bernhard, Peter Handke, Niklas Luhmann, Harald Schmidt, Michel Houellebecq. Ich wollte die Produkte kennenlernen und an ihnen das Geheimnis studieren, warum sie im Glücksfall so gelungen sind. Aus dem Produkt auf den Vorgang der Produktion und den Produzierenden zurückschließen, im genau umgekehrten Prozess, der das Produkt hervorgebracht hat. Es ist eine Freude an der Kompliziertheit dieses Prozesses, an den Verworrenheiten und Schwächen des Produzierenden, an der Seltenheit, in der das Channeling ins Produkt hinein wirklich auch gelingt, die der Bewunderung immer neu Anlass gibt, ins Produkt hinein studierend sich verlieren zu wollen. Autistik der Hochkultur.

Bei der Präsentation von Kerstin Grethers Buch Zungenkuss im NBI neulich war als mögliche Alternative dazu die Begeisterung für das Soziale zu erleben. Die Emphatik diskursiver Konfrontation, Trinken, Reden, sich gegenseitig Bewundern und miteinander Streiten, auch darin können Texte, Musik, Personen, Ideen und Produkte kulminieren, um so einander zu erhellen. Der Star ist das Gespräch selbst, und damit jeder, der am Gespräch teilnimmt, Thees Uhlmann, Patrick Wagner, Sandra Grether, Jana Pallaske. Wie früher bei Warhols Superstars, Wohlwollen und Eifer des Situativen sind gemeint, nicht die abstrakte Isoliertheit des perfekt entäußerten Produkts, nicht ein Star nach alter Bauart. Physische Präsenz 2. Jemandem zuschauen wollen, den man bewundert für das, was er tut, fertig ist der Star. Den Bewunderten durch das Zuschauen aber nicht stören wollen. Das besondere Verhältnis beobachten zwischen dem Körper des Machers und seinen Produkten, die besondere körperliche Ausstrahlung, die von dem, auf das Produkt umgeleiteten, inneren Energieüberschuss herkommt, die Schönheit dieser Anspannung. Das wirkt in die Umwelt hinaus als Charisma. Der Charismatiker selbst fürchtet aber die Effektivität seiner eigenen körperlichen Wirkung, andernfalls heißt er Adolf Hitler. Wer sich selber gut fühlt, tritt jetzt auf mit seinem Körper in den Videoblogs, intim, aber gespeichert und publiziert. Ein tolles Flirren entsteht an dieser Stelle, treibt das Textliche noch mehr in die Affirmation seiner Verborgenheit, der Indirektheit seiner Wirkung.

Starschnitte
Dienstag, 19. Juni 2007, Berlin

Physische Präsenz 3. In Lumpen. In verschiedenen Blogs war zu einer Lesung in das Lokal mit dem grausamen Namen Lass uns Freunde bleiben eingeladen worden. Das Lokal war leer, aus dem erhobenen Hinterraum kam eine Stimme über Mikrophon, dort hatten sich etwa 20 Zuhörer versammelt und hörten den kleinen heiteren Prosaminiaturen zu, die von wechselnden Autoren vorgetragen wurden. Texte schlecht, Witze billig, Leute willig und zustimmungsfroh auf unterstem Niveau, all das strahlte eine unglaubliche Traurigkeit aus. Natürlich auch die Optik und der Habitus der Zuhörer, Textleute, Computerleute, Verkrochene und Verängstigte, nicht schön. Auf der Stelle hatte ich mich Tex Kummer nennen wollen, um sofort eine supertraurige Reportage darüber zu schreiben.

Da fiel mir das Buch Starschnitte in die Hand, und ich sagte laut, das kannst du aufschlagen, Alter, und zu lesen anfangen, egal wo, das ist ein unglaubliches gutes Buch, Sven Michaelsen, Starschnitte. Interessante Menschen erklären sich und die Welt. Stimmt, so ist es, das tun die. Beispielsweise Thorsten Becker erzählt da über Heiner Müller, wie sie sich zusammen in Kalifornien so sehr betrunken haben, dass Heiner Müller ihn umarmte und sagte: entschuldige, dass ich elementar werde. Dann ist er hingefallen. Siegfried Unseld erzählt über seinen Kritikerempfang. Noch nie wäre jemand ausgeladen worden, weil er schlecht über Bücher von Suhrkamp geschrieben hätte. Es gäbe sogar Leute, die immer wieder kämen, ohne eingeladen zu sein. Einar Schleef: Ich fahre grundsätzlich bei Rot über Kreuzungen. Da weiß man einfach: wenn es knallt, ist man selber schuld. Bei Grün kann man ja nur hoffen, dass die anderen die Verkehrsregeln kennen. Dann Wolfgang Joop, natürlich über Sex. Wegen Joop hatte ich das Buch ursprünglich gekauft. Da war im Tagesspiegel so joopscher Aussageirrsinn zitiert worden, über Moderedakteurinnen, da weiß ja jeder was: Dieser Beruf erzieht zu Boshaftigkeit, Missgunst und Frustration. Das ist jetzt noch die netteste Stelle. Oder Joachim Lottmann: Für die Jugend von heute ist Suhrkamp eine Zigarettenmarke und Adenauer eine Herrenseife. Ganz Herrenseife Peter Handke: Wenn Sie mir eine Million Euro bieten, schreibe ich Ihnen über Frau Katja Flint und mich eine Supergeschichte, wenn Sie wollen, sogar auf dem Computer. Kroetz: Ein Großteil meiner Stücke besteht ja nur aus Schimpfworten.

Starschnitte. Dieses Buch hat ein unglaubliches Tempo. Jeder Satz ein Treffer in den Resonanzraum des Bekannten, wo dann unerwartete Assoziationen antworten, Erinnerungen, Gegengedanken, Zustimmung, Charakterologie. Aus meiner fragmentarischen La Rochefoucauldstudie DER MENSCHENPRÜFER. Studie, Fragment.

Esra

Nachmittags wurde ich Zeuge einer alltäglichen Szene: ein Mann und eine Frau saßen vor einem Café in der Tucholskystraße und redeten über ihre Zukunft. Er war so ein Typ wie der Adam in Maxim Billers Roman Esra, sie war Ärztin und Architektin. Obwohl ich nur zwei Tische weiter saß, feuerten meine sensorischen Spiegelneuronen so heftig, dass ich beinahe selbst an Stelle der Frau zu sitzen glaubte. Im Rückblick würden die kommenden Jahre, über die sie redeten, ein distinktes Stück Zeit gewesen sein, aber als Zukunft waren diese Jahre wirklich ÄONEN möglicher Leben.

Äußerlich passierte kaum etwas. Es war schwülheiß, der Himmel zugezogen, und ein Vater, 36, ging mit Sohn, 4, und Tochter, 2, auf dem Gehweg dahin, ganz verstrickt ins Leben, das ihm sich zugelost hatte, halb zufällig, aber natürlich auch durch paar minimale eigene Entscheidungen mitgewählt. Vor der Absperrung des Beth Cafés standen zwei Polizisten, auch sie redeten miteinander. Ich dachte an Rogier van der Weyden, dann das Wort Zwerg.

Schreiben, notierte ich, ist ja Rücknahme des Gesagten, Korrektur am Gedachten, Widerspruch zu sich selbst. Man kann fast sagen: das Gegenteil zum Reden im Gespräch, siehe das Gespräch über Morton Feldman in der Staatsbedürftigkeit der Gesellschaft, Ende März. Dabei ließ sich gut verfolgen, wie das fluoreszierende Element zukünftiger Möglichkeiten in schnellen Zufallsbewegungen an der Kette der Gegenwartsmomente nach der genau passenden Bindungsstelle solange suchte, bis es die richtige Stelle gefunden hatte, dort haften blieb, dadurch die von da abzweigenden Entscheidungen auslöste und so mit ihr die Folgekaskade der davon bedingten kommenden Lebensfolgen.

Grass und Walser, über deren Zeit-Gespräch ich vormittags zu schreiben versucht hatte, sind auf verquere Art doch wirklich die Aufklärer, für die sie sich selber halten. Belehren ihr

Publikum bis ins hohe gegenwärtige Alter darüber, wie man werden kann als Schriftsteller im Lauf des Lebens. Wie die Sprache das Denken zersetzt, wie der Erfolg die Realitätswahrnehmung ruiniert und wie die Unabhängigkeit des freien Schreibers seine soziale Kontaktfähigkeit praktisch vernichtet. Zerstört, ruiniert, vernichtet: das alles also, wie man sieht an Grass und Walser, kommt auf einen zu als Autor, sagte ich. Und Maxim Biller sang dazu sein Lied I LOVE MY LEID.

La femme à la vague
Donnerstag, 21. Juni 2007, Berlin

Den Worten der beiden Polizisten folgend, war ich anderntags in die Gemäldegalerie gegangen und dort wieder zu den drei Berliner Altären von Rogier van der Weyden, auf der Suche nach der wunderbaren Väterverjüngung, die sich dort ereignet. Je älter der Künstler wird, umso jünger wird sein Joseph. Mit 35 malt er den Vater der Heiligen Familie als 68jähriges, schlummernd in sich zusammengesunkenes Männchen, mit 45 ist sein Joseph etwa 56 und nocheinmal zehn Jahre später – aber halt, da gibt es gar keinen Joseph mehr, das ist der Johannesaltar von 1455, die quasi vorjosephinische Zeit, mit dem dramatisch abgehackten Kopf. Der Henker dreht sich ab vom Ergebnis seiner Tat, und über seinem Po ist die Hose wildrot gebunden.

Traumhafte Leere in den Hallen der Bilder, ein verrücktes amerikanisches Ehepaar, eine Schulklasse, ein Gruppe mit erklärendem Redner, aber sonst nur Ruhe und Weite, Leere und die Bilder und das leise Wispern der Geschichte, das von ihnen ausgeht: da, du, Zeit, schön. Die tollsten Bilder sind von ganz jungen Männern gemalt. Antonis Mor, zwei weiße Domherren, lebensprall und stolz; Anton van Dyck, ein schwarzer genuesischer Senator, düster, misstrauisch, sehr mächtig; Rosso Fiorentino, junger Mann mit fadendürrem

Haar und flachem Hut, ein Lauern im Blick; Jean Fouquet, Heiliger Stephanus.

Danach ging ich zu den Impressionisten. Es war der Sommeranfangstag, die beige blassen Deckblätter der Lindenblüten trieben am Morgen herbstverheißend unter den Bäumen, von denen der Sturm sie heruntergeweht hatte, auf der Torstraße dahin, und später, als ich aus den Düsterkatakomben der Nationalgalerie in die ebenerdige Eingangshalle hochkam, schüttete es den Regen in Massen nur so vom Himmel. Ich saß am Boden, an eine der riesigen grünsteinernen Säulen gelehnt, und dachte nach über meine drei Altäre im Neunjahresabstand: 1989, Abfall, Klage.

Gegenstand steht ja fest. Resultat der Lösung aber nicht. Dass man aus einer Überlegenheitsposition heraus recht haben würde, ist wahrscheinlich eher selten der Fall. Ein wohlriechender Mann, sehr diskret wohlriechend, dachte ich in Erinnerung an eine Sekundenwahrnehmung von gestern früh, – mein Telefon klingelte. Am Apparat: die Zukunft. Sie redete, ich, Frau in den Wellen, hörte mit offenen Augen zu.

Ursprung der Welt
Freitag, 22. Juni 2007, Berlin

bin gegen den Schmerz, gegen Triumph
gegen die Wahrheit, gegen das Leben
bin gegen das Reden und gegen Gefühl
bin gegen Erleben und gegen die Kunst

gegen die Logik, gegen die Sterne
gegen die Schriften und gegen den Wind
bin gegen Gesetze, gegen Materie
will gegen den Körper ein Gegen erleben

erlebe das Gegen gegen mein Leben
mein Denken, mein Schauen, mein Heben

der Arme, die Füße, der Reiche, die Nacht
der Schmerzen Triumphe, Gedanken gemacht

Verluste der Sinne, versagte die Jahre
bewusstlos gelegen ganz ohne Gegen
gelebt, vegetiert, geatmet, gelebet
geredet, gefühlt, geschrieben, gelacht

über den Schmerz und über die Wahrheit
über das Leben, über die Sprache
unter der heute so hoch gehenden Sonne
dieses kleine Gedicht hier gemacht

it's those kp nuts again
Sonntag, 24. Juni 2007, Berlin

Wie siehts bei Ihnen eigentlich mit der Work-Life-Balance
aus? Findet bei Ihnen am Wochenende eine Gesichtskon-
trolle statt? Und wie steht es mit der Teamarbeit? Wie mit
der Partneranbindung?

Sonntag: no life, no work
Montag: Tegel, türkische Pizza am Rosi
Dienstag: Warsteiner Lemon am Ludwig-Erhard-Ufer
Mittwoch: Solobecks und Margherita vor der Torpizza
Donnerstag: Entscheidung für Berlin, Gemälde
Freitag: Schmerz im Hamburger Bahnhof
Samstag: Tag im Internet,
der Pfeif-along-song mit Doherty-Moss
Sonntag: langer Sommerstadtgang, kriechend, mit 1,6 km/h

Da sind die Bilder von Albert Oehlen im Hamburger Bahnhof, ein Raum in den Flickschen Hallen hinten, den er sich
mit Kippenberger teilt. Albert Oehlen, 1954, Selbstporträt
mit zwei Totenschädeln, 1984. So viel reines Ja zum Dreck in

den Farben und zum stolz hingeschmierten Dunkel kriegt man so leicht nie wieder hin, in dieser hochgemuten Schönheit. Später ist man selber schon viel zu tot dazu, um sich dem Toten und Kaputten noch so trotzig stellen zu können.

Über die Blumen, über die Freude. Nina Hagen singt beim CSD und röhrt und jodelt und erklärt ihre Welt: wenn wir gegen etwas sind, verschleudern wir unsere Energie. Dann ruft sie immer wieder in den Tröpfelregen: das muss gefeiert werden! Später in der Oranienstraße, weiter mit den Bieren, weiter in der Pizza Romantica, dann im Café Moskau, erst bei Westbam, dann oben bei den Hiphopboys. Die kleinen jungen Frauen, DER EWIGE KNABE.

Land der Zukunft, Vorstellungsgespräch.

0. Karrieretrack, Associate, Mandantenkontakt.
1. Briefkopf, Unterschrift, Schriftsätze, Partner.
2. Inlandsverschickung.
3. Secondment, Auslandsverschickung.
4. erstes Sounding über die Partner-Entscheidung.
5. Entscheidung über den Partnerstatus.

Im Partnerstatus, 2013, stufenweise Anhebung zur Lockstep-Partnerschaft, oder im amerikanischen System die Umsatzbeteiligung nach der Formel: eat what you kill. Zum Billing: alle sechs Minuten Billing. Die Stundensätze liegen zwischen 350 und 750 Euro. Urlaub, Blackberry, Elternteilzeit, open door policy, casual friday, dress code. Haben Sie noch Fragen? Zum Thema Arbeitszeit: Es ist klar, dass in einer Großkanzlei viel gearbeitet wird. Und wie sieht es mit den Gehaltsvorstellungen aus? Ich weiß, dass in Großkanzleien gut bezahlt wird. Das ist ja öffentlich bekannt, der eine schreibt, der andere diktiert. Zuletzt saßen wir abends vor dem sogenannten Honigmond mit Apfelschorle und Salat und redeten über den heurigen Sommer.

Schlafender weiblicher Akt
Montag, 25. Juni 2007, Berlin

Kyritz war wieder Maler geworden, die neue Woche war da, der Montag, ich ging rüber ins Atelier und schüttete ein paar Kübel Jauche auf die Leinwand, das schaute schon mal ganz gut aus fürs erste. Gleich bekam ich gute Laune, kübelte zurück. Dann die Überlegung: was fehlt? Wer spricht? Wie geht es weiter? Ich trat einen Schritt zurück und hatte das Gefühl: der letzte Hieb war schon danebengegangen. Ich tauchte die Axt in frisches Blut und holte nocheinmal aus. Darin wollte Ingres sich ungern von irgendwem übertreffen lassen: Stoffe, Geschichte, nackte Haut und Hysterie. Ich machte die Balkontüre auf und zündete mir eine Zigarette an. Ich schaute ins Freie hinaus. Eingestehen? Vorgedrungen? Ich benannte den Tag jetzt um, in SELBSTBILDNIS AN DER STAFFELEI, und fuhr danach zu Justus Köhncke.

Das Balkonzimmer
Dienstag, 26. Juni 2007, Berlin

Sie nannten sich also Herrndorf und Lottmann, betranken sich zur Zeit täglich auf der Borderline auf Kuba, die Story auf Kuba lief zur Zeit gut, jetzt war sogar die sogenannte Barbi wieder aufgetaucht. Über Kyritz, der eben in Berlin über die Weidendammbrücke geradelt und zuhause auf den Weltbalkon getreten war, hieß es:

den Kyritz bläst vom Rad der Sturm
die Wetter toben wild um ihn herum
der Kyritz war ein wutbewegter Typ
in Texten schrie er fürchterlichst

Kritik hebt die Laune, rief ich. Zuschlagen: herrlich; Abkriegen: noch besser. Kritik soll inadäquat sein, dem Gegenstand

Unrecht tun, tendenziös, vergiftet, gemein auf Personen eindreschen, das befördert die Wahrheit. Denn jede Aussage mobilisiert von selber auch auf ihr Gegenteil hin. Besonders unfaire Kritik macht die entscheidende Frage besonders gut entscheidbar: steht denn dem Kritisierten auch etwas Gelungenes entgegen? Das leuchtet dann, wenn es da ist, hell auf. Kontroverse an sich ist noch kein Indiz von Qualität, tendiert aber dazu, eventuell vorhandene Qualität erkennbar zu machen. Außerdem ermöglicht Kritik von außen auch eine radikalisierte Selbstkritik. Die banalen Schwachpunkte sind dann benannt, das dem entgegenstehende Positive leuchtet von selber, jetzt kann man sich den komplizierteren Defiziten zuwenden. All das fühlt man gedanklich schon in dem Moment, in dem es einem den Kopf, das Gesicht vom Treffer voll getroffen, zurückreißt ins Genick. Aua. Und im nächsten Moment schon: ah, danke, IHR PENNER.

Vertrauen
Mittwoch, 27. Juni 2007, Berlin

Im Glaspavillon neben der Volksbühne wurde also das Video zu TIMECODE von Justus Köhncke gezeigt. Zu dieser Musik sind schon so viele Leute so wahnsinnig glücklich gewesen, das hört man sofort, das hat nocheinmal auf die Musik zurückgewirkt, der MDMA-Zauber, den sie mitausgelöst hat bei den Tänzern, ist in die Musik selbst wieder zurückgekehrt als eine Art spiritueller Zusatzboost, der die Leute hier jetzt auf die typisch nachtlebenhaft diskrete Art erfreute. Ach, was für eine herrliche HYMNE wir da hören.

Das Video zeigte einen einzigen Blick: fliegende Himmel, Dächer, Wolken, Nacht, ein Hochhaus in Köln, den Ausblick aus der Wohnung von Justus Köhncke. Alle 15 Sekunden hat er, erzählte er danach in einer kleinen Rede, auf den Auslöser seiner Kamera gedrückt, mit der Stopuhr gestoppt, ein ganzes Wochenende lang, ein Trip sei es gewesen, nur diese Fotos zu machen über die Stunden und Tage hin. Trip ist aufs schönste eingegangen in das Video, schauen, hören und menschenfreundlich gestimmt werden von dieser Kunst. Danach lief eine aktuelle Mix-CD von Justus Köhncke, und die Leute standen um den abendlichen Pavillon herum, tranken Bier und redeten miteinander.

Vom Leben in der Erwachsenenwelt war man hingegen zu Vorsicht erzogen worden, mit schlechten Erfahrungen sollte man rechnen, misstrauisch werden und sich im Umgang mit anderen lauernd zurückhalten. Es ist eindeutig beobachtbar, dass im Sozialen eine Drift zur Gemeinheit hin wirkt, dass miese Taktiken mit Erfolg prämiert werden, normale Offenheit und Nettigkeit hingegen nicht. Nett ist ja regelrecht ein Schimpfwort, der nette Mensch wird automatisch als Trottel behandelt, der ist der Depp und wird zum Deppen gemacht, der einfach nur normal offen sagt: hallo Leute, ich bins, worum gehts?

Luhmann hat in seinem Buch VERTRAUEN quasi sozialmathematisch durchgerechnet und philosophisch vorgeführt, welche Vorteile an Zukunftserfassung und Komplexitätstoleranz durch Verhaltensweisen des Vertrauens gegenüber denen des Misstrauens entstehen. Dumm darf man trotzdem nicht sein. Wenn man sein Vertrauen zu weit und schutzlos überzieht, verliert man an sozialer Achtung. Zukunftsoffen, riskant und doch unnaiv zu verfahren im Umgang mit Fremden, Freunden, auch Gegnern und Feinden, hämelos, freundlich und damit letztlich immer auch verhaubar: das Programm ist klar und experimentell orientiert. Es ist die schöne Schule der Künste, die den musischen Menschen, gegen die Lebenserfahrung der dirty old Weltwelt, ermutigt, in genau diesem Sinn experimentell zu leben. LET'S DANCE.

Angst

In der Kestner-Gesellschaft in Hannover liegt ein Bohrer am Boden, Lärm kommt von irgendwoher, was bauen die denn da? Ich fotographierte den Bohrer, das Foto davor war das Trottoir mit dem von vielen Schritten mattgelatschten Bodenplakat für die Ausstellung MADE IN DEUTSCHLAND. Bohrer: ja. Kleiner Elefant daneben, auf zwei grünen Büchern: ja. Nächster Raum: ein Laster, ein Dahlem, eine Totenkopfwand: gleich nocheinmal dreimal: ja, ja, ja. Ganz angenehme Ausstellung. Hoch in den ersten Stock über die hintere Geheimtreppe. Schon wieder gut, der nächste Raum: Flügel: ja; Senkblei: ja; geschrumpftes Glashaus, von tieffliegender Dachfläche überdacht: ebenfalls und besonders heftig: jaja. Hm? Was ist los? Akuter Ja-Dachschaden am Rezeptor für die Schwingungen der Kunst?

Nein zum Lärmrad hinten in der Ecke, nein zu Hofers Gruselkabinett im nächsten Raum, nein zum Dauerlärm, den diese Hütte von sich gibt. Kunst, die den Kunstwärter im Museum akustisch belästigt, ist Mist. Ich schaute die gelbe Wasserwaage an der Wand an, leuchtgrün in der Mitte war das Auge der Balance mit Luftblase, schaute leicht verrutscht auf mich. Ich ging zurück zum grauen Styroporsockel, zur mattsilber leuchtenden Stange, oben eingewickelt, auch schön. Auch das Foto mit nackter Wand und Fensterrahmen: schön. Schön die riesigen Fässer aus Karton, hinten gestapelt. Dann ging ich wieder runter zum dunklen Laster, Hühner lebten in ihm, sie gackerten. Oder sind das Gänse? Hähne? Hahne? Mit ihren Schnäbeln pickten sie sich gegenseitig an den Schnabel, mit ihren kleinen Köpfen zuckten sie ganz abgehackt hin und her. Die Körper waren riesig, noch nie habe ich gesehen, was für wundervoll voluminöse Tiere diese Hühner sind, deren Brüste wir auf den Salaten im Prater-Biergarten essen. Morgen werde ich Teilhaber von Michis veganem Restaurant, das übermorgen in Berlin aufmacht. So.

Ich hatte keine Angst. Ich verstand die Kunst nicht, aber das störte nicht, mich nicht, sie schon gar nicht. Später würden Gedanken dazu entstehen, Namen und Biographien dazukommen, man würde irgendetwas dazu sagen und erzählen, nocheinmal hatte ich mir den Ratterfilm von Simon Starling über die Metallwerkstatt Noack angeschaut: ja. Ja im roten Flüsterraum ganz hinten, ja zum Krempelstapel auf Holzpaletten im Eingangsraum. Dann, kleine Pause, Kaffee trinken, durchatmen, nächster Schauplatz: Sprengelmuseum, nicht so schön. Nächste Haltestelle: Kunstverein, wieder besser. Viele Videos in stinkenden Kabuffen, die Leute sitzen gern da, was aber wie eine grell ausgekratzte Leerstelle fehlt: die Malerei. Kunst ohne König, ist wahrscheinlich so gedacht, weil die Malerei mit Überpräsenz derartig nervt zur Zeit, ist aber trotzdem falsch.

Im Zug, bei der Heimfahrt: verzeihung, können Sie vielleicht bisschen zarter auf Ihre Maschine eindreschen, dann wirds nämlich bisschen leiser. Der fröhliche Alte, der wie wildgeworden seine handschriftlichen Notizen aus einer Kladde in seinen Computer hackte, schaute mich völlig entgeistert an. Er fühlte sich herrlich, das machte den sinnlosen Tipplärm noch blöder, noch sinnloser und dadurch noch penetranter. TÖNE DER BLÖDHEIT, da mache ich demnächst mal eine Sammlung. Ganz oben mit dabei sind natürlich Schuhe, die beim Gehen lärmen, in Innenräumen besonders gerne genommen, auch im Museum, mit jedem Schritt wird gemeldet: ich, SCHRITT, da! Ja und? Interessiert doch gar nicht, nervt doch nur. Geh halt einfach leiser.

Christoph Koch hat im aktuellen Zitty wunderbar trocken paar Fragen zur Basalhöflichkeit im alltäglichen Miteinander beantwortet, was man lieber vermeiden und worauf man vielleicht achten sollte. Da könnte Zitty in jeder Ausgabe vier Seiten davon drucken, es liest sich herrlich, und vielleicht bringts ja sogar was, minimale Wahrnehmungssteigerungen für das Problem KÖRPER IN RÄUMEN. Problem.

Ich ging in den Keller, ich ging hoch in den Speicher, hatte den Strick in der Hand, und die Leiter führte schon zum Balken hoch, keineswegs würde ich diese Dinge jetzt jedoch verknüpfen und zuende bringen oder denken, ich dachte vielmehr an den Herrn Goljadkin, Figur einer gehetzten parapsychotischen Stimmung, von der mein Kyritz sich manchmal geängstigt, manchmal auch nur rein geistig, sozusagen theoretisch angezogen fühlte, vom inneren Duktus des paraparanoiden Erlebens her quasi. ANGST.

Ich war noch ganz normal aus dem Zug ausgestiegen in Hannover, am vertrauten Ernst August, der hoch zu Ross am Vorplatz stand, bahnhofwärts reitend in Stein, vorbei gegangen, hatte den schon so oft gegangenen Weg hinter zur Kestner-Gesellschaft eingeschlagen, als mir plötzlich dieses goljadkinsche Gefühl entgegendrängte: wer seid ihr, Tiere hier? Ich wusste, dass die Hannoveraner Menschen waren, aber sie wirkten seltsam, und die Vorstellung, dass ich hier in dieser komplett verrückten Fußgängerzone einen ganzen Tag verbringen sollte, nahm mir allen Lebensmut. Das meine ich mit Kunst, wenn man, sie betrachtend, eine diesbezügliche Besänftigung fühlt. Das meinte ich mit SCHÖN, diese Art von Gegenteil zu ANGST.

Auf dem Weg zum Sprengel-Museum kam ich an der Oper vorbei. Die Wiese dort, noch feucht vom Regen der letzten Tage, war gerade frisch gemäht worden. Plötzlich kam die Sonne hervor, beleuchtete eine Skulptur aus hellem Sandstein, Leere in der Mitte, ein Viereck aus steinernen Balken drumrum, sofort schön. Ich ging hin und schaute nach, was das war: Mahnmal. Ich dachte an mein Balkonzimmer, die leer gelassene Mitte, die gerade noch nicht gegenständlich gewordene Farbe Menzels. Wie schwer es ist, OBJEKTIVE OFFENHEITEN auch wirklich herzustellen, wie selten das gelingt. Und wie anstrengend es ist, sich ambitionierte schlechte Kunst anzuschauen, wie entmutigend.

Vom Sprengel-Museum zum Kunstverein unterwegs war ich selbst schon ganz Hannoveraner geworden, die Angst von vorhin war weg. Ich war jetzt leichter, aber auch einen Tic stumpfer, nicht mehr so bebend wie am Morgen, ganz angenehm. Die viele Kunst hatte sich meiner Existenzverstörung angenommen. Ich kaufte die Fahrkarte zurück nach Berlin, 27,– Euro, kaufte ein Eis, After Eight und Nuss mit Sahne, kaufte zwei Ditsche-Brezn und eine Fanta, und saß dann oben am Bahnsteig 9 auf einem Wandvorsprung am Boden, neben mir ein wuschelköpfiger Anzugmann, der seinen Kopf lächelnd an die Wand des Hauses hinter uns gelehnt hatte und nach einem minimalen Augenkontakt mit mir zu mir gesagt hatte: es ist schon verrückt hier, wie man hier so sitzt. Ja, sagte ich, das stimmt. Dann saß ich da und aß mein Eis, und er, der Elegante, dämmerte vor sich hin, ganz schöne Szene. Bald kam auch schon der Zug. Würdeformel, Leitmotiv.

Der Italiener
Samstag, 30. Juni 2007, Berlin

Ich hatte die Wohnung aufgeräumt, rief an bei Frau Koelbl und sagte: es ist so weit, Frau Koelbl, Sie können kommen. Sie kam, baute ihre Sachen auf, ich setzte mich auf das sogenannte blaue Sofa und sagte: bitte, fragen Sie. Sie schaute durch den Sucher Ihrer Kamera und sagte: wenn Sie so dasitzen, wächst Ihnen dieser Ast da hinten quasi aus dem Kopf heraus. Das macht nichts, rief ich aus, das ist mein Weltbalkonast, der stört nicht. Ich war in Ausrufezeichen- und Armevonmirwerfstimmung, die aufgeräumte Wohnung hatte mich übermütig gemacht, die Szene war, wie so manche hier, naturgemäß erfunden. Später mussten deshalb die aus Übermut gesagten Sachen aus der schriftlichen Fassung des Interviews wieder herausgenommen werden. Es gilt nicht das gesprochene Wort, sondern natürlich der gemeinte Sinn. Was ich gesagt habe, sagte ich, ist egal, das wird anschließend auf das hin hingeschrieben, was ich meine, oder, noch präziser: was ich meinen möchte. Sonst stünden ja nur noch Beleidigungen da. Zum ewigen Arschloch zum Beispiel hatte ich, weil es mir eben eingefallen war, eben gesagt: Sie ist ja eher eine Betonmischmaschine als eine Frau, innen ganz aus Beton, die Trommel dreht sich maschinell, von einem Motor betrieben, mehr Seele ist da nicht. Damit war asozialerweise seine ehemalige Frau gemeint gewesen. Wäre es da nicht schöner, man hätte stattdessen etwas gesagt wie:

seit 750 Millionen Jahren
erglüht dieses Urgestein der Erde
nun im Licht der untergehenden Sonne

oder auch nur: Vollbild auf Knopfdruck. Insofern war ich ganz auf Gerhard Richters Seite, der dem legendär unsympathischen Interviewer André Müller den Abdruck eines Interviews untersagt hatte, nachdem der ihm die Abschrift des Gesprächs zugeschickt hatte.

Kir Royal Berlin. Es sei eine Lüge, dass auch der eigens für hier künstlich zusammenerfundene Stuckrad-Barre die Szene, wie er mit hängenden Schultern, in seiner pittoresk vermüllten Wohnung telegen im Müll des extrem wirklichen Films RAUSCH UND RUHM stehend, sagt oder auch nur gesagt haben soll: ich schäme mich, ich habe weder genommen noch wieder getrunken, wobei er auf die leeren Apfelsaftflaschen um sich herum gezeigt habe, habe verbieten lassen wollen, damit auch keineswegs gescheitert sei, wahr sei hingegen, dass dies nicht so, sondern ganz im Gegenteil natürlich alles komplett umgekehrt gewesen sei. Das heiße auch, dass er keinesfalls schon wieder bei Kerner und Beckmann sitzen und dort ausführlich entsprechende Aussagen über sich und alles, was damit zusammenhänge, machen werde, nein, auch dies sei eine eigens für hier erfundene, unwahre Lüge. Es sei ganz im Gegenteil sein Prominenzsuchtproblembuch praktisch fertig recherchiert und fast schon sogar auch auf- und niedergeschrieben, alles bestens also mit anderen Worten bei ihm, Stuckrad-Barre, Zuversicht sei deshalb der Ausdruck seines stark nach vorne und vor allem auf der sogenannten halbrechten Seite grob in die Breite gewachsenen Kinns gewesen.

Ich konnte ihn gut verstehen, auch ich hatte immer wieder weder getrunken noch genommen in den letzten Tagen, vor allem von der DROGE Lottmann, denn die einstmalige DROGE Lottmann wirkte nicht mehr bei mir, sie war eine ganz normale dröge DROGE geworden, ich las es gern, aber es gab keinen Kick mehr. Ich muss klären, sagte ich zur hier nocheinmal dazuerfundenen Frau Koelbl, an was das eigentlich liegen könnte. Dann ging ich zum echten Michel Majerus in seine neue Ausstellung mit dem leider sehr stark hassschürenden Titel LIEBT EUCH.

Juli 2007

crucifixus

Sonntag, 1. Juli 2007, Berlin

DUMPFE SCHWERE MÖGLICHST AUSSAGEFREIE
WORTGRABPLATTE ZUR ABDECKUNG EINSAR-
GUNG VERGRABUNG ENDGÜLTIGEN BESEITIGUNG
UND WIDERLEGUNG DER GESTRIGEN HYSTERIE
ÜBERSCHUSS ABRISS WORTKETTEN ÜBERTREI-
BUNG UND BESCHIMPFUNG LEBENDER ANGREI-
FUNGEN HIER EINZUSETZEN ANSTELLE EINES
ZU LEICHT GEDACHTEN MISSLUNGENEN TAGGE-
DICHTS WIE DIESE HOFFENTLICH MIT DEM MEIS-
SEL NUR DER SCHRIFT AUS BUCHSTABENVERHAU
GENÜGEND KRUMM GEMACHTEN AUSSAGEN UND
WEIGERUNGEN HIER MÖGEN SIE SCHLAFEN A
THOUSAND YEARS FOREVER HIER

Licht

Montag, 02. Juli 2007, Berlin

Ich befand mich in dauernder ewiger schwarzer totaler
Nacht, stand im Text von Peter Licht, ich befand mich im In-
neren eines Gebirges. Ich befand mich in absoluter FINS-
TERNIS. Und ich konnte diesen bernhardesken Befund zur
Ortsbestimmung nur bestätigen: auch ich war im Inneren
dieses Bergwerks, wo es sehr dunkel war, mit dem Abbau
von Brocken von Erfahrungen und Innenexistenzvorgängen
wie Gedanken, Erinnerungen und Gefühlen beschäftigt, mit
Worten in der Stille, einerseits.
 Andererseits war ich aber natürlich auch dauernd im hellen

Hall- und Spiegelraum der Normalität den dortigen Reden und Kontakten und den von da herkommenden Lichtfluten ausgesetzt. Von deren Grellheit nicht geblendet zu sein und gut sehen zu können hier, heißt praktisch blind sein vor Ort im Schluchtschacht unter Tage, und umgekehrt, an die dortigen Verhältnisse gewöhnt zu sein, kann einen übernervös und hysterisch und alltagsmäßig fast unbrauchbar werden lassen. Lesen und Leben. Bd. 1.

Wenn man Texte über beide Welten macht, entstehen an dieser Stelle Probleme. Man fängt dann versehentlich an zu dichten, aus Verwirrung, aus Unsicherheit. Nichtdichtung im guten Sinn ist einfach Abschrift des jeweils Gegebenen, was keine Vorgabe an Einfachheit beinhaltet, aber eine an Objektivität. Ob ein Text in diesem Sinn von Objektivität gesteuert zu sein sich bemüht, egal ob im abstrakten oder konkreten Raum, kann man an seinem Sound sofort hören, auch wenn es manchmal nicht so leicht nachzuweisen wie zu erkennen ist.

So ging ich zum Beispiel heute wieder direkt an den Schreibtisch und machte den Computer an. Dazu war ich aber eben nicht vom Sofa, sondern vom sogenannten blauen Sofa aufgestanden, um die Lächerlichkeit des Wortes Sofa und auch des vom Wort Sofa bezeichneten Gegenstandes im Sofabild mit drinzuhaben, obwohl ich in Wirklichkeit gar nicht zuhause auf Papier den Text von Peter Licht las, sondern auf dem Bildschirm an meinem Vormittagsarbeitsplatz im sogenannten Büro. Den Sofasatz hatte ich hier mitreingenommen, um so auf die große Sofapassage im lichtschen Klagenfurttext einzuschwenken.

Deren Gegenstand, der sich beim Schreiben offenbar erst so richtig lustig ergeben hatte, war natürlich nicht das Sofa als realer Gegenstand, sondern das Komische des sprach- und bildgeführten Spinnens und Delirierens eines so delirierenden Textes gewesen. Dieser Gegenstand ist vom lichtschen Sofa wahrscheinlich objektiv auch wirklich gut erfasst. Aber ob das derartig Komische, in einer solch großen Breite dargestellt, auch wirklich ein textwürdiger Gegenstand ist, oder nur ein, gerade in klagenfurtschen Seriöskontexten besonders gern genommener, Scherzartikel, ist eine Frage der ernstbezogenen höheren Existenzökonomie, die, in gewissem Widerspruch zu dem bisher hier Gesagten, eventuell doch stark subjektiv bestimmt ist. Für den einen wäre etwas textwürdig, was es für den anderen keinesfalls sein könnte. Hier wäre dann der entscheidende Punkt, ob Peter Licht seine eigene diesbezügliche, den Ernst und das Komische betreffende Gestimmtheit objektiv richtig erfasst hat.

Diese Frage war zu dem augenblicklichen Zeitpunkt, als ich schließlich den Computer hier wieder ausmachte, vorerst von mir noch nicht zu beantworten gewesen, weil ich den lichtschen Text zu dem Zeitpunkt noch nicht ganz fertig gelesen hatte und auch andere Lichttexte nicht kannte. Dazu und zum Siegertext von Lutz Seiler morgen hier und heute mehr. LICHT, zu Kapitulation, schönstes Wort der deutschen Sprache, mehr NICHT.

Romantische Kunstlehre
Dienstag, 3. Juli 2007, Berlin

Abends war ich die Bernauerstraße entlang gegangen und an dem geschlossenen Imbiss BORDERLINE vorbeigekommen. Ich dachte an die Rollenspiele in den jüngsten Blogeinträgen bei Lottmann. Er versucht etwas dabei, das ist zu spüren, vielleicht ist es das Experimentelle des Literarischen, worauf man beim authentoiden Autor aber eigentlich keine Lust hat. Es überzeugt einen nicht richtig, es ist einem egal. Der Text soll lieber einfach LOSLABERN. Letztlich war das doch die schönste und höchste Form von Literatur.

Auch künstliche Figuren waren nur dazu da, Freiheit zu vergrößern, Weltzugang zu eröffnen, Text ins Fliegen zu bringen. Sie hatten ihre Funktion als Textkunstfigur verfehlt, wenn man durch sie auf PROBLEME des Literarischen hingestoßen wurde. Wovon handelt das literarische Spiel? Diese Frage hatte ich mir auf den Stufen der Borderline notiert. Das ist aber eine blöde Frage. Als nichtblöder Leser will man davon gar nichts wissen.

Morgens: Sonne, Stau, Streik. Ich radelte zu Tobias Buches Collagen in der Galerie Klosterfelde. Ich hatte die Erinnerung, dass mir die Zusammenstellungen seiner kleinen Bilder, Fotos, Zettel und Notizen so plausibel und geheimnisvoll einleuchtend vorgekommen waren. Jetzt waren die Bilder hinter großen Plexiglasplatten weggesargt, und ihr Flüstern war für mich nicht mehr zu hören. Ich konnte den Sinn nicht erkennen, versuchte vergeblich das Gemeinte aufzunehmen, und dachte schließlich erschöpft und gequält: verstehe ich nicht.

Gegenhölle um die Ecke, bei Arndt und Partner: die sogenannte Kunst von Hedi Slimane, so grausam verständlich und platt, so leuchtend fröhlich und banal, so schön und blöd wie die Worte: ENDLESS PARTY. Dann stand ich in seinem komischen Dark Room und hatte doch noch einen Moment der Epiphanie: wie die Augen sich langsam ans Dunkel adaptierten, Grandiosität der allerbasalsten Sinnesphysiologie. Erst war es hell draußen, dann dunkel drinnen, und ganz langsam konnte man SEHEN im Dunkeln, den Gang nach hinten erkennen, ihn gehen und vor abstraktem Videogeflacker stehen.

Das war also der Sinn gewesen heute: leicht sinnschwach. Ich blätterte im Italiener, blätterte in der Romantischen Kunstlehre. Ein Eissturm frostete meine Füße, ein Mönch stand an den Klippen. Ich blätterte in einem alten Tempo. GEHEN, wie war das gleich nochmal gegangen, texttechnisch gesehen? Zehn Minuten später stand plötzlich noch Matussek abrupt in den vorletzten Satz hinein auf und sagte, er müsse jetzt seine Schlaftabletten nehmen. Und von der puren Sinnlosigkeit dieser Wendung erfreut, sagte ich, mein Mandat heißt Aufklärung, insofern also: warum nicht?

Depeche aus Harmonistan
Mittwoch, 4. Juli 2007, Berlin

Harmonistan ging gerne
durch Harmlosistan
Gehen ging nur in Harmonistan
dort hat das Glück die Hosen an
damit das auch so bleiben kann
sind Lord Jims Sonne, Busen, Hammer dran

sie riefen kurz bei Martin an
Harmonistan, es ist so weit
Harmlosistan, Harmlosistan
jetzt hielten sie den Atem an
so wundersam im Blödelwahn
so kamen sie im Wortklang dran

Depeche aus Harmlosistan
Harmonistan, Harmonistan
Besuch, Geschichte, Untergang
verwundert kam Harmlosistan
zusammen mit Harmonistan und kam
Harmonistan ganz gerne durch Harmlosistan

Der fliegende Reiter
Donnerstag, 5. Juli 2007, Berlin

Auf der Suche nach einer nichtlächerlichen Autorposition
hatte Kyritz zuletzt bei Strauß und Handke haltgemacht.
Nichts war unsympathisch gewesen ursprünglich an deren
Idee der radikalen künstlerischen Existenz. Im Geist der
Schrift aufzugehen und als Körper aus der Realwelt zu verschwinden: solange das eine Sehnsucht ist, kann es den kunst-
adäquaten Fundamentalismus der Schöpfung mit produktiven, hysterisch abstrakten Energien versorgen und vitalisieren.

Im Präsentationsfilm für Klagenfurt, jetzt im Internet, wanderte Silke Scheuermann nackt durch das Frankfurter Städelmuseum. Sie stellte sich hin mit ihren schlafzimmerhaft drapierten Rotweinhaaren und dem rechten Spielbein und legte ihre Hände so auf den Bauch, dass ihre Finger vaginalwärts zeigten. Dann sagte sie irgendetwas zu ihrem Verständnis von ihrer Literatur. Währenddessen filmte die Kamera ihren Körper, und die penetrant ölige Stimme der Erzählerin erklärte, Bildhaftigkeit allein, hätte Silke Scheuermann gesagt, hätte sie noch nie interessiert. Das Städelmuseum aber sei ein guter Beobachtungsort.

Wer das Medium des bewegten Bildes so wenig begreift, dass er bei einer derartigen Körperinszenierung seiner Person mitmacht, kann doch auch zuletzt vom Wort und von der Sprache nichts verstanden haben. Beim Lesen braucht man etwas länger, im Videobild sieht man es sofort, warum ihre Literatur, die genau so ist wie ihre Selbstpräsentation, nichts taugt: weil sie eine solche Angeberin mit dem Sexuellen ihres Körpers ist. Maxim Biller, selbst ein großer Körperpräsentator seines Körpers, könnte mir hier ins Wort gefallen sein. War er aber nicht.

Argument jedenfalls war gewesen: zu viel Solipsismus, der durch Überpräsenz des Körperlichen, Sexuellen, Kollegialen und Betrieblichen sehr verständlicherweise ursprünglich getriggert worden sein konnte, führte die Autoren später, so auch Handke und Strauß, immer tiefer in die falschen Wälder des Rückzugs, der Stille der Natur, das Reden mit Pilzen und Bäumen. Das ist schlecht. Es gefährdet die Literatur von innen her, wenn das reale Kontaktmedium mit anderen Menschen, die Sprache als Instrument komplizierter Dispute und Auseinandersetzungen, zu wenig alltäglich zum Einsatz kommt. Es entsteht ein lachfigurenhafter Solipsismus, das Syndrom DICHTERFÜRST, mit verbaler Deprivation, Sozialapraxie, Werkagonie und kompensatorischem Hochmut, durch den der ganz allein auf sich Zurückgezogene ganze Weltreiche des Geistigen ganz allein zu beherrschen meint. Da sitzt er abends und hat schmutzige Fingernägel.

52 Wochenenden

Freitag, 6. Juli 2007, Berlin

Bei Dussmann an der Kasse, wo man sonst eher schweigsam ist, kommentierte der junge Mann die morgens um 11 Uhr ihm vorgelegte Tocotronic-CD KAPITULATION mit einem Lächeln und den Worten:
  – alle kaufen heute Tocotronic!
  – ja, heute erschienen. Längere Pause, dann meinte er erklärend: war ich früher auch mal Fan von, ganz früher.
  – ah, und jetzt nicht mehr?
  – manches schon noch, manches nicht. Wieder entstand eine längere Pause, eventuell wollte der Kassierer über seine Tocotronic-Erinnerungen noch mehr sagen, vielleicht aber auch gerade nicht. Zuletzt meinte er nur:
  – Hamburger Schule.
  – ja, sagte ich.

Endlich kann man die Musik hören. Ich ging früher heim, ich hatte mich erkältet, ich saß mit einer Mütze am Kopf da, und die Platte lief jetzt endlich, KAPITULATION. Das Werk kompliziert die Welt, die Aussagen der Macher nehmen diese Bereicherung zurück. Die Promokampagnen sind Werkzerstörungsfeldzüge. Die Sachen kaufen: gerne. Angebrüllt werden vom Gebrüll des Kapitals: NEIN. Gepriesen sei das Buch, für das wir nicht auf Promotour gehen müssen, die verworrene Diskretion des Internets, die Freude am Leisen des Flüsterns der Inhalte des Nichtplakativen des Ganzen der Werke usw, an der Freiheit zum rein inhaltsgesteuerten Lärm usw usw, an der Kapitulation, oh oh oh.
  Gegenargument, bitte: in Zitty hatte ich ein Promo-Interview mit Jens Friebe über seine jetzt als Buch bei Kiepen-

heuer erschienenen Nachtlebenberichte gelesen und mir nach der Mittagspause bei Hugendubel also das Buch 52 WO-CHENENDEN gekauft. Später war ich damit im Bett gelegen und hatte im Spiegel die etwa 14-seitige Geschichte über Doping gelesen, Interview mit Jörg Jaksche und Zwischentexte, phantastisch. Die Form Interview ist immer wieder neu unerschöpft, die journalistische Königsdisziplin, man muss nur viel schreiberische Energie reinstecken und genügend Platz dafür freiräumen. In einem Video saß der mittelalte Andy Warhol beim Essen und aß einen Burger mit Ketchup, als wäre er noch am Leben.

Über das Kokain
Samstag, 7.7.7, Berlin

Als Klage den Hörer aufgelegt hatte und ins Arbeitszimmer zurückgekommen war, war es kurz vor zwölf. Das Interview vom letzten Samstag sollte heute fortgeführt werden, die Opferakte Kokain aktualisiert, und über den heiligen Sebastian und die Frauen von Paul Troger, 1746, hatte Klage eben den herrlichen Satz gelesen:

der noch nicht endgültig durchlittene Opfertod
ist nicht von strahlender Heilsgewissheit

Die EHRE ist ein personales Rechtsgut des individuellen Menschen. Der Kokaingebrauch, schreibt Sigmund Freud, vermindert den IQ um etwa 30 Punkte, was bei ursprünglich durchschnittlich oder nur leicht überdurchschnittlich intelligenten Menschen zu einer dramatischen Einschränkung ihrer intellektuellen Kapazitäten führen kann, zur davon bewirkten Herabsetzung der geistigen Beweglichkeit, der Fähigkeit, das eigene Leben zu verstehen, soziale Folgen eigenen Verhaltens abschätzen zu können, so dass es zuletzt und insgesamt oft bis zum Syndrom Subdebilität kommt. Kokain macht dumm. Das wissen die Kokainleute auch, deshalb hat jeder von ihnen immer wieder gerade neu mit dem Kokainnehmen aufgehört, wenn man mit ihm spricht oder von ihm hört, vor zwei Wochen oder letztes Jahr, die meisten von ihnen meistens vor 20 Minuten. Die nächste line wird langsam fällig. Es bleibt auch so, egal wie viele sogenannte Kuren und Entziehungskuren der Kokainmensch gemacht hat. Es kann schon sehr schön sein, sich im Inneren eines Kokainrausches eine zeitlang aufzuhalten. Die Zeit, die der Rausch wirklich schön ist, ist aber auch im geglücktesten Kokainrauschfall relativ kurz. Wenn es SEHR hoch kommt und alles SEHR toll läuft, drei, vier Stunden, normalerweise VIEL kürzer. Danach geht sofort junkiemäßiger Stress los, nachlegen müssen und möchten, es ist immer zu wenig da, das konspirative Getue vor den Klos und auf den Klos, Selbstverachtung ist das Signum der Droge Kokain. Drei mal Kokain nehmen, und man weiß all das. Geübteste Kokainisten sagen es selbst: es kommt auch nichts Neues an Erfahrungen und Gedanken dazu. Der Stumpfsinn des Getriebenen der Wiederholung höhlt die Koksleute von innen aus. Den Anspruch auf EHRE hat der Kokaintyp selber weggerüsselt. Vor Gericht kann er natürlich irgendwelche Phantomphantasien von sich selbst erstreiten und sich selbst dabei noch lächerlicher machen, als er eh schon ist. Die Ehre selbst ist so doch nicht wiederherstellbar. Das Kokain hat die Ehre ruiniert.

Es klingelte, die B war da, sie hatte den besagten Koksfilm noch einmal mitgebracht. Der Film lief, und ich lachte mich wieder mal schlapp. Running gag: wie der Kokstyp da steht und immer wieder penetrant hilflos meldet: ich verstehs nicht, ich verstehe es nicht. Morgen wollte ich mich selbst DER LÜGENBARON nennen, den ganzen Film nachspielen und abends mit Anke Engelke vier Kinder kriegen. Auf ein schönes Wochenende, herzlich Ihr, gez. R. Klage.

Wahrheit und Methode

Sonntag, 8. Juli 2007, Berlin

Der Lügenbaron war verrückt geworden. Der Patient beschäftigte sich tagsüber mit den Folgen einer Vielzahl von ihm selbst gemachter Äußerungen und Handlungen, die angeblich alle auf You Tube dokumentiert seien. Er fühle sich von You Tube verfolgt, beobachtet und zu Unrecht verunglimpft, You Tube habe kein Recht, von ihm früher irgendwann irgendwo privat oder öffentlich geäußerte Sätze oder Schriften der Öffentlichkeit weiterhin zugänglich zu halten, wie eine Art höheres göttliches Auge oder ewiges Archiv. Die VER-DAMMNIS, die von da her komme und gegen die er schon vor Jahren Klage beim Bundesverfassungsgericht eingereicht habe, sei mit seinem fundamentalen Menschenrecht auf LÜGE unvereinbar. Hochachtungsvoll, gez. der Lügenbaron.

Über die Lüge

Montag, 9. Juli 2007, Berlin

Herrliches Wetter draußen am See, ein Hochsommertag in Berlin wie aus dem Bilderbuch. Ich saß auf einem Ast, die Füße im Wasser, die Gedanken bei der Arbeit, schön war das, es war auch sehr heiß. Alle halbe Stunde ließ ich mir vom Deeskalationsbeamten, den Dirk Knipphals gestern getroffen und gleich zu mir weitergeschickt hatte, die nötigen Änderungen durchgeben. Die Welt sollte von den Worten her ausgehend verbessert werden, das war eine phantastische, aber doch nicht nur verrückte Idee. Regen zum Beispiel wurde völlig abgeschafft, das war gut, und auch sonst war die Linie klar: keine lines, und nie mehr würde irgendwer irgendetwas Verbotenes sagen oder tun, gesagt oder getan haben, und keiner würde je noch einmal etwas Negatives denken. All das war komplett abgeschafft, ich höre keinen Widerspruch, dann ist das so beschlossen.

- hast du was genommen?
- nee
- du auch nicht?
- nee, wieso?
- ich übrigens auch nicht
- höchstens er da, der reagiert so krank
- hast du Dopingmittel genommen?
- würde ich nie machen
- ist klar
- hat keiner was genommen, oder?
- nee, keiner
- höchstens früher

Ich hatte den Lügenbaron selbst angerufen und ihm erklärt, wie so ein reformierter Text nach altem Ritus funktioniert, wie der Text sich von der Welt unterscheidet, wie die Tour de France im Fernsehen von der Wahrheit über Doping, aber der Lügenbaron klang matt, leise und genervt und hatte keine Lust auf meine Ausführungen über die fundamentale HILARI-OUSNESS von Literatur, die durch minimale Durchgeknalltheitssignale ihre Positionsbestimmung dauernd mitfunkt und so klarmacht, dass sie im Raum der IRRHEIT des Literarischen sich bewegt, nicht reale Reportage ist, nicht Journalismus und sogar noch nicht einmal einfach nur Tagebuch eines echten Lebens, auch wenn sie sich äußerlich so gibt. NEIN, sagte ich, denn unser Auftrag ist nichts anderes als das: Welt, Wahrheit und textinduzierte KICKS. Dabei geht es nicht um uns persönlich, sondern um das geistige Sprühen, das im Zusammenstoß der Figuren entsteht, die unsere Namen tragen, die wir aber selbstverständlich nicht sind, sondern die Textfiguren in den Texten. Und räumte dabei ungefragt zugleich auch ein, dass trotzdem auch den Textfiguren deshalb nicht jedes ungerechtfertigte Leid angetan werden darf, Motto: Freiheit der Kunst: nein, sagte ich; sondern: Wahrheit des Lebens, maximale Komplexität. Aber der Lügenbaron machte Dienst nach Vorschrift, war nicht zum Einlenken, zur Heiterkeit, zum Geist bereit. Komma runter, Alter, rief ich schließlich und lachte, um ihn aufzuheitern, wegen der Lächerlichkeit des Ganzen und weil das Denken es so an sich hat zu lachen.

Weil die Wahrheit anders nicht sagbar ist: dieser Kraftvektor erzeugt Literatur. KLAGE. Schöner wäre es, dürfte diese Wahrheit verborgener bleiben, wie es ihrer Natur entspricht, das zu Sagende direkt sagbar. Aber es ist, wie es ist. Und so weine nicht, Klage, klage.

In der Einöde
Dienstag, 10. Juli 2007, Berlin

Zur Vorbereitung auf meine Reise nach Kassel war ich in die Gemäldegalerie gegangen, um mir bei dem sehr kleinen Bild Johannes der Täufer in der Einöde des Geertgen tot Sint Jans Rat zu holen in bedrängter Lage.

der Vogel sagte: sei vernünftig
die Füße sagten: ach, ich kann nicht mehr
und die Augen: traurig ist mein Sinn
in der Ferne: Bläue, Sehnen, Mut und Häuser
durch die Hügel aber, durch die Wiesen:

welche Wege soll ich gehen, Herr?
soll an welchen Weihern ruhen?
und der Welt den Baum ausreißen: wo? wo nicht?

So stand ich vor dem Bild und lauschte und hoffte auf Antwort, Eingebung, Erleuchtung, wie sie der goldene Strahlenkranz um den Kopf des Johannes dem offensichtlich schwer Betrübten trotzdem doch zusprach. Oh Zeiten des Leidens, ferne Zeiten des Glaubens und Betens, Zeiten der Armut und Weisheit. Und auch der kleine weiße Knut rechts neben dem rechten Knie des Heiligen sprach mir leise seinen Knutmut zu, in Gestalt des Opferlamms.

Der beste Moment in dem Streit, um den es hier im Hintergrund ging, dessen Gegenstand gar nicht so wichtig ist, war
der, als mein Streitgegner auf meinen empörten Ausruf: aber
damit hat er doch auch alles Mitleid verwirkt!, sofort sagte:
keiner hat das Mitleid verwirkt, und jeder hat unser Mitleid
verdient. Um im Anschluss an diese Verbalvernunft sofort
zur komplett falschen Entlastungsentscheidung zu kommen.
Auch die falsche Entscheidung öffnete aber den Blick nach
vorn.

das Gelände ist immer noch
weiträumig abgeriegelt
vereinzelt sind auch Schüsse zu hören

Interdependenzunterbrechungsinstrumente
Mittwoch, 11. Juli 2007, Berlin

die Zahl der Opfer
ist weiterhin unklar

Auf der Straße war ich von einem Angetrunkenen angerem-
pelt worden. Haben Sie zu mir Alkoholiker gesagt?, rief er,
und ich sagte, im Gegenteil, ich hatte Entschuldigung gesagt.
Er haute mir auf die Schulter, Typ war etwa zwei Köpfe größer als ich, und sagte dazu, da hamse jetzt aber gerade nochmal Glück jehabt. PROJECT CELEBRITY.

Als im Jahr 2000, zwei Jahre nach Luhmanns Tod, aus seinem
Nachlass das Buch ORGANISATION UND ENTSCHEI-
DUNG erschienen war, waren wir im Herbst als Suhrkamp-
Band auf Lesereise. Josef Winkler, Thomas Meinecke, Daniel
Kehlmann, Andreas Neumeister, Werner Fritsch und ich, vier
Stationen, in unterschiedlicher Besetzung, jeder liest 20 Mi-
nuten, danach Diskussion. Es waren die Festspiele zur Feier
des 50. Geburtstages von Suhrkamp, Unseld lebte noch, ich

hatte im Verlag angerufen, und Frau Becker hatte gesagt, soll ich Sie kurz reinstellen?, es war der 28. September, sein 76. Geburtstag, ich gratulierte ihm, und abends war in Göttingen die Premiere des Theaterstücks FREUNDE. Nach der Berliner Lesung hatte ich die damals sogenannten Mädels in den damaligen Pogo Club gebracht, hatte frische Kleider angezogen und war, Stichwort Eventterrorismus, wieder zurück nach Göttingen gefahren, zu einer der damaligen Kollektivlesungen aus der Reihe LET IT ROCK. Bei den Suhrkamp-Lesungen hatte ich immer aus Luhmanns neuem Organisations-Buch vorgelesen.

Alles steht zur Diskussion. Aber nichts steht einfach so zur Disposition, zur diskussionslosen Entscheidung offen. Welche Konsequenzen würde der von mir vertretene Entscheidungsbegriff für konkrete Konfliktsituationen haben? Die Theorie konnte als Unterbrecher fungieren, als Gegenkraft gegen den brutal direkten Praktizismus der Realität, dem man handelnd beinahe wehrlos ausgeliefert war. Wenn der so, dann ich so. Das ist ja Knast, dachte ich, machte die Tür zum Weltbalkon auf, trat kurz hinaus, fasste mir an den Kopf, schaute ins Nichts und ging stumm zurück ins Zimmer. An der Wand stand die Schrift:

Pfeile der Rechtschaffenheit
VERBRECHERISCHE ORGANISATIONEN VOL I

Operation Stille
Donnerstag, 12. Juli 2007, Berlin

In dem von einer heimlich versteckten Stillerohrbombe fürchterlich zerstörten Wohnzimmer der Familie Harnack wurden Überreste von früher dort geführten Gesprächen und Situationen aufgefunden, die später für meinen Roman DER HENKER restituiert und dann offen assoziativ zum Fiktionstext zusammencollagiert worden waren. Gesetz der freien Collage: sie muss am Stück entstehen, darf nicht zusammengeschnipselt oder aus fertigen Partikeln zusammengepappt, sondern sollte vielmehr direkt so runtergeschrieben, beziehungsweise rausgerohrt werden. Warum? Das schreibt der § 186 StGB, der in den letzten Tagen hier einschlägig war, nun mal so vor, bei Androhung einer Freiheitsstrafe von bis zu fünf Jahren. Warum also ins Gefängnis gehen, wenn man auch in Freiheit schreiben kann:

Über den Dünkel. Dünkel: Anspruch auf eine Würde, deren Grundlage nicht mehr besteht. Kyritz hatte den Dünkel zuerst als Kind in der Großfamilie kennengelernt. Das vom Kind Kyritz so sehr geliebte und später sogenannte Väterlein wurde von bestimmten Leuten in der Großfamilie irgendwie latent komisch behandelt. Was bilden die sich eigentlich ein, wer sie sind? Harnack: Familie im Niedergang, in dritter Generation; Kyritz: Familie im Aufstieg, in zweiter Generation; das traf sich auf einem Level. Die Liebenden hatten es gespürt und sich so von gleich zu gleich verbunden. Die Verwandtschaft, die die Liebe der Liebenden zu akzeptieren hat, ohne sie verstehen zu können, hatte diese Gleichheitsbasis aber natürlich nicht erkennen können.

Dünkel der 38jährigen Frau, die früher sehr schön war in jungen Jahren, jetzt beides nicht mehr ist: dauernd ist sie beleidigt, dass die Männer, die es früher angesichts ihres Anblicks nur so gerissen hat, ihr jetzt bestenfalls noch höflich gegenübertreten, sie meistens aber gar nicht einmal mehr richtig wahrnehmen. Je mehr sie übersehen wird, umso dünkeliger stakelt und stöckelt sie daher. Würde wäre Gegenwart von Selbstgefühl, dünkellos, einfach wohnhaft sein im Körper, dessen Geist man ist.

also laufe ich durch Laub,
entschuldigung, das hab ich mir erlaubt –
und jetzt weiter im Text

Frühere Bücher der Weisheit wurden von abgehalfterten Politikern und Beamten geschrieben: Machiavelli, 41, 1513; Morus, 38, 1516; Montaigne, 47, 1580; Montesquieu, 59, 1748. Weisheit heute nur mit großem M. Deshalb hatte ich beschlossen, Politiker zu werden. Um die Abgehalftertheit musste man sich keine Sorgen machen, die würde von selber kommen, sicher schnell genug. Ich hatte Schröder nach seinem Abgang den Vorschlag gemacht, ein Buch über DIE KUNST POLITISCHER PRAXIS aus ihm herauszuinterviewen. Aber er wollte keine Weisheit, sondern Selbstrechtfertigung, Hagiographie, Bestsellerschrott. Was er real schließlich kriegte, weiß ich nicht.

Als er sich den Sicherheitskräften zu stellen versucht habe, sei der HASSPREDIGER R. G., teilte ein Sprecher des Innenministeriums mit, getötet worden. Vor der Erstürmung waren bei den Kämpfen bereits 21 Menschen ums Leben gekommen.

Utopia
Freitag, 13. Juli 2007, Berlin

Die Kunst des angemessenen Die-Augen-gesenkt-Haltens, die Kunst der Nachsicht des Das-hab-ich-nicht-gesehen, die Kunst des Aufeinanderzugehens, des Miteinanderstehens, des freien Floatens, Redens und des Auseinandergehens im richtigen Moment, die nicht so leichten Tugenden der Geselligkeit, mit Leichtigkeit geübt, und eine milde abgedämpfte Grazie. UTOPIA.

Wir standen vor einem kleinen Laden in der Borsigstraße, wo Ayzit Bostan, Haltbar und andere ihre neue Mode zeigten für vier Tage. In der Türe hing ein goldenes Plakat von Pulver, auf dem in großen Buchstaben das Wort UTOPIA stand. Es war der Eröffnungsabend, der Laden war drinnen und draußen umlagert von einer angenehmen Crowd von Leuten, die sich um den Nucleus der Macher herum versammelt hatten.

Bei Hedi Slimane neulich umtoste ein aggressiv hysterischer Sturm der Hipness den ganzen Eröffnungsabend, unnett, paparazzihaft, gehetzt und gierig. Hier in Utopia hatte jeder Zutritt, die Bierkästen standen auf der Straße, die anderen Getränke auf einem Tisch darüber, draußen wurde über Texte und Fehler in Texten diskutiert, denn es waren natürlich auch Schreiber da, und drin über den Schmuck und die Mode. Der Stoff eines schwarzen Mantels von Haltbar war aus der Berufskleidungswelt entnommen, ein Zimmerleutestoff, mir war der Mantel aber zu groß. Dann erklärte Ayzit ihre weiße Hose: ja, es stimmt, diese Art Schnitt bei den Taschen hat es so noch nicht gegeben, außerdem hatte die Hose außen auch keine Seitennaht. Wird morgen alles sofort nachgenäht: 1. Heterogenität als Signum sympathischer Gruppen. 2. Der heilige Thomas Morus, keineswegs abgehalftert:

Gemüter mürrisch
Sinnesart unerquicklich
Urteile abgewrackt
barbarischer Geschmack

Rat meiner Freunde befolgen
Klage gegen Gott abgewiesen
Konzept der Schnapsidee

Auch hier war, 3., ein Element von Gehemmtheit, eine körperlich-geistige Minimaldisproportion nützlich, um nicht allzu selbstbewusst zu sein im Können, zu donnerig, zu sehr salonlöwenhaft auftrumpfend. Höhere Meisterschaft, auch die der frühen Erwachsenenjahre, bleibt immer auch ein bisschen zittrig, unsicher und zart. Und auch das war so in Utopia, das war der wahre Luxus: die Getränke gingen gar nicht aus. Immer wurde noch ein neuer Kasten Becks herangeschleppt. Bier schmeckt einfach gut. Danke Becks, ein schöner Abend, check out Utopia at Borsig Ecke Tor.

Große Sommerferien

Montag, 16. Juli 2007, Berlin

Freitag: Ausgehen
Samstag: Ausgehen
Sonntag: Chillen
Montag: Zeltkauf

Dienstag: Aufräumen
Mittwoch: Packen
Donnerstag: auf gehts

bis zum Herbst – wünscht einen schönen Sommer – Klage

*

August 2007

Deutsches Historisches Museum
Dienstag, 28. August 2007, Berlin

Tag der deutschen Geschichte am 28. August
Goethe hat Geburtstag, Eintritt im Museum deshalb heute frei

Der Künstler ist ein Künstler, sagte Goethe, in allem, was er tut: eben NICHT, sagte ich, ganz genau im Gegenteil. Nur im allerengsten Bereich seiner hochindividuell spezifischen Disposition hat er überhaupt die Chance, im Akt der Kreation zum Künstler kurz zu werden, sicher wird es aber nicht einmal da. Denn es entscheidet sich jedesmal neu, ob der Akt der Existenzreproduktion ausnahmsweise im Werk gelingt oder wieder einmal nicht gelungen ist. Einar Schleef, Tagebuch 1977-1980.

Schwur: nicht werde ich kaufen neue Zeitung, bis alle alten verarztet sind. Sieben Ablagestellen für jede Sache sieht der Messiegeist vor beim Räumen, weil jede Sachgruppe mit jeder anderen auf vielfach wirre Weise in Verbindung steht und dem Auge diese Bezüge aktuell und allesamt sichtbar appräsentiert werden müssen, damit sie auch wirklich existent vorliegen. Manischer Materialismus dieser Art Geist. Variante.

Ruhebett aus Schloss Schönbrunn, Wien um 1825
Skelettuhr, Paris 1795
Stummer Diener, Wien um 1820
Sinnlich-sittliche Wirkung der Farbe, Weimar 1800
Aus der Mappe meines Urgroßvaters Rudolf von Alt, Wien um 1850

Beim Benehmen entsteht die Ordnung ja auch nicht durch einen festen Kodex, sondern durch ein Kalkül darauf, wie das eigene Verhalten den anderen tangiert, also situativ variabel. Ich stand vor den hellen Biedermeiermöbeln, Kirsche furniert, und sagte, dachte, schrieb: bitte nicht berühren die Schwäne nach dem Essen, danke.

Sommerliches Jungmädchenkleid, Berlin um 2007

Das Große Haus
Mittwoch, 29. August 2007, Berlin

Nicht zuletzt wurde auf den immer krasser werdenden Widerspruch zwischen der den Medien aufgezwungenen Erfolgspropaganda und den Realitäten des Alltags verwiesen.
- guten Tag
- ja?
- Wolfgang Herrndorfer: Jenseits des Von-allen-Gürtels?
- ja, im Regal
- ah?
- wollen Sie erstmal reinschauen?
- ja

Ich schaute rein und war enttäuscht. Ich hatte die so ähnlich lautende Geschichte in einer alten Wochenend-SZ gelesen und fühlte mich dadurch in meiner Vermutung bestätigt, dass Herr W. Herrndorf eine Impersonisation von Herrn J. Lottmann sein müsste. Die Art, wie extrem scheiße Herrndorf Lottmann in der Erzählung auftreten lässt, kann eigentlich nur von Lottmann selbst sein. Auch der absolut durchgeknallte Laberirrsinn, die jungen Frauen, »Julia Mantel«, das dauernde Aneinandervorbei des Geredes, die innere Perversion des Ganzen, die einem als das Normalste der Welt verkauft wird: ein irgendwie raffiniert eingedickter Lottmann, hatte ich gedacht, erstaunlich, dass der auch so schreiben kann, wenn er sich ZUSAMMENREISSEN will. Dann aber sah ich das Foto und las den Klappentext, es wirkte plötzlich alles so echt und trüb, Klagenfurt, Fr. Passig, der lässige Typ auf dem Bild da, schade. Aber egal. Ich fragte nach Lottmanns neuem Buch. Es erscheint aber erst im Oktober, hieß es. Die Buchhändlerin hatte ihrem Computer die Information entnommen und schaute mir jetzt triumphierend ins Gesicht. Ja gut, tschuldigung, wusste ich nicht.

Ich radelte zum Platz der Vereinten Nationen, früher Lenin-Platz, wo die riesige Lenin-Skulptur gestanden war, und besuchte dort im Haus 14a die sogenannte Martha Rosler Library. Davor stand eine Tafel, auf der mit Kreide geschrieben stand: HEUTE ERSTER SCHULTAG.

– woher hast du diese Information?
– woher kommt diese Anweisung?

Antwortete man auf solche Fragen mit »Aus Dem Großen Haus«, war alles klar.

Goethe als Sammler
Donnerstag, 30. August 2007, Berlin

Goethe hat Türen ausgehängt, das heißt: die Angeln abgeschraubt, die Türen rausgerissen, denn aushängen ließen sich die Türen nicht. Ein fast manischer Wind weht jetzt durch die Räume im vierten Stock am Frauenplan. Goethe hält das Buch DIE JUNGGESELLEN in der Hand. In diesem Augenblick sieht er eine schattenhafte Gestalt hinter dem Knaben vorübergleiten und sich ins Haus schleichen. Goethe legt den rosa Ziegelstein des Taschenverlages, auf dem groß das Wort BUTT steht, zur Seite. Sein Blick fällt auf das Buch OMERTA. Eine Person in Matrosenkleidung tritt vor sein inneres Auge, auf einem rosa Schiff ist sie befindlich. Es folgten die Worte: unleserlich, später, Vorfreude auf –

dann sofort: Münchhausen –
und alles, was damit zusammenhängt

1984. Wie es wirklich war, am Beispiel Knokke
Leg Show, Frauen
Anlehnungsbedürfnis 86
Der Kippenberger. Romanfassung
deutsch von Joachim Lottmann
14. 2. 87, Köln

KENNENLERNEN

Es regnete. Goethe ging nocheinmal rüber ins Büro. Folgende Maler wurden heute ab- bzw rübergeschafft: Richter, Immendorff, Baselitz, Lüpertz, Kiefer, Penck. Zum Thema Telefonbuch nehme ich morgen in einer separaten dpa-Meldung Stellung, erklärte Goethe seinem Diener John, bitte bereiten Sie mir die entsprechenden Unterlagen vor. Sehr schöner Tag heute, notierte er anschließend selbst in sein Tagebuch, dahinter, weil ihm gerade so war: Bildung ist das Sosein des Menschen als Gewordenes. Goethe war zur Umorganisation seiner Bücher entschlossen, nachdem er in der Martha Rosler Library die Aufstellung der Regale vor den Fenstern, vor die noch eigens Blumen gestellt waren, gesehen hatte. Von Wolfgang Tillmans ließ Goethe die folgenden, in der Jubiläumsausgabe von TEMPO vor einem guten halben Jahr erschienenen Bilder aufhängen:

Chrysantheme
Anemone
Gänseblümchen
Gladiolen
Alstrumerie

Zu John: Ich suche noch nach dem Blatt LISIANTHUS, haben Sie das irgendwo gesehen? Es war Goethe entfallen, dass John schon gegangen war. Davon ließ Goethe sich heute nicht beirren. Er machte eine Kopie des Textes ELEND DER LIEBE und schickte sie an den Verlag.

Situationisten
Gruppe Spur
Kommune 1

September 2007

Miss Manierlich

Montag, 3. September 2007, Berlin

Der Kebabmann wetzt schon sein Messer. Das sah ich und radelte weiter. Oben schwebten die Ritterinnen und Ritter wieder durch den hell erleuchteten Saal. Es war Montag, es regnete, der Sommer war vorbei.

Ich wollte der B sofort widersprechen. Es dauert immer eine Zeit, bis der Selbstdarstellungsmechanismus in Gesprächen mit entfernteren Bekannten zur Ruhe kommt und man engagiert und doch uneitel, offen, also egofroh, aber auch sachorientiert miteinander reden kann. Manche Leute sind instantly angenehme Menschen, andere gar nicht. Der Anfang vom Untergang ist wahrscheinlich die Haltung: bin eben so, da stehe ich auch dazu. Wohingegen man sieht, dass das Nettsein netter Menschen das Resultat einer dauernden Bemühung darum ist, die Schwierigkeiten im Miteinander beherrschbar zu gestalten. Nettsein ist das Resultat richtiger Gedanken über das Soziale. Deshalb strahlen die Nichtnetten auch so eine penetrante Art von Dummheit aus. Man nimmt den Vibe auf und geht weg.

– guten Tag, Rebecca Casati, Miss Manierlich, neu
– ist nicht vorrätig
– aha
– Titel erscheint nicht
– echt?
– hab ich hier als Meldung, vom Verlag
– war aber doch angekündigt?
– die haben das wahrscheinlich abgeblasen, steht hier so, Diana Taschenbuch

Ich fuhr weiter und kaufte statt des DIANA Buches Miss Manierlich bei SATURN am Alexanderplatz für meinen Hoover HELIOS Staubsauger neue Powerfiltertüten. Der Verkäufer belehrte mich darüber, dass der Hoover Staubsauger, den ich seinerzeit wegen der genialen Jeff Koons Hoover Staubsauger Skulpturen gekauft hatte und der sich schon beim ersten Saugen als der unpraktischste und schlechteste Staubsauger, den ich je hatte, herausgestellt hatte, nicht von Hölderlin –

so hast du mein Herz erfreut,
Vater Helios! und, wie Endymion,
war ich dein Liebling,
heilige Luna –

seinen Namen bekommen hat, sondern in Wirklichkeit von Hoover TELIOS genannt wird. Telios 1500. Weltschwäche, Herzstück, Spracherforschung. Geste der Macht: der Körper spricht. Abendliche Absolutität.

Girls Like Us
Dienstag, 4. September 2007, Berlin

Neulich erzählte ich von Andreas Maiers Kolumne NEU-LICH, weil von Most und seinem Alkoholgehalt die Rede war und ich ein Loblied auf ein mostartiges Getränk aus der Frankfurter Gegend von Andreas Maier in Erinnerung hatte, ein Faz-Artikel, in dem er das Trinken dieses Getränks und die mit ihm verbundenen Besonderheiten auf eine besonders übertriebene Weise gepriesen hatte.

So einen Scheiß lasse ich mir nicht bieten!, rief Kurt Beck auf Spiegel Online aus, während ich noch beim Argument war: Heimat ist Irrweg, Heimatfeier Kitsch, nieder mit dem Äppelwoi und allen Lokalkoloritkoloraturen der Existenz. Mittags kaufte ich am Bahnhof nicht nur eine Breze von

Ditsch, sondern auch die von Spiegel Online zitierte Berliner Zeitung, um später am Tag Herrn Beck öffentlich darauf hinweisen zu können, dass es falsch ist, in der Öffentlichkeit, das heißt: vor anderen Leuten, das Wort Scheiße auszusprechen. Es klingt nicht gut, das sagt man nicht. Dann wieder bei Dussmann, die tägliche Serie:

– Peter Brötzmann, ist das hier bei Ihnen?
– wer?
– Jazz
– JAZZ! Jazz ist im ersten Stock
– ah, danke

Ich dachte, Jazz gehört zur Klassik, Abteilung NEUE MUSIK, stimmt aber nicht. Jazz ist natürlich eine ganz eigene Welt für sich.

Morton Feldman, Early Piano Works, 1950-1964
Brötzmann/Laswell, Low Life, 1987

Die Alpha-Journalisten
GIRLS LIKE US

I do sleep in bed with you all the time at your house. You're a good person to sleep with, because you don't kick, you don't snore, you don't talk in your sleep, you don't do anything weird. You barely move. You fall asleep quick. You wake up allright. You're totally fine and can sleep in my bed whenever you want.

Der Roman im 19. Jahrhundert
Mittwoch, 5. September 2007, Berlin

Nicht ohne hinzuzufügen, dass ich mir nur wegen Andreas Maiers Kolumne Neulich die Zeitschrift VOLLTEXT kaufe, wenn ich sie irgendwo sehe, und beim Durchblättern bin ich jedesmal erstaunt, was für ein crazy Kosmos die sich dort darstellende Welt der Literatur ist. Es ist keine böse Crazyness, keine verwerfliche, sondern eine ganz normale, die Crazyness der Abgeschlossenheit. Aber so wie Journalismus im negativen Fall zu sehr aus Journalismus gemacht wird, meist aus ausländischem, wird zu viel Literatur nur aus anderen Romanen, Erzählungen und Gerede darüber gemacht. Das ist nicht gut für die Resultate.

Plötzlich glauben die Leute der Literatur wirklich daran, man könnte einfach noch einmal wie damals die Geschichten von vorne nach hinten, eines nach dem anderen so durch- und vorerzählen. Aber die Sprache hat in den vergangenen hundertfünfzig Jahren andere Nervositäten aufgebaut, andere Spezialismen entwickelt und einstmals selbstverständlich Gewusstes wirklich VERGESSEN, es ist verschwunden wie in der Malerei das Können, realistisch gegenständlich abbildenden Malens. So hat der Autor, der sich um das traditionelle Erzählen bemüht, gar keine lebendige eigene Sprache zur Verfügung. Nicht weil er sie selber nicht hat, sondern weil es sie wirklich gar nicht gibt. Es gibt keine nichtmuffige, nichtzuckrige, nichtbanale Sprache für einen heutigen Roman nach Art der großen Romane von früher.

Andererseits ist die Frage, wie einem was gefällt, ganz sekundär. Entscheidend ist, ob man ZUGANG hat zu etwas, das ist die Schwierigkeit, den Zugang zu finden. Er verbirgt sich einem, man ist für ihn zu grob, zu klobig, zu gerade, zu sehr auf einem komplett anderen Level unterwegs. Das limitierende Element liegt im Ich, davon handeln, in einer Art kompensatorischen Selbstermächtigung, die meistens so wahnsinnig langweiligen Erklärungen der Leute, was ihnen nicht gefällt und was sie nicht mögen. Ja, macht ja nichts, lass doch mal den reden, der was damit anfangen kann, der sich deshalb auch auskennt damit. Man wird das Problem aber auch nicht los, indem man zu allem ganz flach und hohl immer erstmal JA sagt. So einfach verbal und haltungsmäßig beschwörerisch erschließen sich die Dinge und Welten einem auch nicht.

Dieter Bohlen und DIE RÄUBER. Die Realität der Figuren gibt beim Schreiben eine Asymptote der Wahrheit vor.

things I knew
the games we play
forgotten phantasies for you

Handke zum Interviewer Müller in der Weltwoche: Ich nehme keine ungebetenen Ratschläge an. Aha, warum? Warum denn nicht? Was ist denn das für ein trauriger Ommaspruch. Gerade die nichtbestellten, ungebetenen sind doch die irritierenden, eventuell interessantesten Ratschläge. Aber an solchen simplen Erfahrungswahrheiten fehlt es im situativ immer zu sehr auf Provokationismus hin ausgerichteten System Handke. So entgeht es ihm auch, dass es vielleicht nicht so schön ist, öffentlich über die eigene RENTE Auskunft zu geben. Offenheit ist nichts für die Öffentlichkeit.

Saugte mit dem neu bestückten Hoover, dass es nur so krachte.

Heute keine Konferenz
Donnerstag, 6. September 2007, Berlin

Das Telefon läutete, Loriot war am Apparat. Er machte sofort verschiedene Einwände gegen das gestern von mir zum Thema Roman Gesagte geltend. Dann der Klassiker:
– nehmen Sie das eventuell zurück?
– wer?
– Sie
– ich?
– ja, Sie!
– nö
– gut, dann ist der Fall für mich erledigt
Es ist dies eine Weise, mit Fehlern umzugehen. Sie müssen

nicht getilgt, beseitigt, ungeschehen gemacht werden, sondern nur weiter besprochen und EVENTUELL zurückgenommen. Es darf so das Unsympathische, das jeder auch an
sich hat, der heftig unterwegs ist mit seinen Ideen, bestehen
bleiben, neben Richtigkeiten und Sympathischem. Eher experimentell als stringent: Konzept der SCHWACHEN EHRE.

Und vielleicht hätte ich meinen Allgemeinheiten zum Roman doch den relativierenden Erfahrungshintergrund vo-
rausschicken sollen, dass ich selber ganze sieben Jahre lang,
das ist übrigens eine SEHR lange Zeit, und zwar die Jahre –

2000

2001

2002

2003

2004

2005

2006 –

auf immer wieder andere Art versucht habe, einen möglichst traditionell erzählerischen Roman zu schreiben, was
mir leider aber nicht gelungen ist. Diese Jahresliste hier hingegen schaute ich an, und sie gefiel mir gut.

Mit Dietmar Daths Faz-Texte-Buch wanderte ich abends
zur Änderungsschneiderei und brachte ein altes Lieblings-
hemd mit abgestoßenen Manschetten zur Reparatur. Kann
man denn da noch etwas machen? Die Schneiderin sagte
freundlich lispelnd: ja.

Staub
Freitag, 7. September 2007, Berlin

Die ersten Menschen werden schon aus dem Fenster geworfen. Planckstraße, 3. Stock, Ecke am Weidendamm. Wieder
radelte ich weiter. Ich weigere mich, mich schon wieder von
einem solchen Drohpräsens einschüchtern zu lassen, von diesem SCHON die diabolisch unterschwellige Ankündigung

anzunehmen: gleich kommt es noch viel schlimmer. Im Gegenteil, die Menschen, die aus dem Fenster geworfen wurden, waren im nächsten Augenblick zu länglichen Rollen von Teppichen geworden, die, ja, das stimmt, wohl genau menschengroß waren, aber doch eindeutig und zweifelsfrei KEINE MENSCHEN.

Zu Zukunftsvorhersagen hatte Qualli, den die guten Geister der Gegenwartsdiagnose schon so lange verlassen gehabt hatten, seine Zuflucht genommen. Immer neu musste er den Bann aktualisieren, der ihm Macht gab über die Leute, die ihn reden hörten. Helmut Krausser, der auch gerne irgendwelche Dinge vorhersagt, hat einmal, eventuell mit Bezug auf Jünger, davon gesprochen, nie könne man falsch liegen mit Zukunftsvorhersagen, speziell die Bedeutung des eigenen Werks betreffend. Denn entweder würden die Vorhersagen eintreffen, oder sie würden sowieso vergessen.

Der gute Arzt hingegen, ich weiß nicht, wie oft uns das im Studium eingetrichtert wurde, wird mit der größtmöglichen Zurückhaltung seine Prognosen stellen. Die Menschen wollen beherrscht werden, sagte dagegen der Zyniker, jage ihnen Angst ein, und sie werden dir zu Willen sein. Vielleicht eine Zeit lang, aber der selbst auf Angst, die Angst der Einflusslosigkeit gegründete Drohbann verbraucht sich auch. Die Politiker, die als Spezialisten der Macht den immer möglichen eigenen Sturz vor Augen haben, wissen das besser als die Mächtigen in anderen Branchen. Wer öffentlich sichtbar Karriere gemacht hat in großem Stil in den Apparaten, Firmen und Institutionen, wirkt menschlich oft auf eine dramatische Weise unausentwickelt. Was ist das für eine Gesellschaft, die –. Ich wurde aufgefordert, kurz mal die Luft anzuhalten.

in Deutschland sollen wir uns vorallem
über das Internet verständigt haben

Abends ging ich wieder zur Schneiderin. Ich zeigte mit dem Zeigefinger auf das zu lange Bein der neuen Hose und sagte:

illum opportet crescere
me autem minui

Im Fernsehen kam der Papst auf PHOENIX. Ich aber wollte
kurz nach Kassel reisen.

Hotel Deutscher Hof

Sonntag, 9. September 2007, Kassel

Bei der Ankunft in Kassel stellte ich fest, dass ich den Computer vergessen hatte. Das Hotel Deutscher Hof machte
einen unfassbar verwahrlosten Eindruck. Im Raum, wo man
das Gepäck abzustellen hatte, bis die Zimmer frei sein würden, wurde ich von hinten von einem mit einer schwarzen
Kapuze maskierten Geist angefallen und gewürgt, bis ich das
Bewusstsein verloren hatte. Als ich wieder erwachte, merkte
ich sofort, dass meine eigene Festplatte umcodiert, gelöscht,
eventuell sogar zerbrochen, auf jeden Fall unbrauchbar gemacht worden war.

Die Frau am Empfangstresen hatte einen Hammer in der
Hand. Sie redete mit dem vor mir stehenden Hotelgast, weib-
lich, fett, roh, über japanische Mangas. Mir wurde das Zimmer Nummer 18 zur Straße hin zugeteilt. Die Motoren der
Laster brüllten auf, denn die Ampel war umgesprungen von
ROT auf GRÜN. Verstört, wie lange nicht mehr, schleppte
ich mich richtung Documenta.

ICE 1001

Dienstag, 11. September 2007, München

Gemäldegaleere: Tanke vor Kampichls Heimfahrt
Plastisches Bild von Posenenske aus Blech
PANTHEON: Römischer Tempel für alle Götter
Pumhösls Name, Imbiss, Berlin, Schlegel, rot

Dann gleich wieder los zum Bus, zum Bahnhof, in den Zug. Der ICE 1001 fährt auch von Berlin nach München, dauert gut sechs Stunden. Gespräch mit den Kassel-Kuratoren Buergel und Noack, in Kunstforum 187, geht noch länger, dann Buergel im Spiegel mit seiner Kritik der Kritik. Er hat ja völlig recht in allem. Zwischendurch, wenn die Hackfleisch-Zwiebelring-Semmeln ausgepackt und stinkend und schmatzend gemampft werden von den unmittelbar hinter der eigenen Nase sitzenden sogenannten Mitmenschen, gedenke des Todes.

Warum? Durch die diesig verhangenen Berge Mitteldeutschlands ging es ganz leicht und stetig, vielkurvig dahin. Furchtbar ist das Reisen, weil es die Seele so zerkratzt. Die Donau bei Ingolstadt, der Hopfen in der Holledau, hoch gewachsen und noch nicht geerntet. In München war das Wetter gut. In –

Ruinen von Sprache, vor schwebenden Bildern
Affektraum der Gestalten und Gedanken
hat nicht an die Hand genommen werden wollen
gehste darüber hinaus, wirste erschossen

fängste an zu schreien: nein

The Eden Project
Mittwoch, 12. September 2007, München

Es war vorgesehen, dass ich mir mit einer Pistole in den Kopf schießen sollte, vorne an der rechten Schläfe. Angeblich würde ich dadurch nicht schwer verletzt werden. Ich fürchtete Veränderungen meines Bewusstseins. Ich nahm das Projektil aus der Waffe, war erschreckt von der Massivität des Metalls, das vorn in der Spitze tiefe Einkerbungen in sich eingeschliffen hatte. Ich wollte mit der Pistole wenigstens richtung Stirn zielen, um die Wirkung des Einschusses abzumildern. Moritz von Uslar machte Druck. Es ging durch felsiges Berggelände. Ich stand auf einer Bühne, hielt eine Rolle mit Text in die Höhe und erklärte, wer hier über wen geschrieben hatte.

Beugung

Donnerstag, 13. September 2007, Berlin

Beeindruckend war die Stille im Münchner Kunstverein bei Wolfgang Tillmans' Ausstellung BEUGUNG, nach dem maximal lärmigen Publikumsbash auf der Documenta. Es ist die Kunst doch auch auf eine eins-zu-eins-Situation angewiesen, die einen RAUM aufspannt zwischen Betrachter und Kunstwerk, in dem das Erlebnis der Begegnung sich ereignen kann. Man spürte das hier so deutlich, weil Wolfgang Tillmans wirklich auch ein Meister der Bezüge zwischen den Bildern ist, der Hängung also und der Auswahl der Bilder, und die Räume im Kunstverein außerdem von einer grandiosen Klarheit und zugleich Intimität sind.

Die abstrakten Farbfelder im ersten Raum sind gehalten vom ruhigen Schock der Körperlichkeit von seiner berühmten Vagina und dem berühmten sanften Technowummern von hinten, aus dem Dunkelraum, wo das Video Lights gezeigt wird. Der Leiblsche Knabe blickte mich an. Ich dachte an Kant, wegen des Klangs der Wahrheit: der praktische Gebrauch der Vernunft, in Absicht auf die Freiheit, führt auch auf absolute Notwendigkeit, aber nur der Gesetze der Handlungen eines vernünftigen Wesens als eines solchen.

Im Hauptraum wurde der Blick sofort quer hindurch auf die hintere Wand geführt, wo eine andere Ikone von 1996, das T-Shirt, hing: »sportflecken«. »Dornauszieher«, »windfall«, »tapestry«, »silver (heat)«. Da war man schon in den Raum hereingekommen, von links oben leuchtete die Sonne auf die hintere Wand, gegenüber die Jeans »faltenwurf«. Ein abstrakter »paper drop« und die Bomberjacke, »rain«. Auf eine Art waren das alles in sich gekehrte Bilder, sich vom Betrachter auf eine unoffensive Weise abwendende Gesten: es müssen noch paar Dinge in Ruhe geklärt werden, Moment. Welche Dinge denn? Wie wir leben und zusammenleben wollen, wie wir einander sehen und behandeln. In der Mitte waren wieder die Wolfgang Tillmansschen Argumenttische aufgebaut, vier von ihnen diesmal –

Venus
Kirche
Krieg
Zeit –

und die Ökonomie zwischen Fotographien und Tischen wirkte hier auf eine wahrhaft spektakuläre Weise ausgeglichen, in Balance. Kunst der Reife: spektakulär ist die Gemessenheit des Maßes. Im hinteren Raum schwingen vier Abstrakte – rot, mattgrün, rosé, vollgrün – aus der Freischwimmer-Familie der leichten Schlieren in Beziehung zueinander. Ein paar letzte helle kleine rote Punkte: morgen, gleich, sofort.

Winckelmannkampfschrift
Freitag, 14. September 2007, Berlin

Die Flashyness riskanter Anmutungen hatte Göthe dazu gebracht, in dem Darkwavefanzine ZWIELICHT einen Text über Christian Kracht zu schreiben. Zuerst wurden die handelnden Figuren vorgestellt:

ANDREAS RITTER VON DER BAND-FORSETI
ALBIN JULIUS VON DER GRUPPE-BLUTHARSCH und
EVA HERRMANN VON DER FRAUEN-BILD

Von der Gruppe-Blutharsch, einem hochgewachsenen Offizier pommernscher Herkunft, hatte Göthe die Position Kleists zugewiesen, Ritter Band-Forseti stand für Kafka und

Frau von der Frauen-Bild hatte als williges Opfer – Göthe nahm einen Anruf von John entgegen, Goeschen sei nicht mehr willens, die Namen lebender Personen in dubiose Zusammenhänge stellen oder gar in den sogenannten Dreck ziehen zu lassen durch sinistere göthesche Gemmen oder Epigramme. Machen Sie mir eine Verbindung zu Goeschen, rief Göthe, das kann doch nicht wahr sein. John: Herr von Göthe, die Verbindung steht.

– darf ich eine Morgenzigarre rauchen?

– aber gern

– gut

– ist das eine Helle?

– das ist von den Kanarischen Inseln eine, eine ziemlich leichte

– hm

– gut zum Frühstück, oder danach, und auch nicht zu teuer

Als Göthe Goeschen nach dieser kurzen Einleitung eben auf die Verbindung von Benn und Brötzmann zu sprechen bringen wollte, um die Nonsensehaftigkeit des Textes so nocheinmal nachzugasen, ihn sozusagen aus der Gefahrenzone richtung reinen Spaßtrash zu flashen, bevor die echten Ernstvorschlaghämmer von Argumenten ausgepackt werden sollten, machte Gruppe-Blutharsch mit einem Stiefeltritt in das Gesicht von Alexander Jünger dem Spuk vorerst ein Ende. Jünger schrie auf, Jünger, der Sohn. Und der Vater Jünger schaute traurig, denn er wusste, dass er selbst in jungen Jahren – Göthe brach ab, die Sache Jünger war ihm hier zu kompliziert. Er bat John, das bisher Diktierte nocheinmal vorzulesen, um sich zu vergegenwärtigen, was er bisher gesagt hatte, und so nocheinmal klar ins Auge zu fassen, was er eigentlich hatte sagen wollen und worauf der Text hier eigentlich zusteuern sollte. Mein lieber John, hier steht: Form ohne Argument, dann da: patente Eleganz. Das macht einen doch furchtbar traurig alles insgesamt. Was soll denn das bedeuten? Können Sie das eben nocheinmal kurz rekapitulieren?

Three Quarter-Tone Pieces For Two Pianos
Samstag, 15. September 2007, Berlin

Im Café bei der Neuen Galerie in Kassel fiel krachend ein sehr großer Mann vom Hocker, kam hoch und entschuldigte sich bei den Leuten. Das Vertrauen in Lärm als Zeichen von Qualität hat abgenommen. Lüpertz sagte dem SZ-Magazin im Interview einen derart blühenden Unsinn über die Kunst, die Revolution, über Gott und sich selbst als Genie, dass man ganz schwach und mutlos wurde bei der Lektüre, mehr noch beim Anschauen der vermutlich von ihm selbst gemalten Gemälde, vor denen er sich in seinem Atelier fotographieren hatte lassen. Wahrscheinlich werden Leute, die Lüpertz kennen, versichern, er meint das nicht ernst, er spielt da eine selbstironisch gedachte Rolle als alternder Fürst. Gut, noch schlimmer, dann nehme ich eben alles hier um einen schwachen halben Viertelton etwa zurück. Eintrag sollte ja leise klingen eigentlich heute und schön abstrakt: Largo, Allegro, Chorale.

Vor Lukas Duwenhöggers strikingly plausiblem Schwulenmahnmal, eine Art Chinesischer, ins Grazile abstrahierter Turm, so klobig wie licht, hysterisch wie selbstverständlich, das zweite Kunstwerk, das ich überhaupt sah auf der Documenta, wurde ich daran erinnert, wie ich als 16jähriger Kyritz mit Lukas' älterem Bruder Thomas, der mit mir im Münchner Ludwigsgymnasium in dieselbe Klasse ging, auf einem Motorrad, einer NSU Lux 200, durch die Wälder zwischen Stockdorf und Gauting gaste, natürlich ohne Führerschein. Das Motorrad hatte ich auf eine Kleinanzeige im Würmtaler Lokalblatt hin für 20 Mark von einem alten Mann in Gräfelfing gekauft gehabt, und es stand bei den Duwenhöggers, die ein Haus direkt am Wald hatten, in der Garage. Nach unseren nachmittäglichen Ausritten über die Waldwege kamen wir zurück in das Haus der Familie, das der Vater Duwenhögger, ein Architekt, selbst gebaut hatte. Es war ein Haus im modernen Bungalowstil, zur Straße hin abgeschlossen, und richtung parkartigem, mit hohen Bäumen bestandenem Hanggrundstück durch weite Glasfronten offen, wohl über Eck gebaut, mit unterschiedlichen Ebenen im Wohnzimmer, neuartig und doch sehr behaglich. Es gab viele Kinder bei den Duwenhöggers, und die Eltern Kyritz sahen es gern, wenn ich dort war, denn sie bewunderten die Familie Duwenhögger, ganz äußerlich wegen ihrer Größe, für ihre Vielköpfigkeit und natürlich auch für ihre Kultiviertheit.

Grüß Gott, schöne Frau, sagte der Polizist in der Münchner Theatinerstraße zur Fahrradkurierin, die er eben gestellt hatte, ham Sie an Ausweis da. Die Frau wusste sofort, dass sie hier zahlen muss, und sie ersparte es sich deshalb, auf die Jovialität des Polizisten einzugehen, die der zum Amüsement seiner selbst und des sich um ihn sammelnden Publikums in der Fußgängerzone aufführte. Direkt daneben wurde ein anderer Fahrradler von einer anderen Gruppe von Polizisten in einem Mannschaftswagen gestoppt. Ihm wurde vorgeworfen, dass er eben vor ihnen geflüchtet wäre, auf Rufe hin nicht angehalten habe und vor allem verbotenerweise während des Radfahrens mit seinem Handy telefoniert habe. Der sehr elegante Mann, 48, verteidigte sich mit der Erklärung, er habe das Telefon nur an sein Ohr gehalten, aber nicht damit telefoniert, die Wissenschaft habe herausgefunden, dass nur das Sprechen, nicht aber das Halten des Telefons eine Ablenkungswirkung habe. Den die Verhandlung führenden Polizisten, 22, interessierte das naturgemäß nicht sehr, und er sagte: Sans mit einer Verwarnung von 25 Euro einverstanden? Der Polizist hatte sich den Ausweis geben lassen, ging damit weg, und der stehengelassene Herr zündete sich eine Wutzigarette an.

Low Life

Kränk war bisschen kränk geworden. Kränkness, im Unterschied zur Krankheit, war ein Zustand einer leichten, schwer fassbaren, weil sehr tiefliegenden mentalen Schwäche, über die man im Zweifelsfall gut hinweggehen und auch -arbeiten konnte, nur merkte man den Aktivitätsresultaten out of Kränkness das Fehlen jenes Grans an Hysterieüberschuss an, das jedem Weltvorgang oder Fakt überhaupt erst die Existenzberechtigung gab.

– hallo

– hallo

– wie isses bei dir?

– soweit okay

– super

Sogar eine solche kleine freundliche Gangbegegnung würde einem Kränk nur schwach gelingen. Hysterie in dem Sinn also als Voraussetzung, dass man als Mensch im Lebensvollzug mit anderen sich selbst, das Individuelle, den eigenen Menschlichkeitskern überhaupt erst erreichte, der in der Begegnung mitmobilisiert wurde. Das galt natürlich erst recht und hoch zehn für die ins Objektive hinein festgefrorenen Resultate von geistiger Aktivität: mitgeteilte Ideen, Konzepte, Musiken, Gemälde, Kunst oder aufgeschriebene Texte. Das Hinbiegen der Wirklichkeit also auf diesen unruhebewegten, minimal energiedurchflirrten Ichkern hin, mit der Frage:

– ist da jemand?

– nö

– tschuldigung

– kein Problem

dieses Fragen und Suchen, das Auswählen, Verschweigen, sich Öffnen und Überpointieren, war also Klages Aufgabe auch hier im Blog. Ich radelte deshalb zwischen zwei Regengüssen zum Reichstag, ging dort zum Aufzug und fuhr in den

4. Stock, wo auf der sogenannten Fraktionsebene am Dienstag die parlamentarische Woche ihren Anfang nahm.

Eine blauuniformierte Puppe des THW, des Technischen Hilfswerks, das heute im Parlament seinen Aktionstag hatte, stand hinter dem kleinen fliegenden Imbißstand, wo die wartenden Journalisten und Parlamentarier sich mit Snacks und Kaffee versorgten. Ein schwarzer Knirps, ein Regenschirm, lag am Boden bei einer der betonenen Rundsäulen. Sie führte hoch in die Kuppelrosette, in die der Kuppeldorn, Spitze zuerst, eingelassen war, chromglänzend, und Himmel und Spiegel darüber wurden von den Menschen durchwandert, die heute den Reichstag besuchten. Von daher: was sollte zu sagen sein gegen blühenden Unsinn, wo er doch wenigstens BLÜHTE.

XI. Ansprüche an Rationalität
Mittwoch, 19. September 2007, Berlin

– und was kannst du?
– Komplexität zupumpen, Widerstände erhöhen, Simplizitäten verunmöglichen, Möglichkeiten –
– Moment mal
– verwerfen, Ansprüche stellen, Ergebnisse kritisieren, zerreißen, zurückweisen, widerlegen, einstampfen, alles
– ist ja voll trostlos
– wieso?
– und sonst?
– nichts sonst

Produktive Kollektive brauchen eine möglichst inhomogene Gruppe speziell ausdifferenzierter Individuen, von denen jeder auf andere Art auf das Gemeinsame des intendierten Produkts bezogen ist. Das Gemeinsame ist die Idee der Sache, deren Charakter vertreten wird vom Chef. Er muss die Differenzen seiner Leute mobilisieren, auf das Ganze hin anreichern und zusammenführen. Dabei wird prozessual und experimentell am Output ermittelt, wie die Idee der Sache sich jeweils neu konkret aktualisiert. Je komplizierter die dabei ablaufenden Prozesse Widersprüche, Widerstände und Marginalitäten nicht ausschließen, sondern in die Sache hereinholen, umso besser wird das Resultat. Beispiel: Documenta 12.

Auf dem Schreibtisch vor mir stand eine nackte Frau. Erstaunt von der Buschigkeit ihres Schamhaars, schaute ich auf ihre Scheide und sah dort eine Bewegung, eine Absicht, einen Imperativ. Ich lehnte mich zurück und hatte meine Augen offen. Dann stand ich auf und ging hinüber ins Büro. John gab mir die Post. Anfragen, Absagen, Einladungen. Sehr geehrter Herr, vielen Dank für Ihren freundlicherweise unabgeschickten Brief. Ich kann die Gründe Ihrer Zurückhaltung verstehen, finde sie aber falsch. Wer Macht hat, so die Fürstenspiegel, seit es Mächtige gibt, ist in Gefahr, zum Feigling zu werden vor lauter Angst. Feigling aber soll man trinken und nicht sein. Mit freundlichen Grüßen, Goethe.

Goethe blätterte in den heute titelgebenden Ansprüchen an Rationalität, dem XI. Abschnitt des 1. Kapitels von Luhmanns Gesellschaft der Gesellschaft. Draußen wurde es schon dunkel. Goethe ließ sich von John eine heiße Badewanne einlaufen und legte sich dann ohne Kleider in das heiße Wasser hinein, denn es war ihm kalt von innen her.

Duelldebatte
Donnerstag, 20. September 2007, Berlin

gut, dann habe ich
in nichtöffentlicher Sitzung
keine weiteren Fragen –

sagte der Abgeordnete Mommsen im Untersuchungsausschuss zu Herrn Deuß vom Landesamt für Verfassungsschutz, Bremen, wurde aber aus der Runde korrigiert:

– IN ÖFFENTLICHER SITZUNG!

– natürlich, in öffentlicher Sitzung

Im Plenum war an der Wand hinter der Regierungsbank, von Aldi-TV aufgezeichnet, das neu montierte Schriftlichtband von Jenny Holzer sendeaktiv und begleitete die Bundestagsdebatte zur Produktverbesserung.

Was ist gut, was ist schlecht?
Was haben die anderen?
Was fehlt bei uns? Warum?

Das Böse findet sich seine Gründe immer, hatte Mommsen morgens am Rad notiert. Man fühlt sich immer berechtigt, gemein zu sein, denn irgendein anderer hatte einen ja immer zuerst gemein behandelt gehabt. Trotz guter Gründe wurde das Böse meist aber nicht ausagiert, sondern verworfen. Erst im nächsten Schritt abgebauter Kontrolle, etwa aus mangelnder Angst vor höheren Mächten, die einen mit einem Revanchefoul bestrafen könnten, wurde das Böse an sich affirmiert, aus Dummheit, aus Hybris. Ethische Absurdität, nee: Autorität.

Mommsen als Alpinist
Freitag, 21. September 2007, Köln

Bei Sonnenschein und blauem Himmel erreichte Mommsen Köln. Es war kurz nach vier. Das neue Richterfenster im Dom wirkte zu hell, zu blau, zu kalt, zu wirr. Es war toll ausgedacht, aber in echt sah man, es war doch zu kleinkariert konzeptioniert, allzusehr offenbar nur ausgedacht und insgesamt und trotz allen Kalküls auf den Gott des Zufalls und des Lichts der Sonne im letzten einfach nicht wirklich sinnvoll erfühlt. Aber natürlich war es trotzdem grandios. Mommsen kniete nieder.

Im VOLKSBUCH hatte er geschrieben: Klarheit entsteht

nicht durch kurze Sätze. Popularität nicht durch Verzicht auf Crazyness, Charakter nicht durch egal wie gute Argumente, sondern durch eine charaktergeleitete Praxis, Erfolg hingegen nicht durch erfolgsorientierte Verfahren, sondern durch Charakter usw. Storm und Fontane sind Versager, siehe Grass. Dann: Der Augenblick ist so wenig, und doch hänget so viel daran.

Mommsen stand auf, es juckte ihn am linken Bein. Er kaufte eine Postkarte und ließ sich ins Conti Hotel in der Brüsseler Straße bringen. Wodurch berechtigte sich eine Gemütsschilderung, ein Stimmungsbild, eine erlebte Szene? Mommsen schrieb in sein Tagebuch: Freitag, 21. September 1844, Köln. Besuch im Dom, Gestank im Hotel, Politik ist ein wichtiges, aber nicht das einzige Thema der Dichtkunst. Abends ging ich in die Stadt.

Illuminationen
Samstag, 22. September 2007, Köln

Der Mond zeigte sich kurz hinter dem Baum neben der alten Kirche, dann drehte sich die Erde weiter, und der Mond war weg. Wir saßen auf einer Bank vor dem Haus Christophstraße Ecke Probsteigasse, wo die Galerie Daniel Buchholz anlässlich der Eröffnung von Michael Krebbers Ausstellung RESPEKT FRISCHLINGE zu Kölsch, Würstl und Kartoffelsalat eingeladen hatte, und nachdem ich eben notiert hatte – superbilder, superwürstl, superbier; superkartoffelsalat und superbrot – setzte sich DJ Superpitcher neben mich und erzählte von seiner Arbeit, seinem Leben, seinen Reisen und seinen Plänen, schenkte mir seine neue Platte SUPERMAYER und folgendes –

supergedicht:
des superpitchers tage

samstag: madrid
mittwoch: london
freitag: paris
dienstag: münchen
freitag: offenbach
samstag: augsburg

Samstag Augsburg!, rief da der von dem Wort Augsburg ins
Leben zurückerweckte Thomas Bernhard aus, so war die
vom Mond bereits gebahnte Verbindung zu WIEN aufs na-
turgemäßeste jetzt, und zu Westbam zugleich, hergestellt, ich
nahm noch einen Schluck aus der grünen Wasserflasche,
dankte den Gastgebern für den schönen Abend und machte
mich auf meine Wanderschaft quer durch Proletarien, den
Ring entlang, zurück ins Hotel. Nicht ohne bei McDonald
noch ein kleines McFlurryEis zu kaufen, welches schmau-
send ich weiterging, und zuletzt war ich dann noch, ausgerechnet auf der Aachener Straße, wo früher Spex gemacht
worden war, dem Tobias Thomas begegnet. Er war gerade
unterwegs in Sachen Architektur und würde morgen, so sagte
er mir, mit Michaela Melian und ihrem Hörspiel Föhrenwald
im Museum Ludwig, bei schönem Wetter auf der Dachter-
rasse des Museums, einen Auftritt haben, Beginn um 20 Uhr.
Auch Sie sind herzlich eingeladen in die Bischofsgarten-
straße 1, mit freundlichen Grüßen.

Deutsche Dynamit AG
Sonntag, 23. September 2007, Münster

Sunt lacrimae rerum, aber auch lichti. Das herrliche Herbst-
wetter hielt an. Gezackt, gewischt, geschmiert und korrigiert:
vor den Gemälden von Charline von Heyl, die geistige Freiheit
durch Nichtgegenständlichkeit, durch Kaum- und Schwer-
erkennbarkeit. Kolumba. Kirche und Wirtschaft im alten
Köln. Duns Scotus 1265-1308. Adolf Kolping 1813-1865.

Beichtgelegenheit 15.00-16.00 Uhr.
MADONNA IN DEN TRÜMMERN.
Schriftzug der Worte Gaffel Kölsch.

In der Tagesschau wurde die Bundesligatabelle vom Samstag gezeigt.

1. Berlin
2. München
3. Frankfurt
4. Schalke
5. Hamburg

Die Frau im Zug hieß Karin Krause, 40, sie hatte ihren grünen Filzstift in ihren rotbraun gefärbten Haarschopf hinten im Nacken gesteckt und bearbeitete am Computer ihre Ordner und Fotodateien namens Berufseinstieg und Aleks. Sie fuhr für ein paar Tage zu ihrer sogenannten Ma nach Osnabrück, wie sie in einer Mail AN ALLE schrieb. Sie war von ihrer eigenen Patentheit so demonstrativ angeberhaft durchdrungen, dass ein greller Stresshalo um ihren Körper herum die dortige Luft giftgelb verfärbte.

Dann in Münster: Skulpturenprojekte, wo seid ihr?! Die Sonne scheinte am Bach auf eine Wiese, es riecht nach Laub, nach Obst, nach Marmelade, es riecht nach Zwetschgen und nach Herbstgefühl. Im Dom wurde ein Festgottestdienst vorbereitet, die Honoratioren der Stadt setzten sich in Sonntagskleidung in die eigens für sie reservierten Bänke, die Kirchenglocken läuteten sehr laut und feierlich. Am Prinzipalmarkt war eine Bühne aufgebaut, Bierfest zu Ehren der Krebshilfe, hier saßen die Leute an den Biertischen vor ihren Bierkrügen und Grillwürsten, auch hier sehr angenehme Stimmung, Münster war heute eine schöne Stadt gewesen. Ich ging zurück zum Zug und dachte:

ein Bier, ein Eis, ein Ja zur Welt
Araber spricht arabisch, gut
ein Mann trägt eine grüne Jacke
und siehe da: die beiden Alten
die sich an den Händen gegenseitig halten

Strukturwandel der Öffentlichkeit

Dienstag, 25. September 2007, Berlin

Über das Schweigen, sagte ich da zum Schreihalsfeuilleton,
stehen die Bilder in Verbindung mit MELANCHOLIE UND
MARGINALITÄT. Aber der Schreihals hat kein Organ dafür,
dass ihm rezeptive Qualitäten der Wahrnehmung abhanden
gekommen sein könnten vor lauter Produktion von Ge-
schrei. Es ist ein paradoxer Effekt des Kunstbooms, dass er
genau darauf aufmerksam macht, dass zentrale Momente von
Kunst unter den Bedingungen der Lärmregeln von Markt
und Kritik nicht mehr adäquat vorkommen. So das Argument der Documenta, eines von vielen.

Dass Buergel in Verteidigung seiner komplizierten Ausstellung jetzt ausgerechnet das PUBLIKUM zum Zeugen aufruft,
ist wahrscheinlich keine gute Idee. In großen Massen seien sie
gekommen. Ja natürlich, überall, wo was los ist, kommen die
Massen massenweise hin. Quote sagt gar nichts, außer: wahrscheinlich ist es richtiger Mist. Dass Produkte von Qualität
auch zugleich gut ankommen bei sehr vielen Leuten, ist die
sehr seltene Ausnahme. Und: herrlich hätten die Kinder der
Massen, so die Kuratoren, in den Auehallen vor den Kunstwerken herumgetobt. Ja, so war es gewesen, fürchterlicher-
weise, komplett normalerweise auch. Der Angeberterror, den
die Leute mit ihren dumpfen Kindern veranstalten, weiß sich
aufs debilste getragen von der herrschenden öffentlichen Stimmung. Zehn Jahre Propaganda für die bürgerliche Kleinfa-
milie haben einen neuen Kleinbürgerstumpfsinn hervorgebracht, der sich genau so penetrant in sich selbst wohlfühlt

wie der Alternativkulturstumpfsinn der Vorgängergeneration, von dem die heutigen Deppen sich abzusetzen glauben.

Und aber auch: dass die Frau des Herrn Buergel eine ziemliche Nervensäge sein muss, von der Pseudolesbe mit Labertheorie zur Vollmutter mit Östrogenschaden am Hirn, hat den hochinteressanten Effekt, den sie auf die Ausstellung gehabt hat, nicht verhindert. Ein Gremium von Kuratoren, wie es auch für die Documenta gefordert worden war, führt eher zu einer Ausstellung von schwach pluralistischer Anmutung, so etwa in Münster: alles so halb okay, halb interessant, halb politisch und halb lasch, insgesamt unwichtig. Der gegensätzlich ausgerichtete Andere in einer Paarkonstellation hingegen, so zeigte das Ergebnis der Zusammenarbeit des Paares Buergel und Noack, kann in den anderen Ersten eine fundamentale VERUNSICHERUNG hineinimplementieren. Das Antidogmatische und Tastende, was aus der davon bewirkten Unsicherheit entstehen kann, ist eine kunstaffine Geistesweise, die bei der Suche nach den zu präsentierenden Kunstwerken und der Art ihrer Präsentation hilfreich sein kann und dies offenbar gewesen ist.

Hin und her GESCHLEUDERT von der Kunst: so ging man durch die Documenta, Abscheu, Zustimmung, Reflexion und Nichtverstehen in immer neuer Kombination aktiv. Immer neu war die Sache auf kein EINES reduzierbar, immer neu war einem irritierend unklar, wie das jetzt gemeint ist, was das zu bedeuten hat, ob es einem zusagt oder einen nervt. Wie man dazu steht: gar nicht. Denn man war davon bewegt.

Montgelas
Mittwoch, 26. September 2007, Berlin

Diesmal war es eine stumme Szene bei Dussmann gewesen, ich ging selbständig und ohne jemanden zu fragen an das Taschenbuchregal zu Joachim Lottmann, und tatsächlich, da stand das gelbe Borderline-Buch genau so im Regal, wie es ottmann-Blog im Internet angekündigt war, bloß in echt, viel besser, neben der hellblauen Jugend von Heute und rosafarbenen Zombie Nation aus dem vergangenen Jahr. Leider hatte das Exemplar eine abgestoßene vordere untere Ecke und das Ersatzexemplar, das ich aus der Schublade unter den Regalen herausnahm, hatte einen Knick im hinteren Karton, unglaublich, irgendjemand bei Dussmann hatte die neuen Lottmann-Bücher beim Auspacken schlimmer misshandelt, als Lottmann Stuckrad-Barre in effigie, und so ging ich die Extrameile zu Hugendubel, wo Lottmann im Keller bei den wissenschaftlichen Büchern lag, und zwar ausgelegt so:

links: Deutsche Unsitten
mitte: Lottmann, Deutschlandreport
rechts: Comeback für Deutschland
daneben: Republik der Wichtigtuer
noch weiter rechts: Riskante Moderne
daneben: Imperium der Zukunft
weiter links: Belogen, betrogen, umerzogen usw usf

Ich machte ein Foto von dieser absolut herrlichen Buchauslage, kaufte den Lottmann und den Safranski und ging zurück in die Redaktion. Für das neue Buch schrieb ich in diesen Wochen an einem großen Porträt des Faz-Mitherausgebers Frank Schirrmacher, weshalb ich im Lottmann-Buch natürlich als erstes die dortige Reportage über die Faz und ihren Kulturchef las, ein fast beängstigend perfektes Meisterstück des Borderlinejournalismus, dem Lottmann selbst in seiner Einleitung, den eigenen Titel konterkarierend, eben noch aus lauter guten und vielen rechtlichen Gründen fürs erste abgeschworen hatte. Nur einmal noch hatte Lottmann einfach alles aufgeschrieben, was eh alle über Schirrmacher wussten, und den besonders grotesken Einzelheiten hatte er immer eine besonders ÜBERGROTESK POSITIVE Wertung der Einzelheit und gegenständlichen Gesamtheit des schirrmacherschen Charakters vorausgeschickt, was den Text des Porträts in ein irres, schwer erträgliches, aber umso faszinierenderes Flirren brachte, dem schirrmacherschen Gegenstand eventuell komplett angemessen.

Da ich aber durch diese Lektüre und deren gedankliche Zusammenfassung, insbesonders durch die schon fast ins Bernhardeske gehende Wiederholung der schirrmacherschen Person im Adjektiv, in eine nicht ungefährlich hysterisch aufgekratzte Stimmung zu kommen fürchtete, packte ich meine Sachen, fuhr nach Hause und legte mich dort mit dem wunderbar fundierten Buch meines verehrten Lehrers der Neuen Geschichte Eberhard Weis über MONTGELAS ins Bett, um die Kunst des Porträts am wissenschaftlichen Beispiel zu studieren und dabei nebenher ein bisschen runterzukommen. Mommsen: Später ging ich ins Lokal.

Ästhetische Schriften

Donnerstag, 27. September 2007, Berlin

nicht wissen, was man kann, was nicht
nicht fragen, sondern denken
die Regeln ahnen und missachten
angstlos sein aus Freude

das Böse nicht partout vermeiden
geschichtlich aus der Tiefe kommen
ad majorem gegenwarti gloriam
die Argumente heute sachlich bringen

beim Anstimmen die Ohren öffnen
beim Aufhören das Herz
beim Hassen auch nach innen lauschen
und beim Singen klanggesetzkonform verfahren

dogmalose Unterschriften, Übersätze abgesagt
die Dokumente richtig klingen lassen
Texte bildlos halten, ohne Geste
detailfrei, sinnschwach und abstrakt
und den Bruder Bruder nennen, das Lokal Lokal

die Frage war gewesen, wie wir leben wollen
wie man denken soll beim Reden
will das Schreiben aber nicht verstehen

Strafankündigung
Freitag, 28. September 2007, Berlin

Und der Herr sprach: Ich habe heute wieder, wenn auch nur
aus den absurdesten Gründen, in der Bibel gelesen. Die Sprache der Bibel gefiel mir gut. Der Herr der Genesis kam auch
sehr menschlich rüber, es reute ihn, den Menschen gemacht
zu haben auf Erden, und er bekam Kummer in seinem Herzen. Denn zu jenen Zeiten waren Unholde auf Erden. Und
der Herr sah, wie groß die menschliche Bosheit war, und
dass jegliches Gebilde der Herzensgedanken der Menschen
allzeit nur böse war. Da sprach der Herr: Ich will den Menschen, den ich geschaffen, vom Erdboden vertilgen, vom
Menschen bis zum Vieh und vom Kriechtier bis zu den Him-
melsvögeln. Denn es reut mich, dass ich sie geschaffen habe.
Wisse: ich will alle Lebewesen vertilgen mitsamt der Erde.
Ich lasse eine Wasserflut über die Erde kommen, damit sie
alles Fleisch unter dem Himmel, in dem Lebensodem ist, ver-
tilge. Alles auf Erden soll umkommen. Die Flut dauerte vier-
zig Tage. Die Wasser schwollen an und mehrten sich zuse-
hends auf der Erde, nur die Arche des Noe fuhr auf ihnen
dahin. Und alles, was Lebensodem in sich hatte, musste sterben, und es ward vertilget, was auf dem Erdboden war, Menschen und Vieh, Kriechtiere und die Vögel der Luft, alle wurden von der Erde vertilgt.

Dann gedachte Gott des Noe und der Tiere, die mit ihm auf der Arche waren, und er ließ einen Wind über die Erde wehen. Und die Wasser sanken. Und ich gedachte bei diesen Worten des kindlichen Gemüts des Kyritz von einst, der von all diesen Erzählungen, die als Lesungen in der Kirche vorgelesen worden waren, auf seltsame Weise offen, angstvoll und hoffend gestimmt worden war, schreckhaft und hell. Die Quellen der Urflut versiegten, und die Fenster des Himmels wurden geschlossen. Dem Regen ward vom Himmel her Einhalt geboten. Das Wasser sank auf der Erde mehr und mehr, und die Arche des Noe ruhte auf dem Gebirge von ARARAT.

Rechenschaftsbericht des Parteivorsitzenden Mao
Samstag, 29. September 2007, Berlin

I don't like my writing
it has to be refined
I don't like my thinking
it's gotta be rethought

refused, rejected and reflected
against itself connected
with world, life, sense and talk

I don't mind the way I walk
I don't like the way I kick
I use the way I hate my hate
to free the prisoners I take

I don't mind the way I talk
I let the words just drop
and check the sounds, the ways
they fall, they fall into place

Oktober 2007

Jugend

In jenen Tagen, jetzt, wo es Herbst wurde, lag ich wieder
unter drei dicken Daunendecken fröstelnd mit dem Buch Jugend von Julien Green im Bett. Ich hatte eine Wollmütze über
den Kopf gezogen, denn meine Ohren waren kalt, und einen
Schal um den Hals gewickelt, weil ich Halsweh hatte. Draußen war schönes Wetter. Im Jahr meines Abiturs hatte der
Freund, der Ende September für eine Woche nach Istanbul
verreist war, mir ein anderes autobiographisches Buch von
Julien Green zu lesen gegeben, es hatte den sehnsuchtsvollen
Titel: Fernes Land. In der Woche unseres Getrenntseins,
kurz vor Beginn meines eigenen Studiums, sollte ich lesen,
wie Julien Green sich an seine ersten Studienjahre in Amerika
erinnerte. Damals hatte ich Angst vor Julien Green. Jetzt bewunderte ich, wie er hier –
    berichtete, wie er im Haus seines Studienfreundes Mark
langsam in den Bann von dessen Mutter geriet, die großes
Interesse an dem jungen Philosophieprofessor der beiden
Freunde hatte, der seinerseits aber ein besonderes Interesse
an Julien zu haben schien, was Julien nicht so sehr beunru-
higte, denn er selbst hatte sich gerade in ein jüngeres Mädchen verliebt gehabt. Große Meisterschaft verwendete Julien
Green darauf, das handlungsmäßige Dunkel plausibel zu machen, in dem seine Figuren, von den heftigsten Gefühlen erfüllt, untereinander und miteinander wie blind agierten, ohne
ihr Handeln und die sich darin aussprechenden Sehnsüchte in
wirklicher Klarheit vor sich sehen und verstehen zu können.
Eine Stimmung bedrückter, zugleich jubilierender Intensität

war mir von der Lektüre her in Erinnerung, Julien vertraute sich schließlich der Mutter seines Freundes an, die riet ihm, nur durch einen endgültigen Bruch mit dem Älteren könne er die Heimlichkeiten und Lügen hinter sich lassen, die in dieser Freundschaft, die wohl doch verboten war, entstanden sein mussten, und nur so, auf diese grausame Art, werde er die Wahrheit seines Lebens wiedergewinnen können. Und weil Julien sich danach sehnte, nicht mehr in der Lüge zu leben, folgte er dem Rat der älteren Frau, die mir beim Lesen damals so vorgekommen war wie die von Simon and Garfunkel besungene Mrs Robinson aus dem Film Die Reifeprüfung.

Am Ende fand ich, dass Julien Green zu offen gewesen war, dass die Verhältnisse, auf eine so direkte Art ausgesprochen, eine falsche Brutalität bekamen, die der wirklichen Wirrheit der Gefühle und damit ihrer Wahrheit nicht mehr gerecht wurde. Und als ich das Buch zurückgab, schämte ich mich.

Dr. Tod
Freitag, 5. Oktober 2007, Berlin

Auf die Frage, was denn so schön am Tod wäre, sagte ich nichts. Ich wusste gar nichts darüber, wie schön es war, tot zu sein, ich war ja noch am Leben. Ich konnte mich noch bewegen, noch sprechen und lesen, atmen und ausatmen, den Kopf heben und den Mund öffnen, die Muskeln waren nervlich steuerbar. Ich konnte theoretisch auch noch denken. Die großen Systeme im Inneren des Körpers, Herz, Lunge, Niere, Leber, Hirn arbeiteten weiter. Sie waren von außen nicht darüber informiert worden, dass Dr. Tod hier das Kommando übernommen hatte, die letzten Szenen in der Hand.

Nocheinmal ging ich also in der Mittagspause in das Stehrestaurant an der Ecke und aß eine Suppe. Ich überquerte bei Grün in einem Pulk von Leuten die Straße, ging auf dem Mittelstreifen richtung Universität und saß dann wieder am

Schreibtisch, von Lebenden umgeben. Ich las in der Zeitschrift Monopol die Bildunterschriften von Botho Strauß. Ich fuhr mit dem Rad die Chausseestraße hoch nach Norden. Ich sah die Sonne und die Wolken in Bewegung, fühlte den Wind, die Kälte und das Klappern der Reifen auf dem Pflaster, denn ich nahm die Trambahnspur.

Ich kam in meine Wohnung, die Autos draußen hupten. Ich ging in die Küche. Und anstelle der Feststellung, dass meine Nase kalt war, trat hier endlich der Gedanke dazwischen: die konkreten Lebensbilder bringen auch die Antwort nicht, sie nerven nämlich. Um das kurz aufzuschreiben, machte ich im anderen Zimmer den Computer an. Plötzlich flammte das Haus gegenüber orangegelb leuchtend auf. Ich probierte verschiedene Varianten, Subtext blieb unklar penetrant. Ich legte mich aufs Bett, um nachzudenken über diesen Tag, und wartete so auf ein Zeichen des Lebens.

Yella

Montag, 8. Oktober 2007, Berlin

Das Schöne an Yella: die Gefühle sind kleiner als life. Dafür sind sie umso komplizierter und kompakter. Man könnte auch sagen: es sind wirklich Gefühle, realitätsnah nachgebaute Gefühle. Das große Gefühl, nach dem das Kino sich sehnt, ist ein Artefakt der Fiktion, die den nach außen sichtbar wirkenden, einfachen Effektanteil des Gefühls isoliert und auf ein für alle Gleiches hin simplifiziert übertreibt. Dabei heißt Gefühl in Wirklichkeit genau Spannung auf hochverdichtete Abstraktionen aus Erfahrungen, Geisteszuständen und physischen Impulsen im Einzelbewusstsein des Fühlenden, eine extrem individualistische und geschichtliche Innenseite also, die die nach außen so simpel wirkende Effektseite des Gefühls, seine Plötzlichkeit erst hervorbringt.

Die junge Frau Yella verlässt ihren Mann, der sie noch, obwohl er ein Loser ist, weiterhin liebt. Sie spürt Ehrgeiz und

Abenteuerlust, die stärker wirken als das Mitleid, das ihr früherer Mann in ihr hervorruft. Sie will einfach weg. Der Film sympathisiert mit dem Bedauern darüber, dass eine solche Härte in Yella entsteht gegen ihre Vergangenheit, aber macht gleichzeitig den von ihr gewählten Weg verständlich, indem er das personale Aufblühen von Yella in ihrem neuen Leben zeigt.

Nicht weil er etwas anderes als Rationalität wäre, ist der Innenkosmos des Gefühls in seiner Widersprüchlichkeit verbal und rational so schwer zu erschließen, sondern weil seine Rationalität so kompliziert angelegt und zu rekonstruieren ist. Um Gefühle zu verstehen, braucht man extrem viel Zeit und Ruhe, um sie zu sehen, genügt der Sekundenbruchteil eines Augenblicks. Im Ineinander dieser gegensätzlichen Zeiträume bewegen die Gefühle, das vorzuführen, ist der schöne, realistische Antibanalismus der Berliner Schule von Christian Petzold, die taumelnd Handelnden verderbenwärts.

David Striesow hat Yella einen Job anzubieten. Sie soll ihm als Verhandlungsmieze helfen, Geschäftsgespräche zu führen. Die gegnerische Seite braucht Geld, Striesow vermittelt Kredite und lässt sich dafür Firmenanteile überschreiben, außerdem kassiert er nebenher Bestechungsgelder. Bei der Arbeit entdeckt Yella eine intellektuelle Schärfe in sich, die ihr Erfolg bringt: Anerkennung, Geld, Macht über Schwächere. Auch ihrem Chef, von dessen abgründiger Coolness sie sich anfangs angezogen fühlt, ist sie bald überlegen. Eben wollte sie ihn noch betrügen, aber sie hat sich in ihn verliebt. Von dem Moment von Zartheit, den die Verliebtheit in ihr hervorbringt, fühlt er sich in Panik versetzt, schreit sie an wie von Sinnen. Sie geht weg, er entschuldigt sich, sie bleiben zusammen, verbunden auch von der Gier nach Geld, von der Faszination für das kriminelle Element, das beim Agieren in diesen Welten wie von selber entsteht. Yella aber verzockt sich, ein Toter liegt am Ufer. Und sie weiß: sie hat das verschuldet.

Grandios ist zuletzt auch Christian Petzolds provokativer Pessimismus, den die Schlußsequenz ausspricht: hätte man nocheinmal einen zweiten Versuch, würde man sein Leben nicht besser leben, sondern noch katastrophaler. Ein grelles, suchendes Licht fällt dadurch im Nachhinein auf jede ethisch relevante und moralisch dubiose Szene: wie addiert sich die minimal schuldhaft falsche Handlung irgendwann zu einer Verkettung von Bösem, zu einem unentrinnbar desaströsen Geschehnisnetz? Und hätte man, hätte man das Falsche nicht getan, eine weniger katastrophale Handlungskette initiieren können? Das also wäre heute Aufklärung, Herausführung der Reflexion aus ihrer diesbezüglich zu großen Gleichgültigkeit, ob denn der Einzelne sich in kleinen konkreten Situationen bemühen sollte, sich ein klein wenig mehr richtig zu verhalten als falsch oder direkt böse, wie es ihm von der Situation selbst auch nahegelegt worden sein kann. Wann es der Situation zu widerstehen gilt und wann man ihr einfach folgen kann: die emotionalen Narrative des Kinos können als Experimente einer situativen Sensibilität – stop, stop.

Besser wäre es, tot zu sein, als zu leben und den Tod eines anderen zu verschulden. Das sagen die letzten Sekunden von Yella. Aber der ganze Film davor sagt das Gegenteil und fragt nach der Alternative: wie würde es denn gehen, besser zu leben.

Der Prozess
Dienstag, 9. Oktober 2007, Berlin

Irgendjemand musste Herrn K missverstanden haben, denn er war, ohne über die entsprechenden Qualifikationen zu verfügen, damit beauftragt worden, der vorgesetzten Behörde gegenüber binnen weniger Stunden schriftlich den Nachweis zu erbringen, zu diesem Schriftsatz hier zu Unrecht verpflichtet worden zu sein. Herr K setzte die blaue Wollmütze auf. Der Nachweis der Unrechtmäßigkeit der Verpflichtung zum Schriftsatz sei in Form eines Berichts über seine gegenwärtige Lage abzufassen, wobei der Bericht sprachlich natürlich so klar aufgebaut zu sein habe, dass er die Mandantschaft, deren Interesse die vorgesetzte Behörde zu vertreten habe, beim Lesen nicht überfordere und auf die den Bericht illustrierenden Bilder in einer Bilder und Bericht effektiv verbindenden Weise eingehe. Herr K saß mit nackten Beinen da, die Hose war nämlich bei der Fahrt durch den Regen nass geworden. Herr K hatte bei Dussmann wissenschaftliche Literatur zu besorgen gehabt, um sich in dem Bereich der von seinem Bericht berührten Fragen der Ethik zumindest soweit auf den Stand der Forschung zu bringen, dass der gegnerischen Seite gegenüber eine wenigstens derart triftige Darlegung der Lage möglich werden würde, dass zuletzt zumindest noch der nächste abhängige Konditionalsatz durchginge, ohne die schon ziemlich genervten Sprachgefühle in einer derart hysterischen, endgültig gesetzwidrigen Weise zu verletzen, dass eine Zurückweisung des Berichts schon allein aus Formgründen und von daher von vornherein unabwendbar sein und werden würde. K schrieb: Was man nicht klar sagen kann, kann man vielleicht unklar schöner sagen. Herr K muss sich hierbei aber eventuell erkältet haben, denn das Urteil wurde ihm postalisch zugestellt. K habe sich des Vergehens eines Fluchtversuchs in die Groteske schuldig gemacht und werde deshalb zurecht verurteilt. Die Kammer sah es als erwiesen an, dass K den Bericht in der geforderten Form fristgerecht NICHT vorgelegt habe. Gegen das Urteil wurde das Rechtsmittel der Revision zum Bundesgerichtshof zugelassen. Herr K zog sich eine trockene Hose an, um sich mit warmen Beinen und der dadurch mitermöglichten vollen Konzentration vorbereiten zu können auf den jetzt wohl unweigerlich auf ihn zukommenden längeren Prozess.

Gemütszustandsspiel

Auf der Reise nach London las ich weiter in R.T.A. Safranskis Buch über die Romantik. Man wurde in Berlin bei herrlichem Wetter in ein unterirdisches Tunnelsystem eingespeist, musste an verschiedenen Barrieren warten, durch lange Gänge laufen, kurz im Flugzeug sitzen, nochmal warten, wieder Röhren, Tunnel, Gänge, gehen, und wurde schon in London ausgespuckt wie nichts, aber schweißgebadet und komplett erledigt, an einem Zielbahnhof namens Paddington Station. Im Americana-Hotel bekam ich das Zimmer 121. Dann ging ich, Kain des Weltalls, mit Novalis auf die Frieze.

Hell, weiß, groß, elegant, frisch, flashy, leicht: die Menschen gingen lebendig dahin, schauten die Kunst an und redeten fröhlich darüber. Die kontroversiellen Energien der Werke, die natürlich da sind, werden unter den Bedingungen der Geselligkeit überspielt, man will sich ja nicht mit grellen Wertungen interessant machen oder gegenseitig mit komplizierten Analysen stressen. Das kollektive Gemurmel bewegt die Rezeption auf die Art ins Konsensuelle. Höflichkeit, die völlig vernünftig ist, macht so die Abgrundseite der Kunst zu. Was nicht beblödelbar ist, kommt nicht vor. Über Lautsprecher wurde dazu aufgefordert, innezuhalten, still zu stehen und zu schweigen. Und tatsächlich kam das Gewoge zur Ruhe für eine quälend lange Zeit. So banal hatte man die fehlende Seite der Stille auch wieder nicht ins Gesicht gewürgt kriegen wollen. Bei White Cube, London, wo der Buzz in der Luft zu spüren war, saßen die Chapman-Brüder in vollendet selbstironischer Britishness am Schreibtisch, vor sich eine lange Schlange von Leuten, denen sie irgendetwas signierten, Champagner, Cola, Popstarposen und gutgelaunte Rufe richtung Galerist oder wars der Studioassistent: any ideas anybody?

Als Herr Goljadkin abends versehentlich beim Zähneputzen in den Spiegel sah, sah er vor lauter Erschöpfung nur noch das Gespenst des Doppelgängers seiner selbst. Die Kammer, in der er hier lebte, war feucht und kalt. Goljadkin hatte Hunger, zu essen gab es nichts. Schreck, Schmutz, Trauer, Negativität: Worte, die Herrn Goljadkin gute Laune machten. Von ihnen aus ausgehend würde er noch heute Nacht die ganze Theorie der Romantik auf die hier einzig ihm noch mögliche Art und Weise, und zwar AUF DEN KOPF gestellt, verwenden und damit zugleich endlich und endgültig widerlegen, war dann aber plötzlich eingeschlafen.

Frieze Art Fair
Donnerstag, 11. Oktober 2007, London

Mit neuen Augen gingen wir morgens wieder über die Messe und fingen gleich wieder an, sehr viel daherzureden und die Fragen von gestern dabei weiterzutraktieren. Aspekte des Erkenntnisvorgangs, des Verstehens einer Kunst, stellen sich eben als Wertung ein, als Gefühl, wie man etwas findet, vom Verstehenwollen also kommt das dauernde Werten her. Es geht deshalb nicht ohne Urteil, es hängt aber am mitgeteilten Urteil so viel Stress. So viel Info über den Urteilenden, so viel Selbstdarstellung, die, auch wenn sie nicht beabsichtigt ist, doch nicht verhindert werden kann, im Urteil nämlich unweigerlich mit mitgeteilt wird. Von daher entsteht eine Drift zu banaler Exzentrik, zum stumpfen Interessantizismus, der eine wirkliche Einsicht in die Qualitäten der Werke genauso behindert wie der vom Reden an sich hervorgebrachte, gegensätzlich wirkende Konsensualitätsbias.

Andererseits sind die Werke doch auch hier wieder, wie bei Tillmans' Beugung neulich, ganz ALLEIN. Auch wenn sie so dicht gedrängt da sind, wie auf einer solchen Messe, und von so extrem vielen Menschen angeschaut werden, sie sind allein, sie leben nicht, sie sind gemacht und ausgedacht, ein Konzentrat einer sich selber suchenden Idee, die einen anfunkt ganz allein, steht man kurz davor. Das dachte ich jetzt bei

Husband Seven von Rebecca Warren, Wandskulptur mit Plexiglas und Kabeln, Holz etc, das sagte ich. Novalis sagte später etwas über Wolfsburg, Fichte redete von sich, und ich notierte:

ging eben durch den Regent's Park
war die Sonne in den Bäumen herbstlich
war der Bach ein Weiher in der Farbe grün
Leute saßen auf den Bänken, schauten

eine Frau ließ ihren Kopf nach hinten sinken
und am Boden lag ein großer blauer Kamm

Bright Lights, Big City
Freitag, 12. Oktober 2007, London

Dann stand Wackenroder vor der U-Bahn-Station Bond Street, mitten im Innersten von London, umtost vom feierabendlichen Tumult der Leute, die hier dem Untergrund entgegeneilten, um nachhause zu fahren, oder von dort kamen und unterwegs waren ins Kino, ins Theater oder zu einer anderen öffentlichen Abendveranstaltung. Die Geschäfte hatten noch offen, es war kurz vor halb acht, der Himmel war schon dunkel geworden, und die Lichter in den Straßen funkelten und leuchteten, spiegelten sich in den Autos und Bussen, die in chaotisch bewegter Choreographie einander langsam umfuhren, von den glitzernden Glasscheiben, den hell schimmernden Augen der vielen einzelnen Menschen nebenher beobachtet wie in Trance, und mir war, als wäre ich noch nie in einer großen Stadt gewesen.

Bei Sotheby's nahm der Taumel eine Wendung in die Theorie. Dieser Aufstand des Geldes war in seiner Drastik das Schönste, was ich hier auf dieser Messe gesehen habe, tatsächlich als Ganzes das größte und eigentliche Kunstwerk hier. I'm at the Sotheby's ART PREVIEW, sagte eine Frau, die

Treppenkurve nach unten schwebend, in ihr Mobile. Der DJ stand hinter dem berühmten dunklen Pult des Auktionators, das mit der eleganten Schrift verziert war: SOTHEBY'S EST. 1744. Established 1744, so alt fühlten sich diese Räume hier an, so würdig die Idee des Handels, der hier seit Jahrhunderten getrieben wurde. Latin Soul vom Ordinärsten stampfte durch die eng gefüllten Kabinette, über die Köpfe der unfassbar Reichen hinweg. Und an den Wänden hingen die Bilder, die hier in den nächsten Tagen versteigert werden würden. Hinter dem DJ leuchtete ein riesiges dunkelbraunes Gemälde von Albert Oehlen in den großen Saal, schönste frühabstrakte Phase, Lot 63, executed 1989. Executed, mein Gott, sind das schöne Worte. Und die Ziffern erst, die Geld bedeuteten – Wackenroder musste los. Der Tod ruft schon, die Kunst, das Leben. Will in Sehnsuchts heiligster Manier – Moment – wir müssen, wollten, könntest du – und immer ein Ephebe, der die Worte sagte:

– would you like a TOP UP, sir?

– oh!, yes!, thank you so much

Dann wurde der Champagner nachgeschenkt, immer wieder, would you like a top up? TOP UP. Besser könnte man es gar nicht sagen, nichteinmal auf deutsch. Theorie folgt gleich im Rückblick, hysterisch beseelt für heute: ich.

In dem Moment erreichte den verrückten Dichter ein Telefonanruf aus Deutschland, per Eilmeldung wird soeben gemeldet, das Bundesverfassungsgericht hat heute entschieden, ESRA bleibt verboten, die Freiheit der Kunst ist nicht verletzt. Es lebe die Kunst in Freiheit wirklich, Goethe.

Die Esra-Entscheidung
Samstag, 13. Oktober 2007, Berlin

Schweißgebadet wieder, erschöpft, komplett entnervt und angekotzt vom Stumpfsinn des Reisens saß ich in der verblöde-

ten Abflughalle des Flughafens Heathrow, der Trottel gegenüber nahm mit blasierter Kennermiene doch tatsächlich diese
lächerliche überdicke Könner-, Kenner- und Sichauskenner-
Zeitschrift Wallpaper zur Hand, um darin zu BLÄTTERN,
und am Hochpunkt meines absoluten Ekelanfalls gegen diese
ganze Welt des hochmodernen kosmopolitanen Menschen,
der patenten Eleganz in allem, kippte der grimmerfüllte
Hass, ich sah zwischendurch auch immer wieder hoch zur
Lichttafel mit dem aktuellen Weltgedicht –

Los Angeles	16:05	Milan-Linate	17:50
Amsterdam	16:10	Warsaw	17:50
Stockholm	16:25	Berlin	18:00
Frankfurt	16:45	Bucharest	18:00
Düsseldorf	16:45	Helsinki	18:05
Vancouver	17:10	Rome	18:20
Istanbul	17:25	Prague	18:20
Munich	17:25	Hong Kong	18:25
Hanover	17:35	Hamburg	18:35

– plötzlich um in den traurigen, schwachen Gedanken: und
vor lauter HASS hat man selber das alles nie gelernt. Man
kann es nicht, sitzt da wie ein Idiot, kann das Reisen nicht,
schwitzt wie ein Idiot, denkt so, ist ein Idiot. Kann noch nicht
einmal das Kaufen richtig, ja, so ging es mir im Kopf herum.

kannst du?
willst du?
hast du?
kommst du?

Die Korrespondenzen zwischen Marginalität und Reichtum,
die mir noch am gestrigen Abend bei Sotheby's so epiphanie-
haft eingeleuchtet hatten, zwischen Affluenz und Kaputtheit,
Asozialität und Freiheit, Kapital und Kunst waren abgestürzt
in den Abgrund des Stumpfsinns des Wartens in dieser Halle

hier, der Flug war verspätet, klar, der Flug wurde verschoben, das Gate nicht bekanntgegeben, man müsste sich locker machen, auch klar, man kann das nicht, Hölle. Ich schaute alle zwei Minuten hoch zur Tafel, Berlin: please wait.

Berlin: please wait, immer wieder, zwei Stunden. Zwei Stunden zu spät kam ich schließlich, geknickt und ausradiert, in Berlin zu dem seit Wochen geplanten Essen, mit dem der endgültige Abschluss der Doktorarbeit des B gefeiert werden sollte, da erschien der Zeitungsverkäufer am Tisch, ich kaufte den Tagesspiegel und die Faz, und wir redeten wieder über Moral, Recht, Kunst und das Private, über: die Esra-Entscheidung.

Esra reloaded
Montag, 15. Oktober 2007, Berlin

Dass die Ideen stimmen, wird nicht gefordert, auch nicht, dass sie Ideen SIND, wohl aber, dass man darum sich BEMÜHT, dass Ideen entstehen, dass das Gedachte danach sich sehnt, nicht einfach nur daher- oder nachgeplappertes Zeug zu sein, sondern IDEE zumindest zu werden. Gedanke.

Und was heißt das Urteil jetzt für uns Borderliner?, sagte ich zu Joachim Lottmann, auf den ich im Festsaal Kreuzberg bei dem Samstagskonzert zu Ehren von Jens Friebe getroffen war. Ganz offensichtlich hatte Lottmann in den letzten Wochen sein Aussehen ins noch einmal Schlankere verbessert, er war noch jünger und gutaussehender geworden, genau so wie Qualli, der ebenfalls in diesen Wochen mit Schnallis hocheffektiver, sogenannter SPEEDKUR HOLLYWOOD mehrere Einzelpfunde Fett abgenommen gehabt habe, wie er Lottmann auf der Buchmesse sofort erzählt habe, und ihm, Lottmann, auch ein diesbezügliches Kompliment wegen seines guten Aussehens ausgesprochen gehabt habe. Dann sagte Lottmann, springend zum aktuellen Anlass, du meinst wohl den Fall Esra, und ich sagte, ja natürlich.

Für den Borderliner ändert sich zunächst einmal gar nichts. Die Worte Benjamin von Stuckrad-Barre bleiben auch borderlineseits weiterhin UNVERBOTEN, das hat der Doppelgänger des früheren Schriftstellers dieses Namens oder auch er selbst zwar nicht vor Gericht, aber telefonisch per Penetranz erstritten, und warum auch nicht. Baron Münchhausen bleibt als Wort verboten. Wie steht es mit dem Wortfeld Ruhm und Rausch? Wie mit der Sache Kir Royal? Grill Royal? Tristesse Royal? Wer klagen will, so Klage hier, der klage.

Für die Literatur im engeren Sinn sind die Konsequenzen auf spektakuläre Weise geklärt: die Literatur muss GEMEINER werden. Oder eben GÜTIGER. Und beides kann doch eigentlich so schlecht nicht sein, auch in Wirkung auf das soziale Textumfeld. Für die Neufassung von Esra, die jetzt nach Maßgabe des Urteils des Bundesverfassungsgerichts herstellbar wäre, für Esra reloaded, heißt das konkret: da die Erkennbarkeit der früheren Freundin von Maxim Biller nicht mehr beseitigt werden kann, müssen einfach die Gemeinheiten rausgenommen werden. Das geht auch ganz einfach. Und das, was an dem Buch Esra wirklich herausragend ist, woran Nils Minkmar gestern in der Fas unter dem Titel »So leben wir« nocheinmal erinnert hat, wäre von diesen Änderungen gar nicht berührt.

Das Kunstwerk Esra, Maxim Billers bestes Buch, hat genau darin seine Schwäche, dass es so egozentrisch ist, dass es der Würde der realen, einstmals geliebten Frau auf eine verletzende Art nicht gerecht wird, weil das Bild dieser Frau in der Erzählung nicht wirklich erkennbar wird, als individuelles Gegenüber. Weil der Schriftsteller Adam so monoman in sich und seiner verblödeten Idee von Liebe kreist. Diese Verblödetheit, diese Monomanie IST Liebe heute, aber die Kunst, die das zeigt, würde sich selbst erst richtig erreichen, wenn sie auch noch das Defizitäre an diesem überall gelebten Alltagsentwurf mit aufscheinen lassen würde, im VERSTEHEN also im Nachhinein dieser Liebe. Daran fehlt es in der verbotenen Fassung von Esra, vor allem gegen Schluss zu, wo das

Buch geistig immer laberiger wird, anstatt präziser. Esra wird natürlich irgendwann erscheinen, Esra könnte auch sofort erscheinen. Maxim Biller müsste sich nur paar Tage hinsetzen und endlich die Endfassung schreiben: Esra, heute nachmittag, gez. Klage.

Vorschriften zum Schutz der Ehre
Dienstag, 16. Oktober 2007, Berlin

Das jetzt vom Bundesverfassungsgericht durch die Esra-Entscheidung der Literatur auferlegte GEMEINHEITSGEBOT heißt in Konsequenz: der BÖSE weiß sich beobachtet. Es kann über sein böses Tun und Sein berichtet werden, zwar nicht aus seinem Umfeld, über das zu herrschen er die Macht hat, aber von der Literatur. Die Literatur muss dies dabei in einer rechtlich unangreifbaren Weise tun. Sie muss den Bösen also durch Fiktionalisierung von der literarischen Figur BÖSOR genau so weit entfernen, wie das Urteil es völlig vernünftigerweise vorsieht: dass nämlich der BÖSE nicht nachweisen kann, dass er, erkennbar für den eigenen Bekanntenkreis, in der Figur BÖSOR dargestellt ist.

Gleichzeitig ergeht durch das Urteil für die Literatur eine GÜTEVERPFLICHTUNG dem Schwachen gegenüber. Der Schwache, in die Position der Schwäche gestellt, ist automatisch der, der den Text NICHT schreibt, nicht kontrolliert, in ihm aber vorkommt in genau der Weise, in der der Autor ihn, darin über ihn herrschend, vorkommen lässt, jede Person aus der Wirklichkeit also, die hinübertransformiert wird als Figur in den literarischen Text. Gerade in der Eigenwelt der literarischen Kunst gilt deshalb die einfachste menschliche Regel, dem Schwachen nicht weh zu tun, in seine Position sich auch hineinzuversetzen, um ihn zu verstehen, als innere Orientierung beim Schreiben. Im Voraus muss der Autor zu erspüren versuchen, was die Menschen in seinem Umfeld, die natürlich auch Objekte seiner Beobachtung sind, als mögliche Figuren seiner Literatur als verletzend oder unangenehm empfinden würden, welche Aspekte des gemeinsamen Erlebens für ein egal wie maskiertes Auftreten in der Literatur also TABU sind. Diese Gespürvorgänge und das Gefühl, auf sie verpflichtet zu sein, ergeben die allersimpelste und basalste Grundproblematik beim Schreiben DAUERND: was darf ich sagen, was nicht.

Es dämmerte schon, als ich abends um kurz nach sechs mit dem Rad zur Humboldt-Universität fuhr. Im Auditorium Maximum sprach der amerikanische Schriftsteller E.L. Doctorow über genau diese heutigen Fragen hier. Über Fakten und Fiktionen, Geschichten und Geschichte, Erfindungen und Wirklichkeit, Notes on the History of Fiction. Da stand er dann, recht alt, aber agil, und redete, und ich schrieb wieder einmal alles mit.

Die Sprache der Tiere kann man lernen
Freitag, 19. Oktober 2007, Berlin

12.30, daheim. Kalt und herrlich draußen: sonnig und herbstlich. Das Machtrauschproblem: Richter, Schriftsteller, Chefärzte, Ärzte und Chefs überhaupt, Mörder.

– Armin, hast du eine Leiche im Keller liegen?
– nee, in der Gefriertruhe

Es gibt die Notwendigkeit, bestimmte Namen nicht mehr zu verwenden, nirgendwo, weder beim Sprechen, noch beim Schreiben, schreibt Eichendorff in seinem Zellenzirkular. Dann folgt die Bilderfolge:

Baader in Stammheim
Baader im Meer
vor Baaders Auto
Baader in Stammheim

mehr Baader in Stammheim
mehr Stammheim als er

Ende in Stammheim
da Baader nicht mehr
mehr Baader, das Meer

DER SAND AN BAADERS SCHUHEN

legendär auch der Kuss am Strand
mit Burt Lancaster in: Verdammt in alle Ewigkeit

Er will FAME, der interessiert mich nicht. Jeder weiß mehr,
als er wissen dürfte. Schwarzer Montag, Steffen Popp, glücks-
sendend und schönheitstriefend, abgefahren. Kunst ist nie ein
Argument für gar nichts, höchstens für Schwäche der Sache,
die dann manchmal auch schön. Die Wahrheit aber muss in
Wirklichkeit vielen Herren dienen wollen.

Der Abschied
Samstag, 20. Oktober 2007, Berlin

gut dann ich du
was du denn ich?
auch echt du auch?
du auch ja ach

Rohwedder erschossen, Grams erschossen. Rechte Scheiße,
RAF streitet. Mit den verrückten alten Tüten. Ackerstraße,
Kirche, Universität.

and it seems to me
like the END of the WORLD
and I scream –

gut dann ich du
was du denn ich?
auch echt du auch?
du auch ja ach

Zivilprozessordnung

Montag, 22. Oktober 2007, Berlin

Die Invalidenstraße war verstopft, die Luft war eisig, am Rad
ging es schnell dahin, Montagmorgen, kurz vor acht. Auf
dem Gehweg waren wieder die Schulkinder zu sehen, mit
ihren Eltern oder in kleinen Grüppchen, denn die Herbstfe-
rien in Berlin waren vorbei. Die Sonne brachte die Blätter in
den Bäumen zum Leuchten in allen Farben, die Gedanken
gingen nach vorn dem Tag entgegen, und im Arbeitszimmer
stand der Schreibtisch lichtüberflutet da.

Eidesstattliche Versicherung, 27. 2. 03
Antrag auf Erlass einer Einstweiligen Verfügung, 28. 2. 03
Einstweilige Verfügung, 3. 3. 3
Widerspruch, 27. 3. 03
Verfügung bestätigt durch Urteil, 23. 4. 03

Berufung, 23. 4. 03
Erwiderung, 18. 6. 03
Klage in der Hauptsache, 18. 6. 03

Mündliche Verhandlung beim 21. Senat des OLG, 9. 7. 03
Einstweilige Verfügung aufgehoben durch Urteil, 23. 7. 03

Mündliche Verhandlung beim Landgericht, 20. 8. 03
Antrag auf Erlass einer Sicherungsverfügung, 20. 8. 03
2. Einstweilige Verfügung, 20. 8. 03
Endurteil der 9. Zivilkammer des
Landgerichts in der Hauptsache, 15. 10. 03

Berufung, 20. 10. 03
Erwiderung, 10. 12. 03
Stellungnahme, 21. 1. 04
5. Unterlassungsverpflichtungserklärung, 9. 2. 04

Mündliche Verhandlung beim 18. Zivilsenat des
Oberlandesgerichts, 10. 2. 04
Vergleichsangebot, 1. 3. 04
Berufung zurückgewiesen durch Urteil, 6. 4. 04

Revision zum Bundesgerichtshof, 17. 12. 04
Mündliche Verhandlung beim VI. Zivilsenat des
Bundesgerichtshofs, 21. 6. 05
Revision zurückgewiesen durch Urteil, 21. 6. 05

Verfassungsbeschwerde, 19. 8. 05
Schmerzensgeldklage, 26. 4. 06
Anfechtungsgesuch, 3. 7. 06
Klageerwiderung, 4. 7. 06

Beschluss des 1. Senats des
Bundesverfassungsgerichts, 13. 6. 07
Veröffentlichung der Entscheidung, 12. 10. 07

Zur Frage der Änderbarkeit der Werke würde ich eine prag-
matische Einstellung vertreten: alles kann geändert werden,
wenn man will, weil man dafür Gründe sieht. Zwar verän-
dern minimale Änderungen von Einzelheiten natürlich auch
das Ganze der Sache mit, aber dann hat man nach dem Ändern eben ein anderes Ganzes als zuvor. Nur einfach weil ein
Werk nun einmal so und so fertig da ist, liegt es aber doch
nicht unbedingt in seiner absolut unabänderlichen Idealfas-
sung vor. Diese Idee hatte ich hier in den vergangenen Tagen
des Deutschen Herbstes an Änderungen meines vor 20 Jahren
geschriebenen RAF-Romans Kontrolliert ausprobiert, dann
gestrichen. Besser wird die Sache auf die Art nicht, eher

schlechter, aber vielleicht weniger falsch. Gezeichnet und be-
glaubigt, K.

Eidesstattliche Versicherung

Dienstag, 23. Oktober 2007, München

I, I do declare –
I was surprised to see you stay
only to be betrayed by the one you gave
all your love and trust to

and tell me HOW – could I let go
since I caught a glimpse of your immense soul

there she goes, a little heartache
there she goes, a little pain
make NO mistake: she SHEDS her skin
like a snake – on the dirty road to fame
DIRTY ROAD TO FAME

Diese eidesstattliche Versicherung, von Pete Doherty gesungen, hatte ich im Ohr, als ich morgens durch ein nieselig ver-
hangenes Erdinger Moos vom Flughafen Franz-Josef Strauß
nach München fuhr. Der Dunst lag über den Feldern, aber
die Felder selber blühten noch, verrückterweise, und zwar
knallgelb und leuchtgrün. Auf dem S-Bahnsteig der Station
Hallbergmoos machte ein stummer Zeitungsverkäufer Werbung für das gewalttätige Gegenmodell zum Ultraromanti-
zismus von Pete Doherty in Sachen kaputter Liebe: EHE-
MANN ERSTICHT EHEFRAU. Die Werbung trägt das
quasi als mögliche Variante vor.
   Vom Marienplatz fuhr die U 6, voll mit Studenten, die sich
laut über Probleme einer juristischen Vorlesung unterhielten,
hoch nach Schwabing. Odeonsplatz, Universität, Gisela-
straße. Das Gespräch ging über staatsrechtliche Fragen, den

Status des Rechts in Diktaturen. Zwei Frauen mit sehr grellen Schreistimmen taten sich besonders hervor, schrieen sich ihr frisches Neuwissen quasi gegenseitig ins Gesicht, als müsste der ganzen U-Bahn mitgeteilt werden, dass sie JURA studieren. Und die jungen Männer saßen nachsichtsvoll gelassen daneben und schauten sich die crazy Vorführung ihrer Kommilitoninnen an. Deshalb war man in den Jahren an der Universität als Kyritz leider Einzelgänger, weil einen das blöde Getue der meisten Mitstudenten so wahnsinnig angekotzt hat. Und lebte doch zugleich sehr im Gefühl der Freude, ein Schwabinger Student dieser herrlichen Ludwig-Maximilians-Universität hier zu sein.

Dann ging ich durch die weite, hochgetreppte Halle der Haltestelle Münchener Freiheit und dachte schwach: na ja, genau. Die seltsam stumpfe Urvertrautheit dieser Szenerien hier in Schwabing, die äußerlich so stillgestellt wirkten irgendwo in den Vergangenheiten, als das alles einmal neu gewesen war, und resonanzlos fast die Antwort: ja, hier habe ich früher gelebt, hier bin ich heute tot. Oben im Freien regnete es jetzt richtig.

Anlage
Mittwoch, 24. Oktober 2007, Berlin

In Kenntnis der strafrechtlichen Folgen einer unrichtigen eidesstattlichen Versicherung erklärte ich zur Vorlage bei Gericht an Eides statt das Folgende:
1. Männer mit Bärten und großen weißen Sonnenbrillen, sogenannte Mittemenschen, kamen mir auf der Straße entgegen, ich war also wieder in Berlin gelandet, schmale Jungs mit Hütchen am Kopf und spitzen Schuhen unten an den schmalen Beinen, das heißt, es war jeweils nur einer dieser Typen, denen ich begegnet bin, der Plural war erfunden, in beiden Fällen, erstunken und erlogen.
2. Ich habe heute einen 19-zeiligen Brief geschrieben.

3. Aus der unteren Wohnung, die von neuen Mietern bezogen wurde, dringt entweder wirklich Giftgas oder Zigarettenrauch zwischen den Brettern des Bodens hindurch in mein Arbeitszimmer hoch, oder es kommt mir nur so vor, und beides wäre gleich irritierend, entweder Welt krank oder Gehirn.

4. Ich lese und schreibe. Akten, Urteile, Bücher, Notizen. Der Hals tut weh, der Tee ist kalt, die Füße heißen Witzgestalt.

Berlin, den 24. 10. 2007
Thomas Putzo

Confessiones

Donnerstag, 25. Oktober 2007, Berlin

Herbst macht weiter, der Mandant macht Druck, und so war es nur normal für Klage, morgens wieder in die Stadt zu fahren. Ein Businessmann zog seinen Rollkoffer hinter sich her auf dem Gehweg beim Friedhof, Ecke Tieck, zehn Kindergartenkinder, in Grüppchen Hand in Hand, von drei Erwachsenen geführt, kamen ihm entgegen, und dahinter, an der Trambahnhaltestelle, war die Ampel in Aktion. Die vier Bauarbeiter in blau verwaschenen Overalls vor der Baustelle Universität redeten miteinander und hörten nicht, wie der Professor hinter ihnen sagte: meine Herrn, die Vorlesung läuft schon, bitte nehmen Sie Platz.

Mosebach über Tradition im Standard.
Herbst über die Arbeitsweise der Fas in seinem
Arbeitsjournal. Bunz über Fantastic Man auf ihrer Seite.
Buschheuer über sich selbst daheim in Leipzig.
Und Klage über den genetischen Code der Marke Klage.

Qualli hatte die Information, wie die Entscheidung im Fall ENIGMA ausgegangen war, wenige Stunden vor der offiziellen Bekanntgabe bekommen, und es war ihm eine Lust, von einem Nebenteufel Schnallis, der ihn mit einem kleinen Kopfstoß wieder einmal dazu gebracht hatte, das Böse in der Welt ein bisschen vermehren zu wollen, dazu veranlasst, seinen Unter anzustiften, die Betroffenen noch heute, sofort, nachts zu informieren, und zwar mit einer kleinen Botschaft über sms, die das genaue GEGENTEIL von dem mitteilte, was er, Qualli, selbst erfahren hatte: freut euch, ihr habt gewonnen. Wie der Giftpfeil dieser verbotenen, falschen Information die Betroffenen zuerst in Begeisterung versetzen würde, wie sie der Versuchung nicht würden widerstehen können, die geheime Information, natürlich unter dem Siegel der Verschwiegenheit, weiterzugeben, wie deren vergiftete Falschheit dann in der kurzen Inkubationszeit der nächtlichen Stunden in den gesamten, von Enigma betroffenen Sozialkorpus hinein- und hinausexplodieren würde, wollte Qualli, der den Ausgangspunkt dieser Intrige als ihr Urheber selbst als einziger definitiv kannte, mit einem infantil von seiner Macht berauschten Grimm beobachten, um zuletzt in den frühen Morgenstunden, allein über einen stumpf gehackten Spiegel mit Kokain gebeugt, die Welt ist schlecht zu denken und vergeblich zu versuchen, wenigstens noch ein eisiges Lachen zu lachen. Da kam aber nichts mehr. Qualli legte sich aufs Bett, sein Herz raste, helles dünnes Blut jagte durch sein Hirn, der Schlaf war fern. Die Hölle der Lebenden ist das klare Wissen ihres absoluten inneren Kaputtseins.

Die LÜGE-Rufe wurden zu laut. Aber auch der Traum vom Text als Ort der Wahrheit war ja falsch. Der Vorsitzende Richter durfte den Saal also räumen lassen. Die unter Folter erpressten Geständnisse waren als Beweismittel nicht zugelassen, der Klage auf Unterlassung wird nicht stattgegeben. Der Doppelcharakter der Kunst als autonom und als sozialer Fakt teilte sich auch der Zone ihrer Autonomie dauernd mit, erklärte Adorno, an Aufklärung partizipiere die Kunst, weil sie nicht lüge, aber auch hier irrte Adorno und mit ihm ich.

Freiheit, Schönheit und die Grenzen des Hasses

Samstag, 27. Oktober 2007, Berlin

Gerne greife ich eine Anregung von Joachim Lottmann auf, der sich in seinem Blog über den neuerdings wieder leicht vergifteten und schlechtgelaunten Unterton in den Blättern meiner KLAGE hier völlig zurecht unzufrieden gezeigt hatte, und erkläre zu den Gründen nocheinmal wie folgt:

Obwohl ich es nicht will und nicht kann, wurde ich von der Direktion der mir vorgesetzten Behörde darauf verpflichtet, ein größeres Grundsatzreferat über die sogenannte LIEBE vorzubereiten, auszuarbeiten und so weit auch schon fertig zu machen, dass der Mandantschaft das Ergebnis Ende der kommenden Woche präsentiert werden kann. Mehrere, in dem Aktenordner NICHT ABGESCHICKTE BRIEFE VOL. VII abgelegte und befindliche Briefe an die Direktion geben davon Zeugnis, dass und inwiefern ich mit der mir hier gestellten Aufgabe wieder einmal komplett und im übrigen auch rechtswidrig überfordert bin. Wie eitrige Pilze nämlich wucherten mir, so etwa ein Brief von vorgestern, die mir direktionsseits gestellten und mich, wie gesagt, weit überfordernden Aufgaben durch mein GEHIRN und zerfräsen dort meinen GEIST.

Konkret bedeute dies dies: gutgelaunt stünde ich morgens auf, würde mich bestens gelaunt an die mir gestellte Arbeit setzen, an ihr bis zur sogenannten Erschöpfung arbeiten mit Freude, um dann aber spät abends oder gar nachts erst meinen eigentlichen geistigen Hauptgeschäften, den Darlegungen meiner nach wie vor gegen die gesamte Welt gerichteten und immer noch anhängigen KLAGE hier, mich zuwenden zu können. Sei ich aber erschöpft, sei mein Geist schwach und von Schwäche vergiftet, sei ich nicht zu einer den Anforderungen einer vernünftigen KLAGE genügenden geistigen Leistung in der Lage. So leide KLAGE, die Stimmung, die Laune, die geistige Freiheit und Beweglichkeit, so wirke die hier auftretende Welt dümmer und enger, als sie sei, und KLAGE ängstlicher, böser und dümmer, als erlaubt.

In diesem Sinn erhebe ich hier KLAGE auf Feststellung einer Lage, die – Goethe betrat von hinten den Raum. Machen Sie mir die Akte Shakespeare diktierbereit, sagte er zu Lampe, den er von Kant ausgeliehen hatte, da John an einer Halserkältung erkrankt war und deshalb krank zu Bette lag und nicht einsatzfähig war. Lampe erklärte, es läge bereits alles bereit. Goethe freute sich, nahm die Papiere zur Hand und fing sofort zu diktieren an.

Grundlegung zur Metaphysik der Sitten
Montag, 29. Oktober 2007, Berlin

Lampe zögerte. Das Tempo war ja unmenschlich. Er schaute auf zu Goethe und sah dort oben eine von Grimm versteinerte Maske der Ungeduld an der Stelle, wo er ein lebendiges Gesicht erwartet hatte. Ob das in diesem Tempo geistig eher nur so hingeschludert wirkende Diktat, wenn es auch wohl sehr lebendig war, einer tieferen, höheren – Lampe!, sagte Goethe, was träumt er denn da schon wieder vor sich hin, wir waren bei:

Hochverehrter, lieber Herr Professor Habermas!, so schreibt Marius Meller, der Journalist, der, wie er selbst verkündet, der Ausbildung nach DURCHAUS Philosoph ist, in einem offenen Brief in der Zeitung Tagesspiegel, hochverehrter, lieber Herr Professor Habermas. Danach kann ja eigentlich nur eine saftige Gemeinheit kommen, die kommt dann natürlich auch. Und wird am Ende der Kolumne abgezeichnet mit: In tiefer geistiger Zuneigung, Ihr Marius Meller. In tiefer geistiger Zuneigung, Punkt. Haben Sie das, hochverehrter, lieber Herr Lampe? Pfui: Teufel. Gut. Dann kommen folgende Begriffe:

Momente des debil Stumpfen, des aggressiv Stumpfen, des hohl Stumpfen, das vermischt sich ja alles in der blöden, rücksichtslosen Handlung, des gemein Stumpfen, des extra und absichtlich oder auch nur besonders nachlässig Stumpfen, wie soll eine analytische Bemühung, die sich um Darlegung und Erkenntnis der Verletzungsfolgen durch derartige Handlungen bemüht im Interesse der Verständlichmachung, inwiefern und warum so lieber nicht gehandelt werden sollte, diesem komplizierten, extrem vermischten Stumpfheitsmischmasch vernünftig gegenübertreten?, sehr geehrter Herr Professor Kant.

Dass der heutige Tag aber ausgerechnet in dem strengen Wort STRAFBEFEHL kulminieren soll, möchte ich nach Anhörung des Beschuldigten und aus der Umgebung der Begriffe –

Unbrauchbarmachung
Verfall
Vernichtung
Strafzumessung –

heraus, ohne Hauptverhandlung, nicht ohne weiteres im nur rein schriftlichen Verfahren festzustellen mich gezwungen sehen und weiche deshalb auf die Mischna aus, wo ich lese: SAUFEN IST WEINEN. Gehen Sie nun, mein lieber Lampe, und machen Sie sich in diesem Sinne einen schönen Abend.

100 Zeilen Maxim Biller

Mittwoch, 31. Oktober 2007, Berlin

Bevor Maxim Biller der gefürchtete Stress-Biller wurde, war er einer der charmantesten jungen Männer Münchens. Aber vielleicht ist das auch nur mir so vorgekommen. Man stand jedenfalls gern irgendwo im Nachtleben in seiner Nähe, weil er einen damals recht unüblichen Stil aufmerksamen Umgangs miteinander pflegte.

– Darf ich dir meine Freundin vorstellen?
– Wie bitte?
– Ach, ihr kennt euch?

Ja, pflegte. Und gepflegt achtete der junge Maxim Biller dabei genau darauf, dass diese Aufmerksamkeit für die Formen des Umgangs auch nachlässig und lässig genug rüberkam, dass man als diesbezüglicher Stoffel nicht sofort übertrieben eingeschüchtert wurde von seinem Könnertum. Es war ein Stil freundlich zugewendeter, dabei gefasster Offenheit, ein bisschen altmodisch, selbstironisch und melancholisch, weil so viel Wissen über das fundamentale Gefährdetsein und Scheitern der Dinge des Sozialen in jeder seiner Gesten lag.

Gleichzeitig erschienen seine übertrieben meinungsstarken Hass-Kolumnen in der Hamburger Monats-Zeitschrift Tempo, und es war dem jungen Maxim Biller die Freude darüber anzumerken, die Menschen im unmittelbaren Umgang damit zu erstaunen, was für ein angenehmer Zeitgenosse er in Wirklichkeit doch war, jenseits seiner Texte. Ein Modell komplementärer Komplettierung, das mir als besonders einleuchtend auffiel, weil ich selbst aus der genau gegenteiligen Intuition heraus lebte, dass nämlich die eigenen Texte und man selbst in echt absolut ein und dasselbe seien. Ich fand mein Modell schön, aber auch defizitär, besonders, wenn ich mit Maxim Biller unterwegs war. Leichtigkeit und Ernst, Höflichkeit, Heiterkeit und Ferne: das war der reale Maxim Biller der 80er Jahre in München.

Als später sein erstes Buch erschien, Wenn ich einmal reich und tot bin, ein Band mit Erzählungen aus dem Deutschland der Gegenwart von 1990, wurde die Herkunft von Maxim Billers Auftreten sichtbar: seine Familie natürlich; aber auch die Vielbewegtheit seines Lebens an so vielen verschiedenen Orten. Jenseits der jüdischen Thematik, oder vielleicht eher auf völlig unforcierte Art ineins mit ihr, bewegten sich Maxim Billers Figuren auf eine Weise zwischen den Städten Hamburg, München, Frankfurt, Tel Aviv, Warschau, Moskau, New York und wieder München hin und her, aber vor allem auch IN diesen Städten, wie es kein anderer Autor dieser Jahre so erzählen konnte. Maxim Biller war der Kosmopolit des jungen literarischen Deutschlands damals, und es war eine Freude, ihn in dieser Rolle zu sehen.

Im Lauf der 90er Jahre wurde Maxim Biller langsam zu dem heutigen Stresstyp. Aber das ist eine andere Geschichte. Und sie handelt außerdem auch von uns allen, den damals jüngeren Schreibern, und der ziemlichen traurigen Banalität, dass wir alle früher offener waren, freundlicher, weniger festgelegt und auf letztlich richtige Art weniger sicher als heute. Man kannte sich noch nicht so gut. Man freute sich eher noch am anderen des anderen und aneinander. Und so war Freundschaft möglich damals.

November 2007

Lieder vom Ende des Kapitalismus
Donnerstag, 1. November 2007, Berlin

Geld war aus, ich fuhr, unterwegs zu Peter Licht im Deutschen Theater, zur Zapfstelle Commerzbank, gegenüber vom Friedrichstadtpalast. Die Türe zum Bankinnenraum ging nicht auf. Hinter mir kreischten aus der Ferne die Stimmen junger Frauen, kamen näher, wurden lauter und greller, und da war auch schon die riesenlange weiße Limousine, in der die Schreienden langsam heranrollten und aus deren hinterem Fenster eine von ihnen mit beiden Armen herausgestikulierte, kreischte und SCHRIE:

Berlin!,
wir lieben dich!,
ah!, es ist so geil!,
ich habe ah bih gemacht! Abi!

Die Hysterie wirkte komplett künstlich und gemietet. Und die Leute auf der gut bevölkerten Friedrichstraße, es war kurz nach halb neun Uhr abends, reagierten auch überhaupt nicht, kaum dass jemand auch nur den Kopf umdrehte, da war der künstliche Spuk auch schon vorbeigerollt.

Erst am Tag zuvor hatte ich im taz-Blog von Detlef Kuhlbrodts Tagesbriefen, die heute ihren titelgebenden November 07 erreicht haben und jetzt seit einem Jahr senden, von dieser Limousine hier ein Bild gesehen, auf dem die Limousine selbst lustigerweise zwar von einem vorbeifahrenden Taxi verdeckt war, aber durch Detlefs Text dazu hatte man genau die Szene vor Augen gehabt, die sich jetzt hier in echt abgespielt hatte. Grauenhaft!, mit Ausrufezeichen, hatte Detlef die Limousinenfrauen gefunden, da hatte ich mich beim Lesen schon so darüber gefreut, über diese Negativitätsattacke, jetzt noch mehr beim Selbersehen: ja, stimmt, grauenhaft. Und, weil so wahr vorhergesagt, wirkte das Grauenhafte lustig.

Das meine ich auch mit Internet. Diese Art von zufälliger und abseitiger Verknüpftheit in die Gegenwart anderer einzelner Individuen, die absolut antiautoritäre Heterotopie der geistigen Struktur, der das eigene Denken, Erleben und Sprechen so auch zugehört. Wie an anderen marginalen Orten der Wahrheit, vor allem natürlich in der Kunst, wird im Internet zillionenfach eine punktuelle Erleuchtung probeweise und in eher kleinem Kreis vorgezeigt: ist mir so erschienen. Könnte man erwägen. Wäre meine Zuspitzung im Augenblick.

Andere wollen Autorität, klar, Schirrmacher zum Beispiel. Schirrmacher behauptet in seiner im Internet vielbelachten Rede über das Internet auch, dass alle anderen das wollen würden, was die großen Zeitungen hätten: Autorität. Aber das stimmt nicht. Viele wollen was anderes. Auch weil Autorität heute, unter den heutigen Bedingungen des Informationszugangs, noch lächerlicher erscheint als früher. Viele wollen lieber QUALITÄT. Dafür steht zum Beispiel der Siegeszug von Spiegel Online. So hat Spiegel Online, ohne je dröhnend autoritär aufzustampfen, einfach nur durch sehr langes Bemühen um internetkompatiblen Journalismus, durch Qualität und Stetigkeit im Eiligen, die einsame Position wiedergewonnen, die der gedruckte Spiegel ganz früher einmal, in der frühen Bundesrepublik hatte: eher gegen Macht und Autorität gerichtet, das Organ der Wahrheit, der Frechheit, der guten Laune.

Vom Konzert beschwingt, nach ein paar Kölsch, getrunken in der sogenannten Stäv, traf ich vor dem Ganymed zufällig auf den länger nicht gesehenen B. Und wir freuten und begrüßten uns und umarmten uns dabei auch kurz.

Der Depp
Freitag, 2. November 2007, Berlin

schlechte Woche geht zuende
schlecht: der Dienstag
Mittwoch: Agonie
wegzertreten: gestern
heute wieder: schlecht

und der Depp, der Sinn
so weg: verloren
Drucker: tot
die Blicke: schweigen
geh doch weg, du Depp

Morgens leicht, später laut
Donnerstag, 8. November 2007, Berlin

In der U-Bahn hatte ich sofort mit der Lektüre des Nach-
worts von Detlef Kuhlbrodts suhrkamp-Buch angefangen,
Morgens leicht, später laut. In Freude versunken schaute ich
auf, Haltestelle irgendwas, dachte irgendwas und wollte weiterlesen, als ich merkte, dass ich jetzt eben von links gegenüber in diesem auf angenehmste weggetretenen Gedanken-
vorgang beobachtet worden war, und als der Blick meines
Gegenübers mich traf, schämte ich mich und freute mich zugleich. Er war ein großer Mensch und hatte einen beigen Ca-
mouparka an, er hatte einen großen Rucksack bei sich, und
natürlich konnte ich jetzt, durch diese Interaktion meiner
selbst bewusst, nur noch die Seiten in dem Buch anschauen,
nicht mehr richtig weiterlesen. Vielleicht hatte er Detlefs Namen auf dem Buch gesehen, vielleicht hatte ihn einfach die innere Geistesanimiertheit des Lesenden als etwas Vertrautes
angesprochen, es war kurz nach zwölf Uhr abends, und als
er Haltestelle Friedrichstraße ausstieg, tauschten wir einen,

die Gegenseitigkeitswahrnehmung offen, fröhlich, amüsiert beschließenden Abschiedsgruß.

Wir sind Verlorene. Aber von Schwänen, Igeln und Fremden in der U-Bahn, von Vögeln und der Merkbarkeit einzelner Gedanken doch noch ganz gut auf Erden, zwischen den Bäumen und im Leben miteinander gehalten. Es wäre die Qualität eines Autors, dass er eine bestimmte Empfindungsrealität, zu der er durch eigenes Naturell besonderen Zugang hat, durch sein Schreiben so nachvollziehbar erschließt, dass man lesend diese Lebensweise erkennt, versteht, in ihr dadurch aufgeht und zugleich Distanz ihr gegenüber gewinnen kann. So wird man schwermütig gestimmt und zugleich befreit von sich selbst.

Im Taz-Café hatte es nur kleine Flaschen Flensburger und größere mit Ökobier gegeben. Der Kellner verkündete die letzte Runde und stellte dann auf angenehm leise Art die Stühle zusammen. Spät war ich zu den späten Gästen von Detlefs Lesung dazugestoßen, und nach nur wenigen kurzen Momenten war das Seltsame, hier plötzlich so zusammenzusitzen, zu trinken und zu plaudern, ganz normal geworden, weil befindlich in der angeknacksten, aber von sozusagen detlefmäßiger Gebrochenheitssympathie aufgehaltenen Welt.

Wie ist soziale Ordnung möglich?
Freitag, 9. November 2007, Berlin

Der Wecker läutet, man steht auf, macht Kaffee, hört Radio, spült ab, geht duschen, zieht sich an und radelt in die Stadt. Der Wind bläst stürmisch, die Straßen werden von Autos befahren, die Menschen sehen einander und weichen sich gegenseitig aus, man wird also wahrgenommen, ist sichtbar und hat einen KÖRPER, der von einer Böe am Hochhaus Ecke Dorotheenstraße fast vom Rad geblasen wird. Die Aufzugstüre öffnet sich, die Leute steigen ein, benützen Worte, um sich zu verständigen, fahren nach oben, werfen im Büro ihre Mäntel ab und gehen an die Arbeit. Wie ist soziale Ordnung möglich?

Wie ist soziale Ordnung möglich? Leider habe ich auch das vergessen. Ich versuchte durch Mitvollzug der Gesten und Handlungen vom Vorgang wieder so erfasst und aufgenommen zu werden, dass der Sinn, von dem ich weiß, dass er vorhanden ist, sich mir kurz zeigen würde. Das tat er aber nicht, der SINN blieb weg, ich konnte ihn nicht sehen. Der Computer funktionierte, ich machte Notizen, die mir eine Evidenz eventuell entgegentragen könnten. Die Erkenntnis, den Text, den Grundübermut, den es braucht, dass man versteht, wie und wozu und warum das alles hier immer so vorgeht, wie es das tut. Beim Meister des Lernens las ich nach, bei Luhmann, überflutet von Gefühlen von Aversion, Renitenz und einer fundamentalen, gerade das Eigene betreffenden Antiaffirmativität, von Wut. Die Theorie sieht für die Erfassung dieser Möglichkeit privative Negierungen vor.

Dass es auch falsch sein kann, zu lernen, wollte ich heute begründen. Von wem man was lernen will, sollte einer wertenden Analyse ausgesetzt sein. Lernen heißt annehmen, dass man selbst irrt, die Welt aber recht hat. Aber die Welt hat nicht immer recht, und vom Schwachsinn der Welt zu lernen, kann auch selber mitverblöden heißen. Diesen Fall gibt es auch. Wenn die Methode der Beweglichkeit und Außenorientierung sich selbst als IDEE zu klar erfasst und idealisiert – der Regen peitschte gegen die Fensterscheiben, der Himmel hatte sich verdüstert. Als ich vom Text hier aufschaute, war es, mitten am Nachmittag, plötzlich schon dunkel geworden.

Thomas Glavinic
Donnerstag, 15. November 2007, Berlin

Montag: Barke, Hölle der Unansprechbarkeit
Dienstag: Roland Ionas Bialke, Hölle des Internet
Mittwoch: QQ, Hölle der Reife

Donnerstag: die Krankheit, in Höllen zu sein, hielt an. Aber dann war ich plötzlich in die Hölle von Thomas Glavinic gekommen, durch seinen letzten Roman Das bin doch nicht ich, dem in Wirklichkeit das NICHT zwar fehlte, was mich bisher vom Durchlesen abgehalten hatte, da ohne nicht der Satz für mich nicht stimmte, aber heute war ich hier genau richtig. Die Hölle sei leer, heißt es im Motto, denn die Teufel wären alle hier. Sie sind die Höllenqual des Alltags. Es geht dabei im Kern um die Sonderkonstitution, ein SEHR nervöser Mensch zu sein, sich darauf aber nicht zu kaprizieren, sondern trotzdem zu versuchen, dagegen an ein möglichst normales Leben zu führen.

Er schreibt also von sich selbst, hat eben einen Roman beendet, ist dadurch gestresst, sucht einen Verlag, wohnt mit Frau und kleinem Kind in Wien, trifft andere Schreiber und Künstler, trinkt manchmal zu viel Alkohol, die Schwiegermutter kommt zu Besuch, die Mutter, und Daniel Kehlmann meldet per sms, dass er abends auf 3sat im Fernsehen kommt. Danke für die super Impfo. Er geht mit der Familie Skifahren, geht allein zum Friseur, geht mittags immer wieder zum Essen freiwillig in ein indisches Restaurant am Naschmarkt, obwohl er zwischendurch auch gerne einmal in ein anderes Restaurant gehen würde, und abends geht er vielleicht öfter, als er wirklich völlig freien Willens wollen würde, in seine Stammgastlokale in der Nähe der Wohnung. Das Frühjahr kommt. Besonders schön ist der Abend, wo er zum Arbeiten ausnahmsweise zehn Minuten weiter als sonst in das hier Kiosk genannte Lokal geht, wo er über Musik nachdenkt, bis der obligatorische Trottel auftritt, mit den hier sogenannten hungrigen Augen des Schwätzers, und ihn von dort vertreibt. Die Verrückten fühlen sich von ihm angezogen, dabei will er das gar nicht, denn er ist ja nicht verrückt, sondern eigentlich kämpft er dauernd darum, praktisch normal zu sein, nur dass er eben sehr empfänglich ist für sehr vieles, was ihn stört.

An den Rändern sind die Kapitel barsch und schmerzlich kunstvoll abgehackt, fast alles hätte man gerne noch länger und ausführlicher erzählt bekommen, wie es weiterging etc: NEIN. Es fängt dann irgendwo anders wieder etwas Neues an, der nächste Brocken Realität aus seinem Alltag wird an einen hingewuchtet, der reißt dann wieder irgendwo zu früh ab. Die Methode ist sehr effektiv, man liest dauernd gerne weiter, und an den Abrisskanten wird die sonst im Text eher versteckte Gemachtheit dieser Art Realerzählweise sichtbar, zugleich der extreme Realitätsdruck, gegen den sie sich behauptet, eine angenehm unangeberhafte, antiprätentiöse, diskrete Literatur.

Thomas Glavinic: Das bin doch ich! Durchfährt es ihn, wie er auf Seite 41 im Perlentaucher liest, dass jemand in der Süddeutschen Zeitung geschrieben hat, Daniel Kehlmann sei der beste Autor seiner Generation. In der Faz hat Thomas Glavinic jetzt von Christian Kracht die Kolumne in der Samstagsbeilage übernommen. Kolumne: Überhölle der Form, man braucht dazu Glück und gute Laune, das wünscht Klage dem Thomas, du musst den Namen öfters LAUT aussprechen, Glavinic aus Wien.

Stefan Aust

Samstag, 17. November 2007, Berlin

Früher konnte man Oliver Gehrs jede Woche dabei zusehen, wie er öffentlich den Spiegel durchgeblättert und dabei rezensiert hat. Die Sendung, die jetzt wiederaufgenommen wurde, war sehr unterhaltsam, kam auf Watch Berlin, dauerte die mittlere Videobloglänge von drei bis vier Minuten, und hat natürlich hauptsächlich von Oliver Gehrs selbst gehandelt. Er ist schon ein ganz lässiger Typ, Dreitagebartgesicht, Fünftagebart, je nachdem, er gestikuliert irgendwie nett und führt sich dabei trotzdem auf eine unfassbar schamlose Weise als eitler Fatzke vor. Das hat das Videobloggenre nämlich so an sich, totale Selbstentblößung der Gesamtperson. Ach so!, das ist also dieser Oliver Gehrs, den man als Autor irgendwie interessant gefunden hatte, jetzt sieht man ihn hier dreißig Sekunden und weiß sofort zumindest so viel über ihn, dass man ihn nie mehr richtig ernst nehmen kann. Als Kritiker, als Brain, als Argument, er ist halt so ein Mitteboy, einer mehr, quite sweet, im Kern aber genau so wie seine eigene Zeitschrift Dummy: schaut ganz gut aus, Punkt.

Jetzt hat er auf einer ganzen Seite in der Samstags-Taz das szeneübliche Gelabere zu Stefan Aust und seinem Spiegel nocheinmal aktuell zusammengefasst: Neoliberalismus, Niedergang, politisch keine klare linke Linie, Machtmissbrauch, Führungsstil. Kann man alles kritisieren, das Verrückte ist nur: der Spiegel ist trotzdem toll zu lesen, kommt besser daher als die ganze Konkurrenz, vielleicht ist er wirklich sogar das beste Periodikum Deutschlands, alle Tageszeitungen eingeschlossen. Letzte Woche, krank im Bett, hatte ich zufällig die aktuelle Ausgabe ganz durchgelesen, alle Artikel, und als ich fertig war, habe ich mit den noch nicht gelesenen Geschichten aus der Vorwoche angefangen. Warum? Weil es einen solchen Spaß macht, Spiegel zu lesen. Jede Woche kaufe ich mir die Zeit, ich schaffe es kaum, das Feuilleton ganz durchzublättern, weil eine solche unfassbare Ödnis von dieser Zeitung ausgeht. Die von dem von allen so über alle Maßen gelobten Giovanni di Lorenzo gemacht wird.

Warum wurde Aust gestürzt? Die Mitarbeiter-KG der Spiegel-Angestellten, der traurigste Verein im Journalismus, hat ihn weggemobbt, der kleine höhere Angestellte, ordnungsgemäß zum Mob zusammengerottet, als oberster Chef, der institutionalisierte Spießer als Unternehmer: was für ein Irrsinn, der dem Rudolf Augstein da versehentlich vor 33 Jahren unterlaufen ist bei der gesellschaftsrechtlichen Aufstellung seiner Firma. Und das melden die Mitarbeiter, der Herr Mahler fordert: Modernisierungsschub, junge Leute, frische, neue Kraft. Kann man es blöder, platter, hohler, dümmer sagen? Nein. Beziehungsweise: vielleicht kriegt die arme Franziska Augstein ja eine noch dööfere Forderung hin, ihr wäre das zuzutrauen, die schafft das.

Aust selber war gestern angeblich noch in Bali oder auf der Molukkeninsel Ambon im Urlaub. Michael Hanfeld hat mit ihm telefoniert und davon in der Faz berichtet. Aust sei guter Dinge, ab Montag wolle er wieder in der Redaktion sein und BLATT MACHEN. Ja klar, er schaut sich die wirkliche Lage erst mal an. Vielleicht ist Aust im direkten Umgang die Hölle, aber alles, was man öffentlich von ihm mitkriegt, ist strange und sympathisch, nicht zuletzt die Artikel, die er lieber nicht schreibt. Hat irgendein anderer lebender Chefredakteur ein so maßgebliches Buch geschrieben wie Aust über die RAF? Auch sein Festhalten an diesem Thema, sympathisch. Dann seine Pferde, sein Fernsehversuch bei Talk im Turm damals, das energisch gnomhafte Bonapartetum, das das Porträt zu seinem 60. Geburtstag letztes Jahr vorgeführt hat, und wie er da sagte, nach der Macht des Spiegel befragt: wir stehen schon an einer ziemlich großen Kanone, und dabei selbstskeptisch heiter dreinschaute. Er steht gern an dieser Kanone. Und er spielt nicht nur damit, er meint es ernst und kann das auch sehr gut, was er da macht.

Walter Benjamin
Sonntag, 18. November 2007, Berlin

Die Herbstblumen waren verdorrt und standen als dunkelblasse Astern tot im Spreewaldgurkenglas am Küchentisch, komplett novemberlich. Fundamentale Antiaffirmativität: bleibt. Es wurde auch nicht mehr hell draußen in Berlin am Volkstrauertag, bleib doch zuhause, schwerer Kopf des Wirr, geh hinaus ins Internet. Das lebende Gehirn des Internet könnte für mich gerne ein bisschen toter sein, wo war denn die Impfo über die Spiegel-Mitarbeiter-KG, die ich vorgestern irgendwo aufgelesen und gestern und heute nicht mehr gefunden habe? Wo war der Industrieruinenlink, den ich auf der Seite des Rebellmarktbloggers Rainer Meyer gefunden und eben versehentlich aus meiner Linkleiste in den Orkus irgendeines computerinternen Nichts verschoben habe? Wo? Tatsächlich muss man ein bisschen aufpassen, wohin man sich, stolpernd von Information zu Seitengedanke, führen und verführen lässt, plötzlich hat einen Alban Nikolai Herbst, dessen Arbeitsjournal sich täglich auf faszinierend manische Weise erneuert, in die Unterwelten seiner sonstigen crazy Nebeninteressen mitverschleppt, Irrweg.

Bei Erfolg: Melancholie. Ich war zu spät zum neuen Museum der Galerie Contemporary Fine Arts gekommen, um mir die Köpfe des Walter Pichler nocheinmal anzuschauen, sie schließen am Samstag schon um vier. Dem von außen so beeindruckenden Neubau fehlt im Inneren eine vernünftige Lösung der Treppenfrage, zum Wechsel zwischen den übergrandios aufgeführten Räumen der einzelnen Etagen wird man in einen zu engen Treppenschacht verschoben, das ist schlecht. Und wo bleibt die Melancholie? Die man ebenfalls vernünftigerweise erwarten würde, wenn erfreulich überschießender Erfolg sich einstellt. Nicht von irgendwelchen Wirtschaftstrotteln oder Bossen, aber vom kunstberührten Menschen würde man sich so viel Gefühl für Balancen erwarten, dass angesichts übergroßer Zustimmung eine skeptische Selbstbefragung entsteht: wie kommt das? Was heißt das? Und was kann ich eigentlich wirklich? Ein bisschen mehr Gebrochenheit würde entstehen, ein bisschen weniger Gesundheit, Optimismus, weniger Selbstbegeisterungslärm, mehr Melancholie. Der Propagandadruck ins Positive, der zur Zeit überall so brutal unbesiegbar auftritt, ist für die Wahrheitskräfte der Kunst ein Desaster.

Dies denkend war ich weitergeradelt, das Glas der Pei-Rotunde am Historischen Museum um die Ecke glänzte nicht mehr, es ist schon stumpf geworden, drei Jahre nur nach der Eröffnung. Die Stumpfheit des Neuesten, Freude erregt man mit solchen Beobachtungen nicht unbedingt, das Genörgel stört, Kritik macht asozial. Eifersüchtig wachen die Erwachsenen über das Nichtabgenutzte ihrer grundlegenden Weltzustimmung, sie erleichtert sehr die Bewegungen in der Echtwelt der geselligen Gesellschaft, wo jede Begegnung in jedem Kontaktakt ersteinmal deutlich JA signalisieren muss. Benjamin aber ging nachts in die Berge.

Die Arbeit des Todes
Montag, 19. November 2007, Berlin

Wo ging die Wahrheit hin, um sich zu verstecken, als sie nicht mehr ausgesprochen werden konnte?

Ich war also im Londoner Club Annex 3 an der Seite gestanden, hatte ein Bier getrunken und nachgedacht über die Superreichen, die sich beim abendlichen Art Preview kurz zuvor in den Räumen des Auktionshauses Sotheby's getroffen, beobachtet und gegenseitig taxiert hatten. Denn auch beim sehr Reichen ist es immer noch die Frage, ob er das Geld, das er selbstverständlich hat, auch auszugeben bereit sein wird. Dadurch war eine Stimmung wie unter sehr gutaussehenden jungen Leuten entstanden, wo das massenhaft vorhandene erotische Kapital auch keinen direkten Rückschluss darauf zulässt, ob es im Tauschakt der sexuellen Tat jetzt gleich auch eingesetzt werden wird. Oder wie unter Menschen des Geistes, wo man während des Plauderns vorallem am Nichtgesagten merkt, am Fehlen der üblichen Phrasen, dass auch jederzeit aus dem Geplauder in eine richtig vernünftige geistige Ausschweifung übergegangen werden könnte. Mühelosigkeit ist das gemeinsame Signum derer, die haben, egal was: Geld, Sex, Geist, Kunst. Die nicht haben, bemühen sich, und das schaut natürlich nicht schön aus, absichtliches Nichtbemühen aber, ohne Haben, auch eher unschön wiederum.

Auch die absolute Schlaffheit dieses Londoner Clubs hier begeisterte mich in diesem Sinn. Ausgehen in London ist etwa so aufregend wie in Goslar oder Wetzlar, ohne dass ich je dort gewesen wäre, aber durch Goslar fließt ja immerhin die alte Gose, hier war seinerzeit mal Kaiserpfalz, Wetzlar war der einstige Sitz des Reichskammergerichts, sozusagen der wichtigste Ort der Welt auf seine Art, unter diesem Aspekt gesehen, paar hundert Jahre nach Goslar, Görlitz, Marburg, Wuppertal, wir waren ins Reden gekommen über die deutsche Provinz beim Trinken in der Deutschlandbar, B hatte Geburtstag, der Geist war aus den jeweiligen Icheingrenzungen freigeworden und übergetreten ins Reich des Zwischenmenschlichen des Sprechens miteinander. C hielt den gefalteten Tagesspiegel von morgen, den ich einem fliegenden Händler abgekauft hatte für nur einen Euro, in der Hand als flache Handtaschenphantasie, ein vorstellbares Accessoire, das stimmt, und D hatte inzwischen für mich mitbezahlt, denn ich hatte beim eiligen Aufbruch von daheim vorher versehentlich meine Geldscheine vergessen gehabt, vergaß jetzt zu sagen: dankeschön.

Zuhause saß Anne Will in der Küche, Diskussion über den Streik bei der Bahn, Frau Will, was machen Sie denn hier? Ich machte mir ein Berliner Butterbrot, las nach über Marburg und ging spät ins Bett.

Operation Rot-Grün
Mittwoch, 21. November 2007, Berlin

Rauschen, Pumpen, Saugen, Schmatzen; Atmen, Rattern, Fauchen. Bei Mike Kelley, Kandors, Galerie Jablonka. In den Laboren des Mad Professor wird Amerikas Zukunft aus Comics erbrütet. Es ist dunkel, die Kunst ist laut, groß, bunt und flackert an den Wänden. Atmen, Rattern, Rumpeln, Wogen.

Das Fußballspiel lief stumm, durch die Länderbezeichnung Wales war England Thema, die Klaxons kreischten, ich las in einem älteren NME Pete Doherty's FIRST CLEAN INTERVIEW mit dem traurig zukunftsweisenden Titel: I'm in mourning for an armful. Dann lief seine Platte Shotters Nation, die doch wohl handelt sehr ergreifend von der Liebe. In der Taz war ich inzwischen bei den Artikeln, die ich untertags online schon einmal gelesen hatte.

Dann Monocle, die Titel-Geschichte über den Faz-Re-launch, viel zu kurz, angeblich hat er stundenlang mit allen Herausgebern gesprochen, wo sind die Fotos? Wo das große Interview mit Johannes Janssen, den man da an einem ovalen Tisch mit Layoutausdrucken sitzen sieht. Der ganze Irrweg Leserbefragung wird gar nicht diskutiert. Quote ist für Exzellenz, Individualität und Kreativitätsresultate überhaupt nicht zuständig. Zielrichtung und Ergebnis einer auf QUALITÄT gerichteten publizistischen Bemühung sind vom Instrument Leserbefragung gar nicht erfassbar. Als würde man eine Makuladegeneration am besten durch direktes Herausdrücken und Herausreißen des ganzen Augapfels behandeln. Da würde man auch sagen: Herr Doktor, sind Sie sicher, dass das sein muss? Ist das nicht ein bisschen arg brutal? Es gibt keinen Ausweg aus der Rätselstellung durch den Markt als immer neu: Experiment und Charakter.

Inzwischen war ich bei Qvest, Joachim Bessings großes Interview mit Mike Kelley, dann die Mike-Kelley-Besprechung in Monopol, wenn ich draußen am Fernseher vorbeiging, stand es immer noch null null. Dann in Front, von Adriano Sack geschrieben, Panzerkreuzer Mogutin. Dann die übrigen Zeitungen, heute wieder einmal alle, und bei der Suche nach einem Kleiderhaken für den schwarzen Mantel die Rückfrage an Mosebach: Schöne Literatur? Oder nicht doch lieber: schöne Kleiderhaken? Ich ging an den Schreibtisch, um den heutigen Eintrag umzubenennen, die Geschichte über die Spiegel-Reportagen kommt später, heute kommen Uwe Johnsons JAHRESTAGE.

Schriften zur Kulturkritik

Donnerstag, 22. November 2007, Berlin

tot, Mensch, Tier: Skulptur
Skulptur auf Mitte, auf Podest, Podest mit:
Kind, Mensch, Hirn, klein, Vogel

Vor den Skulpturen von Walter Pichler in der Galerie Contemporary Fine Arts herrschte eine seltsam kantige Stimmung der Irritabilität und Alienation, einer an den Rand gedrängten Isolation, des dort im Asozialen –

Kalotte, Werkbank, Folterbank
Ochsenblutrot, Kupfergelbglanz, Zinnzinkmatt
in Lehm, aus Holz; und in Metall –

stumm brütenden Eigensinns, Geisteszustände am Rand des schizoiden Empfangs, es herrschte, kurz gesagt, die Aura der alten Kunst, oder vielleicht spezieller die der Kunst der Kaputtheit des 20. Jahrhunderts, eines bestimmt noch immer auch sendenden alten Europa also.

Die stampfenden Mythen der Infantilität, das hatte mich gestern bei Mike Kelley zuletzt beschäftigt, haben doch auch eine dumpfe, reaktionäre Seite. Die Regression wird völlig selbstverständlich von den bunt leuchtenden Oberflächen immer auch mit gefeiert, auch bei den ansonsten so gegensätzlichen aktuellen amerikanischen Popkunstkünstlern Jeff Koons und Matthew Barney, es ist der Terror der Inklusion: auch du, du auch, auch du bist Pop –

DU auch, ich AUCH, jeder
stimmt nicht, nein, ist anders:
ICH nicht, ich NICHT, ICH NICHT
gibt es auch, es gibt auch –

den einzelnen Kopf als Behältnis eines einzelnen Hirns, niemals wird dieses Organ direkt physisch Kontakt aufnehmen können mit einem anderen gleichartigen, in einem anderen Kopf befindlichen Hirn, NIE. Das endlos Polierte und mit den Händen von Pichler Berührte dieser verrückten Skulpturen einer abstrahierten Naturkörperlichkeit, die dabei in sie hineingedachte, hineingearbeitete und jetzt von dort abstrahlende kompensatorische Obsessivität – Fremdwörter, heute günstig abzugeben – Trauer, Trotz, Gespräch mit toten Materialien, Traumgedanken –

Schaben, Schmirgeln, Reiben, Wischen
müssen, wollen, machen, Grimm –

Und dass Contemporary Fine Arts ihr neu bezogenes Übermuseum vor der Museumsinsel jetzt ausgerechnet mit einem solchen crazy Solitär und Antityp wie Walter Pichler eröffnen, ist vielleicht die beste Nachricht über diese Galerie seit fünf Jahren. Denn es stimmt eben doch nicht, dass man nicht kaputtgeht geistig, wenn man einfach überall automatisch nur noch mitmacht bei dem, was Kommerz, Propaganda, Boulevard an einen so herantragen, bei der hysterisch pumpenden Wachstumsparty.

Sagte ich zu Kai Diekmann, der mir beim Betreten der Galerie entgegengekommen war, natürlich nicht die Kunst betrachtend, sondern im Gespräch mit dem Chef der Galerie, Gespräch von Chef zu Chef. Ist klar, die Chefs wollen mit den anderen Chefs reden, ganz automatisch, von gleich zu gleich, alles andere wäre Stress, Widerstand, könnte versehentlich ja ein Gedanke, ein Problem, ein Selbstzweifel dabei entstehen, eine Radikalnegation eventuell gar, die auf jeden Fall für die Chefarbeit unbrauchbar wäre, hinderlich, und deshalb vermieden werden muss. Die Störung durch die Kunst wird abgeblockt, lieber wird gefeiert, und gefeiert wird, was läuft: es klingt platt, ist platt, aber leider stimmt das wirklich. Und zur Problematik der Propaganda für Infantilität durch den Boulevard: morgen mehr. PROTESTPODEST.

Mercurius

Zu viel geheimes Wissen zirkuliert im Journalismus. Nicht geheim: dass die Perlentauchers angeblich angenehme Zeitgenossen sein sollen, oder dass bei Spiegel Online ein angeblich sympathischer Macher der Chef sein soll, immer wieder hört man von jemandem, der mit einem von denen zu tun hatte, und dann heißt es, durchaus mit Erstaunen: die sind ja richtig nett. Der Grund könnte sein, dass man im Internet, anders als im Printjournalismus, nicht mit so viel Ellenbogen um RAUM kämpfen muss, weil es davon genügend gibt. Print macht Druck, Internet entwickelt Sog und Anziehungseffekte mit der Zeit.

Es geht nicht um Macht, sondern um Vertrauen. In Analogie zum Nichtgespeicherten der direkten Interaktion unter Anwesenden, dem normalen Umgang von Menschen miteinander also, bemüht sich die Äußerung im Internet um eine eher nur kurzfristig angelegte Plausibilität, sie ist da, verschwindet, muss sich erneuern und schon wieder erneuern. Sehr schnell, und auf Dauer nicht versteckbar, wird so der Charakter des Senders sichtbar. Das hat Arbeit am Charakter zur Folge, Bemühen um Stetigkeit, Qualität, Hang zum eher Leiseren, und es ist eine bestimmte Art von Leuten, DIE UNANSCHREIBAREN, die sich von diesem Setting von Aufgabenstellungen angezogen fühlen und in den internetbezogenen Macherwelten sammeln.

Trotzdem ist auch dieses positive nichtgeheime Wissen eigentlich nicht aussprechbar, weil man sich als ein Lobender sofort dem Verdacht aussetzt, eine Gegenleistung damit erdealen zu wollen. Weil es absurderweise überhaupt nicht gegen die real praktizierte publizistische Berufsehre verstößt, dass Bekannte sich gegenseitig öffentlich fördern, protegieren, besprechen, dass ein Lob ein Gegenlob oder ein Jobangebot hervorbringt, weil die nepotistische Verflechtung aller mit allen der von allen akzeptierte Normalfall ist. Positives kann man folglich nicht sagen, das Negative sowieso nicht, da droht Klage, Sanktion, Gegenrecherche und Exkommunikation des Sprechers, aber auch des verantwortlichen Chefs aus dem Kreis der anderen wichtigen Mitmacher.

All das ist aber sehr schlecht für den Journalismus als Ganzes. Und es ist schlecht für die Gesellschaft. Weil die von ihr als Instanz der Beobachtung installierte Großmacht Journalismus, die andere Großmächte wie Wirtschaft, Politik oder Justiz beobachtend überwacht, zur Selbstbeobachtung und zur Überwachung ihres eigenen Geheimwissens nicht in der Lage ist. Das im Journalismus zirkulierende geheime Wissen ist mit einer OMERTÀ belegt. Die Namen der Unnennbaren und deren Taten sind dadurch jeder internen Kritik entzogen: schlecht.

Abends waren wir zu Lüpertz' Mercurius in die Galerie Werner gegangen, Forschungsstelle Skulptur der Gegenwart, später zu Scheibitz' APOLLO in den sogenannten Schinkelpavillon, und ich hatte hier aus diesem Zusammenhang heraus eigentlich den ganzen Tag den schönsten Moment auf der Documenta endlich beschreiben wollen, wie ich nämlich beim Betreten der großen Documentahalle von oben das erste Mal auf das Ganze der Skulpturengruppe von Cosima von Bonin geschaut hatte, der maximale Schock durch die Wahrheit dieser Kunst. Auch am Ausmaß und der Schönheit solcher Schocks muss das Bemühen um Wahrheit im Journalismus sich messen lassen. Sagte ich zu Claudius Seidl nicht, als ich ihn sah und begrüßte. Denn wir redeten nur kurz über den Alban Nikolai Herbst. Ich musste los, raus in die Berliner Nacht.

oben hell der Mond
und schnell die Wolken

Rossini

Morgens lag Schnee, die Welt schmatzte, der Schnee taute, die Tropfen tanzten auf der Erde. Totensonntag, Frage: wieviel Vergangenheit muss ein Mensch sich gefallen lassen? Das Landgericht Berlin hat in Sachen Pornopeter jetzt entschieden: der Künstler ist nicht nur sein Werk, sondern auch die Summe aller öffentlichen Äußerungen, Auftritte, Fehltritte und Lächerlichkeiten, die ihm im Kontakt mit der Öffentlichkeit im Lauf seines Lebens passiert sind. Die Entscheidung ist auf der Internetseite ausgerechnet der sogenannten SUPER-ILLU jetzt veröffentlicht worden.

Das Urteil ist rechtskräftig, weil es realistisch ist. Denn jeder Pornofilm, den jemand irgendwann einmal gemacht hat, egal ob über Sexsucht oder über seine Drogensucht, jeder Fernsehauftritt bei Beckmann, bei Kerner, in Zimmer frei und volle Kanne, was es da alles so gibt und gab, die ganze TV-Vergangenheit bleibt im großen medialen Archiv des Internet letztlich unverbietbar zugänglich.

Als BELEIDIGTE UND ENTRECHTETE ziehen die kleineren Unterprominenten in Scharen vor die Gerichte, um dort ihre Vergangenheit verbieten zu lassen. Sie bestehen darauf, per Klage auf Unterlassung, einstweilige Verfügung und Schmerzensgeldforderung erzwingen zu können, dass öffentlich anerkannt wird, wie sehr sie sich geändert haben, wie wenig das ihnen Angehängte beweisbar ist, wie sehr sie früher verblendet gewesen seien, unreif, jung, sie hätten Ruhm und Rausch gesucht, andere umgekehrt eher Rausch und Ruhm, warum auch nicht, jetzt sei aber alles definitiv ganz anders. Sie hätten sich komplett geändert, seien so clean wie der frisch abgewischte Klodeckel im Rossini und hätten folglich einen Anspruch darauf, einen Rechtsanspruch geradezu, dass ihre Vergangenheit auch öffentlich so verschwunden bleibt, wie sie sie in ihrer Unfähigkeit, sich selbst und ihr Leben zu verstehen, aus ihrer eigenen Erinnerung verstoßen und sich selbst verboten haben für immer usw usf.

In diesem Augenblick, während ich noch mit dem B die medienrechtlichen, aber auch freundschaftstechnischen Implikationen dieser Fragen diskutierte, betraten Leider, Schlimm und Schade das Rossini und setzten sich zu uns an den Tisch. Wie willst du das noch poppen?, sagte Schade und bestellte eine Runde Bier. Mangel am Hofe des Qualli: Kritik, Küchenmief hingegen, fettarme Milch und Obst im Hintergrund bei Martenstein. Der Weg über den Boulevard führt in die vierte Liga, sagte Schlimm, er sehe das schon vor sich, für B, C und D. Da stand Gestern auf, machte die Geste des Hitlergrußes, was als Witz gemeint war, aber inzwischen so ausgeleiert wirkte wie die Worte DIKTATUR der Kunst. Ich drehte mich um und sah das Schriftband an der Wand: Ende der weitergeleiteten Nachricht.

Apollo
Montag, 26. November 2007, Berlin

Warum die Tiere die leeren Kuben anbeten, weiß man vielleicht, ich weiß es nicht. Aber der Titel von Cosima von Bonins großer Skulpturenversammlung auf der Documenta hatte mit Dirk von Lowtzows Musiktext gesagt: Relax, it's only a ghost. Warum die leeren weißen Kuben auf Podesten stehen: relax. Warum die Podeste Monumentalitätsformen zitieren, um die Ecke herum begangen, aber sozusagen hohl sind: ja, schon, man ahnt was, aber so simpel wie diese Nacherzählung hat sich der Wahrnehmungsvorgang nicht angefühlt, denn im Zustand der schönsten Aufwühlung und Verwirrung war ich dort zwischen den einzelnen Gestalten herumgetaumelt, der Schock des Blicks von oben auf die ganze Gruppe dort hatte eine akute Reflexionssperre bewirkt: Wahnsinn.

Auf dem Höhepunkt des Kunstbooms der 8oer Jahre –

denn dorthin hatten mich die Assoziationen dieser Hammer-
wirkung verschlagen, vermittelt über die Frage, das ist ja der
größte Hammer für mich, seit wann in etwa eigentlich
genau? – gab es in den damals neuen Räumen der Galerie
Hetzler in dem eigens für die Galerie und ihre Künstler er-
bauten Ungershaus in der Venloerstraße in Köln die Jeff
Koons Ausstellung BANALITY zu sehen, 1988 war das,
zum ersten Mal sah man dort den Michael Jackson mit Bub-
bles in Porzellan, den großen holzgeschnitzten Polizistenbär,
die Schweinegruppe mit Engelchen, Instantikonen der damaligen Gegenwart, freudig begrüßt vom kopfschüttelnd stau-
nenden Betrachter. Den generellen Weltherrschaftsanspruch,
den Jeff Koons mit dieser Ausstellung nebenbei noch miter-
hoben hatte, verstand Martin Kippenberger als eine auch
ganz persönlich an ihn gerichtete Frechheit, die zu überbieten ihm Vergnügen machen würde: mehr, größer, schöner,
wilder, sinnloser und frecher, lustiger und billiger und schneller natürlich sowieso sollte seine Antwort sein, 1989 startete
er seine Trilogieausstellung »Cologne, Los Angeles, New
York« in Köln. Unten war die riesige SOZIAL PASTA Gon-
del auf Grund gelaufen, Martin selbst stand als ergreifendes
Hosenträgermännchen für immer in der Ecke und schämte
sich, und oben waren die trennenden Vorhänge zwischen
der ersten und zweiten Klasse aus den Flugzeugen herausiso-
liert zum Weltbild gemacht.

Skulptur als Ort der Reflexion der Kunst auf das Soziale.
Noch in der Enge der alten Galerie Hetzler in der Kameke-
straße hatte Kippenberger 1987 mit der Skulpturenverhau-
ausstellung: Peter, die Russische Stellung –

Leute: ich will doch, wollte doch, ich muss sofort
ich werde, kann nicht, könnte höchstens noch
ich soll und war, ich lasse nie
ich will, ich kann, ich wollte kurz

Die Geschichte kotzte mich an. Ich kann so nicht argumentieren. Ich wollte doch eigentlich nur schnell sagen: Wenn sonst nichts mehr läuft, werden die Mythen angezapft, von Lüpertz die Antike, von Kelley Superman. Es ist aber eine schlechte Methode der Kunst, die Werke dem Stress der Fraglichkeit und Debattierbarkeit ihrer Qualität zu entziehen, durch Verweis auf eine konsensgesicherte Autorität. Man will genau keine Autorität haben in der Kunst, Kunst ist strukturell antiautoritär, das ist eine der vielen Urquellen ihrer Schönheit.

Cosima von Bonin, Beweis folgt hoffentlich noch, ist heiterer, offener und freundlicher als Jeff Koons, und, noch wichtiger, subtiler und weiser als Kippenberger. Warum die Tiere Hunde sind: relax. Warum die Hunde Hüte tragen? Sie sind aus Stoff genäht, sie geben sehr zu denken auch. Von unten ging der Blick nach oben hoch, auch das war eine geistige Bewegung in die richtige Richtung, die mich, wägend und nickend, innerlich zustimmen ließ.

Einbahnstraße
Dienstag, 27. November 2007, Berlin

Klage, Hölle, Esra, Tillmans. Am Passagenwerk war Benjamin gescheitert, weil der Großgegenstand keine Konkretepiphanien aus den Einzeldetails heraus aufleuchten lassen konnte, weil er den Gegenstand, anstatt in ihm aufgehen zu dürfen, ergreifen sollte geistig als ein Gegenüber, und sein Geist es sich nicht vorschreiben lassen konnte, was er jetzt wie zu erfassen hätte. Sein Geist war frei, gerade auch gegenüber seinem eigenen Wollen und Willen. Das Ego war klein, der Geist größenwahnsinnig, davon wurde Benjamin gestresst. Unter dem Druck dieser Lasten war Benjamins Schrift immer kleiner geworden und in sich zusammengesunken. Adorno hatte ihn fröhlich, auch ein bisschen grimmig aufgemuntert mit dem Spruch, Druck sei immer gut, und Benjamin sagte: ja ja, weil er wusste, dass die Starken in der

Welt den Druck als Methode benützen, um sich unter ihresgleichen erfolgreich durchzusetzen. Die Schwächeren brechen unter Druck zusammen, sie schrumpfen, verkümmern, kauern sich schließlich seitlich weg in die Nischen. Benjamin wollte das gar nicht verherrlichen, auch nicht verteidigen, man sollte nur davon wissen und manchmal auch daran denken.

Abends fuhr ich mit dem Fahrrad zum Haus der Kulturen der Welt. Tief stand der abnehmende Mond in Nordost hinter mir als helle, große, sehr schöne Kartoffel. Im Kanzleramt waren noch alle Lichter an. Die Straßen am Spreebogen waren menschenleer, die Luft war kalt, der Wind bewegte sich, und die Laternen standen da und waren an.

Detlef Diederichsen betrat die Bühne. Er sprach über die Vorstellung der Zukunft von vor 30 Jahren, als die heute zum ersten Mal wieder auftretende Experimentalband HARMONIA eine Avantgardeformation gewesen war. Sie hatten, hatte es in der Taz geheißen, alle Klischees der Rockmusik hinter sich lassen wollen, alle Vorbilder, sie hatten eine radikal primitive Musik entwickeln wollen, eine komplett eigene Identität. Dann spielten sie, kurz klang es interessant, dann sehr schnell leider fast fürchterlich vertraut. Diese Zukunftsmusik lief schon vor 15 Jahren in jeder Dorfdisco zur Afterhour. Kunst ohne Vorbilder und ohne Geschichte taugt nichts, und am Ende der eigenen Identität winkt ja doch nur, man weiß es allzu sehr seit langem, eine brutal verzuckerte Kitschmelodie, notierte Benjamin, reject, destroy, delete. Den Künstlern wurde freundlich applaudiert.

Minima Moralia

Mittwoch, 28. November 2007, Berlin

Spuren, Minima Moralia, Über Haschisch, Die Kunst des Liebens, Tractatus Logico-Philosophicus, Einbahnstraße. Das angewandte, gedachte Satzzeichen ist der Gedanke. Im

Satz drückt der Gedanke sich sinnlich wahrnehmbar aus. Das logische Bild der Tatsachen ist der Gedanke. BILD.

Es hilft, bei Wittgenstein, Bloch, Adorno, Fromm oder Benjamin nachzugucken, wenn man sich vom pseudophilosophischen Egokitsch in den Blogs allzu sehr gefoltert fühlt. Zehn Jahre später kam das Kitschvokabular zur intersubjektiven Selbstverständigung unter jungen Erwachsenen von Lyotard, Baudrillard, Derrida, Foucault, Deleuze und Guattari; und nocheinmal zehn Jahre später aus der Kybernetik, Chaos- und Systemtheorie von Maturana und Varela, Watzlawick und Luhmann, Luhmann und immer wieder Luhmann. TEXT. Und heute? Häresie der Formlosigkeit, Wir nennen es Arbeit, DEUS CARITAS EST, Familie für Einsteiger, Butt Book, Romantik, Manieren 2.0, Harry Graf Kessler, Kapitulation. Und vor allem natürlich:

you tube, my space, facebook
flickr, twitter, blogcharts
my style, your style, word.up.com

Man nimmt daran teil, um von der Veränderung erfasst zu werden, ohne sie verstehen oder erkennen zu können, um also praktisch zu ermitteln, was die semantischen Neubedingungen für einen selber und die eigene, speziell genau auf diese Aktualitätsfragen ausgerichtete Sicht auf das Schreiben bedeuten würden. Man nimmt am Gegenteil teil, setzt sich dem Widerspruch zur eigenen Idee von Autonomie und Antiidiosynkrasie aus, arbeitet sich durch die groteskesten Negationsdelirien gegen den direkt neben einem im abstrakten Blograum auch produzierten Kapitalschwachsinn hindurch, um – ja, es kickt, der Hass macht Spaß, das Nein, auch wenn es unaussprechlich bleibt, aus Höflichkeit, bleibt doch der heftigste Motor für die Suche nach der, immer wieder im Unzugänglichen verlorenen, Richtigkeit von Produktion: das große schöne NEIN des NO des kleinen dicken Manns ADORNO.

Abends radelte ich noch zu Felix Kubin. Wollte ich, in Analogie zum gestrigen Abend, auch heute schreiben, aber dann war ich auf der Treppe nach unten plötzlich umgekehrt, war wieder hochgegangen, hatte mich in der Wohnung hingesetzt und gelesen, und zwar die neue Ausgabe der Zeitschrift: VANITY FAIR.

Ursula von der Leyen

Donnerstag, 29. November 2007, Berlin

- wofür machen Sie denn das?
- für Aldi-TV
- Aldi-TV! Aldi-TV?
- genau

Der Kollege Profikameramann schaute mich irritiert an. Er stand hinter seiner mannshoch riesigen, fest installierten Studio-TV-Kamera auf der Westtribüne, ich neben ihm, an dem klapprigen, dünnbeinigen Gestell, auf dem meine kleine Babysony aufgeschraubt war, und beide filmten wir den Kollegen Bundesarbeitsminister Scholz, wie er drüben im Osten, auf der anderen Seite des Reichstags, seine Jungfernrede als Minister hielt.

Der Begriff Aldi-TV stammt von einem anderen Profifotographen, der mir einmal auf der Südtribüne, schon etwas länger her, eines seiner Teleobjektive demonstrativ absichtlich ins Gesicht geschlagen hatte, um sich so ein bisschen Platz neben mir zu verschaffen. Dankeschön, ich muss hier auch arbeiten, hatte ich gesagt, und er nur: ja ja, Aldi-TV. Herrlich, der Rohling und Grobian, der nur aus dummen, ordinären Sprüchen über die Spitzenpolitiker besteht, die er dauernd aufnimmt, sagt mir auf den Kopf zu, wie ich selber heiße, Aldi-TV, dankeschön nochmal, Kollege Rohling. Rohheit, Grobheit und gemeine, grobe Scherze über die Politiker, deren Bilder sie verkaufen, das ist der Habitus der Politprofifotographen, den sie sich gegenseitig, dauernd schnoddrig vor sich hin plappernd, vorführen, während die Motoren ihre Riesenkameras rattern. Sie sprechen dabei die Wahrheit des Visuellen aus, die eigentlich nicht verbalisiert werden kann, weil sie so brutal ist. Jeder sieht dauernd mehr, als er denken darf, auch denken will.

Öffentlich wird die Steuerung der Wahrnehmung von der viel verhöhnten Gefühlsinstanz der politischen Korrektheit geleistet. Was man nicht sagen kann, soll man auch nicht sehen können; weil man es nicht sehen will, weil man es nicht sagen darf, kann man es nicht sehen. Diese Kohärenzkriege zwischen Verbalität und Visualität werden im Grobscherz alltäglich kurz beigelegt. Für die wahrheitsgemäße Dokumentation dieser Polarität wäre die Literatur zuständig. Früher dachte ich, dass Wahrheit der Letztregulator für Literatur ist, dass der Literatur alles erlaubt wäre, was wahr ist. Dieses Denken war ein falsches Denken.

auf die Vorwürfe kann die Ministerin
jetzt selbst antworten: Ursula von der Leyen

Spuren
Freitag, 30. November 2007, Berlin

wir sind erst, aber wir werden noch nicht
wir hatten schon, aber wir nehmen noch mal
wir würden auch, aber es geht auch so
nachher könntest noch du oder ich

Seit acht Jahren hätte ich wegen ihm, Maxim Biller, nichts mehr veröffentlicht, seit TUTZING, hat Biller Lottmann vor einiger Zeit auf You Tube erzählt. Da habe ich echt gestutzt, musste selber nachrechnen, Maxim Biller wusste besser als ich selbst, wie lange ich nichts mehr veröffentlicht hatte, dass es wegen Tutzing und allem, was damit zusammenhängt, sein könnte, war mir noch nie eingefallen, obwohl ich über die Frage, woher es kommt, dass ich nicht mehr schreiben kann, relativ viel nachgedacht habe, eigentlich natürlich mehr oder weniger ununterbrochen. Auf Tutzing war ich nicht gekommen. Tutzing war aber wirklich ein absoluter Rammbock in die Grundfesten meines bis dahin trotz allem irgendwie ungebrochenen Weltvertrauens.

Die Menschen begegnen einander und sind einander wohlgesonnen, was nicht heißt, dass sie nicht auch streiten, aber durch das Begegnen und den Raum miteinander teilen von Körper zu Körper wird auf einer fast animalischen Erstebene Solidarität erzeugt. Man tut sich deshalb gegenseitig normalerweise nicht absichtlich und böswillig weh, ohne Moral, einfach nur weil es sich durch das körperliche nebeneinander da sein richtig anfühlt. So war mein Lebensgefühl vor Tutzing, bisschen infantil, aber für Produktivität gut, weil welterschließend: die Menschen sind gut, offen geht man aufeinander zu und ist ohne Angst.

Neulich traf ich in München auf der Rolltreppe am Marienplatz den Andreas Bernard und hatte es irritierenderweise nicht übers Herz gebracht, in den paar Sekunden der Begegnung wie ein halbwegs normaler Mensch auf seine freundlichen Worte zu reagieren. Ich hatte Angst vor ihm, wenn ich nett bin, haut er mir eine rein. Das stimmt gar nicht, aber das hat sich eingebrannt in mir seit Tutzing. Wer nett ist, der Depp ist. So heißt die traurige Lehre, sie ist auch wirklich sehr dumm, es ist die Lebensweisheit des dummen, skeptischen, misstrauischen Menschen. Sie ist antikreativ, sie blüht nicht, sie ist ohne Überschwang, antiproduktiv. Und wie ich weggegangen war von Andreas Bernard, hatte ich mich gewundert, was für ein komischer Eisblock aus mir geworden ist inzwischen, hinter eisernem Vorhang starr verschanzt. Schön ist diese Art reife Nichtinfantilität nicht.

auf der Flucht vor –
in Angst um –

aus Überdruss an –
betrübt von –

und niedergeschlagen
einfach nur so: Klage

Dezember 2007

klage source code
Samstag, 1. Dezember 2007, Berlin

aura und reflexion
open source initiative
dict.leo.org
klage.go

action – klage
case – klage
claim – klage
complaint – klage

dirge – klage
grievance – klage
lament – klage
lamentation – klage

lawsuit – klage
legal action – klage
plaint – klage
suit – klage

lotto: 3, 5, 7, 23, 24, 26
zusatzzahl: 8

voranzustellen ist die zweite aufgabe:
wie dachte sich FRIEDRICH SCHLEGEL die volle
unendlichkeit des absoluten?

Poetik der Liste
Dienstag, 4. Dezember 2007, München

Plausibilisierung der individuellen Abweichung: Kunst
Erfassung einzelner Partikel von
Weltkomplexität: Wissenschaft
Reaffirmierung der Teilhabe am Kollektiven: Unterhaltung

Welcher Satz wird gebraucht: Journalismus
Welcher Satz bin ich: Literatur

Nicht alle kollektiv kursierenden Sätze sind kompletter Unsinn, aber die meisten in meister Hinsicht. In ihrer Aussage richten sie sich nach ihrer Funktion, Alienationsdrohungen, denen der Einzelne in fast jedem Weltkontakt ausgesetzt ist, abzumildern: du bist nicht allein, sagt der mittlere Standardsatz zu egal welchem Thema nebenher beruhigend mit. Als Satzbenutzer kann man automatisch Zustimmung zum Ausgesagten beim so angesprochenen Gegenüber erwarten. Der Nichtquerulant sagt auch nicht sofort, aber das stimmt doch gar nicht, das sagt nur der Wahrheitsquerulant, der die Weise der Standardsatzbenutzung missversteht. Er denkt, es wird eine Wahrheit über die Welt ausgesagt, wo doch in Wirklichkeit ein essentieller Sozialvorgang der Kollektivierung ermöglicht wird. Leider werden die Standardsätze aber nicht nur dauernd ausgesprochen und dabei ihrer Funktion entsprechend genutzt, sondern eben doch auch für wahr gehalten und geglaubt.

Eine Welt des Aberglaubens, des totalen Unsinns und Irrsinns hat sich auf die Art unter den Bedingungen der medialen Hypermultiplikation gerade in den Bereichen dominant ausgebreitet, die den KÖRPER des Einzelnen, den natürlichen Erstort der Einsamkeitserfahrung, betreffen: Ernährung, Medizin, Sexualität und Liebe, Kleidung, Mode, Sport. Phantastische Konfabulationen springen überall da ein, wo objektives Wissen zu kompliziert ist oder tatsächlich fehlt. Es ist keine

Selbstverständlichkeit mehr, dass der mittlere Normalmediziner an den sehr vielen Stellen, wo die Medizin als Wissenschaft noch kein gesichertes Wissen hat, dieses Wissensdefizit präzise darlegen kann. Dieser stabil gebildete Schulmediziner ist die Ausnahme, der Patient will hören, was er selber glaubt. So hat der alternative Humbug sich in der Medizin und beim Essen fast bis zur Alternativlosigkeit durchgesetzt, und was an vergröbernden Lügen über Liebe und Sexualität kollektiv kursiert und die Erfahrungen steuert, ist tiefste Finsternis der Nichtwahrheit.

Inwiefern die Lügen der Standardsätze aber doch auch wahr sind, worin sie ihren ursprünglichen Wahrheitskern hatten, unter welchen Sonderbedingungen das also doch gestimmt hat, was sie vergröbern und generalisieren, um es kollektiv zustimmungsfähig zu machen, ist die eigentliche intellektuelle Provokation. Gespürmäßige Detektoren tasten die Sprache daraufhin ab, welche Einstellungen und Welthaltungen mit ihr zum Ausdruck gebracht werden, und in der Reflexion der rationalen Analyse versucht der Geist, in einer für sich selbst und damit auch intersubjektiv nachvollziehbaren Weise, zu erkennen, was er warum darüber denkt. Mit dem Ziel, den Dissens zum Üblichen an den richtigen Stellen hervorzuheben und selbst auf eigene Art zu erklären.

Sätze der Intriganz
Sätze der Erzählung

poesie der kleinschrift

nicht die wahrheit
nicht die welt
nicht das ich
und nicht nur das soziale

sagt die sprache hier: fragment

Justizgebäude Lenbachplatz

Mittwoch, 5. Dezember 2007, München

Um 15 Uhr 30 war die Verhandlung im Schmerzensgeldprozess wegen ESRA angesetzt. Es war ein herrlicher Tag mit Sonnenschein in München, am Stachus hatte die Stadt eine Eisbahn aufgebaut mit zweistöckiger hölzerner Hütte davor, auf der Zuschauertribüne standen die Münchner mit ihrem Glühwein und schauten den Eisläufern beim Herumkurven auf der schneeweiß gleißenden Fläche zu, beim fröhlichen Hinfallen und leichten Schweben, an den Ecken der Anlage waren Tannen aufgestellt, und es gab auf dem Eis auch neuartige Stützbären, auf die gestützt dahinstolpernd die Ungeübten das Schlittschuhfahren lernen konnten. Als wärs ein Film aus New York.

Die bittere Liebesgeschichte, die hier zuende ging und doch immer noch nicht aufhören konnte, hatte in der Realität in den Straßen Schwabings, frühlingshaft sommerlich gestimmt, ihren Anfang genommen, war auf recht normale Art gescheitert, und hatte dann aber in der schriftlichen Fassung des Romans darüber ein Paar Gran zu viel Groll, Zorn und Gemeinheit des Autors Maxim Biller zu direkt an die Öffentlichkeit weitergegeben. Der langjährige Prozess war auch Folge einer extrem verhärteten Idee von EHRE und verletzter Ehre auf beiden Seiten, was jeder vom Gegenüber sich nicht bieten lassen müsse, bezogen auf das eigene Kunstwerk, das eigene Leben, und die Härte kam dabei zusätzlich aus der beiderseitigen Überzeugung, ganz bestimmt und absolut im Recht zu sein.

Das neue Justizgebäude am Lenbachplatz ist ein wirklich spektakulär sachlicher Bau der Nachkriegsmoderne, die Raumanmutung beim Betreten wirkte jetzt noch eindrucksvoller auf mich, als ich sie in Erinnerung gehabt hatte. Ein leer geräumter weiter Kubus, sechs Stockwerke hoch, rundum laufen innen an den Wänden Balkone, die als von überall einsehbare offene Gänge die einzelnen Zimmer in jedem Stockwerk zugänglich machen, und hinten ist eine Wendeltreppe, die sich durch runde Aussparungen in den flach schwebenden, nur terrassengroßen Etagenböden grazil nach oben kräuselt. Rote Wände, schwarzer Boden, schwarze Säulen und messinggoldene und beigeweiße Gitter vor den Balkonen, hier halten auch einige Kammern des Landgerichts München I ihre Verhandlungen ab.

Rechtsanwalt Dr. Sven Krüger, der Anwalt des Verlages, war als erster dagewesen, im fünften Stock saß er in der südwestlichen Ecke vor dem Verhandlungssaal 501, und wir begrüßten uns. Sie haben sich ja Ihre Haare wachsen lassen, sagte ich, und er lachte. Sofort redeten wir über die sogenannte Je-desto-Formel des Bundesverfassungsgerichtsurteils, nichts wäre mit der Formel geklärt, meinte Rechtsanwalt Krüger, und über Sexualität dürfe in Zukunft überhaupt nicht mehr geschrieben werden, wenn man es im Stil der realistischen Literatur von Maxim Biller machen wolle. Helge Malchow kam dazu, und Kai Diekmann und Frank Schirrmacher, die auch schon Prozesse um ihre Ehre geführt hatten und von daher in die hier geführten Gespräche hereingetreten waren, auch, aber natürlich in einer Weise, die so direkt nicht veröffentlicht werden könnte. Und so musste ich den freundlichen jungen Mann, der, einen Notizblock beschreibend, daneben stand und sich auf Nachfrage als Praktikant aus dem Feuilleton der Süddeutschen Zeitung vorgestellt hatte, darum bitten, die hier von mir gesagten Dinge in seinem, möglicherweise auch diese Gesprächssituation am Rande einbeziehenden, Artikel über den Schmerzensgeldprozess bitteschön nicht zu schreiben, weil ich mit diesen Aussagen, meinen nackten Brüsten sozusagen, ganz wie Esra, zwar in der kleinen vergänglichen Runde hier in echt gerne, öffentlich und textlich fixiert aber nicht würde gesehen werden wollen. Obwohl ich nur die Wahrheit gesagt und nichts als die Wahrheit im Sinn gehabt hatte bei meinem Reden.

Es war der klassische und ganz normale Esra-Grundkonflikt. Dem Schreibenden kann vom möglichen Objekt der Beschreibung Diskretion aufgetragen, Stillschweigen abverlangt werden, ohne dass ihm, wie Maxim Biller das so pathetisch dargestellt hat, die Luft zum Atmen, das Existenzrecht quasi, damit genommen werden würde. Das ist Unsinn. Wir alle, die schreiben und uns unter Schreibenden bewegen, müssen in jeder zweiten Situation irgendeinem anderen Schreiber gegenüber nebenher darauf bestehen, dies und das dürfe, solle, möge der doch bitte nicht schreiben. Das meiste Nichtschreibbare versteht sich unter vernünftigen Leuten sowieso von selbst. Und das wenige Nichtselbstverständliche wird explizit angemahnt.

Kurz nachdem die Verhandlung vom Vorsitzenden Richter Dr. Steiner eröffnet worden war, wurde die Öffentlichkeit auf Antrag der Klägerinnenseite leider, aber verständlicherweise, auch schon wieder ausgeschlossen.

Esra Vol. VI
Donnerstag, 6. Dezember 2007, Berlin

Es sei dieser Fall auch etwas Besonderes in einem Richterleben, sagte Dr. Thomas Steiner, 50, Vorsitzender Richter der 9. Zivilkammer des Landgerichts München I, zu Beginn der Verhandlung, so etwas erlebe man nicht so oft, denn er habe hier erstinstanzlich vor Jahren über den Verbotsantrag zu entscheiden gehabt, der Fall sei dann bis zum Bundesgerichtshof und weiter zum Bundesverfassungsgericht gegangen, zuletzt sei er dort dann so entschieden worden, wie auch diese Kammer ihn hier entschieden gehabt habe, und jetzt komme man hier also Jahre später nocheinmal wieder, gewissermaßen in zweiter Runde, in der gleichen Sache zusammen, um über die Schmerzensgeldforderung zu verhandeln.

Es waren freundliche, persönliche Worte eines sympathisch zurückhaltenden, vielleicht auch ein bisschen gehemmten, freundlichen Menschen, und ich musste mich echt wundern, denn ich hatte den Herrn Dr. Steiner von der ersten Verhandlung im Sommer 2003 ganz anders in Erinnerung gehabt.

Aber wahrscheinlich hat nur seine angenehme, moderat moderierende Art der Verhandlungsführung zum damaligen Erregungslevel in der Sache, der frisch und maximal hochgejagt gewesen war, von außen aus gesehen weniger gut gepasst als heute, da alle Beteiligten vom sprichwörtlich langen Gang durch die Instanzen und auch von der letztlichen Endgültigkeit der Entscheidung durch das höchste deutsche Gericht wirklich erschöpft sind. Die geistigen Energien in einem solchen Streit sind ganz auf die Finalität des Obsiegens über die gegnerische Position und Partei hin angespannt. Die Zivilgerichte treten als Schlichter zwischen den Streitenden auf, auch das Urteil hat eine befriedende, den Streit zuletzt beilegende Funktion. Es wird falsch gefunden, wenn man unterlegen ist, aber seine Unabänderlichkeit hat doch auch etwas Beruhigendes. Man kann auch die falsche Entscheidung schließlich doch hinnehmen, sich daran gewöhnen, darüber hinweg und weiter gehen, weiter damit leben. Ein neues Kapitel aufschlagen, das alte zumachen.

Nur: so weit war es hier noch nicht, denn über die Forderung von Schmerzensgeld tritt zuletzt eben doch auch ein Element von STRAFE in den Konflikt ein, fast möchte man sagen von Möglichkeit zur Rache. Das Kräfteverhältnis hat sich durch das Urteil umgedreht, die Klägerinnen, die dem Autor gegenüber in der Position der Schwäche gewesen waren, haben gewonnen, das Buch bleibt in der Urform verboten, das wäre doch Sieg und Strafe genug. Dass die Printmedien des Boulevards, die mit gezielten Verletzungen der Persönlichkeitsrechte von Leuten ihr Geld verdienen, durch die Strafandrohung von Schmerzensgeldforderungen dazu gedrängt werden sollen, ein bisschen weniger ordinär und gemein zu sein in dem, was sie publizieren, ist vernünftig. Aber hier liegt der Fall doch anders. Autor und Verlag sind durch das Verbot bestraft genug, der Prozess hat viel Geld gekostet, das reicht doch. Wie dieses augenmaßmäßig erfasste Judizium seine Entsprechung im Recht finden wird, ist die Frage dieses aktuellen Prozesses.

Die Parteien wurden dann vom Vorsitzenden Richter aufgefordert, zur Güte zu verhandeln, obwohl sie das gar nicht wollten, zur Güteverhandlung wurde die Öffentlichkeit vorerst einmal für etwa 20 Minuten ausgeschlossen. Toll war die Spinatwachtel von dpa, die energisch und superpenetrant zum Richtertisch vormarschierte, um das Recht der Öffentlichkeit, das sie höchstpersönlich zu vertreten hatte, anzumahnen, hier auch ausreichend und zeitnah über alles informiert zu werden. Etwa zehn Zuhörer waren da und gingen jetzt raus. Um draußen alles doch gleich wieder hocherregt zu diskutieren, ich zum Beispiel mit dem Leiter der Rechtsabteilung der Bertelsmann Verlagsgruppe Random House, Herrn Rechtsanwalt Rainer Dresen, den zu treffen ich mich besonders freute.

Sieben
Freitag, 7. Dezember 2007, Berlin

Denn der Rechtsanwalt Rainer Dresen hatte der Taz damals ein interessantes, abgewogenes Interview zum Fall Esra gegeben gehabt, als Mitte Oktober der Beschluss des Bundesverfassungsgerichts veröffentlicht worden war. In den ersten Tagen danach war das im Kulturjournalismus die Ausnahme gewesen. Neunzig Prozent der spontanen Artikel zum Urteil waren Hysterie und Ignoranz. Das Desinteresse im Kulturbetrieb an einer genauen Beobachtung der Justiz und an der speziellen Weltzugriffsweise des Rechts ist auch deshalb erstaunlich, weil es sich hier um eine über SPRACHE vermittelte Weise des Zugreifens handelt. Da müsste der Literaturbetrieb sich doch eigentlich dafür interessieren.

Wir redeten draußen vor dem Gerichtssaal, während drinnen der Vorsitzende Richter Steiner die Parteien zur Güteverhandlung zu bewegen versuchte, über die Alltäglichkeit und Normalität des Eingreifens in Texte, natürlich auch in literarische Texte. Esra wäre so leicht zu retten gewesen, wenn man nur von Anfang an dazu bereit gewesen wäre, das zu ändern, wovon die Klägerinnen sich verletzt fühlten. Aber Autor und Verlag hatten sich zu sehr auf die Idee vom Kunstwerk versteift. Kunst: kunst mir mal vier Mark leihen, oder 100 000 Euro? Nein, Kunst ist kein Titel, der blanko Rechte zuspricht, sondern im Gegenteil zuerst ein Anspruch an das Werk, das Kunst sein will. Das wird es eher durch radikale Komplexität als durch die Radikalisierung der Genieallüre: so und nicht anders musste das geschrieben werden.

Die Türe öffnete sich, die Zuhörer konnten jetzt zurück in den Verhandlungsraum, die Parteien haben nicht zu einem Vergleich gefunden, sagte Dr. Steiner. Dann wurde zu Beginn der streitigen Sachverhandlung über den Antrag der Klägerinnenseite geredet, die Öffentlichkeit endgültig auszuschließen. Das Gericht stellte in Aussicht, so zu verhandeln, dass über das Privatleben der Klägerinnen nicht mehr öffentlich werden würde, als jetzt schon im Beschluss des Bundesverfassungsgerichts zu lesen sei. Rechtsanwalt Wolfgang von Nostitz, etwa 65, ein Herr der alten Schule, sprach leise dagegen. Er müsse, um das Ausmaß der Verletzung zu erörtern, hier Vorgänge aus der Privatsphäre der Klägerinnen darlegen, die in ihrer bürgerlichen Existenz vernichtet worden seien, eben gegen ein solches Öffentlichwerden habe sich der ganze Prozess aber gerichtet. Dann zog das Gericht sich zur Beratung zurück.

Im Raum ruckelten die Leute auf ihren Sitzen, dann wurde es sehr ruhig. Draußen glänzte der Abendhimmel, von rosa Flugzeugstreifen verziert, unten am Rand war dunkel die Silhouette des Justizpalastes von gegenüber zu sehen, ein Reigen menschlicher Skulpturen ragte vom Dach in den Himmel, und ganz unten auf der Straße stauten sich die roten Autolichter am Lenbachplatz an der Ampel. Ich stand auf, ging an die gläserne Fensterwand, schaute raus und setzte mich wieder hin.

murren, knurren
Samstag, 8. Dezember 2007, Berlin

lieblich delegieren, delirieren
agitieren, separieren
superlieblich präparieren, parodieren
abverschmieren – was, wieso, wogegen, wie?
wollste keine unterlassung? anbelangen
überholen abversohlen, spinnste
haste, lässte derbe
verben werben – pff
ich bitte um entschuldigung

spinnste, haste hastgehasste
letzte, weißte, willste sie
sollste an die beine, kleine
haste in delirium, mehr geritten als zertreten
eher verlottert als beschämt
oben wieder schmutzvermummter
putzig, unten, rötlich, hau
abgehaute kriegste keine schneller
eingeweichterweise: wiese heide nimmste sie

bitte um, ich bitte um, ich bitte
um das letzte wort: schon abgeknurrt

Ausschluss der Öffentlichkeit
Montag, 10. Dezember 2007, Berlin

Wodurch geht das Licht an morgens im Kopf, dachte ich, als
ich beim Einbiegen in die Chausseestraße von den sehr tief
aus dem Südosten her kommenden Sonnenlichtfluten ange-
leuchtet und geblendet worden war und mich geistig dadurch
wie mit einem Schlag, pling, eingeschaltet und der Welt so
endlich auch wieder zugeschaltet gefühlt hatte, Utopie Ge-
genlicht, im Kopf, im Text, in der Welt.

Sonne, Mensch, Tier, Möbel; Angewohnheit, Wissen, Halt
möchte, mag, erkannt; Kopf, hier, winterlich im Licht

Fiktion wäre auch das Festhalten an einer, nur einer bestimmten Textebene, und das wohltuende Gefühl beim Lesen von
in dieser Hinsicht konsistent durcherzählten Romanen käme
auch von der Gewissheit, dass die Erwartung, der Text werde
an seiner einen Ebene festhalten, nicht in Frage gestellt oder
gar enttäuscht werden würde. Gehaltensein im Text kann
aber auch entstehen durch die Spannung, ob der Text seine eigene Fiktionalitätsebene zwar ins Unbestimmte hinaus entwickelt, dort dann aber doch in sich richtig erfasst und vorallem leserwärts plausibel machen kann. Der direkteste und
letztlich beste, spezialfiktionale Plausibilitätsgenerator ist natürlich das direkte, ganz normale Ich. An dem der Autor
zwar nicht beliebig herumfiktionalisieren darf, das ihm zugleich aber doch auch zeitweise quasi untersagt sein kann.

Beim Zurückkommen aus dem Richterzimmer hatte Dr. Steiner das dicke orange Buch zur Zivilprozessordnung von Thomas und Putzo in der Hand, den Zeigefinger hinten ins
Gerichtsverfassungsgesetz eingelegt, die Zuschauer standen
kurz auf, alle setzten sich wieder, und dann diktierte Dr. Steiner, gestützt auf § 171 b GVG, langsam zum Mitschreiben für
das Sitzungsprotokoll den Beschluss: Die Öffentlichkeit
wird ausgeschlossen, weil durch die Darlegung aller An-
spruchsvoraussetzungen Umstände aus dem persönlichen
Lebensbereich der Klägerinnen zur Sprache kommen werden, deren öffentliche Erörterung schutzwürdige Interessen
verletzen würde. Insbesondere über die genauer zu bespre-
chenden Ansprüche der Klägerin zu 2 seien Formulierungen
in dem Roman vorhanden und damit Gegenstand der Verhandlung, die, wie das Bundesverfassungsgericht in seinem
Beschluss festgestellt habe, in der Öffentlichkeit nichts zu suchen hätten.

In Analogie zu diesem Beschluss hatte ich selbst frühmorgens die Öffentlichkeit aus bestimmten Ichpassagen meines Freitagstextes im Nachhinein wieder ausgeschlossen gehabt, weil sie durch zu direkte Ichhaftigkeit gestört und den Text in seiner Fiktionalitätswürde verletzt hatten. Abends lag ich im Bett und las ROPPONGI, Requiem für einen Vater, von Josef Winkler. Schön ist es zu lesen, was und wie er von sich selbst und seiner Familie erzählt, und für mich war es auch wieder ein praktischer Traktat über die hier heute verhandelten Fragen der Poetologie. Sehr spät erst legte ich das Buch zur Seite und machte, nachdem ich die aktuellen Zeitziffern notiert hatte, das Licht aus.

Über die Funktion der Negation in sinnkonstituierenden Systemen
Dienstag, 11. Dezember 2007, Berlin

Über das GELD, die Internationalität des Geldes und die Nichtinternationalität der Produkte. An ihnen hängt ein Geist mit länderspezifischen Eigenheiten, die sich einer völlig frei fließenden Konvertierung widersetzen: Kleider, Autos, Bilder, Möbel, sogar Ideen, Text ja sowieso, aber eben insgesamt natürlich auch die Optiken und Haltungen von Zeitschriften, ihre generelle Anmutung, ihr Wesen. Beim Durchblättern der amerikanischen Vanity Fair, der russischen Vogue. Die Selbstverständlichkeit des Reisens, die Mobilität in der Wallpaper- und Monoclewelt, die gute Konvertierbarkeit der elektronischen Geräte, der Computer und ihrer Programme, auch der Produkte der Populärkultur in der Musik und in der Kunst, all das hat von diesen Problemen, von den den Objekten selbst auch noch inhärenten Widerständen zu stark abgelenkt.

Über die ANGST, die ein handlungsmäßiger Frühwarnbegleiter im Sozialen sein muss, aber nicht, wie angeblich von Gabor Steingart für den Spiegel, offen zur sogenannten Währung ausgerufen werden kann. Das klingt gut, in der Affirmation des Bedrohlichen, Fürchterlichen, ist in Wirklichkeit aber falsch.

Über die EHRE. Nicht aufhören, die Achtung aller zu erstreben, auch derer, die einen nicht mehr achten, früher geachtet haben, heute verachten. Nicht, um von ihnen geachtet zu werden, sondern um Handlungsorientierung auch von Perspektiven her zu bekommen, die einem selbst nicht mehr zugänglich sind. Von der Homestory im Stern, zum Traum im Zeitmagazin, zum Reise-Interview im Lufthansamagazin, zum Atelierbesuch im Bahnmagazin, zum großen Porträt im Krankenkassenmagazin, der Weg nach unten steht ja jedem offen, schön anzuschauen ist es nicht, wenn er so offensiv enthemmt begangen wird mit der Begründung: wie ich gesehen werde von irgendwelchen Kleingeistern und Neidern, ist mir inzwischen egal. Klingt souverän, ist aber Blödsinn.

Über den TEXT und die Frage: wie nervös zittert der Text der jeweils letzten geistigen Abschweifung, dem vorletzten Nebengedanken hinterher, wie verführbar folgt er der Versuchung, immer neu vom alleraktuellsten Vorgang in der Realität sich diktiert fühlen zu wollen, sagte der Diktierende, hielt inne und ließ die textmotorisierende Floskel folgen, haben Sie das, John. John war wieder gesund geworden, Lampe zu Kant zurückgekehrt, Goethe trank Tee, die Nacht war kurz gewesen, in Luhmanns Soziologischer Aufklärung Band 3 blätternd sagte er jetzt, das Diktat damit fortsetzend, an John gerichtet:

Über NEGATIVITÄT und die Beobachtung: dass explizite Negativität so wenig gute Laune macht, ist angesichts des aktuell besonders hohen Negativitätsbedarfs in der öffentlichen Debatte erstaunlich. Besonders bei personengerichteter Negativität, bei Beschimpfungen und persönlich begründeten

Abrechnungen, beim Nachtreten im Nachhinein, insbesondere in richtung ehemaliger Bekannter, Mitarbeiter und
Freunde, dreht sich die Beschimpfung im Beobachter als
Aversionsgefühl gegen den Beschimpfer um, auch wenn dabei noch so richtige Urteile zum Ausdruck kommen, man
will als außenstehender Beobachter damit nicht belästigt werden. Es schmälert den Respekt vor dem, der schimpft. In Verteidigung von Nichtnegativität, DER STILLE STIL.

Anekdotische Collagen
Freitag, 14. Dezember 2007, Berlin

vom Dienstag die Feier gestrichen
vom Mittwoch die Überschrift
die Zusage montags gehalten
von gestern verschoben: das Argument
und heute die Bilder in Eile gehängt

die Überschriften von Luhmann genommen
die Argumente bei Tizian gesehen
das Tempo: arg hektisch
die Aussage simpel:
zeigt Interesse an Menschen –

und Argumenten, alles andere folgt
und verstehet sich von selbst
der Strich, die Farbe, die Schleife
der gestrige Tag und das Datum von heute

das wars schon, es klingelt –
schnell noch die Verse mit Nägeln gemacht
und hoffentlich richtig: hier angebracht

*

Inventur

Die Herzlichkeit des Losplapperns des Erzählers. Sekunden später war sie umgekippt in eitles Gelabere. Ich hatte von B geträumt, DER STRICHER, sah die prätentiös mitten im Satz abgerissenen Sätze seines Textes, den Manierismus nachgemachter Methoden. Um die Ichposition angreifen zu können, hatte ich in die Manperspektive gewechselt. Der Champagnerdieb lachte, er fand sich ja toll.

Ich: n'existe pas. Wer man ist, darf unbekannt bleiben, vor allem einem selbst. Was man über sich selbst wissen muss, erfährt man aus dem Leben, das man führt, nicht aus selbstproklamatorischen Sätzen, was man mag, kann, nicht mag, aus direkter Selbstbetrachtung oder gar Selbstfindung. Am 30. November 1966 erklärte der längst isolierte Kanzler seinen Rücktritt, sagte ich zum Thema ewige Pubertät der in den 60er Jahren jung Gewesenen. Ein anderer B hatte per sms AN ALLE wieder sein Popmusikstück des Jahres bekanntgegeben, als wäre damit irgendetwas anderes ausgesagt als eine lächerlich verrohte Borniertheit und Schamlosigkeit. Wo keine Scham aber, ja eh kein Ich.

Wo zu viel Ich, da kein Geschenk. Schenken als Meditation auf die Differenz zum anderen, vorallem auch im Annehmen der Gabe, in der Selbstrücknahme. Fröhlich soll man sich beschenken lassen können, leicht ist es nicht, sollte es aber sein.

Disziplin: nicht gut, auch schlecht, böse, nicht schön.

Richtige Rücksicht war eine Art vorsichtiger Rundsicht, die den Blick der anderen um einen herum auf einen selbst zu verstehen versuchte, vorwegnahm und ins eigene Handeln einbezog. Schon hatte die Rücksicht sich aber verfangen in Rücksichtsexzessen, die aus der Abstraktheit ihrer Hyperreziprozität heraus, gründend in der Fragilität der Erwartung von einbezogenem Vorausempfinden, hysterischer, giftiger und verletzender werden konnten als jedes noch so grobe, konkret rücksichtslose Realverhalten. Rücksicht: Schwert der Hölle der Güte.

Die Normalität war noch da, aber der Irrsinn hatte die Normalität UNTERWANDERT, Gänge und Höhlen waren unter der dünnen Kruste entstanden, die schon bei minimaler Belastung in den Irrsinn hinein zusammengebrochen war. Und an der Türe war das Schild gehangen: Wegen KRANKHEIT bis auf weiteres geschlossen.

Vermisst: die senkrechten schwarzen Striche in der Faz, die schönen schwarzen Linien, die es früher gab zwischen den Säulen von Text, aus den vielgestaltig verkrumpelten Formen einzelner Buchstaben zusammengesetzt. An den Linien hatte das Auge rasten können, das hatte sich angenehm angefühlt. Das weiß man erst jetzt richtig, wo diese Rastorte fehlen, und man gewöhnt sich auch nicht daran. Die Entscheidung für das luftige Layout war falsch. Das Auge will über die Zeitung frei hinwegschweifen, denn das tut es, seinem Geist folgend, sichtend und zupackend, es will sich dabei aber auch gehalten fühlen. Und auch die lesende Versenkung ins Buchstabengekrumpel der Textkolumnen empfindet den seitlichen Halt durch das maximale Gegenteil des Antigekrumpels der klaren schmalen Linien beidseits daneben offenbar als wohltuend. Dieser Halt fehlt jetzt, das ist schade, falsch: SCHLECHT. Absolut dunkel war der Dezember gegen Ende zu geworden.

Gehen

Freitag, 28. Dezember 2007, Berlin

Normalität, rauchender Chirurg, Selbstrücknahme erneuert
Potsdamerplatz, frisch verkauft: Mercedescity
Kunst des Zusammenlebens
unerkennbar bleiben
Stil

Kleiderhaken, Salzkorn, Wortfeldscreening
Fuji Finepix f 50 fd für 269 Euro
Krisis des Romans

Meine Kritik der proletarischen Schriftsteller becherscher
Observanz fand Brecht zu abstrakt, notierte Benjamin in seinen Schriften zur Theorie der Narration, Sommer 1934, und
ich musste an unseren Spaziergang durch die Wälder bei Burg
Thomasberg denken, Ende August, wo irgendetwas über den
Körper des Videojournalisten Matussek geredet worden war,
und der B mit seinem eigenen Körper seinem EKEL davor in
einer so kindlich direkten und enthemmten Weise Ausdruck
gegeben hatte, dass in mir dadurch ein immenses Gefühl der
Herzlichkeit und Rührung hervorgerufen worden war. Ich
redete völlig selbstverständlich von Schirmi, und B drehte
sich im Gehen irritiert zu mir nach hinten um und sagte erstaunt, wiederum fast angewidert: wie nennst du den?
Es war herrliches Wetter, das weiße Hemd des A leuchtete,
als wir, aus dem Wald heraustretend, auf einem der Hügel der
sogenannten Buckligen Welt standen und ausführliche Be-
ratungen über den jetzt einzuschlagenden Weg, den langen
oder den kurzen, den über jenen Waldsaum oder die andere
Hütte, gefolgt waren, und es waren dabei auch implizite Affirmationen des langen Gangs des bisherigen Lebens gewesen. Auch für Freundschaft, dachte ich, ist es doch schön,
wenn die Dinge sich wiederholen und fortsetzen über sehr
viele Jahre hin, und seltsam war es auch, ein Mensch zu sein

mit so viel Geschichte inzwischen. Die ästhetisch-politische Differenz als Nukleus einer geistigen Kohärenz, und in immer neuen debattenartigen Gesprächen daran irgendwie festgehalten zu haben, war richtig gewesen, dachte ich mit einem Gefühl der Schwäche und Dankbarkeit für die Geschicke, die sich uns ergeben hatten. Dann waren wir weitergegangen, und der B erzählte die Geschichte vom sogenannten Derridabauern.

Gehen war eine Empfehlung des Uli Rädler gewesen, das erste Buch von Bernhard, das ich gelesen hatte. Wie Brecht jetzt im Referat Benjamins über Kafka redete, war fast so irr, wie Franz Böni, 55, im Interview-Sonderheft der Weltwoche über sich selber spricht. Verrückt wirkte die Sicherheit in Dingen des Letzten, die einem klaren Zugriff wesensmäßig doch entzogen sind. Die Weltwoche hatte ich mir wegen des silberglänzenden Covers gekauft, die Mischung der Leute, die da interviewt werden, machte absolut Laune. Jedes Gespräch mag man lesen, dabei die neue Benjamin-Ausgabe in der stw preisen. Das Kiepenheuer-Programm war gekommen, im Frühjahr erscheint das neue Buch von Diedrich Diederichsen, Eigenblutdoping. Darauf freute ich mich. Abends war ich zum Geburtstag der C gegangen und erzählte dort sofort von meinen Hasstiraden auf die D, an denen ich den ganz Tag GEARBEITET hatte. Fünf Jahre lang würde ich nur noch HASS verbreiten. Von der Tatsache dieses Ausblicks auf meine Zukunft wurde ich in sehr große Heiterkeit versetzt.

Bis zu dem vom Sonnenwind ungestörten interstellaren Raum haben beide Voyagersonden noch eine weite Wegstrecke vor sich.

Was taugt die deutsche Malerei?

Samstag, 29. Dezember 2007, Berlin

fragte Norbert Biskys SCHATZI in Rosa, und ich antwortete sofort, dich kaufe ich gerne, ja klar. Ich kaufte die Zeitschrift Monopol, es war das Heft vom Januar 2008, das neue Jahr würde gleich beginnen, und gleich würde der braunblonden Schatzi das Ejakulat des Norbert Bisky aus den Augenwinkeln tropfen. Morgens wurde es schon wieder etwas früher hell. Die böse Nacht des alten Jahres war vorbei, die Sonne war plötzlich wieder da, und ich machte Fotos der hier von mir gesehenen Bilder des Lichts auf meinen Arbeitsdingen.

Das Alter von Brecht schätzte ich auf Jahrgang 93, falsch, er war geboren 1898, Benjamin war Jahrgang 92, er war der Ältere, wirkte heute jünger, die Fragilität seiner suchenden Geistigkeit kommt den Gegenwartsfragen eher entgegen. Vielleicht so ähnlich wie mit Joyce und Proust, Joyce, geboren 1882, die Knarzigkeit der modernen Behauptung, und Proust, zehn Jahre älter, ewig jung.

Bei Reifen Karalan in Moabit war ich mit meinen Winterreifen zum Reifenwechsel gekommen. Müssen bisschen warten, ist viel los heute, andere haben zu. Herr Karalan ließ mir mit seinem eigenen Geld einen Kaffee aus seiner Kaffeemaschine heraus, wenn neue Kundschaft kam, freute er sich, seine Frau arbeitete auch mit, im Büro. Isch habe gerne Menschen, hörte ich ihn sagen, dann redete er auf türkisch weiter mit den beiden Männern aus München, ich hatte Herrn Karalan missverstanden, München habe er gerne, hatte er gesagt, aber Menschen ganz offensichtlich auch.

Der Mechaniker war grantig und befahl mich zu sich. Er zeigte auf den ersten der von ihm entladenen, noch ganz neuen Winterreifen, da steckte kaum sichtbar in der Seitenwand klitzeklein ein kleiner schwarzer Nagel drin. Aha. Ich zog am Nagel, die Luft kam leise aus dem Reifen heraus, der Nagel war höchstens zwei Millimeter in der Reifenwand dringesteckt. Und jetzt? Kann man das nicht flicken? Nein, Reifen kaputt, brauchst du neuen Reifen. Echt?, ist ja hart.

Komischerweise ärgerte ich mich gar nicht. Ich wusste genau, wo der kleine Nagel herkam. Im finsteren Keller hatte sich direkt bei den Reifen ein kleines Nagelnest gebildet gehabt, schon vor längerem, durch einen umgefallenen Nagelbecher. Wie sehr diese kleinen Nägel aber die großen dicken schweren Reifen bedrohen, hatte ich nicht gewusst. Das war also dieses berühmte Luftrauslasserding. Die Wägen gleich ganz abfackeln?, oder vielleicht reichte es ja auch schon, sie nur ein bisschen tiefer zu legen. So ähnlich stellte ich mir das Internet vor, im Verhältnis zu allzu angeberhaft aufgeblasenem Print, als eine Art Luftrauslassermedium ziemlich effektiv.

Im Radio kam Amy Winehouse, Rehab, ich kaufte den Reifen nach, dann war das Abblendlicht kaputt. Ich suchte in den Bergen meiner Papiere den Traum von Daniel Richter, vergeblich. Und auf der Kinokarte in den Hackeschen Höfen war später in Großbuchstaben gestanden: DAS HERZ IST EIN DUN. Gemeint war: dunkler Wald. Am Schluss hatte man den Hass zu oft weggelassen, das war auch wieder falsch gewesen. Meinem Widerspruch gegen den Spruch: wie man es macht, macht man es falsch, war stattgegeben worden. Nachts packte ich meine Sachen.

Norbert Bisky
Sonntag, 30. Dezember 2007, München

shut up
and sleep with me, shut up
why don't you sleep with me, come on
shut up and sleep with me, shut up

Köthnitz, Schmieritz, Müsitz. So wurde mir gesungen. Vor Schleiz dachte ich plötzlich, ich hätte mich verfahren, die Autobahn kam mir so eng, die Landschaft völlig unbekannt vor. Thüringer Vogtland, hieß es auf einem grünen Ortsschild, Pörmitz, Görkwitz, Oschitz. Deutsche Alleenstraße, Reußische Fürstenstraße, es war richtig, ich war auf der A 9. Benzin war aus. An der Tankstelle versperrte ein junger Familienvater mit seinem Citroen Xara die Zufahrt, drin saß die kleine Familie, er spielte sein affektiertes Familienvatertum aufs betulichste vor, ich kam mir schon vor wie in dem dumpfen Film von gestern. Ich ging an sein Fenster und sagte: fah ma weg, du Depp. Er schaute ganz erstaunt. Dann tankte ich, zahlte, bekam den Kassenzettel, holte mir Kaffee vom Dallmayrautomaten und fuhr weiter. Es dämmerte schon früh, kurz nach halb vier, Schneeregen setzte ein, ich fuhr jetzt die Berge des Fichtelgebirges hoch, die roten Lichter der anderen Autos um mich herum spiegelten sich in der Nässe, es war viel Verkehr, die Scheibenwischer flappten, wischten, und die Außentemperatur war auf knapp über null Grad gesunken. Fahrt in den Süden. Langsam ging es so dahin.

Die figurative Malerei ist am Ende, hatte ich zu Daniel Richter in der Paris Bar gesagt, das war mir am Tag zuvor bei Norbert Bisky eingefallen. Sie ist in einem kaputteren Zustand, als die abstrakte Malerei auf ihrem letzten Jüngsttiefststand Mitte der 90er Jahre je gewesen ist. Noch die schlechtesten abstrakten Bilder von damals waren weniger verrottet als die heute hingeschmierten Träume und Tiefsinn proklamierenden Mystizismen, wie sie bei RICHTER UND RAUCH inzwischen in Serie gegangen sind. Dass pro Jahr nur zehn solche schlechten Bilder entstehen, jeweils, bei jedem der beiden, wird von den Machern gerne betont und als Ausweis einer marktwiderständigen Qualitätskontrolle ausgegeben. Obwohl genausogut Faulheit der Grund sein kann, verschärftes Marktkalkül oder völlige Ratlosigkeit. Vorallem eine groteske Ratlosigkeit strahlen die Bilder nämlich viel massiver aus als alles andere, und Qualität ist beim Malen keine Funktion bedachtsamer, langsamer Produktion. Wir sind ja nicht bei Manufactum, sondern in der Kunst. Die Gedanken sind falsch, das ist das Problem. Aber Daniel dachte, ich rede gar nicht von ihm, sondern nur von Norbert Bisky.

Erfolg vernagelt die Aussicht auf die Welt. Zu viele Leute reden mit zu viel Bullshit auf einen ein, man schottet sich ab, kann nicht mehr schauen, denkt falsch und träumt von falschen Dingen. Daniel Richter hat dem Zeitmagazin in der Serie ICH HABE EINEN TRAUM einen so grausig banalen Text zu Protokoll gegeben, dass ich plötzlich denken musste, wahrscheinlich war er eben auch schon als Hafenstraßler ein genauso banaler, mitläuferischer, platitüdenhafter Typ wie jetzt als erfolgreicher Maler. Davon also träumte er heute: Vogel sein, unabhängig, die Welt im Flug von oben sehen. Keine Zeit vertrödeln mit unnützen Dingen, beschleunigt leben, ohne sogenanntes geistiges Doppelkinn, dieser Ausdruck war überhaupt das irrste, das geistige Doppelkinn. Davon träumte Daniel Richter aber nicht, er will ja keinesfalls behäbig leben, im Gegenteil, nur noch mit Kunstwerken will er kommunizieren und nie mehr mit Leuten zusammensitzen müssen, die ihn mit ihrem Gerede vollmüllen. Auch dass die Kellner zuletzt endlich wieder Kellner sein sollen, keine Maler, hat man noch nie gehört, nur in den letzten 40 Jahren ununterbrochen, bei jedem zweiten künstlerischen Abendessen.

Während ich das erzählte, saß ich im neuen Schumanns am Odeonsplatz, in dem ich heute erst zum zweitenmal war, hinten wurde ein großer Mediengeburtstag gefeiert, und die Stimmung im Laden vorne war auf genau die Art angenehm und animiert, wie Dollase die Persönlichkeit von Charles Schumann gerade in der Faz beschrieben hatte. Rechts neben mir rauchte ein einsamer Gast eine letzte Zigarre. Wie ich ihn anschaute, sagte er: stört es Sie? Nein, gar nicht, sagte ich. Und er: es ist die letzte Zigarre im Schumanns. Waren es viele? Oh ja, und viele Erinnerungen hängen daran, aus den letzten 25 Jahren. Dann schmauchte er weiter. Am Tisch links von uns wurden Pläne für den morgigen Silvesterabend besprochen.

Textebenenstabilität: ohne. Der nackte Mann sei er selbst, sagte der Künstler. Und die Mail: Bitte zum Jahreswechsel den Rechner ausschalten.

Heute Morgen
Montag, 31. Dezember 2007, München

es ist kalt
wir werden singen

Ich saß zwischen meinen alten Münchner Freunden A und B im Literaturhaus Oskar Maria, wir redeten über die neuen Läden, die die beiden machten, machen wollten oder nicht machen wollten, und ich sprach dafür, dass man die Aufgaben, die einem turnusmäßig zufallen, selbstverständlich übernimmt. Eigene Ideen sind nicht falsch, aber man sollte sie nicht extra verfolgen, sie sind ja eh da, sondern eher zurückweisen, zurückhalten, übergehen und hinter sich lassen als ausleben. Klar, ich redete nur von mir, jeder der beiden Freunde – der Wein wurde nachgeschenkt, Essen war köstlich, plötzlich war ich betrunken. Wir waren oben im dritten Stock, als die Beschießung Münchens begann. Die C war mit ihren Freunden dazugekommen, ich stand mit dem D am offenen Fenster, und die von den Raketenexplosionen illuminierte, rückseitige Silhouette Münchens hatte es uns wirklich angetan: Theatinerkirche, Residenz, Fries der Oper, Alter Peter, das alte Jahrhundert der Kriege in Europa, die ersten zwei Jahrtausende gegenwärtiger Zählung waren vorbei, der kreative Geist, der den D beseelte, war auch leise gegenwärtig, eine Freundlichkeitsanmutung zwischen Fremden, der F hatte per sms sein Motto des Jahres geschickt: Fokus, und das Motto der G hieß: Arbeit und Vergnügen. Dem würde ich mich gerne angeschlossen haben, obwohl mein Motto des Jahres 2007, das LET'S DANCE geheißen hatte, sich nicht sehr stark erfüllt hatte. Ein ganzes Alphabet von Menschen durchwanderte meine Nacht, so wie wir jetzt das innere München, unterwegs in den nächsten Laden. Als ich meine Arbeit hatte erklären sollen, war ich mir lächerlich vorgekommen, hatte es aber leider versäumt, auf die richtige Art auszuweichen oder zu schweigen. Dann hatten wir das Café King in der Müllerstraße erreicht, Leute davor, Leute drin, den Auftrag, zwischen den Bierchen auch mal ein Wasser zu trinken, hatte ich wieder vergessen gehabt. Erst war Konzert, dann wurde getanzt, ich redete mit dem H, saß dann lange neben der J in einem Sessel und schaute der Party zu und war erfüllt von uralter Liebe zu München.

fand das Leben schwer
aber schön

wie nie zuvohor

Januar 2008

Ekel, Hochmut, Hass

Dienstag, 1. Januar 2008, Tegernsee

Ja, sind Sie denn überhaupt schon fahrtüchtig?!, sagte der Arzt und leuchtete der Probandin mit einer Taschenlampe fuchtelnd und suchend ins Gesicht. Ich war aufgewacht und hinüber gegangen ins andere Zimmer, das völlig leer war. Der Boden war von der Fußbodenheizung angenehm erwärmt. Ich baute mir aus den in Stapeln an einer Seite aufgestellten Büchern einen Nottisch und schaute durch die riesige hohe Fensterwand der doppelstöckigen Wohnung auf den schneeweiß überzuckerten Morgen. Neujahr in Schwabing, das war ja schön, es kam mir auch so vor, als wäre ich noch halb betrunken, ich war also eher noch nicht ganz fahrtüchtig, sagte ich zu Dr. Henker und nahm das Buch Geschichte meines Todes in die Hand. Die anderen schliefen noch, leise ging ich im Zimmer herum.

Das Herz ist kein dunkler Wald, sondern ein sehr kraftvoller Muskel. Diese Art angeberhafter, realistischer Materialismus ist auch wieder prätentiös, aber die Poesie nervt, die Leute haben es sich in ihren Metaphern und Traumbilden auf eine so lächerlich stabile Art bequem gemacht. Nicolette Krebitz und Daniel Richter waren von ihren öffentlich ausgebadeten Elternschaften offenbar auch geistig stark mitgenommen, der Scheißdeutsche, also der von den sogenannten Prügeltürken als Scheißdeutscher beschimpfte ordnungsgemäße Deutsche, der im U-Bahnhof Arabellapark fast totgeschlagen worden war, redete im Café Münchner Freiheit aus der tz heraus mit mir. Ich war beim Essen von einem Omlette mit Schinken, Käse, Champignons, Salat, und draußen ging

der DER ERSTE RAUCHER vor dem Laden auf der böller-
farben gepunkteten Schmutzwiese herum und schaute auf
seine hier im Freien vorerst noch nicht verbotene Zigarette.
Dann führte er sie zum Mund.

Ich nahm die Salzburger Autobahn nach Südosten. In Tegernsee standen vor dem großen Brauhaus zwei Männer,
etwa 35, in spektakulärer Landtracht neben der Eingangstüre,
einer rauchte eine nach unten geschwungen Opapfeife, der
andere hatte einen Maßkrug Bier in der Hand, von dort her
also kam der Wohlgeruch des Pfeifentabaks. Der See lag da
im späten Nachmittagslicht. Die kleinen Personendampfer
schipperten mit einem Affenzahn an den Anlegesteg hin,
eine Glocke wurde geläutet, die Leute gingen von Bord, und
die, die das Schiff bestiegen, sagten beim Vorzeigen ihres Ti-
ckets zum Bootsschaffner: gutes Neues! Moosrain, Dürn-
bach, Gmund. MUSEUM TEGERNSEER TAL. Gästehaus
Kölbl, Kleinbergstraße 2, Zimmer 1, mit Balkon, vor dem
Haus war der Rodelberg, wo die Leute rodelten. Dann lag
ich stundenlang im Bett und las in der Jahresbilanzausgabe
der Zeitschrift Spex.

geschichte gegenwart, geschichten zukunft –
draußen schlichen noch immer
demonstranten durch die wälder
und auf tiefschwarzem grund
stand in weißer schrift –
geschrieben: the feeling is mutual

Ursprung des deutschen Trauerspiels
Mittwoch, 2. Januar 2008, Tegernsee

Das bunte Rad des Todes drehte sich über dem klage.leer.doc-
Pictogramm, das Word-Programm wurde gestartet, die Datei
sprang auf, und die weiße leere Seite, die auf taubenblauem
Grund abgebildet war, füllte sich von beiden Seiten, von

oben und unten gleichzeitig, mit dem hier erscheinenden Text. Oben das Richtige, unten das Verworfene, und in der Mitte dazwischen der ruhig pulsierende Strich des Cursers, wo die gerade neu getippten Worte aus dem Nichts auftauchten. Leise raschelte dabei die Tastatur.

Vor zwei Jahren war ich im Winter zum Arbeiten in kleine ostdeutsche Provinzstädte gefahren, hatte in zum Teil unfassbar trashigen Gasthöfen und Pensionen für ein paar Tage meinen Arbeitsplatz aufgebaut gehabt und dort morgens an der etwa 64. Niederschrift meines Familienromans Der Henker geschrieben. An den Nachmittagen wanderte ich durch das tief verschneite Görlitz und kaufte Essen, Zeitungen und eine Heilcreme für meine winterlich aufgesprungenen Lippen. Ich hatte mir ein Telefonverbot auferlegt, um innerlich besser zur Ruhe zu kommen. Mit Briefen versuchte ich mich in der Welt meiner Bezüge zu halten. Ich schrieb den Text der Niederschrift mit der Hand in große orangefarbene Hefte von Brunnen, anfangs zuversichtlich, aber bald war doch auch hier wieder unabweisbar die Bilanz: es wird auch diesmal nichts. Vor dem Fenster der Piccobellopension war das Wasser auf der Lausitzer Neiße zugefroren, unter hohen Bäumen standen die Leute auf dem Aussichtsplatz, schauten nach Polen hinüber und fütterten die über das Eis dahinwackelnden Enten.

Der als Scheißdeutscher Beschimpfte, der in München in der U-Bahn zusammengetreten worden war, ein pensionierter Realschullehrer, 76, hatte angeblich zu dem Kollegen Prügeltürke, 20, nur gesagt gehabt: in der U-Bahn wird nicht geraucht, Ausrufezeichen. Und der sogenannte Vater des Schlägers, 45, sagte der tz: Ich bin kein Alkoholiker oder Schläger, ich habe weder meine Frau noch meine Töchter jemals geschlagen. Das Schöne an den Prügelvorfällen war, dass sie ausgerechnet in München vorgefallen waren, nicht etwa in Berlin. Hier in Tegernsee schaute die Welt noch sehr idyllisch aus, leicht abgeranzt und in den 60er Jahren stehengeblieben, aber bayerisch bergig und hell.

Mittags ging ich raus, spazierte bei strahlendem Sonnenschein nach Rottach-Egern und fuhr mit dem fast leeren Personenschiff Kreuth zurück nach Tegernsee. Im Schloss-Café aß ich eine Rinderbrühe mit Einlage, die sich als köstliche Frittattensuppe herausstellte, und wurde von der Verrückten am Nebentisch, etwa 44, angesprochen: ob sie mir eine Mitteilung machen dürfe, sie wolle mir eine MITTEILUNG machen. Sie habe im Restaurant gegenüber, im Seehotel zur Post, nur deshalb Hausverbot, weil sie auf Bristolpapier verschiedene Briefe geschrieben habe, auch nach Bristol, das sei ihr aber ganz egal, denn sie dürfe hier im Café völlig ungestört sitzen und ihre Brief schreiben, auf deren Inhalt sie wohl eben zu sprechen kommen wollte, als ich sie mit dem sinnlosen Abwehrsatz unterbrechen musste, ich müsse mich hier leider selber eben noch dringend auf etwas anderes konzentrieren. Sie nahms ganz leicht, hatte schon Papier vor sich liegen, das sie zu beschreiben angefangen hatte, und zwischendurch redete sie mit dem kleinen Hund, der ihr am Nebenplatz zu Füßen saß.

Abends kam dieser gräßliche Film über Merkels Macht, politischer TV-Journalismus der allerprimitivsten Sorte, hier von Stephan Lamby und Michael Rutz, ohne einen einzigen ernstzunehmenden Gedanken zur Macht, zum speziell antimedialen Charakter der Kanzlerin. Das System Schröder, der innerlich dauernd auf Sendung war und immer noch ist, hätte man so erfassen können, aber nicht Merkels politische Praktiken, die ihren Kern im Abschluss gegen die Medien haben, in sozialer Diskretion. Das Beste des Films waren noch die Bilder aus dem Kanzleramt, die Gänge und Durchblicke, von innen ist der Bau nämlich tatsächlich viel weniger scheußlich, als er von außen aus ausschaut. Das sah man gut.

Noch während des Films war mir schlecht geworden. Ein NOROVIRUS hatte mich hyperakut befallen, vielleicht war auch die köstliche Frittattensuppe aus verfaulten Rinderfleischknochen ausgekocht gewesen. Um kurz nach Mitternacht war es so weit. Ich hing über der Kloschüssel, wie Tho-

mas Glavinic in seinen besten Momenten, und war schweißgebadet am Kotzen und Erbrechen. So ging ein schöner Ur-
laubstag zu Ende, KRANK.

Geschichte der Vereinigten Staaten von Amerika. Bd. 17
Donnerstag, 3. Januar 2008, Tegernsee

Frau Kölbl klopfte an der Türe, es war kurz vor 9. Sie brachte
das Tablett mit Kaffee und Frühstückssemmeln herein. Ich
lag noch im Bett, die rote Skimütze am Kopf. Das fand spürbar die Zustimmung der Frau Kölbl nicht. Aber meine Ohren
waren kalt, und ich war zwar nicht mehr so krank wie gestern
nacht, aber ganz war die Blitzgrippe der Noroviren, die ich
vielleicht auch nur durch einen diesbezüglichen Artikel auf
der Titelseite der tz bekommen hatte, noch nicht durch-
gestanden. Gliederschmerzen, Kopfweh, Schwächegefühl allgemein und Rumoren im sehr leeren Bauch. Das Gästehaus
Kölbl hatte keinen Frühstücksraum, die Gäste frühstückten
im Zimmer, am jeweils eigenen Frühstückstisch. Frau Kölbl,
etwa 48, lebte ohne Familie vorne rechts beim Eingang in
ihrer Stube. Ich ließ das Frühstück stehen und schlief wieder
ein.

Mama, ich bin schwul: Stern
Die Liebe der Väter: Zeit
Hey, Mr. President: Gala
Helden 2008: Vanity Fair
So kämpfen sie um ihr Glück: Bunte

Deutschland ist Spitze in Europa: Tegernseer Zeitung
Auch Vater und Bruder brutale Schläger: Bild
Opposition ruft Kenianer zu Massenprotest auf: SZ
Versöhnung im Irak kommt voran: Faz
1250 Jahre Tegernsee: Charivari

Ich muss mich um mein Mädchen kümmern. Dieser Spruch wurde in GOOD WILL HUNTING als der reifen Lebensweisheit letzter Schluss ausgegeben. Der Held nimmt Abschied von seinen Freunden und der mit ihnen gepflegten proletarischen Saufkultur, aber auch von den beruflichen Ambitionen, die ihm sein geniales Mathematiktalent eröffnet, und folgt einfach seinem Herzen. Er fährt mit dem Auto nach Kalifornien, um sich wie der Psychologe, bei dem er in einer scheußlichen Laberbehandlung gewesen war, endlich gegen das homoerotisch durchtönte Bonding seiner jugendlichen Clique zu entscheiden und den angeblich unvermeidlichen Schritt ins echte Erwachsenenleben zu tun: sich wirklich binden an eine Frau, die hier aber in schwachsinniger Verniedlichung zugleich Mädchen genannt werden muss.

Der grausige Primitivismus der amerikanischen Lebensphilosopheme, wie sie von der dortigen Unterhaltungskultur, vorallem im Mainstreamkino, propagiert werden, und die absolute Hochsophistikation der Gefühlsmanipulation: heulend und innerlich schlimmer durchgewalkt als von meiner Norovirenkotzattacke vom Abend zuvor, lag ich am Ende des Films da und klagte an den Gus van Sant der Lüge.

Anderer Selektionismus der Narrativität
Stadtplan von Tegernsee
HOMPOSS, Prinzenweg, Schützenstraße
Schneekapelle und Am Paradies

Der Frau Kölbl machte ich Mitteilung von meinem Plan, noch einen Tag länger in Tegernsee zu bleiben. Meine angebliche Krankheit glaubte sie mir nicht und fragte mich deshalb besonders grell: und gesundheitlich gehts Ihnen wieder besser?!

Liebe Tegernseer

Freitag, 4. Januar 2008, Tegernsee

Der Winter ist frühzeitig in unser Tal eingezogen, schrieb der Bürgermeister, es könnte eine WEISSE WEIHNACHT werden, sehr zur Freude der Skifahrer und Snowboarder nach dem enttäuschenden letzten Winter. Schon beim ersten Wintereinbruch habe ich die neuen Lifte an Sutten und Spitzing ausprobiert, ein gutes Skigebiet! Allen Tegernseern wünsche ich, auch im Namen meiner Stadtratskollegen und Mitarbeiter, alles Gute im neuen Jahr 2008.

Peter Janssen

1. Bürgermeister

Im Morgenrot schwebte ein riesiger Rabe auf die hohe kahle Hängebirke beim Rodelhang vor dem Gästehaus Kölbl zu, schwang in den Wipfel hinein und federte dort schwerbewegt nach. Es war etwas wärmer geworden, ich wanderte hoch zur Galaunalm und aß dort ein Paar Wollwürstl. Unterwegs war ich heute mit Carla Bruni und Dieter Wedel gewesen, die mir ihre Neujahrsvorsätze erklärt hatten.

Wedel: der Müll meiner Finca

Bruni: Gebrauch meiner Männer

Ein kleinerer Berg verschiedener Argumente und Szenen, die gleich kommen sollten, wurde von jedem Stück Textgeröll weiter nach vorne, vor- und fortverschoben, dem folgten dabei zugleich die aufschiebenden Textstücke, die auf die Art, sozusagen münchhausenhaft, von sich selbst an- und hinterhergezogen wurden, so etwa die nächstfolgenden Zeilen hier über die Männer:

ich mag es

wenn sie männlich sind

ich mag es, wenn sie feminin sind

ach, ich mag alle Männer

Die Verrückte im Schloss-Café neulich hatte mich gleich nach dem Reinkommen zu sich an den Tisch eingeladen, wegen der schönen Sonne dort, Platz sei ja genug. Da hatte ich mir noch gar nichts dabei gedacht. Auch als sie überfröhlich sofort, nachdem sie ihren Kuchenteller leergegessen hatte, gleich nocheinmal einen zweiten Apfelstrudel beim Kellner bestellt hatte und dabei quasi dem ganzen, weiten, spärlich besetzten Verandalokal ihre Begeisterung für diesen Apfelstrudel hier bekanntgab, der dünne Teig sei ja so gut, speziell auch der Boden, es gehe übrigens mit den Apfelstrudelvorräten da hinten an der Kuchentheke auch schon so langsam zu Ende, weshalb sie mir rate, doch möglichst schnell auch noch einen dieser köstlichen Apfelstrudel zu bestellen, fühlte ich mich von der extrovertierten Wohlgelauntheit etwas gestresst, hatte aber die doch schon recht deutlich sendende und leuchtende AURA DES IRRSINNS noch gar nicht aufgenommen gehabt. Erst als die Verrückte ganz explizit wurde und mir partout von ihrem Hausverbot wegen der Bristolpapierbriefe nach Bristol ganz formell Mitteilung machen wollte, war ich von ihrem Irrsinn erreicht und erfasst worden und sofort davor zurückgeschreckt. Den Nichtirren gegenüber pries ich die besondere Interessantheit der aktuellen Spexausgabe an.

Ted Gaier: Blick
Lucas Ossendrijver: Lanvin
Jörg Koch, Foto in der Fas: Stil

Beim Wandern den Berg hinab waren mir mehrere Dinge, Worte, Sachen und Gedanken durch den Kopf gegangen, und so blieb ich immer wieder stehen, schaute durch den verschneiten Hochwald auf den unter mir liegenden Ort und notierte, danke, schöner Tegernsee.

Dialektik der Aufklärung

Sonntag, 6. Januar 2008, Berlin

Sekunden, Jahre, lieber Michi
Schmorpfanne, Teekanne, Auto, Computer
Formbügel, Salzmühle, Türgarderobe

Wem aber soll denn obliegen die Verantwortung für das Gelingen des Lebens, wenn nicht dem Lebenden selbst? Muss ich auch die Rechnung meiner Tochter zahlen? Detox, Rehab, nö, nö, Ives.

Wenn die Allzuvernünftigen allzu vernünftig und grausam überlegen lächelnd ihre Vernünftigkeitsvorstellungen über den von ihnen nur noch gleich einzurichtenden Vernunftzustand der Welt darzulegen anfangen, fangen die allergrellsten Alarmglocken zu schrillen an, das ist der Kern meines Einwandes gegen eine Figur wie Ursula von der Leyen. Vernunft macht den Einzelnen auch verrückt, weil sie eine Zwangsgewalt ist, die vorgibt, wozu zuzustimmen ist, weil ja einzusehen ist, dass es vernünftig ist. Wenn der Exorzismus der Unvernunft allzu maßlos wird, kommt die Stabilität des gesamten Systems, das seine Ordnung einer Vernunftherrschaft unterstellt hat, in Gefahr. Gesellschaftliche Ordnung muss auch genügend Raum für Unvernunft vorsehen, sonst drehen die Leute an den Rändern durch. Die Prügelausländer sind insofern sozusagen auch Folge des Rauchverbots.

Die Bewertung des Werks unterliegt Konjunkturen, unabhängig von seiner Qualität, trotzdem schwankt aber doch auch, ganz für sich selbst, auch die Qualität der einzelnen Werke selbst. Für den Künstler ist beides stressig. Er kann nichts davon wissen wollen, um sich selbst zu schützen, im Interesse der Fortsetzung der Produktion, muss sich beidem dann aber letztlich doch stellen, wenn er mehr als nur einfach weitermachen will, im Interesse der Qualität des Neuen.

Humor: Waffe der Ratlosigkeit

computergesteuerte Kampfflugzeuge
schmiegen sich im Tiefflug der Landschaft an
um das feindliche Radar zu unterfliegen

im Takt des Herzschlages
begleitet er seinen Gesang
mit der Trommel
und steigert sich bis –

dieser sehr pessimistische Zug
wohnt dem Buch ganz bestimmt inne

Bruno Möhring, 1863-1929
König Gericke, 1838-1926

München wird 850 Jahre alt
Sprechen Sie Münchnerisch?
Das AZ-Quiz zum Stadtgeburtstag

Bleschl, drammhabbad, pratzln

Hallo Berlin!
Montag, 7. Januar 2008, Berlin

Das per Postwurf zugestellte Lokalblatt BERLINER WO-
CHE, das sich im Kopf als die auflagenstärkste Wochenzei-
tung in Berlin bezeichnen darf, hat in der vergangenen Woche
eine Sonderausgabe mit Leserbeiträgen gemacht: meine Berliner Woche. Hallo Berlin!, schrieb Chefredakteur Helmut
HEROLD in seinem Editorial, das neue Jahr ist da. Ich hoffe,
Sie sind gut reingekommen. Ich wünsche Ihnen allen, dass
dies ein gutes Jahr wird.
    Gehe ich durch die Straßen, hieß es im Leserbeitrag von

Werner Klopsteg aus Prenzlauer Berg, so blicke ich zu den Fenstern der Häuser und denke an die Menschen dahinter. Ich fühle mich mit ihnen verbunden. Daneben berichtete Tanja Krüger im Hauptartikel über das Orphtheater in der Ackerstraße. Dagmar Buth schrieb, sie und ihr Mann seien vor einhalb Jahren aus Schleswig-Holstein zugezogen, um hier ihren Lebensabend zu verbringen, fühlten sich jetzt aber vom Hundekot auf den ungefegten Gehwegen belästigt. Sie wünschte sich für das Jahr 2008, dass mehr miteinander und nicht so sehr gegeneinander gelebt werde, in dieser wunderschönen Stadt.

Das Sentimentale und Naive, das schreiberisch Ambitionierte und Banale, Klischeehafte und Individuelle waren gut gemischt, die Freude am Lokalblatt ist die an der weitgehenden Unbekanntheit und Unbenutztheit, am inneren Reichtum der von einem selbstverständlich und ein bisschen blind bewohnten nähesten Welt. Heimatkunde: man kennt alles irgendwie, weiß aber nichts darüber, kriegt es hier gesagt.

Weiter hinten, im redaktionellen Teil, war ein Buch über Industriekultur in Berlin besprochen. Ich hatte mir den Titel aufgeschrieben, den Autor, den Verlag, und stand jetzt wiedermal bei Dussmann in der Belletristik- und Berlin-Buch-Ecke im Parterre an der Auskunftsstelle. Die Buchhändlerin hatte in ihrem Computer schnell ermittelt, dass es weder den Autor noch den Verlag gebe, und auch der Titel sei nicht gelistet. Nein, keinesfalls sei das Buch zu finden. Es müsse ja auch Geld gezahlt werden, dass man in dieses Verzeichnis der lieferbaren Bücher aufgenommen werde. Sie war sehr ungnädig, wusste genau bescheid und war dann wenig begeistert, als auf mein ziemlich penetrantes und zuletzt auch gut genervtes Nachbohren hin das Buch natürlich doch gefunden wurde. Ergebnis: Steht da drüben im Regal. Ich ging hin und sah, wie sie sich mit ihrer Kollegin über den querulatorischen Kunden, der sie hier bei ihrer gemütlichen, nachweihnachtlichen Büroarbeit an ihrem Computer mit einer ANFRAGE belästigt hatte, abschätzig austauschte. Folge bei mir: Hassattacke auf fette, dumme Frauen.

Jörg Raach, Industriekultur in Berlin, L & H Verlag
Helmut Engel, Baugeschichte Berlin III, Moderne Reaktion
Wiederaufbau, 1919-1970, Jovis Verlag

Als ich mit diesen Büchern zu den Kassen ging, sah ich den
Dirk Kurbjuweit vor mir gehen und sagte leise: Herr Kurbjuweit? Er drehte sich um, wir redeten kurz. Meine Bewunderung für die politische Berichterstattung des Spiegel aus
Berlin hängt auch ganz speziell an seiner Person und seinen
Texten. Das eher Leise und Analytische seines Stils kam besonders gut in der späten Schröderzeit, im Wahljahr 2005,
heraus. Der Schrödersche Lärm, das Beißgehabe des Alphatiertums, das von Schröder immerzu charmant und böse grinsend kultiviert wurde, der populistische, volkstribunenhafte
Anspruch, als beliebtester Politiker fast auch schon von demokratisch verfahrensmäßiger Legitimation freigestellt zu
sein: der ganze politische IRRSINN im Grunde des späten
Schrödertums wurde damals in den aktuellen analytischen
Erzählreportagen von Dirk Kurbjuweit für mich am besten
erfasst. Nicht an einer Kampagne von Exlinks ist Rot-Grün
gescheitert, sondern an einer fundamental falschen Vorstellung davon, wie Ego und Institution im politischen Prozess –
ich ging kurz raus, ins andere Zimmer, um die alten Spiegel-
Artikel von 2005 auf diese Thesen hin nocheinmal durchzuschauen.

Der Sturm
Dienstag, 8. Januar 2008, Berlin

– dass Sie Nachentgelt bezahlen müssen, haben Sie schon
gesehen?
– das habe ich gesehen

Wenn die Vernunft in ihrem Selbstbewusstsein durchzudrehen anfängt, sich für einen Moment daran zu erinnern: das ist ja fast ihre Normalität, der Exzess, der Irrsinn, die Radikalität. Vorallem, wenn sie IDEEN zu ihrem Gegenstand hat, ist sie in Gefahr, maßlos zu werden. Faschismus, Yoga, Ernährung, Religion. Instrumentelle Vernunft hingegen: gut. Mein Blick war auf die aktuelle Ausgabe des Deutsche Ärzteblatts gefallen, auf dessen Titel ein Herz abgebildet war, ganz in Rot, nur die berühmten Herzkranzgefäße zeigten böse hellgraue Punkte: subklinische Atherosklerose häufig.

Leipzigerstraße, Reichsluftfahrtministerium, 1935
Fehrbelliner Platz, Reichsgetreidestelle, 1936
Flughafen Tempelhof, Rohbau, 1939
Tiergartenstraße, Japanische Botschaft, 1940
Tiergartenstraße, Italienische Botschaft, 1942

Auch der Faschismus war ein Vernunftsystem, man weiß es und sieht es immer noch sehr gut an der Architektur: Radikalisierung der Moderne, Hyperklassizismus, nicht einfach nur Irrationalität, eher eine hysterisch vereiste Überrationalität. Der Rassenwahn war zuerst eine Rassenlehre, ein wissenschaftlich argumentierendes Ideensystem. Das will man den Hochvernünftigen, wenn sie mit ihren guten Gründen für alles auf einen einbitchen, entgegenhalten. In der Faz war ein farbiges DRUCKKONTROLLELEMENT abgebildet. Im Radio sagte eine Frau, die sich von Sartre bedrängt gefühlt hatte:

machen Sie sich doch nicht lächerlich, Sie Zwerg

dafür hat mein
EHEMALIGER INNENMINISTER SCHILY
gesorgt

Kulturindustrie

Mittwoch, 9. Januar 2008, Berlin

Auf der Achse Avantgarde Faschismus war die Einführung des Fernsehens in Deutschland an der Jahresstelle 1934 eingetragen, und an eben diesem abendlichen Minutenpunkt, um kurz nach halb acht, waren im voll ausverkauften Haus 2 am Halleschen Ufer die Lichter ausgegangen für den Beginn der fernsehanalytischen Theateraufführung von Rimini Protokoll: Breaking News – ein Tagesschauspiel.

Der Anfang war sofort riminimäßig toll: Menschen aus den Randbereichen des Mediengeschäfts stellten sich in freier Rede vor, eine Cutterin, ein Nachrichtenredakteur, mehrere Dolmetscher, und sie erzählten vom Sozialpalast in der Pallasstraße 6, einer Ikone der Fassadenverwahrlosung durch Satellitenschüsseln, dessen Bewohner sie angeblich seien. Es brauchte die Erzählung dieser echten Menschen, dass mir das einmal richtig klar wurde: wie viele verschiedene Fernsehprogramme AUS ALLER WELT tatsächlich durch diese traurigen Satellitenschüsseln in die Wohnungen dahinter geholt werden können, ist natürlich sinnvoll, weil sich die Bewohner, aus aller Welt gekommen, auf die Art eben mit heimatlichen Programmen versorgen können.

Die Bildwände von der Balkonfassade der Pallasstraße wurden umgedreht, ein riesiger Weltatlas wurde sichtbar: ah!, und die Spieler stellten, auf die Karte zeigend, die von ihnen heute jeweils gecoverten Regionen vor: Südamerika, Island, Deutschland, Mittlerer Osten, Indien und Russland. Hinter den Karten hatte eine Armada von Fernsehapparaten gewartet, die jetzt, letzte Verwandlung des Bühnenbilds, sichtbar wurden, auf vier Regalen locker angeordnet. Es war schon kurz vor acht. Der den Ablauf choreographierende Spielleiter am seitlichen Mischpult nahm eine Posaune in die Hand und trompete mit ihr eine echte FANFARE in den Theaterraum. Die Tagesschau fing an.

Leider ahmte die Inszenierung jetzt allzu mimikryhaft den

Live-Schalte-Irrsinn des echten Fernsehens nach: und wie ist die Stimmung bei Ihnen? Zwischen den verschiedenen Nachrichtensendungen aus den unterschiedlichen Weltregionen wurde schnell hin und her geschaltet, der jeweilige Übersetzer erläuterte kurz, was gerade kam, dann war schon wieder der nächste dran. Die davon im Zuschauerraum hervorgerufene Heiterkeit signalisierte: wissen wir, kennen wir, ist ja witzig, ha ha. Aber genau das hätte man doch jetzt gerne genauer erklärt bekommen von den informierten Benutzern: was das Nichtgleiche, das Besondere, Andere der jeweiligen Nachrichtensendung ist.

Walter von Rossum, der die Tagesschau präsentierte, hatte schöne lange Haare, einen wohlgenährten Bauch mit schönem weißem Hemd darüber und fühlte sich in seiner Rolle als Supertopcheckerbunny der Medienkritik ein bisschen allzu wohl. Er hat ein ganzes Buch über die Tagesschau geschrieben. Jetzt erzählte er hier, was er dabei herausgefunden hat: nur aus den Medien würden die Journalisten sich über die Welt informieren, viele hätten sogar ANGST vor der echten Welt. Auch werde die Tagesschau schon eine Woche im Voraus geplant, weil die sogenannten Aktualitäten schon im Voraus bekannt sind. Und insgesamt werde so nur ein sogenannter Schrebergarten des Realen von der Tagesschau verkauft, anstatt die Realität selbst präsentiert.

Die Intervention dagegen kam von der Poesie der Bühne: der Chor der Stimmen aller Dolmetscher, die gleichzeitig leise murmelnd redeten, wurde zum großen atmosphärischen Weltgeflüster, das den menschlich bewohnten Planeten der Erde ja wirklich ummurmelt, und dahinter wummerte, individuell herzschlaghaft, das Ambientgeblubbere einer leisen Musik: schön. Ich wurde ein bisschen müde. Es war jetzt halb neun, der Theaterabend war genau an seiner Mittelstelle. Irgendein Break müsste jetzt kommen. Und welche neuen ARGUMENTE waren vorgesehen für den zweiten Teil?

Aufklärung als Massenbetrug 2

Später am Abend, immer noch bei Riminiprotokoll im Hau, war das Logo von Studi-VZ neben dem Kopf des Tagesschausprechers erschienen. Der Fernseher war gerade stumm geschaltet, und so war nicht zu erfahren, was die diesbezügliche Nachricht gewesen war. Mit welcher Neuigkeit war Studi-VZ in den 8-Uhr-Nachrichten der Tagesschau vorgekommen? Oder war da gerade das Band einer älteren Sendung gelaufen? Überdeutlich spürte ich in diesem Moment, wie wenig interessant eine auch nur vier Tage alte Medienkritik war, im Vergleich zur aktuellen Ausgabe der Tagesschau.

Auch hätte ich gerne mit eigenen Augen und aus der Nähe gesehen, wie Ferdinand Piëch als Zeuge vor Gericht in Braunschweig aufgetreten ist. Die Nachricht war nicht die vorher bekannte Tatsache seines Auftritts dort, sondern die Art seines Auftretens. Auch diese Nachricht war um acht Uhr nicht mehr neu, weil auf Spiegel Online beinahe live schriftlich darüber berichtet worden war, aber die Tagesschau würde einem direkt ein paar Sekunden visuelles Anschauungsmaterial vom GESICHT des Zeugen liefern. Genau auf diesen Sekundenmoment war die Aufmerksamkeit instinktiv gerichtet und würde ihn sich automatisch aus den umgebenden Bildfluten entreißen, um ihn sich als Beute eines eigenen Eindrucks anzueignen.

Der begleitende Erzähltext des Reporters würde in diesem Augenblick innerlich kurz ausgeblendet werden, damit die visuelle Wahrnehmung wirklich ergriffen werden könnte. Denn obwohl man so sehr daran gewöhnt ist, kann man Bild und Sprache nicht wirklich gleichzeitig verstehend erfassen und synthetisieren. Bild und Sprache, deren Interferenz in echt und auf der Bühne poetisch wirkt, löschen sich im Fernsehen gegenseitig aus. Es sind zu viele Informationen, in zu komplizierten Bezügen zueinander. Der Geist reagiert vereist, gelangweilt, eingeschläfert. Das ist der berühmte Tranceeffekt des Mediums Fernsehen, gigantische Informationenüberfülle, gegen die Abwehr durch Schläfrigkeit hochgezogen wird. Deshalb kommt einem alles so schrebergartenhaft bekannt vor, wie es der Tagesschaukritikprofi Walter von Rossum kritisierte, weil die Wahrnehmung der wirklich angebotenen neuen Informationen in ihrer ganzen Wirrheit und Widersprüchlichkeit viel zu anstrengend wäre.

Für eine Minute Nachrichtensendung, erzählte die Cutterin hinter ihrem Computerplatz an der rechten Bühnenseite, habe sie manchmal nur eine Stunde Zeit, um die zu schneiden. NUR eine Stunde. Handwerkliche Schneidetechniken und manipulative Kalküle kommen in dieser Arbeit zusammen, um die konkret beabsichtigte Gefühlswirkung, die vom fertigen Nachrichtenfilm ausgehen soll, herzustellen. Und auch davon wird man als Zuschauer der Tagesschau im Effekt geistig zusätzlich beansprucht und erschöpft: von der in den Schnitt hineingesteckten Geistesenergie. Die Manipulation der eigenen Gefühle muss man dabei nämlich nicht nur geschehen lassen, sondern auch noch übersehen und wegdenken. Die Kulturkritik von Adorno aus dem Jahr 1948 war mit anderen Fragen befasst.

Abends war ich ins Autoforum gegangen, Unter den Linden 21, direkt gegenüber den Redaktionsräumen von Vanity Fair, um mir die große Debatte des DJV über Online-Journalimus anzuschauen. Ein Highlight der rasenden Eitelkeit: Hans-Ulrich Jörges, wie man ihn aus tausend Fernsehsendungen kennt, so natürlich auch und noch viel mehr in echt, hier, heute abend. Die Aufführung ging von 7 bis 9 Uhr, und schon während sie lief, freute ich mich auf die publizistischen Effekte, die das in den nächsten Tagen haben würde.

Brutus

Freitag, 11. Januar 2008, Berlin

Es war warm geworden, stürmisch fegte der Januar daher. Kyritz wurde vorgeführt. In der Kammer leuchtete grell ein weißes Licht von der Decke. Die Exekution müsse nicht begründet werden, denn es sei so beschlossen, dass in den Kopf hineingeschossen werden solle, bevor dieser abgehackt und so ganz und endgültig vom Rumpf des Körpers abgetrennt werden würde. Die Ausführungen über diese prozessual angeblich nicht zu beanstandenden Vernichtungsbeschlüsse waren flüsternd und auf deutsch vorgetragen worden, die Dekapitation habe bereits unter Ausschluss der Öffentlichkeit in den frühen Morgenstunden des heutigen Tages stattgefunden. Der Vorhang der formelhaften Rede war dann zur Seite gezogen worden, und dahinter erschien, maskiert als Mensch, der hier handelnde Exekutor. Der Prozess wurde für abgeschlossen erklärt. Er war sehr ruhig und innerhalb von nicht mehr als vier Minuten abgehandelt worden. Dem Kyritz wurde gesagt, wegzugehen vom Fenster. Das Fenster wurde geöffnet, und aus dem dritten Stock war der Leichnam heraus geworfen worden, nach unten gestürzt und auf dem Boden tot für immer aufgeschlagen.

Kaputt

Samstag, 12. Januar 2008, Berlin

Leistung des Schriftmenüs
wird optimiert

Der Computer war kaputt. Leistung des Schriftmenüs wird optimiert, sagte irgendein im Computer vorausinstallierter Textautomat. Das war die Sprachregelung der Maschine: sie ist kaputt, das wird Optimierung genannt. Ich hatte bei den Fachleuten oben angerufen, die Nummer meines Endgeräts durchgeben sollen, dann sah ich, wie der Curser von außen fremdgesteuert über meinen Bildschirm huschte. In Windeseile war die von mir als vernünftig empfundene Ordnung für sinnlos erklärt und ausgelöscht worden. Über den Telefonhörer hörte ich den sogenannten Administrator über die Verhältnisse auf meinem Computer SCHIMPFEN. Der Abfalleimer sei kein Speicher, schon war er geleert. Den Unsinn, der bei mir vorgehe, verstehe er nicht, warum Word nicht mehr geöffnet werden könne, sei ihm unerklärlich. Hörbar freute er sich daran, in einer sehr direkten und rohen Sprache mit mir zu sprechen, die Hemdsärmeligkeit sollte ausdrücken, dass er ein echter Fachmann war. Mein Vertrauen in die Welt der Maschinen wurde dadurch nicht gefördert. Mein Hirn fühlte sich angeschlagen an, zugeschaltet zum Inneren meiner gestörten Maschine.

*

Sxf7?!

Gestern erschien die schönste Faz der neueren Zeitrechnung, das Bild auf der ersten Seite war ein Schachbrett. Weiß am Zug, stand darüber: Sxf7, Fragezeichen, Ausrufezeichen. Es ist eine solche Wohltat, mit Unbekanntem konfrontiert zu werden, mit einem Hinweis, einer Information, die eine andere Antwort vorsieht als das ewige: ja, ich weiß. Es findet also eine Schachweltmeisterschaft statt, stimmt gar nicht, einfach nur ein wichtiges Turnier, zwei Erzrivalen stehen sich gegenüber, Topalow und Kramnik, den Handschlag haben sie einander schon verweigert, so sehr verachten sie sich gegenseitig, spielen aber vorerst noch miteinander Schach. Die Schachwelt wusste davon, klar, ich nicht, nichts wusste Kyritz davon, gar nichts. Ich hatte mich nämlich für zwei Wochen in die Hölle der Medizin verkrochen, um mich dort zu verstecken. Hier war genügend Platz für jeden Schmerz, hier weiß man gut, wie wenig es nützt, dass man etwas anderes will als das, was geschieht. Man lernt auch zu viel Demut dort. Bei herrlichem Winterwetter radelte ich morgens zum letzten Mal zur Kaiserin Friedrich Stiftung und hatte dort dann notiert: wie aber räumt man Platz frei für KONTEMPLATIVEN Bedarf, in aktivistisch orientierten Berufen: Journalismus, Schreiben, Medizin.

hinterher lobte ich
meinen Sekundanten Iwan Tscheparinow
der DAS SPRINGEROPFER gefunden
und vorbereitet hatte

Konrad-Adenauer-Haus

Montag, 28. Januar 2008, Berlin

im Teigeimer schwimmten die Augen der Chefin
im Imperfekt beugte die Gegenwart falsch SICH doch schön
ein Hund hebte sein Bein links an den Baum
tiergartentierlich die Steinmenscheninschrift: Essig

nee: Lessing, Hessen, Niedersachsen
Hannah-Arendt-Straßen-Schild, Konrad-Adenauer-Haus

Die Kanzlerin war sehr blass und sehr dick geschminkt, das
absolut Übertrockene, Überpulverte der für die Fernseh-
kameralichter berechneten Schminke kontrastierte stark mit
einem Tropfen Augenflüssigkeit, der sich im linken Augen-
winkel angesammelt hatte, ohne weggewischt zu werden.
Noch blasser, noch krasser überschminkt: die Teigkrater von
Koch, in denen der riesige Fleischwülstemund bewegungslos
hing. Fünf Minuten redete die Kanzlerin, exakt fünf Minuten
danach Wulff, dann war Koch dran. Langsam redete er sich
Farbe in die tote Haut, wollte gar nicht mehr aufhören zu reden. Eine unendliche Mattigkeit hatte sich ausgebreitet im
Gesicht der Kanzlerin.

Es war gut, dass es das Wort KANZLERIN gab, dass man
nichts wusste über sie privat, dass kein Hauch von Exquisit-
heit irgendeines erkennbar besonderen Stils Signale von Individualität aussendete, dafür standen die Teigfaceexzesse der
deutschen Politik: die Souveränität der mittleren Normalität.
Als der Körper der Kanzlerin von zwei unterdrückten Nies-
spasmen geschüttelt wurde, freuten sich alle, Koch schaute
irritiert. Er hatte die Lacher aus dem Publikum auf seinen
Text bezogen, wurde aufgeklärt und kam dann auch bald mit
seiner Rede zum Schluss. Wie der Stil des Auftretens, so der
Inhalt der Pressekonferenz: null. Diese rituelle Leere wird
als Vernunft der demokratischen Prozesse von Phoenix allen
denen zugetragen, die sich dafür interessieren.

Im Sprühregen unverdorrt lag der Christbaum vor dem Haus, er war in drei Teile zersägt, würde aber nicht noch einmal repariert und wiederaufgestellt werden, hier wartete er nur noch auf seinen Abtransport in den Müll, Charlottenstraße, Ecke Mittelstraße. SAUWETTER. Zur Abräumung der letzten Reste vom Anfang dieses neuen Jahres, Ende Januar 2008.

Das Leben der anderen

Dienstag, 29. Januar 2008, Berlin

Hochgradig animiert und heftig gestikulierend stand Enzensberger vorne am Pult und stellte seinen HAMMERSTEIN in freier Rede vor. Der Saal war dicht gefüllt bis auf den sprichwörtlich letzten Platz. Immer wieder haute Enzensberger beim Reden versehentlich an das Mikrophon, so sehr war er erfasst von seinem Gegenstand. Hammerstein hatte sein Leben gegen die Regeln gelebt, in vielen kleinen, aber entscheidenden Momenten das Unwahrscheinliche einer individuellen Abweichung realisiert. So war eine zuletzt sehr besondere Familiengeschichte des Eigensinns entstanden. Während Enzensberger sich diese Gedanken redend vergegenwärtigte, zeigte sein Gesicht eine solch akute FREUDE am Augenblick des Denkens, an der Zerebralität der Freiheit, dass man als Zuhörer nicht anders konnte, als von diesen uralten Lebensthemen Enzensbergers ebenso akut erfasst zu werden.

Enzensberger sprach dabei auch als Repräsentant der jungen Generation der frühen Bundesrepublik, deren beste Möglichkeiten, so zeigte es sich plötzlich im Spiegel von Hammersteins Eigensinn, in den vielen unruhig suchenden Bewegungen der langen Lebensgeschichte von Enzensberger selbst mit ausgetestet worden waren. Dass Enzensberger dabei immer so sehr von sich selbst und seinem Ich abzusehen geneigt war, naturellgegeben, hat in früheren Jahren seinem Werk auch ein seelenmäßiges Tiefendefizit beigegeben. Die

Gegenmodelle waren von Walser und Grass vorgelebt worden, und an deren eitel verknarztem, ewig altmännerhaftem Beleidigtsein sieht man heute gut das Weltpotential der Intellektualität des Antidichters, des intellektuellen Schriftstellers Enzensberger.

Die Rede dauerte genau richtig lange, zwanzig Minuten nur. Der öffentliche Moment war dabei zugleich auf ganz altmodische Weise diskret geblieben, weil es keine Fotographen und keine Fernsehkameraleute gab, die zwischen Enzensberger und dem Publikum ihrer sogenannten Arbeit nachgegangen wären und dabei das Livegeschehnis auf ihre abgedroschen eingeübte Art zerstört hätten. Nur ein Radiomikrophon war erfreulicherweise am Pult gestanden, man wird diese Rede also im Radio irgendwann hören können. Damit die Authentizität von Esprit entstehen kann, werden Bedingungen gebraucht, die dem üblichen Diktat der Maschinen, der Diktatur der Medien zuwiderlaufen.

Dann wurde applaudiert. Draußen stand das Buffet, der Wein wurde gebracht, die Leute kamen in kleinen Stehgrüppchen zusammen und redeten miteinander. SUHRKAMP, Fasanenstraße: vielen Dank. Wer wollte, durfte sich auch noch ein Exemplar des Buches mit nach Hause nehmen, um es später dort zu lesen.

Hammerstein

Mittwoch, 30. Januar 2008, Berlin

am Vormittag des 26. Januar
ging ich zu Schleicher
und frug ihn
was an den Gerüchten
über einen Regierungswechsel wahr sei

Schleicher antwortete höchstwahrscheinlich nicht: in der Selbstverständlichkeit dieses stark gebeugten Imperfekts sehe ich eine Schwierigkeit für zukünftige Historiker voraus, die Geschehnisse dieser Tage zutreffend, also so, wie sie wirklich waren und sich angefühlt haben, darzustellen, sondern zog sich auf Hindenburgs Diktum zurück:

wenn die Generale nicht parieren wollen
werde ich sie alle verabschieden

Generale verabschieden. Hinter den untergegangenen Vokabularien waren auch zeitspezifische Weisen zu schweigen verborgen und mit ihnen verschwunden, bestimmte Formen der Ichextinktion, die so selbstverständlich gewesen waren, dass man sie den Gesichtern auf den Fotos vielleicht gerade noch ansehen und stumm ablesen, sie aber nicht mehr explizit verbal erfassen konnte. Auch von diesen Problemen handeln die fiktiven Gespräche, die Enzensberger sich in seinem Hammerstein mit den toten Helden seiner Geschichte führen lässt. Dabei kann er eigene Erinnerungen an den Habitus und Duktus der damaligen Zeit sprachlich aufleben lassen. Die Protagonisten der deutschen Militärmonarchie, die vor dem ersten Weltkrieg der selbstverständlich reale Alltagsraum war wie heute die, gerade verschwindende Mediendemokratie, waren in den späten 1940er und 5oer Jahren so alive and kicking wie Schmidt und Kohl heute, ältere Herrschaften von 80 und 85 Jahren.

Knapp, direkt geradeheraus, dabei immer auch ein bisschen zynisch und zeremoniös war die damalige Redeweise, aus dem gehobenen Offizierskasino gekommen, eventuell wirklich gewesen. Es war der 75. Jahrestag von Hitlers MACHT-ERGREIFUNG, Enzensberger saß heute in Hammersteins einstiger Dienstwohnung an einem Tisch und las den Mitgliedern der Familie Hammerstein aus seinem Buch vor, nachdem er nocheinmal gesagt hatte: es ist gar nicht so einfach, sich vorzustellen, wie das damals gewesen sein könnte. Nach der Lesung war in den früheren Privaträumen Hammersteins der Empfang. Ich schaute aus dem Fenster im dritten Stock und sah da unten in der Stauffenbergstraße mein Auto ganz alleine stehen. Der tritt also komplett in die hammerstein-schen Fußstapfen so langsam, sagte jemand im Treppenhaus, offenbar selbst auch ein Hammerstein. Ich war beauftragt, mich mit den Tellerrandthesen des Richard Kämmerlings, der in der heutigen Faz seine Doktorarbeit über die Gegen-wartsschwäche der Gegenwartsliteratur publiziert hatte, zu beschäftigen, und fuhr deshalb schnell nachhause.

Deuerlein
Donnerstag, 31. Januar 2008, Berlin

Die Geschriebenheit der uns bekannten Welt, die Gespro-chenheit der Gegenwart. Früher, einst, jetzt, twitter, jetzt. Von Musik umtost und ganz in anderen Gedanken saß Ham-merstein abends im Konzertsaal am Gendarmenmarkt. Der junge Mann am Flügel, Severin von Eckardstein, spielte spar-sam bewegt die sinfonischen Variationen in fis-Moll von Cé-sar Franck. Auf der großen Videoleinwand über der Orgel kam der aktuelle Quasidialog zwischen Snoop Dog und Ke-vin Spacey –

– Mister Dog!
– hu?
– I'm wiggedy wiggedy wack yo!
– that ain't my stazzle dazzle
– well, I finance this film, so I'll do as I lizzl
– tripple foe!
– you can razzle dazzle my phantasma gazzle
– that don't even make sense
– it does, if you DIZZLE!

In diesem Augenblick krachten auch schon die Schüsse. Auf die an ihn gerichtete Frage, ob er der General von Schleicher sei, hatte der General seinen Körper etwas umgewandt, um den fragenden Herrn zu sehen, und hatte gesagt, jawohl. Was weiter geschehen ist, weiß ich nicht, denn aus Angst hatte ich aufgeschrieen und war aus dem Zimmer gelaufen, hatte ich vor dem Konzert im Deuerlein, Deutsche Kanzler, über die Ermordung des Kurt von Schleicher gelesen.

Ein Verstorbener wird allerdings nicht durch das Grundrecht der freien Entfaltung der Persönlichkeit aus Artikel 2 Absatz 1 Grundgesetz geschützt, weil Träger dieses Grundrechts nur lebende Personen sind. Die 1. Kammer des Ersten Senats des Bundesverfassungsgerichts hat in zwei Entscheidungen, in der Nachfolge des Esra-Beschlusses vom 13. Juni vergangenen Jahres, Verfassungsbeschwerden nicht zur Entscheidung angenommen und damit zweimal für die Freiheit der Kunst entschieden, hatte die Pressestelle des Bundesverfassungsgerichts mittags mitgeteilt gehabt.

Von einer weiteren Begründung wird nach § 93 d Abs. 1 Satz 3 BVerfGG abgesehen. Diese Entscheidung ist unanfechtbar.

Februar 2008

Heiliges römisches Reich deutscher Nation
Freitag, 1. Februar 2008, Berlin

Die Kanzlerin kam mit Ole von Beust und Finanzstaatssekretär Diller um 11 Uhr, wie angekündigt, ins westseitige Foyer des Bundeskanzleramts, um der sogenannten Öffentlichkeit die neue 2-Euro-Gedenkmünze HAMBURG vorzustellen. Sie ging an den Bildnissen ihrer Vorgänger vorbei zum Pult und sagte: wir haben uns heute hier wieder einmal zu einem erfreulichen Anlass versammelt. Dann hielt sie, als gebürtige Hamburgerin, eine kleine Ansprache über die Erfreulichkeiten der viel kritisierten, föderativ verfassten bundesrepublikanischen Staatsorganisation.

Neben ihr war eine Schautafel mit der neuen Münze aufgestellt, sie wird Hamburgs Wahrzeichen, den MICHEL, die Kirche St. Michaelis, zeigen. Die extrem spitz zulaufende Spitze des Glockenturms hat die Prägestätten vor besondere Herausforderungen gestellt. Der Graveur Erich Ott aus München, der den Entwurf gemacht hat, konnte heute leider wegen eines Hexenschusses nicht nach Berlin kommen. Neben mir saß ein hörbar aus Bayern gebürtiger Ministerialbeamter, der sich mit seinen Kollegen über diese Details der Produktionsbesonderheiten austauschte. 30 Millionen einzelne Exemplare werden von dieser Münze hergestellt werden. Und nur etwa 15 oder 30 Leute in ganz Deutschland wissen Genaueres darüber, wie es dazu kam, dass es diese Münze wirklich gibt. Aber genau das ist natürlich ganz normal so, das ist das eigentlich Erstaunliche an diesen Selbstverständlichkeiten der Hochspezialisation gesellschaftlicher Arbeitsteilung. In mehreren Redaktion wurden deshalb in eben diesem Augenblick mehrere eingehende Reportagen über einen derartigen Spezialisten vorbereitet, er würde besucht, interviewt und in seiner Hochbesonderheit porträtiert werden als der verantwortliche Münzprägemann aus –

Hannover: B
Dresden: E
Frankfurt: C
Darmstadt: H –

Städte, in denen es heute keine Münzstätten mehr gab, die früher jedoch, wie Staatssekretär Diller in seiner Rede jetzt sagte, vom diesbezüglich bis heute nachwirkenden 1871er-Gesetz, die Ausprägung von Reichsgoldmünzen betreffend, eben den genannten Buchstaben zugewiesen bekommen hatten als Münzzeichen, das auf der Bildseite der Münze den Prägeort angeben würde. Die Kanzlerin hatte im vergangenen Jahr, bei der Vorstellung der Münze für Mecklenburg-Vorpommern, nach der Herkunft der Buchstaben für die heute aktuellen fünf Prägestätten gefragt. Sichtlich machte es ihr Spaß, dem kleinen historischen Abriss zu folgen, der über Buchstaben und Orte informierte –

A: Berlin
D: München
F: Stuttgart
G: Karlsruhe und
J: Hamburg –

und heiter, aber völlig ernstgemeint sagte sie danach: herzlichen Dank für die Aufklärung, da hamwa alle was gelernt.

Kingdom of Bohemia

Samstag, 2. Februar 2008, Berlin

Nachdem anschließend Ole von Beust in seiner Rede an den Wahlspruch der Hamburger Kaufleute –

nur ungern nimmt DER HANDELSMANN
statt barer Münze Hoffnung an –

erinnert und auf die Haltbarkeit der Kupfernickellegierung hingewiesen hatte, aus der die Sondermünze HAMBURG hergestellt werden würde, sehr haltbar, im Unterschied zu den sehr vergänglichen Materialien unseres menschlichen Körpers, dessen Ableben und Verschwinden von diesen Münzen hier voraussichtlich und hoffentlich jedoch überdauert werden würde, was der Veranstaltung plötzlich einen unerwartet existentialistischen Beiklang hinzugefügt hatte –
waren die Ministerialbeamten und Fotographen, von der schreibenden Presse waren zu diesem Bildtermin nur SEHR wenige Vertreter gekommen, aufgestanden, Ole von Beust wurde im Abgehen, von den Fernsehkameras umringt, noch zu Koch und Wulff befragt, und unten vor dem Haus waren dann die Busse abgefahren zum World Money Fair, der großen internationalen Münzmesse, die heute in Berlin eröffnet wurde. Ich radelte zurück in den Osten, zu Dussmann, um dort in Vorbereitung meiner Hetztiraden gegen den Axel-Schultes-Bau des Kanzleramts das Buch zu kaufen:

Neue Reichskanzlei und Führerbunker
Legenden und Wirklichkeit

denn der Krieg, der die massivst betonierte Grobheit des neuen Kanzleramts dem sandigen Berliner Erdboden GLEICH machen würde, würde gottseidank in absehbarer Zeit nicht zu erwarten sein, leider aber auch nicht die, durchaus denkbaren, gesellschaftlichen Veränderungen, die aus dem Kanzleramt ein öffentlich zugängliches Gebäude machen könnten, ein Museum der Moderne etwa. Von innen nämlich war das Kanzleramt, wie neulich hier schon mal gemeldet, ein durchaus attraktiver Bau. Und so hatte ich mich später anstatt ins Führerbunkerbuch doch in den Putzger und in den Leisering versenkt gehabt, um mich an den Karten der jahrhundertelangen ZERFETZTHEIT Deutschlands zu erfreuen. Zusammenfassung:

Lobpreis des –
Beschimpfung
Beschimpfung
Lobpreis des –

1. Die Konsensmaschinerien von Journalismus und populärer Massenkultur. 2. Die Individualitätsplausibilisierungsproduktion der Kunst, speziell der Literatur. 3. Früher hat das auflagenstark verbreitete, aber von nur wenigen rezipierte Feuilleton der großen Zeitungen diese widersprüchlichen Pole von Marginalem und Kollektivität punktuell im SERIÖSEN fusioniert, heute findet sich vieles davon eher im Internet. Einwand: Lobpreis des Andreas Dorschel, SZ. Gespräch bei Rosi Trockel. Kurz vor Schluss sah Klage dann nocheinmal ROT, wegen Nachtretens.

Institut Courbet
Montag, 4. Februar 2008, Berlin

Der Realität des Schweigens, das in den Tätern war, stehen die Lebensgeschichten der Leidenden sehr erzählbar gegenüber. Das Leben der Lilli Jahn, 1900 bis 1944, und ihrer Familie, wie es in Martin Doerrys Buch MEIN VERWUNDETES HERZ dokumentiert ist, gehörte so als ergreifend authentischer Tiefenton zum gleichzeitig gelebten, zerebralsprachlich rekonstruierten Hammersteinleben wie die späteren Klagesuadatexte aus dem Osten: Schleefs Gertrud und Havemanns Havemann. Ob die Eruptivität des rasenden Bekenntnisses höchstprivater Verletztheiten auch literarisch Gewicht bekommt, ist eine zweite, über ihr Berechtigtsein aber nicht entscheidende Frage. Der Angeschlagene hat automatisch Rederecht. Im Leid hat sich die Seele ausgebildet, aus der heraus die Rede kommt, gekommen war, schon ist Selbstbewusstsein, schon ein Übermut entstanden. An welcher Art von Selbstbewusstsein und Übermut aber will man teilhaben als lesender Zuschauer, an welcher doch eher lieber nicht: Schreihalsproblem.

Bei strahlendem Sonnenschein waren die NARREN gestern durch Berlin gezogen, die Odyssee der guten Ideen leise hinterher. Deutlich war das Zeichenhaftlose, die Unintentionalität und Animalität, das Nichtsignalement der Geste, beobachtbar, von Tier zu Tier. Die Lyrik hier: Sprechen aus der Sprache, der Intellektualität der Essayistik. Hingegen das Erzählen redete sein Reden aus dem Leben von Seelenvorgängen hervor. Realismus dieser Realität des Schweigens: wo beim Menschen Seele war, ist beim Täter NICHTS, das ist der innere Nihilismus des Bösen. Daher kommt die Zeugnislosigkeit, von daher ist am Täter interessant sein Schweigen, sein Nichtich gibt zu denken, ein Innentext ist da aber nicht. Um ihn aufzuschreiben, muss man sich die ihn fingierende, ausgedachte Literatur ausdenken: schreiben, was es nicht gibt.

Wir saßen im Café des Guggenheim, bei True North, und redeten über die Flughunde von Marcel Beyer, dessen neues Buch KALTENBURG morgen draußen am Wannsee, im Literarischen Colloquium vorgestellt werden würde.

Maskenball

Faschingsdienstag, 5. Februar 2007, Berlin

Langsam rollte die Berlinale heran. Vor dem Borchardt standen unverkleidet die Spitzel der Staatssicherheit, von Frau Johanna Adorjan dort hinbestellt, und hielten sich an den Objektiven ihrer Fotoapparate fest. Irgendwann würde der gestiefelte Thomas Gottschalk den Laden verlassen, und weil es angeblich von Interesse war, ob er wieder dieselben Stiefel anhaben würde wie gestern früh beim Abflug von daheim Kate Moss, sollten jetzt neueste Fotos von diesen Stiefeln Beweise liefern für den Schwachsinn der Neugier, hatte Frau Adorjan vorletzte Woche in einem riesigen Grundsatzartikel in der Fas gefordert. Klatsch sei Menschenrecht, auch sie selbst, bekannte sie in offen eingestandener, wenig erstaunlicher Banalität, interessiere sich sehr für das bis ins letzte Detail ausgeforschte Privatleben anderer Leute. Warum eigentlich? Da stampfte sie mit ihren eigenen kleinen Stiefelchen auf, ballte die Fäuste und schrie mit dünner Stimme: DARUM!

Dagegen richtete sich der Vorwurf an die heutigen Ausläufer des einstmals avancierten Popfeuilletons: dass der Stumpfsinn einer falsch verstandenen Populärkultur von der Intelligenz einfach nur debil affirmiert wird, anstatt dort auf Widerstand zu treffen und so analytische Bemühungen hervorzurufen. In Verdis MASKENBALL, in der Staatsoper Unter den Linden heute abend aufgeführt, war die Selbstentmündigung des Zuschauers Teil des Kalküls dieser Kunst. Von der emotionalen Wucht des Musiktheaters gezielt und höchst effektiv infantilisiert, sollte man dem Seelendrama auswegloser Liebe kindlich widerstandslos folgen können.

Der Fürst, hier, in Jossi Wielers Inszenierung, eine Art charismatische Kennedyfigur, hat sich in die Frau seines besten Freundes verliebt, und auch sie liebt ihn. Ihrer verbotenen Liebe aus Gründen der Moral und der Vernunft zu entsagen, bemühen sich die beiden Liebenden. Es ist aber schon zu spät, die nie gelebte Affäre ist öffentlich bereits bekannt geworden. Der, wie er glaubt, betrogene Ehemann rächt sich, indem er auf einem MASKENBALL den vermeintlichen Ehebrecher, seinen Freund, den Fürst, mit einer Pistole erschießt. Im Sterben, oh grauenvolle Nacht, verzeiht der Getötete seinem Mörder, der Vorhang fällt, im ausverkauften Haus der Oper brandete der Jubel auf, Applaus, Bravorufe wurden laut gerufen, und die Sänger beiderlei Geschlechts verbeugten sich beglückt.

An dieser Art Soap so teilgenommen zu haben, hatte den Zuschauer emotional auch in gegenwartsferne Fragen verstrickt, Fragen an die Geschichte und Gesellschaft, die Ästhetik und die kulturellen Praktiken von der Mitte des 19. Jahrhunderts. So also waren die Ehe und ihr Seelenkitsch damals institutionalisiert gewesen. So wurden Sexualität und Ehre gesehen, so schaute die Ideologie des ewig Unausweichlichen der Liebe damals aus. Im 20. Jahrhundert hatten diese Vorstellungen zweimal, jeweils nach den Weltkriegen, eine erstaunliche Renaissance erfahren, jetzt zuletzt, in jüngster Zeit wieder. Das war die neue Bullshitpropaganda für Kinder und Familie, im MASKENBALL, selbst zum Kind gemacht gesessen, von der Vergangenheit komplett erfasst, und danach in Gedanken böse gegen all das und die Gegenwart speziell: hier angehasst.

Die Vielfalt religiöser Erfahrung
Aschermittwoch, 6. Februar 2008, Berlin

Der hohe Priester kam jetzt zur Lesung. Wenn er in den Byssuskleidern aus der Mischna lesen wollte, tat er das, wenn nicht, las er in einem weißen Gewand aus der Einführung in das Christentum. In den ersten Stunden des frühen Morgens brannten am ASCHERMITTWOCH schon die Kerzen auf dem Textaltar. System der Güte: Hölle, hier der Havemann. Organ des Bösen: Bürokratie. Sie würden dann natürlich auch in der Oper gesessen sein und sich die reglosen Seelen von der Musik ausgepeitscht haben lassen. Als höhere Teufel gingen sie mittags wieder durch die Räume und machten Fotos von der weiß getünchten Lage. Was machen Sie denn da? Der Teufel reagierte kaum. Zuletzt gab er doch die Auskunft, sie nähmen hier nur ein bisschen die Stimmung auf. Harnack fragte nach: die STIMMUNG? Er hatte Termin bei Pressereferent Dr. R. Kyritz im Ministerium für gesamtdeutsche Fragen gehabt. Dessen Vater reagierte nüchtern: ach, Literatur. Damit war der Fall für ihn, hier noch einmal Loriot, naturgemäß erledigt. Der aber –

wäre ich, der hier widerspruche
spräche, sprache, sprach

Luzifers Zorn
Freitag, 8. Februar 2008, Berlin

Die Programme lagen in Stapeln am Tisch. Die Berlinaletasche war rot, rosa baumelte den Akkreditierten der Berlinalepass auf der Brust. Die Straßen und Gehwege waren schon mittags mit metallenen Absperrgittern gesichert. Im Cinemaxxkino sollte es beginnen, der riesige Kellerraum füllte sich mit vielen Menschen. Als das elektrische Licht ausging, kam Angst auf. Freiwillig hatten sich die Zuschauer, bei noch lebendigem Leib, hierher begeben, hingesetzt und einschließen lassen. Da fing der erste, schon etwas ältere, etwa 4 mal 64 Jahre alte Film über die ROLLING STONES an abzulaufen. Es wurden durch ihn sehr schwermütige Gedanken der Lebensmüdigkeit erzeugt, die umso stärker wurden, je länger der Film ging und je wilder das Abbild des Mick Jagger zu seiner eigenen Musik über die nichtwirkliche Filmbildbühne tobte. Nie wieder eine wilde Bewegung, wollten diese Gedanken, nie wieder leben, tot sein möglichst bald schon für immer. Im Foyer konnte man sich an eigens eingerichteten Akutschaltern von EXIT beraten lassen: wünschen Sie Sterbehilfe sofort oder Suizidprophylaxe für die nächsten Tage, fragte das freundliche Fräulein. Über ihr wurde auf einer Digitalanzeige die restliche Lebenszeit des Patienten in Sekunden angezeigt. Ohne nachzurechnen stürzte ich nach draußen. In der anderen Welt des echten Lebens zogen am Himmel die Wolken dahin, erschütternd echt und schön.

Berlinale 2008
Donnerstag, 14. Februar 2008, Berlin

Schön war die Berlinale aus der Ferne, im Nachhinein, beim Lesen in Detlefs Blog und Diedrichs Taz-Artikeln. Beide waren einfach ins Kino gegangen und hatten sich Filme angeschaut. Sie hatten das offenbar gut entscheiden können, in welche Filme sie probeweise einmal hineingehen sollten. So auch Jens Balzer, von dem ein Artikel aus der Berliner Zeitung an einer Pressewand angeschlagen war. Abends um viertel nach neun stand ich als letzter und einziger Kunde davor und las den drei Tage alten Artikel, die Argumente, die hier angedeutet wurden, und der etwas grimmige Ton gefielen mir.

Das riesige Angebot an Filmen hatte mir den Mut genommen gehabt, nach dem ersten Film noch einen einzelnen nächsten herauszufinden, um ihn mir anzugucken. Ratlos blätterte ich durch die Ankündigungsseiten der verschiedenen Programme. Auch die Kunst, das Kino zu besuchen, muss man ersteinmal können, Wissen war dafür Voraussetzung, auch Freude, sich im Kino aufzuhalten. Beides war bei mir nicht gegeben. Gleich bei der ersten Filmvorführung war ich ja von den sich plötzlich um mich herum für über zwei Stunden schließenden Kinotüren auf einem fast schon kleinkindlich tiefgehenden Gefühlslevel unendlich BETRÜBT worden. Draußen könnte man leben, hier saß ich jetzt im Kino, verhaftet für viel zu lange Zeit, und musste diesem

Film da vorne folgen, ein furchtbarer, nie mehr korrigierbarer Lebensfehler für immer.

Körperlich abwesende, eventuell schon TOTE Menschen bewegten sich durch einen künstlich erzeugten Illusionsraum und taten so, als würden sie lebendig sein. Das stimmte aber gar nicht. Die Menschen, die wirklich da waren, saßen hingegen, körperlich extrem spürbar und nicht sehr gut riechend, direkt um mich herum, es roch nicht nach Bühne und Theater, wie es die Filmbilder hätten glauben machen können, sondern nach alten Socken, ungewaschenen Haaren, nach Fritten, Schweiß und Selbstverwahrlosungsmuff. Das war die ganz normale Traurigkeit des Kinos.

Auch auf der anschließenden Eröffnungsfeier, die geübtere Misanthropen natürlich von vornherein gemieden haben würden, hatten mich die Grübeleien zum Thema TOD gar nicht mehr losgelassen. Die Körper der Schauspieler erschienen hier plötzlich in der Wirklichkeit: ah ja, stimmt, lebendig, echt. Jedes Fotographiertwerden, das ewige Posen auf dem roten Teppich, war ein Sichdrehen im Griff des Todes, der späteren Körperabwesenheit, die hier schon bildlich vorbereitet wurde. Die Seelen der Schauspieler waren dadurch abgetötet und ausgelöscht worden. So schleppten sie ihre komischen, traurigen Leichenkörper herum, aber natürlich nur in meinen eigenen, traurigen Gedanken. In echt kam Marc Fischer im Schwung einer lichten Sekunde vorbei und verkündete animiert: wir gehen jetzt ins Borchardt, Rolling Stones gucken.

Ja: die Jünger müssen Enthusiasten sein. Ich dachte an die Erzählung vom Ostermontag. Die Abwesenheit des Körpers des Herren, der nach seinem Tod den Jüngern von Emmaus erschienen ist, mit ihnen redend und philosophierend ein Stück des Weges ging, ohne dass sie ihn erkannt hätten, und abends dann, als sie zu dem Ort gekommen waren, wohin sie hatten gehen wollen, war der Herr auf die Bitten der Jünger hin –

bleibe bei uns, Herr
denn es will Abend werden
und der Tag
hat sich schon geneiget –

tatsächlich mit ihnen eingekehrt, hatte sich zum Essen hingesetzt gehabt, und erst jetzt, wie er das Brot mit ihnen teilte,
hatten sie ihn erkannt. Er aber entschwand ihren Blicken.

Da kreuzte meinen Blick der des Matthias Matussek. Von
dem mir zuletzt noch Ulf einen Gruß bestellt hatte, wir hatten uns ja vor einigen Monaten öffentlich sehr direkt gegenseitig angebellt und beleidigt gehabt, aus sachlich guten
Gründen, hier wären die Gelegenheit und der ideale Ort gewesen, zu sagen: Herr Matussek, ich grüße Sie, wie geht es
dieser Tage der Romantik? Wie ist das neue Leben ohne den
Ressortchefhut, den man Ihnen, war zu hören, grob entrissen
und vor die nackten Füße oder eventuell sogar ins Gesicht geworfen hat? Und er hätte gelacht und sein neues Leben natürlich gepriesen.

Denn dazu waren solche Gesellschaften auch da: Feindschaften lächerlich zu machen. Man steht sich gegenüber und
redet miteinander, egal, was genau man voneinander hält. Auf
Feindschaft zu bestehen, von Angesicht zu Angesicht, den
Kontakt, den Gruß, das Gespräch betont zu meiden, weil
man aufeinander beleidigt ist, ist lächerlich und primitiv, es
gehört sich deshalb nicht. Aber wie immer hatte mir in dem
Moment die Geistesgegenwart gefehlt, den Augenblick des
Blickwechsels beim berühmten SCHOPF zu packen, da
waren wir schon aneinander vorbeigedriftet, da kam mir die
Situation erst zu Bewusstsein, ich schaute zurück und sah
eine Frau, die dort in der Nähe war, wie sie mich anschaute.
Ich nahm mein Notizbuch zur Hand und notierte den
Gedanken: Gesellschaft der Toten: gut.

Unwohl fühlte ich mich aber auch, weil ich ausschließlich
böse und bösartige Beobachtungen machte, die sich in mir
sammelten.

Berlinale 2009

Samstag, 16. Februar 2008, Berlin

Ich sah, wie Sandra Maischberger interviewt wurde. Ganz aus der Nähe war eine Fernsehkamera auf sie gerichtet, die Interviewerin fragte, wie sie, Frau Maischberger, als KÖNIGIN der Interviewerinnen, die Lage hier so sähe, und trotz dieser fast schon verletzend plumpen, erniedrigenden Schmeichelei verzog sich im starr aufgedunsenen Gesicht der so Befragten keine Miene. War sie nicht eben noch, vor einigen Minuten, ein ganz normaler Mensch gewesen? Live aus dem Schlachthof, Roger Willemsen und Erich Böhme, etc pp. Ja, schon, aber das war etwa 140 Jahre her. Sie hatte inzwischen ein Gesicht wie Friedbert Pflüger vor der Hungerkur, Volker Rühe nach dem Amt, die von Leben zubetoniertesten Gesichter kamen mir in den Sinn, wie ich hier plötzlich für einen Moment live das echte Leben, das ganze ELEND dieser öffentlichen Maischbergerexistenz sah.

Das Böse bestand im Kern darin, dass ich einfach nur registrierte, was ich sah. Das gehörte sich nicht, Höflichkeit übersieht ja absichtlich, was sie sieht, um direkt darauf zu reagieren, was aktuell geschieht, um in eigenem Involvement in die Situation auch selbst als Beteiligter einbezogen zu werden. Nur so kann man die problematische Position des von außen beobachtenden Betrachters verlassen, um dadurch, wie es sich gehörte, höflicherweise, zuletzt eben auch einer von allen hier zu werden. Ging nur leider heute nicht, war nicht, konnte nicht und wollte nicht. Grimm und Groll bestimmten mich.

Von oben sah ich, wie Antje Vollmer auf dem Balkon schräg unter meinem Treppenvorsprung stand. Sie hatte sich ins letzte hintere Eck verzogen, hing am Tresen der ZDF-Lounge, mit einer grotesk aufgedonnerten Ommakostümierung bekleidet, an einer ähnlich crazy verkleideten anderen 65-jährigen Frau im weinrot-schwarzen Wickelhängekleid dran und redete ganz intensiv mit der. Sie hatten sich gemeinsam paarhaft, Thema: weinrote Farben, für große Gesellschaft hergerichtet, FESTLICHE Abendgarderobe hatte die Einladung zum Eröffnungsempfang erbeten, und Frau Vollmer hatte sich zur Feier des Abends ein totes Fischgerippe in die Spinatwachtelhaare gelegt, als ebenfalls weinrotfarbenes Schmuckstück, und weinrot waren auch ihre ellenlangen, feucht schimmernden Handschuhe, die ihr tatsächlich bis zum Ellbogen gingen, weinrot war das Pastorinnenen-Wickeltuch, das ihre Begleiterin sich um Unterbauch, Hüfte und Popo gewickelt hatte. Es schaute grausam aus. Es war furchtbar. Ich konnte gar nicht mehr wegschauen.

Ich konnte nur Sachen denken, die gesetzlich definitiv verboten waren. Was waren das für Zeiten, in denen ein Gespräch über Bäume fast ein VERBRECHEN gewesen wäre, weil es das Schweigen ausgeschlossen hätte, das gegen die Untat der Teilhabe an der gigantischen Gut-finde-Industrie, die sich hier versammelt hatte, protestieren hätte können? Zustimmung, Begeisterung, Kasse, das war das industriell durchorganisierte Programm, Kritikschleife und Neinarabeske bekanntlich natürlich eingeschlossen. Aber Zustimmung und Begeisterung waren doch auch die höchstprivaten Geisteszustände der Welterschließung, die Vorgestalt jeder schönen Produktivität. Alienation und Agonie, Hass und Horror, Hölle, Teufel, Tod und Wortstillstand. Ich stand da und schaute vor mich hin.

Da tauchte Volker auf. Wir redeten. Ich war dabei. Was ich sagte, weiß ich nicht mehr. Ich sah auch nichts mehr, lebte mit, das ging. Nur merkte ich auch, wie ich davon noch trauriger gestimmt wurde, ja vollends elend plötzlich war. Ich verabschiedete mich, stand real kurz noch als DER AUSGESTOSSENE herum, der ich gar nicht war, als der aber ich mich fühlte. Bald darauf ging ich, es war inzwischen schon die Berlinale 2010, brutalst niedergeschlagen, nach Hause.

Yeah
Sonntag, 17. Februar 2008, Berlin

die Musik spielte
wir tanzten
das Glück war da
YEAH!!!

danke Leute, wankte, dankte

– und was machen Sie beruflich?
– ich bin Diskretionsspezialist

ja gut, schon, vielleicht
letztlich aber doch eher: nee

s.o.s.

wir müssten ziemlich leise sein
aber plötzlich wäre da: doch schon etwas
sichtbar da
und wir würden singen

klage etwa sendete
etwa so wie: etwa
lauter schöne worte
klagte klage leiser, leise

Die Vermessung der Welt
Montag, 18. Februar 2008, Berlin

Wir redeten über Schmerzensgeld. Antje Vollmer, NACKT,
Bild und Bunte berichteten darüber nicht: 50.000,– Euro.
Frau Vollmer hatte nämlich, anders als Frau Setlur, Nacktfotos
öffentlich niemals von sich machen lassen: 250.000,– Euro.
Weshalb summa summarum etwa –

Frau von Springer und Frau Burda, Bambi: 200.000
hinter Frau Schirrmacher, SZ: 50.000
und vor Frau von Stuckrad-Barre-Gröhmeier, BZ: 15.000
auf der letzten – nein, so geht das nicht

Bluthundgala, Adlon: 70.000,– €
Taxikurzstrecke, retour: 5,– €

Herrlich scheinte die Wintersonne vorfrühlingshaft durch die
hohen, frisch beschnittenen schwarzstämmigen Baumriesen
des Tiergartenparks. Dem braun vermoosten Steinsoldaten
war der Kopf abgehackt: schön. Aus den Sträuchern am
Boden daneben sprosste schon das erste Grün. Die Luft war
kalt, die Wahrheit musste heute nicht so teuer werden.

4,– Euro
2,– Euro

Macht insgesamt 250.000,– Euro bitte, cash und in der Plas-
tiktüte, hatte D. Kehlmann in seinem Faz-Artikel zum Esra-
prozess keineswegs gefordert. Er wolle sich zwar gerne eine
Wohnung in New York ZULEGEN, aber das Bestsellergeld
habe vermutlich toxische Wirkung auf seinen Geist gehabt.
Die Spätfolgen würden jetzt so langsam sichtbar zu werden
anfangen. Davon werde es künftig abhängen, wie die Literatur zu Beginn des 21. Jahrhunderts von noch künftigeren
Generationen gesehen werden würde usw.
    Es war dieses ominöse Futurogeraune, das ja auch Schirr-
macher so liebte, weil Drohung, Vision, Machtgehabe und totale Unüberprüfbarkeit darin eine so angeberhaft autoritäre,
Argumenten entzogene Waberallianz eingegangen waren. Ja
natürlich, irgendetwas wird passieren, irgendwie würden die
Dinge auch KÜNFTIG und in Zukunft sein und gesehen werden, ist ja klar. Ich hatte mich, Weltarme um mich und von
mir werfend, im Gehen sofort wieder derart in Rage geredet,
das war natürlich Quatsch, bekam davon aber gute Laune,

das war gut: 20,– Euro. Schriftsteller sind nette Menschen. Es ist richtig, ihnen Einlass in das eigene Leben zu geben. Das war die Wahrheit, sagte ich, hier unter Hinweis auf das Weblog von Alban Nikolai Herbst, das aktuell in absoluter Höchstform sendete.

2 Apfelschorle 4,80 €
1 Petersilienwurzelsüppchen 5,00 €
1 Pizza Mozzarella 8,00 €

Das Wasser vor dem Café am Neuen See war mit dünnem Eis bedeckt. Die Kinder spielten am Ufer davor. Früher hatte man offener hassen können, das war besser, das wurde im Effekt weniger bösartig. Im Fernsehen kam in Kir Royal Franz Xaver Kroetz, erschütternd wieder, wie gut er den Baby Schimmerlos gespielt hat, hier in der 2. Folge von Kir Royal, Muttertag, 1986. Ungeklärtheitszustände als Qualitätsvoraussetzung, Dunkelheit, Tasten, wo die Suchende noch nie gewesen war, konnte sie am besten zu den Resultaten finden:

Kunst: 0,– Euro

Shalom
Dienstag, 19. Februar 2008, Jerusalem

der Wecker läutete, das Taxi kam
ich saß eingecheckt in Tegel
dann in Zürich, leuchtender Morgendunst
über den schönen Hügeln des westlichen Europa

dieser Zug bringt Sie zu den Gates von E
danke, dass Sie über Zürich reisen
wir wünschen Ihnen einen angenehmen Flug –
ein Alphorn war zu hören, Kühe muhten, Endstation

Der Text war der Spitzel gegen das Ich des Autors. Noch bevor andere Personen in ihrer Privat- und Intimsphäre möglicherweise verletzt werden konnten, war der Autor selbst von den Folgen der dauernd gegen ihn laufenden Beobachtung durch den eigenen Text bedroht. Der Text weiß mehr, als für den eigenen Lebensvollzug gut ist, das erfährt man beim Schreiben, das war der Kern der gestrigen Polemik hier. Autorschaft als Spezialismus für genau diesen Akt der Diskretion: den Dingen der Welt nicht zu nahe zu treten und doch der geheimnisentdeckenden Spur der Sprache in die Schrift hinein zu folgen, deren Härte durch Spekulation auf den Heimlichkeitsbedarf der anderen hin zu kontern, labern, nicht meißeln, schweigen, nicht fragen, lesen, schlummern, eng eingepfercht im Flugzeugsitz nach Osten reisen. Ich las das neue Buch von Götz Aly, Unser Kampf, 1968, ein irritierter Blick zurück.

In Tel Aviv war es halb drei, das Wetter war diesig, die Luft kalt, die Frau in Uniform am Schalter fragte:
  – what's the purpose of your visit?
  – I'm invited by the Goethe-Instiut
  – what's that?
  – uh
  – how long are you gonna stay?
  – five days
  – go
Sie gab mir den Pass. Ich wollte den Bus nehmen, fand einen Zug, der zuerst nach Tel Aviv ging, und fuhr dann von dort mit einer anderen Bahn ein enges Tal hoch nach Jerusalem. Hier spielte heute im Teddy-Stadion Betali Jerusalem, Platz 1, gegen Haifa, Platz 2, deshalb waren die jugendlichen Fußballfans mit der Bahn unterwegs gewesen. Die Stadt war also auf den Hügeln gelegen. Es regnete. Morgens hatte es geschneit gehabt. Ich lag auf dem Bett, gut k.o., und hörte, wie der Aufzug nebenan stöhnend und quietschend hin und her fuhr, rauf und runter. Morgens hatte ich Thilo noch meine

Hölle geschickt gehabt, abends ging ich zum Essen ins Paradiso.

Uganda Bar Jerusalem

Mittwoch, 20. Februar 2008, Jerusalem

Sehr gerne würde ich in der UGANDA BAR in Jerusalem aus Rave vorlesen, hatte ich seinerzeit meinem Lektor, Herrn Müller-Schwefe, zurückgeschrieben gehabt, dem reinen Lockruf der Worte, der Namen der Orte folgend, ich würde auf die Mail direkt antworten, vielen Dank fürs Weiterleiten. Erst kurz zuvor hatte ich wiedereinmal, auf eine andere Anfrage hin, mein wirklich komplett ernst gemeintes Absagegedicht –

bitte keine Lesungen
keine Anfragen, keine Interviews
keine Weiterleitungen, alles direkt absagen
rückfragelos, vielen Dank –

in erneuerter Variante an den Verlag geschickt gehabt, inzwischen könnte ich noch dazuschreiben: ich leide an Erwachsenen-ADHS, das weiß ich erst seit ein paar Jahren, mein jüngerer Bruder, der von Beruf Psychiater ist, hat es bei mir diagnostiziert, wofür ich ihm echt dankbar bin. Seither verstehe ich paar Probleme meines Lebens ein bisschen besser. Zum Beispiel den Widerspruch zwischen meinem letzthinnigen, inwendigsten Sein –

I love my Leid, das Schreiben
I love the Schrift, die Resultate
I love the Bücher über alles, die dabei entstehen
I love to touch them and to hold them really tight

I love to love the books, the words, the SPRACHE
I love to be this alles, denn: this IS my life
oh yeah, this is, this is, this is: my life –

und den von diesem Dasein als Schreiber bewirkten Lebensfolgen in der Wirklichkeit, die ich rundherum und in jeder
Hinsicht absolut widerwärtig, ja richtiggehend zum KOT
ZEN finde und ablehne: eben diese Existenzform für andere,
öffentlich darzustellen, sich selbst also, was ja völlig normal
ist eigentlich, das weiß ich wohl, den anderen vorspielen zu
müssen bei einem Auftritt als Autor meiner Texte. Es versetzt
mich in PANIK, es macht mich todtraurig, ich finde es grotesk und elend und absurd und könnte, wenn das von mir gefordert ist, schreien vor Unglück wie ein kleines Kind.

So war es auch wieder heute. Je näher der Termin für die
Lesung in der Uganda Bar rückte, umso WIRRER, innerlich
zerfaserter und verzweifelter wurde ich, blind ging ich durch
Jerusalem, gejagt von Zitterstimmen des Bösen über mir und
hinter mir, von Schreien und Schüssen, saß ich in einem Café
off Yehuda Street, aß eine matschige Gummikäsepizza, und
hatte dann beim Nachhausekommen ins Hotel Prima Royale
doch tatsächlich wieder einmal mein kleines Notizbüchlein
verloren gehabt. NEIN, schrie ich, das kann nicht sein, das
gibts doch nicht, legte den kaputten Körper des KRÄNK,
der mich leben und verrücktsein lässt, ins Bett, zog die weiße
Bettdecke des Vergessens über das Gesicht und atmete und
wartete.

Stunden später, wie wir nach der Lesung beim Bier zusammenstanden und Goethe und die Goethes in aller Welt gepriesen haben, die Idee von Goethe, die Leute, die hier Goethe
machen in Jerusalem, Frau Liessmann und Frau Lenz, und
vorallem diese unfassbar angenehm runtergetrashte UGAN
DA BAR, der bestmögliche Ort für so eine Lesung aus dem
Nichtvorlesebuch Rave. Rave handelt ja von einer inzwischen 20 Jahre alten Initialerfahrung: unser Glück, 1988,
kein Blick zurück. Es geht um den Dokumentarismus einer

Erkenntnisbemühung, um die geistigen Folgen einer bestimmten Idee, kollektiv ausprobiert, wie man auch und
anders leben könnte, nachts, mit der Musik, beim FEIERN.

Maja Classens Film FEIERN wurde im Anschluss an die
Lesung gezeigt, ihr Dokumentarismus der Menschen und
ihrer Erlebniserzählungen bezieht sich auf eine spätere Zeit,
das schon etwas heutigere Feiern in den nuller Jahren, im
Ostgut, im Watergate und im Berghain heute. Als ich neulich
dort bei Justus Köhncke wieder einmal richtig glücklich war,
hatte ich mein Hemd ausgezogen, und darunter war mein
good old Westbam-T-shirt zum Vorschein gekommen, das
ich immer so gemocht hatte und für dessen trotzig auftrump-
fende Behauptung ich mich jetzt plötzlich schämte: we'll nev-
er stop living this way. Der Trotz hatte mich traurig gemacht
und der Wahrheit widersprochen. Sehr oft schon hatte ich
nämlich aufgehört, so zu leben, und habe es dann doch immer
wieder neu probiert, nocheinmal neu damit anzufangen. Und
das war vielleicht das noch schönere Versprechen, dass wir
immer wieder neu damit würden anfangen können, wenn
wir nur wollten, aufs neue so zu leben, nachts. Zum Beispiel
morgen: im Yellow Submarine, wo die Berghains spielen
würden, DJ Tama Sumo aus Berlin, und der live act Prosumer
& Murat Tepeli & Elif, von Ostgut Ton und Playhouse Berlin, morgen in Jerusalem, übermorgen Tel Aviv.

Die Morgenröte im Aufgang
Donnerstag, 21. Februar 2008, Jerusalem

Die Stadt war aus hellen eckigen Steinen gebaut. Sie waren
mit Meißelschlägen bearbeitet und so regelmäßig verziert.
Schön waren die Steine, die unten am Gehweg lagen, schön
die streng kubischen Formen der Häuser, die Rundungen an
den Ecken, die offen siedelnde Struktur der Bebauung, und
schön war natürlich auch das leicht Gehügelte der Erde hier.
Über Nacht war der Frühling gekommen. Die Mauern der

Alten Stadt leuchteten im Sonnenlicht des frühen Mittags, schwer, riesig, uralt und gemacht für die nächsten paar hundert Jahre sicher. Überall waren bunte Plakate aufgehängt, auf denen die Wiedervereinigung der Stadt vor 40 Jahren gefeiert wurde. Durch das Damaskustor betrat ich den absolut anderen Raum der Religionen, nicht schön.

Die Wahrheit und die juristischen Formen

Freitag, 22. Februar 2008, Tel Aviv

Jetzt war es Sommer geworden. In Tel Aviv lagen die Leute bei Badewetter am Strand, Sonnenschein war in the air, und eine leichte Briese wehte aufs Meer hinaus. Die vertraute Mittelmeerszenerie war in vorsaisonal provisorischem Wartezustand, leicht angeranzt, aber schon benützt. Die Betonstrandbar wurde noch nicht bewirtschaftet, sie diente einigen Chillkollegen als Schattenspender. Ich lagerte davor und aß aus einer im Sand liegenden Papiertüte von McDonald's Pommes Frites mit Ketchup, einen Dwatsch-Cheeseburger und trank Kaffee. Langsam wurden die tobenden Ausgehkopfschmerzen von gestern nacht schwächer, besser, not bad, good.

Ein besonders sehniger Hund kam herbei, er schaute böse, gierig und schlau, hatte hellbeiges Fell und ließ sich nicht von mir verjagen. Er wollte nicht spielen, er hatte Hunger. Der Typ am Nebenplatz, der auf einer dicken roten Plastikliege saß, schaute zu mir herüber, stand auf und ging dann ins Wasser. In der Herald Tribune, in Deutschland leider unlesbar, schrieb Suzy Menkes seit Tagen über die Modeschauen in Mailand. Das war also die berühmte Suzy Menkes. In ihrem Kopf waren bei den Schauen durch die Mode GEDANKEN entstanden, davon handelten ihre Texte, das wirkte sofort kicking, ungewöhnlich und aufs schönste fresh, egal wie alt die Alte war.

Auch ich wollte meine restlichen Tage hier in Israel nur

noch über Mode nachdenken, über Dosenpfand, Feinstaub-plakette, Parkraumbewirtschaftung, die Rückkehr von Foucault in den parauniversitären Kunstdiskurs und über andere ähnlich dekadente westliche Dekadenzgegenstände, den ganzen ernsten Scheiß, mit dem die sich hier rumschlagen im HEILIGEN LAND, wollte ich nach nur einem einzigen Tag in Jerusalem gestern denen hier gerne lassen für immer. Finsternis und Depression, Religion. Der ganze kriegerische Ethnobullshit, why?, es ist so hohl und öde, so primitiv und widerwärtig und komplett langweilig in seiner simplen Mechanizität des Agonalen, der überall penetrant ausgelebte Machismo dauernd, go home, Krieg, hört schon ruhig mal auf, Krieger, Trottel, Völker.

wake up, glaube, go back: home
go to god, back to good old god

Zu Fuß ging ich den Strand entlang nach Jaffa. Der Hochtrash des 20. Jahrhunderts, seine betonierten Favelas, die gläsernen Highrises, der Bauschutt, die Müllhalden und Wellblechzäune waren da hingewürfelt: schön. Ein ausgeblichener Schriftzug, PACHA, die beiden Kirschen ausgeblichen daneben, verkündete: hier wurde auch schon extrem GEFEIERT einst, auch gut. Gehen, plaudern, reden, schlendern, so gings dahin. In Jaffa war ich wieder als Langneseforscher eingesetzt, testete das grün verpackte Eis Langnese Schock aus weißer Schokolade, das es nur hier gibt, mit den geheimnisvoll unverstehbaren Buchstabenzeichen der hebräischen und arabischen Sprachen beschriftet: 1 A, mit Auszeichnung, completely köstlich. Der Gruß, den man hörte auf der Uferpromenade, war: Shabbat Shalom.

Disko Ramallah

Samstag, 23. Februar 2008, Ramallah

Es ging ja die Geschichte, dass der sehr späte Luhmann sich in den abenteuerlich zerfallenen Gesellschaften südamerikanischer Länder über Defizite seiner allzu perfekt durchtemperierten und ausbalancierten Großtheorie sozialer System informiert hat und über den Ausbau eines Operators für Inklusion und Exklusion die diesbezüglichen Probleme in die Theorie hineinzuimportieren versucht hat. Luhmann war aber über diesen Reparaturarbeiten gestorben. In Hans Nieswandts Abenteuerbuch Disko Ramallah war die hiesige Welt ganz direkt beschrieben. Die Autos hupten, langsam wurde es dunkel, traffic jam heißt hier ungefähr CHAMIR, als Autofahrer wäre ich gerne auch Araber geworden. Im Club neben dem Kino führte ein illuminierter Leuchtdocht die Wendeltreppe nach oben. Die Alkoholika hinter der Bar waren türkisgrün, grün und gelb beleuchtet, das Bier kam kalt in schönen Humpen. DJ BOIKUTT prügelte deepes Gerumpel und Gestolper, löchrig, rough und ziemlich schrägo in die mit Leuten von hier und den berühmten internationalen Brigaden jüngerer NGO-Mitarbeiter voll gefüllte Bar, vorne tanzten die Hüpfenden und hinten wurde geredet, Oase der Normalität in einer ansonsten komplett anderen, unverständlichen Welt. Morgen sollen hier jedenfalls aus Restbeständen von 68 paar Tonnen sexuelle Befreiung über dem ganzen Nahen Osten abgeworfen werden, als erste Akutmaßnahme. Das könnte vielleicht helfen. Nachts hing ich wieder, wie neulich im Gästehaus Kölbl am Tegernsee, im Bad des Zimmers 207 des Royal Court Suite Hotel über der Toilettenschüssel und würgte, erbrach mich, wartete, würgte. Dann war der Magen leer, der Schlaf kam herrlich, und morgens tönte in den Halbdämmer der Singsangruf, die Gläubigen darüber aufzuklären, dass der neue Tag da war. Die Autos brüllten ihr Morgengebet, hupend und röhrend, in die Welt hinaus: Goethe.

Die Macht der Familie

Akku wird geladen. In Ramallah hätte ich noch eine Wasser-
pfeife rauchen wollen, das würde unbedingt dazugehören
hier, hatte Jasmin aus Freiburg gesagt gehabt. Sie hatte von
ihrem Vater her einen israelischen Pass und die arabische
Sprache übermittelt bekommen, von ihrer Mutter das Deutsche. Früher war sie mit ihren Eltern und Geschwistern in
den Sommerferien hergekommen, jetzt war sie seit eineinhalb
Monaten alleine da, um hier zu arbeiten, irgendwie frohge-
mut, offen und abenteuerlich gestimmt. Im Deutsch-Franzö-
sischen Kulturinstitut, von Arte gesponsert, sah ich durch
eine gläserne Türe ein ganzes Zimmer voll kleiner Kinder,
die da von zwei Erwachsenen unterrichtet wurden, das war
der Augenblick der Hoffnung: aus der Familie und der Geschichte herausgenommen zu werden als sehr junger Mensch,
stundenweise zumindest, und westliche Werte der Vernunft
nahegebracht zu kriegen. Sofort flammte auf in mir heftigst
meine uralte Liebe zur SCHULE.

Grausam deprimierend die militärischen Kontrollen am
Flughafen Ben Gurion beim Einchecken vor dem Abflug. Befragung, Gepäck, Befragung, und dann noch zweimal Durch-
leuchtung aller mitgeführten Taschen und erlebten Vergangenheiten, auch wenn es nur eine einzige Tasche und die
Geschichte einer Reise von insgesamt nur sieben Tagen war.

– you have been ONLY in Jerusalem?

– what is the name of your taxidriver?

The NAME of my taxidriver: sie tun so, als wäre es das
Normalste von der Welt, es ist aber der reine Irrsinn. Der Irrsinn des Krieges, die Staatsgewalt als Grenzterror, das Unver-
söhnliche unverzichtbarer Rechtsstandpunkte, gehört mir, du
böse, ich stark, ich besser, du schlecht: dieser ganze geistig
steinzeitliche, technisch hochgerüstete Schwachsinn, dass das
so sein muss, kannst du deiner Omma erzählen, Soldat. Zuletzt war ich so an einer innerdeutschen Grenze von DDR-

Grenzern kontrolliert worden, dieses Klima der absoluten Ab-
schottung, des todsicheren Dichtmachens, Aufpassens, Über-
wachens von allem, der ANGST. Wer Angst hat, irrt. Wer das
Draußen fürchtet, lebt falsch von innen her und nach draußen
hin.

Als Familien zogen sie in großen Kleinhorden durch die
Flughafenhallen, bestätigten sich gegenseitig ihre Besonderheit. Wäre jeder allein, müsste er offener auf jeden anderen,
auf die Gesellschaft der Verschiedenen und Unterschiedlichen zugehen. Das wäre besser, nieder mit der Macht der
Familie, weniger Macht sei gegeben der Geschichte, den
Stämmen und Nationen, den Ethnien und Glaubensgemein-
schaften. Die Trompeten von Jericho verkündeten dem Westen: sei schwach, hör auf zu kämpfen, geh lieber schwimmen,
essen, feiern. Pünktlich um vier Uhr nachmittags erhob sich
der riesige Airbus A 340 in die nahöstlichen Lüfte.

Der Anspruch der Vernunft
Dienstag, 26. Februar 2008, Berlin

Sehr geehrte Dame, sehr geehrter Herr, anbei erhalten Sie die
beantragte Feinstaubplakette für Ihr Fahrzeug. Mit freundlichen Grüßen, Ihre Zulassungsbehörde.

Pünktlich um acht Uhr abends war das Flugzeug in Zürich
gelandet, pünktlich um viertel vor zehn in Berlin, und um
halb elf stand ich bei mir daheim am Schreibtisch und machte
die Briefe von Behörden und Ämtern auf, die in einer Woche
westlichen Normallebens so aufschlagen.

Sehr geehrte Kundin, schrieb die Bank, sehr geehrter Kunde,
das Zinsniveau am Geldmarkt ist in den letzten Wochen ge-
stiegen. Auf der Grundlage der geltenden Zinsanpassungsklausel erhöhen wir daher den Sollzins für die Inanspruchnahme der Ihnen zugesagten Kreditlinie mit Wirkung vom
31.01.2008 auf 12,950% p.a. Den was?

den Sollzins für die Inanspruchnahme
der mir zugesagten Kreditlinie mit Wirkung vom
auf sowieso Prozent p.a.
erhöhen wir daher, ist klar
auf Grundlage der geltenden Zinsanpassungsklausel

Ich freute mich, das war doch schön zu lesen, der Irrsinn der Bürokratie und der Wirtschaft, das war die Prosa des Friedens: Leben kostet Geld, wird einem aber nicht prinzipiell streitig gemacht. Ich musste nur die Feinstaubplakette bestellen, dann der Windschutzscheibe ankleben, nicht alle 15 Kilometer an irgendeinem Checkpoint 45 Minuten warten und mich von Pickelfaces mit Maschinengewehr anfuchteln lassen. Ich musste nicht sofort einrücken und mein Land mit Waffen kriegerisch verteidigen oder die staatlichen Unterdrückungsmächte aus dem Untergrund mit Attentaten angreifen. Statt dessen ging ich morgens in die Arbeit. An der Kaffeemaschine wurden verschiedene Reiseberichte ausgetauscht. Einer war in Dubai gewesen, einer in Macao. Einer gab mir das Feuilleton der Sonntags-Faz, Frau Charlotte Roche schreibt über Theweleits Feuchtgebiete und Männerphantasien, toll. Wie ausgehungert stürzte mein Geist sich auf diesen allerschönsten Irrsinn der Aktualität.

Pericle der Schwarze
Mittwoch, 27. Februar 2008, Berlin

Am Checkpoint Kanzleramt wurden gerade die Zulassungsregeln neu festgelegt: Jemen darf, Monaco darf noch nicht rein, sagte die von draußen den aktuellen Befehl überbringende Polizistin zu ihren Kollegen. Kurz hintereinander hatte die Kanzlerin zwei Staatschefs zu Besuch, den aus Jemen und den aus Monaco. Der Andrang zu diesen Terminen war überschaubar, im Moment, es war nachmittags drei Uhr, war ich der einzige Kunde hier.

– wofür kommen Sie?
– Jemen
– okay, das war die richtige Antwort
Die Bühne der Begegnung war diesmal wieder auf der Süd-
seite der weiten Foyerhalle aufgebaut. Regentropfen glitzerten an der riesigen Glasfassade im Sonnenlicht, eben war
draußen ein kurzer Schauer niedergegangen. Generalleutnant
Ali Abdallah Saleh, der Präsident der Republik Jemen, stand
sozusagen höflich stramm neben der Kanzlerin und hörte ihr
zu, wie sie das eben mit ihm geführte Gespräch hier kurz zusammenfasste.

gern gesehener Gast, freundschaftliche Beziehungen;
Modernisierung, Bevölkerung, Bildung, Gesundheit;
Terrorismus, Menschenrechte;
Libanon und Syrien; Somalia, Eritrea, Äthiopien;
Aufbauarbeit, Wirtschaft, weitere Gespräche;
nocheinmal: herzlich willkommen.

Dann sprach der Präsident, wunderschön klang seine Sprache, vielleicht war es das jemenitische Arabisch. Über Kopf-
hörer wurde den Deutschen die Übersetzung zugeflüstert:
zur Bekämpfung des Terrorismus gehört die Bekämpfung
der Armut. Die reichen Staaten sollten den ärmeren dabei helfen, mehr Arbeitsplätze für junge Menschen zu schaffen und
die Armut zu verringern, denn Armut ist genauso schlimm
wie Terrorismus. Wenn man den jungen Menschen hilft, eine
Wohnung zu bekommen, eine Arbeit zu haben, sich selbst zu
ernähren, können sie von den extremistischen Kräften nicht
so leicht rekrutiert werden. Deswegen müssen wir die Armut
bekämpfen. Die reicheren Staaten sollten hier eine Verantwortung übernehmen, denn Terrorismus und Armut gehen
Hand in Hand und können nur zusammen bekämpft werden.
    Nichts an dem hier Gesagten war neu, tausend mal hat man
es genau so gehört. Neu war nur für mich, dass ich selber diesen Text zum ersten Mal VERSTEHEN konnte. Deshalb war

ich nach Jerusalem gefahren, deshalb war ich von dort auch noch für einen Tag nach Ramallah gefahren. Den eigenen Körper in den realen Weltraum der fremden, anderen Körper zu schaffen, um eine Ahnung von der Fremdheit des Lebens dieser anderen zu bekommen: das simple Prinzip von Reise und Begegnung. Es ist durch keine Information ersetzbar und wirkt auch deshalb, gerade weil Information abstrakt so gut zugänglich ist wie nie, so absolut sensationell und supergrandioso.

Manchmal sackte der Kanzlerin, während der Präsident seinen Text in morgenländischer Ausführlichkeit und in sich wiederholenden Schleifen explizierte, die Aufmerksamkeit ein bisschen in ihren eigenen Körper hinein fort. Das konnte man sehr deutlich sehen, speziell auch den Moment, wenn sie sich wieder fing, kaum mehr als eine Sekunde war sie geistig weg gewesen. Die beiden neuen Romane aus dem Politbetrieb, von Kumpfmüller und Kurbjuweit, versuchen sich an dem Experiment, diese Realität der Versunkenheit des Politikers in sich selbst, im Privaten, im Körperlichen, mit Seele auszustatten. Warum das scheitern muss, würde Klage demnächst Goethe ausführlicher darlegen lassen, haben Sie das, John?

Die Eumeniden
Donnerstag, 28. Februar 2008, Berlin

–Herr Obersturmbannführer! –Was wollen Sie? Dr. Max Aue hatte die noch rauchende Ruine des Theaters am Schiffbauerdamm durch den hinteren seitlichen Bühneneingang an der Nordwestecke betreten gehabt. In der herrenseitigen Proszeniumsloge fand sich ein leerer Stuhl. Ich setzte mich. Von hinten hatte dem Aue dann Reichsführer SS auf die Schulter getippt gehabt und ihn gefragt: wann beginnen die Erschießungen hier? Ich glaube wir warten noch, sagte ich, bis auch die linksradikalen Kräfte aus der Deutschen Nationalzeitung und der Faz alle SS-Uniformen oft genug gedruckt abgebildet haben. Taz und Fr haben getan, was sie konnten. Wir können auch nicht zuviel von den Kommandos erwarten. –Jawoll, Herr Obersturmbannführer, sagte der Hauptmann, den ich plötzlich, im Licht der eben beginnenden Aufführung, als meinen alten Freund Jünger erkennen konnte. Wir gaben uns die Hand. Der Tod hatte dem Alten nichts von seinem arroganten Habitus der Kälte nehmen können. Das frühere Verständnis aus Vorkriegszeiten war sofort wieder da. Wir tauschten ein paar Belanglosigkeiten und neueste Schlammtheorien aus. –Haben Sie denn den aktuellen Theweleit auch gelesen, fragte Jünger. Im Zuschauerraum wurde es dunkel. Der kahl rasierte Schädel des Schauspielers Berkel, der in diesem Augenblick die Bühne betreten gehabt hatte, und seine schwarze SS-Röhre kontrastierten schön mit dem offenen weißen Hemd, das die letzten Spermaspuren kaum noch erkennen ließ. Berkel fing zu lesen an. Ich langweilte mich sofort. Die Übersetzung war schlecht. Der erste Satz war Mist. Ich bestellte augenblicklich den Wagen und ließ mich hinter die Bühne bringen. Daniel Cohn-Bendit lag schon nackt im Entmüdungsbecken und ließ sich von zwei jüngeren, sehr gut aussehenden Eumeniden die Brüste massieren. Das öffentliche Gespräch hatte Cohn-Bendit nicht ganz zum Orgasmus kommen lassen. Er hatte fast ununterbrochen geredet, aber der unverschämt gut und ebenfalls extrem jung aussehende Autor Littell hatte ihn dann doch immer wieder in genau dem Augenblick unterbrochen gehabt, in dem er fast gekommen wäre. Sie spritzen mir ja richtig ins Gesicht mit Ihrem Schwachsinn, hatte Littell mit einem von innen geistig gekitzelten Lächeln auf den Lippen gesagt gehabt. Cohn-Bendit hatte sich die Hose zugemacht, die Hände tropften noch nach von der Lektüre. Auch Cohn-Bendit hatte mit großer Lust bekennen müssen, welche unmenschlichen Qualen er bei der Lektüre des ungeheuerlichen Buches auf sich habe nehmen müssen, da wären die Qualen, die Unterhauptstammleser Weidermann in der Fas über Hunderte von Seiten und tausende von spermaverschmierten Toten hin auf sich genommen habe, nichts dagegen, hatte Cohn-Bendit stark gestikulierend betont und bekannt gehabt. Auf die entscheidende Frage, ob auch das Schreiben für ihn als Autor eine solche Qual gewesen sei, sagte der Autor Littell, ein sichtlich von der Lust des Denkens und des Textes erfüllter Mensch, höflicherweise: pas de réponse. Kurz darauf schlugen die morgen von der Volksbühne abgefeuerten schweren Granaten im Berliner Ensemble ein. Sie trugen den Titel: Fuck off, Amerika. Aue, der alternde Ästhet, antwortete freundlich: Welcome, crazy Frankreich.

Regenkatze
Freitag, 29. Zebra 2008, Berlin

Die Musik dröhnte gewaltig. Sergej Jensen hatte in der Galerie Neu gerade seine Bilder einer leisen Fragilität gezeigt gehabt, dabei auch die in sich zurückgenommene Diskretschönheit dreier großer, fast komplett monochromer Bilder, fastschwarz, silbrig, goldgrau verschliert. Jetzt spielte er im Schinkel-Pavillon hinter der Oper zur Feier der Eröffnung dieser Ausstellung mit seiner Band FENDER CATS einen schwer lärmenden Dröhnrock, die Harmonien wälzten sich gigantisch wummernd, langsam, dröhnend durch die Lieder, die der Sänger, verschraubt in sich verwunden vom inneren Twist der Wahrheit, in das Mikrophon hineinsang, natürlich nicht zu verstehen vernünftigerweise textlich.

Peinigend gut verständlich, überverständlich banal, im eigenen Sprechen des eigenen Textes, dabei jedes einzelne Wort sinnlich bekauend, sich männermäßig selbstgefällig SUHLEND, hatte Walser am Nachmittag aus seiner Goetheschmonzette vorgelesen, war dann vom sogenannten Reading Room der Faz, wo diese Lesung stattgefunden gehabt hatte, in ein privates Wohnzimmer hinübergewechselt, wo er sich von Herrn Berg das Essen aus dem Kochtopf hatte reichen lassen, seinem Verleger Fest den Zeigefingerrücken und demonstrativ gravitätisches Konversationsgetue ins Gesicht gefuchtelt hatte, und zuletzt natürlich auch noch die neben ihm sitzende Frau, vom Videoblogger Matussek als aktuelle Inkarnation der Ulrike von Levetzow vorgestellt, scheußlich zärtlich am Kinn gestreichelt gehabt hat, AUA.

dummer Stein
dummer Hut
dummer Chef

Qualli kam mit halbstündiger Verspätung ins Einstein. Wer ist denn der Dicke, den die Schnalli da immer im SCHLEPP-TAU hat, hatte Charles Schumann dereinst einen seiner Gäste gefragt gehabt. Qualli ließ sich schwer schnaufend in die grünen Polster fallen, um den ihm gegenübersitzenden Unter sofort und während des ganzen folgenden Essens mit dauerndem Telefonieren zu foltern und zu erniedrigen. Aue ging hin und sagte: das Argument hier richtet sich gegen den Missbrauch von Macht, die von schlecht erzogenen Mächtigen völlig enthemmt öffentlich und in vorwerfbarer Weise falsch ausgelebt wird. Sind Sie doch freundlicherweise, zumindest in der Öffentlichkeit, so nett und benehmen sich ein bisschen, Sie unhöflicher Mensch.

Nach dem Konzert stand Aue angetrunken auf der Straße. Das Orkantief Emma PEITSCHTE den Regen daher. Der Boulevard Unter den Linden lag überflutet da. Die Autos rasten auf ihm dahin in richtung Schloss. Sarah Kirsch nannte den Februar, dessen Sonderschalttag heute begangen worden war, Zebra. Über die Straßengeräusche bei Proust hatte sie geschrieben:

Militärmusik
die Klingel eines Radfahrers
dazu die Stimme einer Frau, die singt

März 2008

Perserbriefe

Sonntag, 2. März 2008, Berlin

Im Tape war am Samstag das einjährige Jubiläum gefeiert worden. Sie hatten einen Autoscooter in den Laden gebaut, die bunten Jahrmarktslichter an den Säulen der Anlage glitzerten, die Leute drehten, auf den kleinen Kinderscooterwagen sitzend, im Zickzack ihre Runden, und aus den Lautsprecherboxen kam ein von zwei Frauen aufgelegter Funparty-sound: you spin me round, round, round, like a record, baby, right round.

Hier war es ein normaler, ein bisschen exzentrischer, dabei für den an diesem Wochenende nicht so feierlustig aufgelegten Aue auch etwas banaler Nachtlebenabend gewesen, in Gaza waren im Krieg allein am Samstag über 20 Menschen getötet worden, in den paar Tagen seit Mittwoch hatte es an die 100 Tote dort gegeben. Die Medien hatten wieder keine Bilder davon gezeigt, wie die Körper der Getöteten, die durch äußere Gewalteinwirkung von Granaten und Geschossen so zerfetzt und kaputt gemacht worden waren, dass lebenswichtige Organe nicht mehr arbeiten konnten, ausgeschaut hatten. Diese Bilder gibt es, vielleicht sogar irgendwo im Internet, auf jeden Fall auf manchen Kunstwerken von Thomas Hirschhorn. Die Wirklichkeit des Todes war deshalb nur von den Menschen, die direkt dort gewesen waren, gesehen worden. Für die toten Menschen selbst waren die Probleme damit zu Ende gekommen, sie waren tot, für den Toten ist das eventuell ein Letztzustand von Frieden, Glückseligkeit und Paradies, so zumindest hoffen das die Lebenden, denn tot sein wird man wahrscheinlich sehr lange, eventuell für immer. Für die Lebenden aber waren durch die Wirklichkeit dieser gewaltsamen Tötungsgeschehnisse tatsächlich grauenhaft menschenverfeindlichende Verwüstungen in der Seele geschehen, ja, erneuert worden, aktuell wieder auf frischesten Haßstand gebracht, war so der Bereitschaft innerlich zugearbeitet worden, weiterzumachen bei nächster Gelegenheit mit dem Morden, allein schon aus Rache, den Krieg natürlich fortzusetzen. POUR LES MORTS.

Pour les morts
Montag, 3. März 2008, Berlin

Unter der säkular segnenden Geste der riesigen Willy-Brandt-Skulptur von Rainer Fetting standen die leeren Stühle im Atrium der SPD-Zentrale. Die Pressekonferenz nach dem Parteirat war um eine halbe Stunde verschoben worden. Beck war an einer schweren Grippe erkrankt, Heil hatte sich einer Operation unterziehen müssen, und Frau Nahles erklärte umso gesünder der enttäuschten ntv-Interviewerin: SPD einig, Diskussion gut, Beck gestärkt. Um halb vier trat dann der stellvertretende Parteivorsitzende Frank-Walter Steinmeier im weit geschnittenen dunkelblauen Anzug ans Pult und sagte den Journalisten auf die ihm eigene ruhige Art dasselbe: schwierige Woche, Diskussion lebendig, SPD einig, selbstbewusst, gestärkt. Die Fotografen verwendeten auch aus nur wenigen Metern Entfernung ihre riesigen Teleobjektive, um die Gesichter der Protagonisten übergenau aufnehmen zu können, und die Kollegen von der Brigade Print notierten sich Sätze, die gesagt wurden, und Einzelheiten, die zu sehen waren, um später in ihren Berichten von dieser ziemlich genau halbstündigen Pressekonferenz einen möglichst wirklichkeitsanalogen, dabei gut lesbaren Text herstellen zu können, für die LEBENDEN.

Es gibt keine intensivere Weise, notierte Aue, sich geistig mit einer Szenerie zu verbinden, als durch den Akt, über sie,

sie beschreibend, zu schreiben. Sinnliches und Abstraktes, Wortlogik und Bildgeschehen, Ausgedachtes und Erfundenes und das Wirkliche und tatsächlich Passierte gehen in diesem Imaginationsvorgang, der zum Text führt, eine absolut sensationelle, den Schreibenden unendlich belustigende, mit Lust versorgende Verbindung ein, und zwar auf unvorhersehbare Art. Warum Schreiben, wie auch Denken, glücklich macht, wie hier schon wiederholt gemeldet, jetzt nocheinmal bezogen auf Littell gesagt. Seinen Bienveillantes hat er ja das heute titelgebende Motto vorangestellt: pour les morts. Da steckt eigentlich alles schon drin. Der bisschen wichtigtuerische Großanspruch und die leicht faschistoid faszinierte Nekrophilie, der lustige Totenkopfkitsch und das wirklich Böse dieser Denkrichtung, des Bezugs auf diese Todestaten, die das Buch natürlich feiert. Geht gar nicht anders. Im Fun des Splattertums, wenn das Delirium der Bilder autonom wird, sinnlos, der Text reiner Text –

steh auf und geh
text, steh auf und geh –

entsteht eine HYSTERIE, die neue, abstraktere Realitätsbezüge herstellt, nämlich zur Hysterie des Denkens, zu seiner physisch realen, synaptischen Mitrealität, spürbar dem Körper, zur Hysterie der Zeit, des Augenblicks etc, entsteht ein sprachliches Abbild des dauernd auch mitlaufenden IRRSINNS von Welterfahrung. Der Text, der spinnt, gehört ins große Buch des Lebens unbedingt mit rein, so auch in das Kunstwerk, das textlich davon handelt. Trotzdem war mir am sympathischsten gewesen der Verriss der Bienveillantes von Iris Radisch. Denn vor Splatterfilmen hatte ich immer schon Angst, und auch noch nie habe ich einen einzigen gesehen gehabt. Wenn Spannung auftritt, bricht mein überspanntes System in sich zusammen. Ich hatte mir deshalb statt des eigentlichen Buches den Marginalienband zu den Bienveillantes gekauft gehabt und direkt über die Gedanken, Theorien und Geschichtskonzepte, die den Littell beschäftigt hatten, mit großer Begeisterung nachgelesen, Goethe.

Die Ästhetik des Widerstands
Dienstag, 4. März 2008, Berlin

Langsam tröpfelte das Publikum in den großen Saal. Es hatte schon geläutet. Es war kurz vor acht. Der schöne große Saal der Akademie der Künste am Hanseatenweg würde heute abend fast so wenig voll werden wie der noch schönere große Saal der Bundespressekonferenz an einem normalen Arbeitsvormittag. Michael Kumpfmüllers Politweltroman NACHRICHT AN ALLE sollte im Gespräch mit dem großen Politfrührentner Joschka Fischer vorgestellt werden. Von einem literaturpolitischen Gipfeltreffen hatte der Verlag Kiepenheuer und Witsch in seiner Ankündigung gesprochen. Aber ein Fischer ohne Amt ist ein See ohne Wasser, und ein Bürokrat als Autor ist die Wüste Negev ohne Schnee. Da kommt keiner hin. Lüge: es war der halbe Saal doch voll geworden. Und die hierher gekommen waren, hatten dann tatsächlich, im Clash der einander äußerst fernen Welten von Literatur und Politik, eine zuletzt hochinteressante Konfrontation mitgekriegt gehabt.

Kumpfmüller hat drei Fehler gemacht: er hat sich in der realen Welt der Politik zu wenig kundig gemacht. Er hat über die dort geltenden Spezialgesetze zu wenig nachgedacht. Und er hat, obwohl strukturell ein fundamental unkünstlerischer Mensch, ein literarisches Kunstwerk über diese Dinge herzustellen versucht. Ein Riese trat ans Vortragspult, der Übersetzer Hinrich Schmidt-Henkel hielt eine elegante Einführungsrede. Er hatte sich einen mittelgrauen Dreiteiler angezogen gehabt, aber die Krawatte fehlte, und aus der Hose war die Bügelfalte rausgebügelt. Diese kleidungsmäßige Literatenexzentrizität war so traurig anzuschauen, wie die Lektüre von Kumpfmüllers Roman gewesen war: Aufmerksamkeit fürs Detail an der falschen Stelle, und die Sache als Ganzes nicht verstanden. Am Dreiteiler individualistisch rumzudoktern ist sinnlos, geht nicht, zeigt das Nichtverstehen der Ordnung des politischen Körpers.

An ihm, am Körper, realisiert sich das Geheimnis der Politik. Deshalb wissen alle so wenig über Politik, vorallem auch die Politiker selbst, wenn sie Politik nicht ausagieren, sondern darüber sprechen. Deshalb war Fischers Auftritt in der Diskussion nach Kumpfmüllers Lesung wieder mal ein solches Spektakel. Er erzählte nur seine ollsten Kamellen: Es gibt kein Geheimnis. Jeder Raum der Macht ist leer. Der Druck ist gigantisch. Die Macht muss man wollen. Und ganz nach oben kommen nur die Allerleidenschaftlichsten.

Was aber treibt diesen Selden?, so der Name von Kumpfmüllers Helden, was treibt den?, fragte Fischer immer wieder, denn er hätte von dem Roman gerne eine Antwort darauf bekommen, was ihn selber einst getrieben hat. Er spürt nämlich, dass ausgerechnet er selber eben das kaum richtig wissen kann, wie es wirklich war, innerlich, in Worte gefasst. Er hat es erlebt, er war ein Spezialist der intuitiv richtigen Handlung, vor allem als Redner, vor Publikum, in Anwesenheit anderer. Ein Mann der Erkenntnis, der Selbsterkenntnis gar, war er, wie eigentlich alle Spitzenpolitiker, natürlich nie. Gerade deshalb hätte er das jetzt gerne von einem Roman dargestellt bekommen, was in ihm als Täter denn innerlich eigentlich vorgegangen war. Und Fischer hat auch noch völlig recht mit diesem Anspruch, das wäre die Aufgabe einer solchen Literatur gewesen, den Helden zu erkennen.

Kumpfmüller war beleidigt, das war lustig, das war der lustigste Teil des Abends, Kumpfmüllers geistige Indolenz live vorgeführt zu kriegen. Er versteht gar nicht, dass die Politik, die zu verteidigen er sich vorgenommen hat, sich auf einem solchen Niveauchen von Klischees und schlecht ausphantasierten Zuspitzungen der Realität nicht verteidigen lassen kann. Schäuble hat es ihm im Zeit-Magazin gesagt, Fischer rechnete es ihm auch ganz praktisch hier vor. Dann war es kurz vor zehn. Dem Abend war die Zeit davongelaufen. Zuhause ereignete sich der wirklich sensationelle Moment der Politik in den Tagesthemen, in der minimalen Pause zwischen zwei Sätzen, die Frau Ypsilanti, befragt zur Tolerierung einer SPD-geführten Regierung durch die Linke, gesagt hatte, und zwar direkt hintereinander:

Wortbruch kann viele Facetten haben.
Ich habe mir diese Entscheidung nicht leicht gemacht.

Über den ersten Satz war sie selber erschrocken gewesen. Sie konnte ihn aber nicht mehr ungeschehen machen, musste ihn mit der nachfolgenden Leerformel auszuradieren versuchen, von diesem blitzschnell nur gefühlten Korrekturkalkül war der Abgrund zwischen den beiden Sätzen bewirkt worden. Dass ein Politiker das Wort Wortbruch selber ausspricht, wenn ihm ein Wortbruch vorgehalten wird, weil er etwas anderes zu tun ankündigt, als er bisher angekündigt und versprochen hat: Wann hat es das, Politologen Deutschlands, hier zuletzt gegeben?

Lead Awards 2008
Mittwoch, 5. März 2008, Hamburg

Der Gewinner des Abends war Jörg Koch. Sein Magazin 032 c hatte gegen AD und Stern in der Königsdisziplin Gold gewonnen, Hauptkategorie Editorial, wichtigste Unterkategorie dort, war also sogenanntes LEADMAGAZIN, die Zeitschrift des Jahres geworden: wow. Das vielhundertköpfige Publikum in der riesigen Zelthalle war offenbar überrascht, der Applaus war besonders heftig und herzlich gewesen, als Jörg Koch, es war schon fast viertel vor zehn, von ziemlich weit hinten nach vorne ging und auf der Bühne von Peter Richter die Urkunde bekam. Kurz darauf stürzte von oben ein spiegelknallrotes Banner herab und verkündete in

der Typographie des Spiegel: PARTY! Alle fluteten nach draußen. Essen, Getränke, Gespräche, das Branchentreffmons-
ter, der schwere Arbeits- und Vergnügungsdampfer Lead
Awards 2008 nahm langsam Fahrt auf in die Nacht.

Peter Richter hatte die Verleihung moderiert gehabt gemäß
dem für alle solchen Preisverleihungsmarathons gültigen, von
ihm hier sogenannten unterkategorischen Imperativ: verleihe
jeden Preis stets so, dass der Preisträger zwar auf der Bühne
erscheint, aber dort keinesfalls mehr als fünf Sätze sagt und
das Mikrophon vorallem keinesfalls selber in die Hand bekommt, so dass jede Unterkategorie insgesamt nicht länger
als fünf Minuten dauert. Der Maxime diesen Handelns folgend kam eine ziemlich zügige, stringent durchchoreogra-
phierte Show zustande. Den Satz des Abends sagte der Foto-
graph Daniel Rosenthal, der für sein Bild aus Heiligendamm,
das der Stern gedruckt hatte, in der Kategorie Foto des Jahres
gewonnen hatte. Wie ist ihm dieses außerordentliche Werk
geglückt, wie hat er es gemacht?

ich hab kurz vorher das Weitwinkel runtergenommen
und ein 50er draufgeschraubt

Ah, schön, das will jeder gerne hören, diese Basics der Produktion, Weitwinkel runter, 50er drauf, so lässig geht es da
zu, wo es zur Höchstleistung kommt, das war das Loblied
vom HANDWERK gewesen. Es stimmt zwar nicht, aber es
klingt gut, was auch keine so schlechte Art von Stimmigkeit
ist. Markus Peichl, der Chef und Erfinder dieser ganzen Veranstaltung hier, hatte in dem kleinen Einspielfilm, der ein paar
schnelle Szenen aus den Diskussionen der Jury zeigte, gefordert gehabt:

bitte um kurze!
knackige!, pointierte!
sofort überzeugende Argumente!

Gerne: Ein Mann in Reihe 24 nahm ein Pfefferminzbonbon heraus, wurde von der neben ihm sitzenden Frau mit freundlich aufleuchtendem Gesicht gefragt: ah, kann ich da auch eines haben bitte? Und sagte, nach kurzem Zögern, kein Mensch weiß, warum: nein. Es war diese Antwort in dem Moment so absurd rübergekommen, als hätte der Typ der ihm fremden Frau auf ihre Frage hin einfach ins Gesicht gespuckt gehabt. Leider war dieser Mann wieder einmal ich, DER ASOZIALE, gewesen. Als Klage dran war, schlug mir das Herz vor Aufregung wirklich bis zum sprichwörtlichen Hals. Die Nichtgewinner wussten nicht, dass sie nicht gewonnen haben. Auch das war perfekt organisiert. Plötzlich, unter all den Leuten hier, hätte ich den Preis, der mir zuvor komplett egal gewesen war, wahnsinnig gerne gewonnen gehabt. Aufregung, Herzrasen, Spannung, und dann: nichts, verloren. Slanted hatte gewonnen, zweiter war Spreeblick geworden, Klage letzter. War das BITTER in dem Augenblick gewesen, aua, tat das richtig weh. Der liebe Gott hatte das Böse meiner Pfefferminzgemeinheit gesehen gehabt, den Kopf geschüttelt, den Daumen nach unten gesenkt gehabt und gesagt: er lernt es nicht. Ich nickte traurig. Später stand ich mit Bier am DJ-Pult, denn da gehöre ich hin, und im Vorbeigehen sagte auf das netteste die A zu mir: du wunderbares kleines Schneehäschen. Da freute ich mich sehr und grüßte zurück.

Simplicius Simplicissimus
Donnerstag, 6. März 2008, Berlin

Begonnen hatte der vorgestrige Kumpfmüllerabend in der Akademie übrigens mit der folgenden, recht komischen Szene: Fischer, der sogenannte Außenminister a. D., kam um 19 Uhr 19 allein in die Akademie und war davon irritiert, dass das Erscheinen seines kleinen, tönnchenhaft voluminösen Körpers hier überhaupt keine Reaktion hervorrief. Er stand da mitten in der Eingangshalle, Bauch rausgestreckt, Kopf nach hinten ins Kreuz gehängt, Missmut im Gesicht, und keiner reagierte. Niemand kam auf ihn zu, niemand war bei ihm, hinter ihm, nichts. Auch die Frau am eigens rechts aufgebauten Kartentisch sah den Minister a. D. zwar, stürzte aber nicht sofort zu ihm hin. Sie war der eher ruhigere Typ Mensch und außerdem gerade noch mit einem anderen Kunden im Gespräch. In die Leere des Raums vor sich, in Richtung dieser Frau sagte Fischer ziemlich laut:

– wo finde ich denn jemand von den Organisatoren?
– sie: hja, hm?, äh
– da muss doch irgendjemand da sein?!
– wen meinen Sie denn?
– na, den Herrn Malchow zum Beispiel!
– sie: hm, ja

Die Frau wurde immer ruhiger, umso ruhiger, je heftiger Fischer seinem Unwillen Ausdruck gab. Er war von den Widrigkeiten der Situation hier jetzt schon richtig enragiert, offen empört und herrisch sagte er:

– wo sind die denn?!

Die Frau sagte jetzt nichts mehr, in totaler Zeitlupe kam sie hinter ihrem Tresen hervor, null aktiviert oder gar alarmiert von Fischers absurder Hysterie, gerne hilfreich, ganz gelassen ratlos, vielleicht von einem schwachen, nicht ganz zu Ende gedachten Nebengedanken angeweht wie: was hat denn der kleine Dicke da für ein Problem? Als hätte Fischer diese unverschämte Frage körperlich empfangen, als würden ihm hier gemeinerweise und absichtlich bestimmte Hintergrundinformationen vorenthalten, rief er wütend aus:

– die müssen doch irgendwo sein!, wo sind die denn?!

Das ist der traurige Geisteszustand, in dem sich unsere rotgrünen Politrentner befinden. Der Außenminister a. D. Joschka Fischer ist noch nicht einmal in der Lage, einen ganz normalen öffentlichen Veranstaltungsraum wie ein normaler Mensch zu betreten, sich da zu orientieren und situationsadäquate Schlussfolgerungen für das eigene Auftreten daraus zu ziehen. Das wäre die Phantastik, die ein politischer Roman erforschen müsste, die geistig-seelische Entkernung, die durch die körperliche Megalomanie der politischen Praxis bewirkt wird. Es ist die Tragödie der Macht, dass diese innere Leere vernünftig ist. Die Klugheit des Handelns wird nämlich durch innenlebenfreie Existenzweise erst ermöglicht. Für die Literatur sind die so tickenden nichträsonierenden Figuren das große Geheimnis. Man müsste, wie gesagt, davon ausgehen, dass der Stein denkt. PERICLE DER SCHWARZE, der Roman von Giuseppe Ferrandino, war deshalb neulich aufgetreten hier, denn er ist ein seltenes, wunderbares Beispiel für die Kunst, den Simpel zum Helden zu machen, seine Kompliziertheit sichtbar werden zu lassen, ohne sie auszusprechen. Jeder Gedanke an diese noch nicht befriedigend gelösten Aufgaben der Gegenwartsliteratur war für den hier argumentierenden Kyritz ein Gedanke des Glücks.

Woche der Güte
Freitag, 7. März 2008, Berlin

die Vögel schnatterten, der Regen tropfte
Winter war zurückgekehrt: helau!
in das sprachgesteinigte Berlin

Woche der Güte, Unlust der Freuden
längst hat sie böse Gesetze gemacht

nimmt das Fahrrad, lässt den letzten
hebt die kleine, wollte sie
wird schon bald in höchsten Nöten
nur noch Unsinn, Unsinn senden wie noch nie

kränk

Samstag, 8. März 2008, Berlin

kränk schrie da der hals zurück:
kränk der kopf, die nase, das gesicht
kränk der haushält, kränk die bügele
kränk der ganze märzkränkkränk

kränk the deutsch, the spänk, the wänkkränkspänk
kränk die augen, kränk the schal, kränk
the good old underkränkhemd: kränk

unkränk nur the zeilen sind
ja: the zeilenlängen sind ganz schön
schön the schon, the noch, the übermorgen auch
the untergestern: kränk, the kränklied: KRÄNK

the sowieso, the folgenlos, the spaßgedicht
is: KRÄNK, the doppelpunkt is: pause
the groß.buch.sta.be: HOCH, the kränk is kränk
the witz is dead, the kränk.ge.dicht is: aus

kränk ii

Mittwoch, 12. März 2008, Berlin

Frühling in the air
kalter Wind
Mr. Grumpy geht spazieren
Kaisers, Ditsche, Apotheke
Tragetasche, Lauch, Püree

sonst noch was?

*

Gesetz und Gnade

Ostermontag, 24. März 2008, Hamburg

Arbeitspläne Cranachs
Homosexualität
Suizidvorbereitungsgang

Tagebuch eines halbwüchsigen Mädchens

Dienstag, 25. März 2008, Berlin

Osterspaziergang die Elbe entlang, Sonnenschein und sehr
kalte Luft, Auferstehungswetter sozusagen. Was die Texte zu
wenig abbilden – wie die Körper der Lebenden den Tod, den
sie verborgen in sich tragen – ist: ihre Relativität; Fehler,
Schwachsinn, Lüge, das schlecht und falsch Gedachte. Poesie: die Weltgesteuerte.

Im PUDEL lief tolle Musik. Der Typ an den Turntables
schaute aus wie Gottvater: richtiger Vollbart, grauweißfar-
ben, und grauweiße lange Haare, schon etwas älter an Jahren,
eher 62 als 47. Die abgedrehten Ambientsounds des frühen
Abends gingen zum Hochpunkt der Nacht in eine furiose,
abstrakt zerebrale Acidparty über. Die Leute tanzten, dass es
eine Freude war. Es war ein Triumph des Pudel, seiner schon
so viele Jahre laufenden Kulturmission des Löchrigen, Absei-
tigen, Gebrochenen, aller Sekundaritäten, sogar der Ironie,
die ich früher aggressiv misskannt, an diesem Ostersamstag
endlich jedoch verstanden gehabt hatte. Beim Rausgehen erklärte mir Andreas Dorau, wer der DJ war, Ralf Rüftata 110,
Legende. Der Mond stand voll in der Mitte zwischen den beiden runden Laternen, die die Brücke beleuchteten, die über
die Straße ging, drei helle runde Kugeln im Himmel, unge-
kreuzigt. Viele Autos waren nicht mehr unterwegs um diese
Zeit. Ich legte mich auf die Straße und wartete.

Ginster

ich bin ja froh
dass es zu Ende ist

sagte der alte Mann, der auf der Parkbank saß, zu der alten
Frau neben sich, immer noch Osterspaziergang die Elbe entlang, und ich hörte sofort den Anfang, vielleicht ein biss-
chen banal, des so beginnenden Theaterstücks. Sie war seine
Schwester, er redete über seine jüngst verstorbene Frau. Um
Stücke zu schreiben, muss man wirklich hoch fliegen, dann
ist es ganz leicht, über Menschen, Sprache, Themen und
Ideen geht es von selber dahin, aber kein Wille und keine Absicht bringen einen in diese Position gehobener, licht schwe-
bender Übersicht. Kontakt zur Welt und zu den Sternen am
Himmel zugleich, von beiden Seiten her befunkt erfühlt der
Text sich richtig in Distanz zu Gegenstand und Autor, zu
sich selbst sogar, Verrücktheit dieser hochekstatischen Ge-
schehnisposition.

Nichttriumphalität der Wahrheit
ihre Nichtsicherheit und das Verwischte
gehaucht, probiert, gespuckt, gesehen
und einfach so dahergesprochen

Gustav Seibt hatte in der Oster-SZ über den Faust geschrieben, der vor 200 Jahren, zur Frühjahrsmesse 1808, erschienen
ist. Allein von den Zitaten bekam ich eine solche Aufgewühlt-
heitsstimmung, das Gefühl der jugendlichen Aufbruchs-
und Überschwangsfreude, die von diesem Werk der Reife rät-
selhafterweise immer wieder neu ausgeht. Wie Gustav Seibt
dem nachspürt: ach, ist das schön. Text, der was will, weiß,
sucht, wahrscheinlich ist ja auch der Faust wirklich vom Boden her, also ganz anders als hoch fliegend geschrieben, und
das gibt es schönerweise eben auch. Der Abschluss des Stücks

käme hier aus einer Reportage über die Verlegerin Angelika Jahr, die mich beim Rausgehen den an ihre Sekretärin gerichteten Herrschersatz hören ließ:

verbinden Sie mich bitte
mit meinem Mann

Beschreibung eines Kampfes
Donnerstag, 27. März 2008, Berlin

kein Porno-Funk, kein Schnauzbart-Disco
kein Ficker-Techno, sondern: beatlose Kathedralen

Die nicht gefährdet sind: steht auf und geht schon mal nach Hause, diese Beschreibung eines Kampfes hier war gerichtet an Gefährdete. Gefährdet, ein Loser zu sein habituell, sollte der Loser als Kind schon lernen, dass Erfolg auch ihm möglich wäre. Gefährdet von zu viel Selbstbewusstsein, sollte der vielfach Talentierte lernen: die Gaben der Talente sind dir nur geliehen, verspiel sie nicht. Gefährdet von Eitelkeit, sollte der allseits offene, gewinnende, seine Umwelt bezaubernde Mensch rechtzeitig lernen, für sich zu sein, in sich versunken, auf irgendeine Arbeit konzentriert. Der den Rausch Fürchtende soll das Trinken und die Drogen kennenlernen, der schwache Mensch die Selbsterfahrung machen, dass er und nur er selbst entscheidet, was er mitmacht und was nicht. Der Sieger soll verstehen lernen, wie wenig er selbst, wie viel die Umstände und Gegebenheiten, in denen er agiert, verantwortlich sind für sein Siegen. Der naturellmäßige Chef sollte bisschen humble werden wollen, der Schwätzer schweigsam, der Geduckte soll mal aufatmen und sich vom Mut der Tätigen erfassen lassen. Die Traurigen sollen das ihnen angebotene Helium noch nicht einatmen und sich noch nicht umbringen, die allzu Übermütigen sollen ruhig mal bisschen ins Stolpern kommen. Der Stotterer würde flüssig sprechen lernen, der Böse ein Gran Güte selbst erfahren und an den nächstbesten Mitmensch weitergeben. Wer sich noch nie geprügelt hat, soll einen Ordinären provozieren und sich von dem einmal zusammenschlagen lassen, um den nächsten Ordinären selbst zusammenschlagen zu können. Der Angstlose soll vier Liter Blut trinken und kotzen, bis er nicht mehr kann. Der allzu Musikalische soll sich von Trottelmusik foltern lassen, um die Differenziertheiten seines Gehirns auszulöschen. Wenn er dann winselt: die Vögel dürften singen. Die Bäume blühen, Schnee würde fallen und die Tage würden sichtlich wieder länger werden, denn es war doch wieder Frühjahr geworden, auch im Jahr 2008.

Ohrenberg
Freitag, 28. März 2008, Berlin

Oder der Weg dorthin. Denn Bösor hatte an diesem Abend auf seiner Exkursion zwischen Sox, Paloma, Buback und Panoramabar wieder einmal eine derartige Menge von Beobachtungen gemacht, naturgemäß BÖSER Natur, dass die gleichzeitig laufenden Abdeckungsvorgänge und die im Nachhinein erforderlichen Verstehensanstrengungen den Bösor nicht gerade fast um den Verstand, aber doch tatsächlich an den Rand der Speicherkapazität seiner hirninternen Festplatte gebracht gehabt hätten. Dieser Satz klingt mir zu ausgedacht zugespitzt, sagte Bösor da, um wahr zu sein, und Fürst Ohrenberg hatte ihm sofort zugestimmt gehabt. In Wirklichkeit nämlich war der Bösor durch seine bösen Beobachtungen und die begütigenden, verstehenden Konsequenzgedanken eigentlich nur in eine ganz vernünftige, fast besinnlich fröhliche Geistesverfassung gebracht worden, berichtete der Bösor, sich korrigierend, dem Ohrenberg.

In der Oranienstraße Ecke Adalbert standen die Leute am Gehweg und schauten sich die Eröffnung von Anne Neukamps Sox-Ausstellung Feriengrüße von Königssee an. Hinter einem verspiegelten Fenster wurde es heller und dunkler, eine Bergkette, vom Spiegel des Wassers nach unten verdoppelt, wurde sichtbar und verschwand, und wenn es Nacht war im Fenster, sah der Betrachter sich selbst in der Umgebung der ihn umstehenden Leute und Häuser gespiegelt. Reflexion: das Problem an Gedanken ist, dass die meisten falsch sind. Wir kauften Bier im Shop gegenüber, wir aßen Pizza im Laden nebenan, ich redete mit der A, der B, der C und stand bald darauf schon im Paloma, wippte dort im sanft federnden, gezwitscherbereicherten Stehtechnosound: sehr angenehm war das, berichtete der Bösor, ein längeres Gespräch mit dem mir nicht näher bekannten Bierhimmler konnte ich, wenn auch nur auf eine etwas unhöflich direkte Weise, abbiegen, da ich lieber einfach nur da stehen, zuhören, trinken und vor mich hinträumen wollte. Und so geschah es auch.

Next stop: Volksbühne, Ja König Ja spielten gerade, es war die große lange Buback-Label-Nacht, egal, was dieses Theater sonst zur Zeit auswirft an Aufführungen, als Popveranstaltungsort funktioniert die Volksbühne immer noch volksnah perfekt. Mit einer Zwischencola FLÄZTE ich dann, so Bösor, halblinks vorne im Parkett und schaute mir den Auftritt von FSK an. Davon wurde eine unfassbar bösartige Trauer im Bösor hervorgerufen. Es kam dadurch in ihm zum Hochpeak bösester, noch notierter, aber wirklich nicht mehr mitteilbarer Gedanken. Um halb zwei sangen sie ihren wunderbaren Althit Move Ahead:

was man nicht im Kopf hat
muss man in den Beinen haben

Aber was sie einst wussten, haben sie vergessen, was ganz normal ist, aber nur eben nicht mehr bühnable, auf der Bühne nicht mehr darstellbar ist. Ich fühlte mich wie in Shine a light, sogar schlimmer, weil FSK, im Gegensatz zu den Rolling Stones, einstmals Teil auch meiner einstigen Geschichte gewesen waren. Geschichte ist Mist, rief ich, und der Ohrenberg stimmte mir zu. Wir radelten ins Berghain, das bessere Hamburg hatte sich dort zur Dial-Nacht versammelt, das beste Hamburg wahrscheinlich. Wir tranken jetzt Vodka Redbull. Ich begrüßte den D, redete mit dem F, traf den G, der mir seinen H vorstellte, nahm ein Zwischenwasser, tanzte, es spielte inzwischen Lawrence live als Sten, und die Flächen der Freude kamen gegen viertel nach drei, halb vier aufs schönste erhebend eingeflogen, freundlich und diskret zugleich das Ganze, und der Bösor schwitzte, tanzte.

Lindenberg
Samstag, 29. März 2008, Berlin

Die Bühne bezeichnete hier einen Ort der Exposition, der das Körperliche des lebendig agierenden Menschen überdeutlich sichtbar und auf das rücksichtsloseste beobachtbar machte. NACKT steht der Mensch da, sobald er auf der Bühne steht, das ist die Grausamkeit der Bühne, das ist ihre Faszination. Leider sagt die Erfahrung, dass unter denen, die habituell und professionell vor anderen auf Bühnen auftreten, die Nichtidioten eher selten vertreten sind. Die Spiegelung der Ichwirkung, die der Auftretende aus der Resonanz des Publikums erfährt, bewirkt in ihm eine ihn dauernd irritierende Inversion der Aufmerksamkeit auf sich selbst, wodurch im Ich die Noxe Eitelkeitsempfindung in so hoher Dosis ausgeschüttet wird, dass das auf Dauer auf den Geist stark toxisch wirkt. Wirkkaskade Bühnenauftritt.

Vor Aufregung hatte Udo Lindenberg seine Zunge nicht mehr richtig unter Kontrolle gehabt, sie hatte von selber mit seinem Gebiss zu spielen angefangen. Ein willentlich nicht mehr gesteuerter Automatismus der mundinneren Muskulaturen war aktiv, während Thomas Gottschalk wie panisch auf den sein Gebiss dazu bei geschlossenem Mund verschiebenden Udo Lindberg eintextete, und ein Exzess der Würdelosigkeit des auf die Ausbeutung dieser Würdelosigkeiten und Schamlosigkeiten spezialisierten Bühnenboulevards war wieder einmal erreicht, ZDF, Wetten dass, viertel vor zehn.

Geheimreport, Geschenke
Ginster, Georg, Theorien Ernstors

Nicht von den eigenen Fehlern würde man als schlauer Mensch lernen, hat der Boxweltmeister Arthur Abraham, seinen Großvater zitierend, im Interview der Taz gesagt, sondern von den Fehlern der anderen. In diesem Sinn könnten die Bühnenauftritte der letzten beiden Klagetage für Klage hier noch einmal neu informativ gewesen sein: Wer gehört überhaupt auf die Bühne? Der nichtjunge Mensch ja vielleicht überhaupt nicht mehr. Sich trotzdem nicht in irgendeiner privaten Niemandsbucht zu verkriechen, seine Sachen also auch in Gesellschaft öffentlich zu vertreten, und doch dabei möglichst bühnenlos zu agieren: wie wäre dieses Ideal einer geistig produktiven Existenz über längere Jahre hin realisierbar?

larry heard
Sonntag, 30. März 2008, Berlin

leise singte eine erste meise
lauter peter rühmkorf klingte
letztlich könnten kleinste weisen
seine imperfekte neu verklinken

lautlich war der fall gesteuert
klanglich immerhin so weit erlöst
klösterlich befestigt an den torten
gegensteuerungsaktiv entböst

sang die kleinste meise erste
weisen ganz besonders leise
klang der nonsens peterlich
besonders gut verkleint ins wort

ließ die lose feinste lefzen
spuckte, sprang, vergnügte sich
war dem schriftgelehrten aufgesessen
lachte die musik schon berghainlich

Dekonspiratione
Montag, 31. März 2008, Berlin

ich war damals jung
ich war Student

Was also sollte geschehen mit den Beobachtungen, die alltäglich und unabwehrbar anfallen? Ein Stich des Schmerzes konnte dabei den Beobachter durchfahren, wenn er spürte, dass seine unwillkürliche Beobachtung den Beobachteten beschämen würde, wüsste der, dass er eben beobachtet worden war.

Immer wieder ist diese Problematik hier in Klage aufgetreten, denn der Schreiber ist ein Spitzel, der keiner sein wollen muss. Das Schreiben fördert eine nicht gerade menschenfreundliche Schärfe der Wahrnehmung und deren Ausbeutung für den Text, es drängt dabei zur Selbstmaximierung, will immer radikaler werden, pausenloser, unabstellbarer, wird auch automatisch selbstbewusster dabei, weil es sich als Agent der Wahrheit erfährt. Genau von dorther tritt dann aber auch die Falschheit und das Schlechte dieses radikalisierten Beobachtens auf und der ursprünglich von ihm geförderten Wahrheit des Schreibens entgegen, denn jede Beobachtung, die ihren Distanzort zum Beobachteten nicht zu verlassen sich bemüht, um sich in intuitiv aktiven Verstehensvorgängen das beobachtete Gegenüber von innen her zu erschließen, ist eine Gemeinheit, eine Asozialität, eine das Weltverstehen limitierende, verbotene Dummheit.

In dieser Art Dummheit kommen schlechter Journalismus, Boulevardjournalismus, Alltagsgossip und die Radikalscheußlichkeit der echten IM-Tätigkeit wirklicher Stasispitzel zusammen. Wer dumm ist, muss schlau sein. Deswegen entwickeln diese rattig auf Schläue angelegten Typen eine besonders effektive Wendigkeit am Arbeitsplatz, machen Karriere, weil sie die Regeln des Sozialen auf den eigenen Vorteil hin kalt belauern und ganz unirritiert vom Seelischen, Menschlichen und Zwischenmenschlichen nur für sich selbst ausnützen können. Dass sie den tieferen Sinn des Sozialen nicht mitfühlen müssen, macht sie zu besonders effektiven Sozialautomaten. Sie selbst bezeichnen ihre eigene Tiefenamputiertheit und Hohlheit, ihren perfekten Zynismus als Professionalität.

Das ist die Kälte, die Dummheit, die Schläue und Wendigkeit des Spitzenfunktionärs im Angestelltenapparat. Unter der Überschrift Der Weg eines STASI-AGENTEN in die REDAKTIONSSPITZE wurde jetzt in der Zeitung Die Welt der Fall des Journalisten Thomas Leinkauf, Jahrgang 1953, dargestellt. Leinkauf war als junger Erwachsener mit Anfang 20, zwischen 1975 und 1977, Stasispitzel gewesen, hat dann seit 1979 bei der Berliner Zeitung gearbeitet, zuerst als DDR-, dann als BRD-Journalist, war 1991 Leiter der Reportergruppe geworden und ist seit 1998 Verantwortlicher der Wochenendbeilage der Berliner Zeitung.

Man fürchtet solche Leute, sie werden auch verachtet, aber ihre gesellschaftliche Stellung verlieren sie nicht. Sie können sich halten, sie stürzen nicht. In meiner Erzählung DEKON-SPIRATIONE, im Sommer 1999 geschrieben, habe ich diesen beunruhigenden Dingen nachzugehen versucht, es ist mir aber nicht gelungen, sie zu fassen zu kriegen, gezeichnet: Bösor.

April 2008

Rebellion und Wahn
Dienstag, 1. April 2008, Berlin

Am 1. April trat Jesus von Nazareth auf den Gehweg der Chausseestraße in Berlin Mitte hinaus und kriegte einen amtlichen Wutanfall wegen der dort überall neu aufgestellten Parkuhrautomaten. Wo bleiben die Randalierer, rief Jesus aus, die diese kranken Automaten vom Erdboden insgesamt, oder wenigstens von den Straßen dieser Erde, zumindest hier in der Rosenthaler Vorstadt Berlins, wieder hinwegrandalieren würden! Wo bleibt ihr, Rebellen? Der Staat ist Mist. Der Staat ist ein verrückt gewordener siebenseitiger Brief, in dem dem Bewohner nichts als die widerwärtigsten Lügen über die neuen Parkautomaten um die Ohren gehauen werden. Gerade erst hat man sich die perverse Ökoplakette bestellen und die schöne leere Windschutzscheibe des eigenen Autos damit bekleben und sie so scheußlich verunstalten müssen, jetzt ist der nächste Behördenkontakt schon wieder fällig, die nächste, mit der schludrigen Schmierantenhandschrift irgendeines Amtsproleten beschriebene Parkraumbewirtschaftungsplakette muss bestellt, bezahlt und wieder ins Auto geklebt werden. Seid ihr eigentlich komplett verrückt geworden, Bezirksamtsämterstubenmenschen? Jesus wies die Schriftgelehrten besonders hin auf die Unterschrift des sogenannten Leiters des LUV Bauen, der im Auftrag und mit freundlichen Grüßen auf Seite 4 des Amtsbriefes als angeblicher Harald Büttner eine Unterschrift hinterlassen hat, die in ihrer anmaßenden und sinnlos schwungvollen RIESIGKEIT an die Unterschriften von Politikern erinnern musste. Wer wirklich verzweifeln will am Staat und an allen ihn mitsteuernden realen Konkretmenschen, muss nur einmal im Bundestag die dort ausliegenden und von den anwesenden Abgeordneten unterzeichneten Sitzungslisten einsehen: Größenwahn pur, bei 80 Prozent der Unterschriften etwa, sagte Jesus. Außerdem wies er seine Jünger darauf hin, dass sie gegen das genauso traurige und abscheuliche Rauchverbot weiterhin und nach Kräften und überall, so gut sie konnten, ANRAUCHEN sollten, denn auf deutschem Boden sollte nie wieder in einem Lokal die richtigerweise dort gerauchte Zigarette nicht mehr geraucht werden. In allen normalen und netten Lokalen Berlins wird natürlich weiter geraucht, im Hackbarths nicht, da stinkt es nach Essen, das Hackbarths könnte man also zukünftig meiden. Meiden könnte man alle Lokale, in denen nicht geraucht wird, und hingehen dorthin, wo geraucht wird, so einfach könnte man sich orientieren. Der Staat soll an seinen eigenen Vorschriften ERSTICKEN und verrecken, sagte Jesus, nie wieder Deutschland, rief er aus, Deutschland verrecke ruhig schon mal bisschen. Gesetzesvandalismus und Randale gegen eine von Bullshitvorschriften zugemauerte Welt dürften gerne über den ganzen staatlichen Unterdrückungsapparat kommen, ja, Staat: verschwinde. Nach dieser Rede ging Jesus mit gutem Beispiel voran und rüttelte, eine hier auf der Straße nicht verbotene Zigarette im Mund, mit beiden Händen an dem nächstbesten Parkraumbewirtschaftungsautomaten, um ihn umzustürzen. Der aber bewegte sich NICHT.

lighter
Mittwoch, 2. April 2008, Berlin

als wir schwiegen, Hölderlin
als er schaute sehr, doch matt
als das Leben wenig fehlte
leichter durch die Bilder ging

ein Hauch, ein Widerstand, ein Gegensatz
gemieden wirkte freundlicher fragil
als wir eher abstrakt die Dinge sahen
Zartheitsforschung, Marginalität

lichter die verwundete erschien
als wir antibrutalistisch orientiert
komplizierter jetzt schon ausgewichen
waren, waren Worte falsch geworden, dumm

als wir schauten, schweigten, liebten
als die Jahre alt geworden waren, waren
uns, der Welt, die Klarheiten entzogen
war der Geist verwirrt, versiegt – und schwiegte lang

Geschichte eines Deutschen

Donnerstag, 3. April 2008, Berlin

Die schönsten Bauten hat das späte Kaiserreich in Deutschland der Justiz gebaut. Dachte ich beim Betreten des Kammergerichts an der Elßholzstraße, von der Kleistparkseite her war ich gekommen und ging jetzt durch die große Eingangshalle. Auch Schulen und Postämter, Versicherungsanstalten und Krankenhäuser aus dieser Zeit der hohen Frühmoderne sind stämmig frohgemute Dokumente einer bürgerlich gesellschaftlichen Zuversicht, dass die Dinge des Gemeinwesens inzwischen insgesamt in einer doch wohl recht vernünftigen Weise geordnet sind. Es ging dabei auch um Selbstbehauptungsdemonstrationen der zivilen, nichtmilitärischen Teile einer insgesamt ganz auf das Militär orientierten Gesellschaft. Die gegen die heutige Mediendemokratie gebauten Protestbauten sind die Museen, die gegen die damalige Militärmonarchie gebauten Zivilpaläste waren die Gerichtsgebäude.

Das Reichsgericht in Leipzig und der Justizpalast in München sind noch ganz unironische Monumentalbauten, die Aufbruchsmänner der zweiten Hälfte des 19. Jahrhunderts, in den 50er Jahren geboren, hatten da gerade erst angefangen, ihre Zeit in Stein zu fassen, Ludwig Hoffmann und Friedrich von Thiersch. Aber die kaiserzeitlichen Architekten hatten sich doch auch bald schon von den aufkommenden intellektuellen und künstlerischen Verrottetheitsahnungen infizieren lassen, hier in Berlin bauten preußische Ministerialbeamte, Paul Thoemer und Rudolf Mönnich, das Landgericht an der Littenstraße als riesigen Bau, der aber auch von Fin-de-siècle-Ideen leicht angekränkelt, in der Art verziert war. Und das Kriminalgericht Moabit, 1906 eröffnet, ist mit seiner piranesihaft irren Treppenanlage Ausdruck des beinahe hysterisch durchdrehenden Wilhelminismus dieser Zeit, zugleich aber auch eine Großmaschinerie der Gesetz gewordenen und sprechenden Vernunft.

Im Kammergericht an der Elßholzstraße, ebenfalls von Thoemer und Mönnich erbaut und 1913 eröffnet, sollte heute der Tätigkeitsbericht für das Jahr 2007 vorgestellt werden. Am 17. März 1468, sagte jetzt Frau Monika Nöhre, 56, die Präsidentin des Kammergerichts, in dem hohen, bis in Schulterhöhe holzgetäfelten Saal 337 zu Beginn ihrer Rede, vor 540 Jahren also, sei das Kammergericht erstmals urkundlich erwähnt worden, es sei damit das älteste heute noch tätige Gericht Deutschlands. Rechts neben Frau Nöhre saß die Vizepräsidentin, Frau Marion Claßen-Beblo, 54, daneben die Pressesprecherin des Gerichts, Frau Katrin-Elena Schönberg, 42. Links von den drei Frauen saßen der Richter am Kammergericht Dr. Oliver Elzer, 40, und der Vorsitzende Richter am Kammergericht Josef Hoch, 47.

Frauen hätten in der NS-Zeit gar nicht als Richter arbeiten dürfen. Sebastian Haffner, daran erinnerte Frau Nöhre, hat hier am Kammergericht seine Referendariatszeit gemacht und in seiner Geschichte eines Deutschen beschrieben, wie er die NS-Machtergreifung des Jahres 1933 ganz konkret als Referendar erlebt hat, wie das Kammergericht damals im

Frühjahr 1933 als Institution zusammengebrochen ist. Die Grandiosität der bürgerlichen Institutionen gibt es seither nicht mehr, die Bauten sind noch in Benützung. Es ist an Stelle des früheren institutionellen Selbstbewusstseins eine Art inhaltistischer Ernst entstanden, der aus dem Wissen um die Kompliziertheit und Gebrechlichkeit aller rechtlichen und weltlichen Realitäten herkommt. Eine wohltuende, minimal subdepressive Note grundsätzlicher Vergeblichkeit gehört zu diesem Ernst, man kennt das ähnlich auch aus Krankenhäusern, und weil mir all das so sehr gefallen hat, hatte ich beschlossen, mich in der nächsten Woche eventuell zum Schöffendienst bei der Justiz zu melden. Gezeichnet, Dr. R. Kyritz.

Biennale
Freitag, 4. April 2008, Berlin

1. Wolfgang Tillmans, lighter, lang
Esther Schipper, Dominique Gonzalez-Foerster, kurz

2. Tätigkeitsbericht, 11 Uhr, lang
an den Argumenten, auch

am Russisches Haus, kurz
bei Klosterfelde, in Jankowskis Küche, ja
in John Bocks Tücherspital für Artaud, oh ja, ja ja
Johann König, viele, lang lang
bei McDonald's, unbedingt

Kim's Karaokebar am Mehringdamm, weit weg
Grill Royal, Marc Brandenburg, schwarz-weiß
Clairchens Ballhaus, der New Yorker
Ballhaus Berlin, Mr. Grimmo an den Apparaten
Sergej Jensen an der Türe, ja

3. geduscht, getrödelt, schreibe
Luhmann, Liebe, wann
ein Konvolut soll kommen

dann: Kunstwerke Auguststraße, 19 Uhr
am Telefon A, am Rad B, zu Fuß C
rote Jacke, helle Schuhe, schön
das geht ja schon mal ganz gut los

vier Stock Kunst, ein Bier
vor der Türe D mit E
bei Max Hetzler, neue graue Bilder
in Paris Bar, 40 Jahre lang

mit F und G am Tresen, wieder über lighter
im Tape Modern Number 2, hier ohne
in der Halle selber, Maydaystyle
mit H, mit K, mit L, M, N geredet
dann beim DJ schauen, schweigen, gucken

der liveact spielt, Miss le Bomb, richtig harte Suppe
Anruf P: wo seid ihr denn?, beim Bier, okay
wir kommen auch, bis gleich, ist gut
und später, zum Portier: dankeschön
ist schön gewesen, gute Nacht

Salon de 2008
Montag, 7. April 2008, Berlin

Künstler wäre also der, sagte ich sinngemäß zu C, der auch aus Niederlagen würde lernen können. Künstler, Quatsch, das gülte doch für jeden. You can not lose it, if you do not play. So das Motto hier für heute, von Marla Daniels abends zu ihrem Mann Cedric gesagt. Die Schwierigkeit also, die hohe Hürde Niederlage überhaupt erst einmal zu riskieren, dabei dann nicht nur zu stürzen, sondern den Sturz auch als Schmerzereignis zu erfahren, ihn wirklich zu erleiden, den Schmerz auszuhalten, die Niederlage länger zu durchleben, um sie zuletzt für vergangenheitskritische Gedanken und zukunftsbezogene Konsequenzprogramme auch noch richtig auswerten zu können. Viele sind es nicht, die sich darauf verstehen.

Wir standen im M 12 am Alexanderplatz, links vorne am Fenster, wo die Plattenspieler aufgebaut waren, es war etwa halb eins, kurz bevor die indianerhaft bekleidete DJ-Frau die Party mit ihrer Hiphopmusik richtig ins Tanzen und Jubeln gebracht hatte. Es war der Abend, der von der Eröffnung des 032c-Büros über den Großempfang bei Boros und-oder den privaten in der Wohnung von Frau Taschen hier ins M 12, später auf die Texte zur Kunst Party im Cookies, zu Mandy ins Watergate und schließlich zum Ausklang ins Berghain hätte führen können. Sich diesem Sozialstresskonzentrat zu stellen, lautete also der Auftrag der Abende am Biennale-Eröffnungswochenende: trinken, reden, glücklich sein, Herzlichkeit empfinden, Verachtung, Feindschaft, Missachtung erfahren, verstehen und umgehen; und mitzumachen offen bei alledem und keine Angst zu haben, dazustehen als der Depp. Wir haben natürlich Asozialitätskapitalien im Repertoire der bohèmeistisch geprägten Verhaltensroutinen, als tendenziell eher solipsistisch orientierte Kunstweltaktivisten, die das Soziale immer noch befremden und bereichern können. Aber die eigentlich interessante Bewegung geht in die Gegenrichtung, deshalb haben sich Salon und Secession international neu so erfolgreich etablieren können in der Kunstwelt, weil es gesamtgesellschaftlich von Interesse ist, den Prozess experimentell vorzuerkunden, wie der hochindividualisierte Einzelne die Teilhabe an Gesellschaft und der in ihr praktizierten Vernunft als die ihn bereichernde PROVOKATION erleben könnte, so immer noch das Gespräch mit dem C, prost.

Die geistige Anstrengung würde sich dabei darauf richten,

die Weltsicht gerade der Gruppe zu verstehen, aus der man real ausgeschlossen sei, zugleich die Mitglieder der Gruppe nicht zu verachten, zu der man Zutritt habe, also im Grundsatz eher umgekehrt zu verfahren, als es üblich sei. Nichtmissachtung würde dabei auch heißen: offen Widerspruch zu formulieren, um so das im Inneren jeder Gruppe besonders knappe Gut zu mehren, das für Weiterentwicklung benötigt werde, nämlich direkte Kritik. Diese Art von nichtbrüskierender, eigentlich herzlich gedachter Direktheit wäre die Gegengabe der Kunst an die Gesellschaft, man könnte von einem Export von kunstwerkspezifischen Verfahrensweisen und Erkenntnisstrategien sprechen, aus der Kunst heraus und hinein in den Sozialkorpus, der in den letzten Jahren um die Kunst, die Künstler, Galeristen, Käufer und die von den Kunstwerken transportierten IDEEN entstanden sei. Es sind Ideen der Wahrheitssuche, der Schwäche, der Abseitigkeitigkeit jedes Einzelnen und der Unverzichtbarkeit dieser randhaften Positionen, die die Gesellschaft, im Widerspruch zu sich selbst, sich hier zuführe, das sei der soziale Sinn dieser Kunstwochenenden, Messen und Biennalen. Beginnte mich im Kreis zu drehen. Hatte was noch eben sagen wollen?

An Casimir Ulrich Boehlendorff
Dienstag, 8. April 2008, Berlin

Die Befragung sei ihm unangenehm gewesen. Vorne saßen die Männer in weißen Kitteln. Gegen acht Uhr wäre er in den großen Saal verbracht worden. Das späthistoristische Gebäude habe ihm mit seinen riesigen Fassaden Angst gemacht gehabt. Es war nachts eigens für ihn aufgeschlosssen worden. Im Keller gab es einzelne Kammern, deren Türen geöffnet werden konnten. In der hinteren Kammer hätte er mehrere Stunden stehend zu warten gehabt. Er habe die Gesichter der Weißbekittelten nicht erkennen, sie sich deshalb auch nicht merken können. Wegen der sofort bei ihm diagnostizierten

Anosognosie würde er bei Gericht per Strafantrag vorzugehen versuchen, berichtete Kyritz.

Keller: Habe er oft das Gefühl, er müsse bestimmte Dinge tun, obwohl er wisse, dass er sie eigentlich nicht zu tun bräuchte? Gingen ihm manchmal Gedanken oder Worte immer wieder durch den Kopf? Müsse er Dinge manchmal mehrmals überprüfen?

Eine Liste mit derartigen Fragen sei ihm vorgelegt worden. Er habe sich schon fast wie ein Irrer fühlen müssen. Er habe die Fragen als zudringlich empfunden gehabt und deshalb ausdrücklich wahrheitsgemäß nicht geantwortet, sondern wahrheitswidrig, um sich und seine Gedanken zu schützen. Er habe den Fragenden Namen gegeben gehabt, wie etwa Furche, Keller, Amt, Fabrik. Furche: Hasse er Schmutz und schmutzige Sachen? Habe er das Gefühl, dass etwas für ihn verdorben sei, wenn es von jemand anderem berührt worden sei? Mache er sich Sorgen, sauber genug zu sein? Müsse er manchmal Dinge immerzu wiederholen? Müsse er manchmal mehrere Male Zahlen in seinem Kopf durchgehen? Habe er eine Lieblingszahl, nach der er Dinge häufig mache?

Daraufhin habe er den Frager Turm darauf hingewiesen gehabt, dass die Fragen sich in einer Weise wiederholen würden, die an der Gesundheit des Geisteszustands der Frager selbst erhebliche Zweifel aufkommen und berechtigt sein lassen würden. Es sei über diese Einwände seinerseits aber einfach hinweggegangen und er weiter in unveränderter Weise von den Männern befragt worden, jetzt von dem besonders böse ausschauenden Schlucht. Schlucht: Habe er oft ein schlechtes Gewissen gehabt, weil er etwas getan habe, was niemand sonst für schlecht halte? Sei er sehr besorgt, wenn er etwas nicht so gemacht habe, wie er es gerne gemacht hätte? Habe er Schwierigkeiten, sich zu entscheiden? Spreche er manchmal auf eine besondere Weise, um Pech zu vermeiden? Müsse er bestimmte Zahlen oder Worte sagen, weil es Pech oder schlechte Dinge von ihm forthalte?

Zahlen? Worte?
Ja? Nein? Wahnsinn

Müsse er manchmal sehr stark weinen?
Was tue er gern und aus Freude?
Wache er oft mitten in der Nacht auf?
Wisse er, was das Wort Selbstmord bedeute?
Habe er jemals daran gedacht?

Wort? Wort? Wahnsinn
nein, nein, nie

Obwohl er alle Fragen mit Nein beantwortet gehabt habe, sei
er nach dem Verhör aber nicht entlassen, auch nicht zurück in
den Keller des Kammergerichts verbracht worden, sondern
in der Tagruine KLAGE ID 486 abgelegt, eingegraben und
zu Tode gebracht worden. Auch gegen diesen Vorgang seien
noch mehrere Verfahren anhängig.

Sektionsbericht von Dr. Rapp
Mittwoch, 9. April 2008, Berlin

Blumenerde, Untertasse
vor dem Extra stand der Depp
war ein bisschen abgestoßen angekommen
hatte dicken Mantel um und die Socken

sollten seiner Ohren Wärme wahren
Luft war kalt, der Depp am Frieren
hatte überletzte Tage ohne Not gesehen
dort ein Brot gekauft und krumme Tulpen

war vertraut erschienen, war erschöpft
gewesen, denn den wörtlichen Verhältnissen
der eigenen Gedanken kam die musische Gestalt
etwaiger Poeme, sprachlich dargelegterweise

vor die Augen und entgegen, schön
saß der Depp am Fenster
freute ihn das, was er sah
ging im Zimmer auf und ab und deklamierte

ein Rezept, Beerdigung im Frack
werter Herr, WIESO?, ich klagte kaum
heilig war ein öfter aufbrausender Wind
empfangen worden gern von mir, entschwebte so

Task Force Eagle, Tuzla

Freitag, 11. April 2008, Berlin

Herr Khafagi, 75, berichtete dem parlamentarischen Untersuchungsausschuss über seine Festnahme durch US-Militärs in Sarajewo, Ende September 2001: spät abends wurde die Türe seines Hotelzimmers eingetreten. Soldaten stürmten herein, stießen ihn zu Boden und schlugen mit Gewehren auf ihn ein. Eine stark blutende Kopfplatzwunde wurde ohne Betäubung direkt vor Ort genäht. Dann wurde er mit verbundenen Augen zu einem Wagen geführt, zu einem Hubschrauber gefahren, in das US-Lager Eagle Base gebracht und dort in einem fensterlosen Raum inhaftiert. Es sei ihm nicht gesagt worden, weshalb er festgenommen worden sei und für wie lange er festgehalten werden sollte. Jede Nacht sei gegen die Türe geschlagen worden, die Türe sei Tag und Nacht immer wieder aufgerissen worden, täglich sei er verhört worden. Er habe seine Familie nicht informieren können. Unter diesen Bedingungen wäre es ihm absurd erschienen, einen Anwalt zu fordern. Er habe durch die folterartigen Haftbedingungen jedes Gefühl für die Zeit verloren gehabt. Nach etwa zehn Tagen wurde er, wieder mit verbundenen Augen, fortgebracht und nach Kairo geflogen. Das dortige Gefängnis sei ein komfortables großes Zimmer gewesen. Auch hier wurde er aber jede Nacht verhört. Es wurde ihm endlich erlaubt, seine Familie zu informieren. Nach vier Wochen sei ihm von einem der ihn befragenden Ägypter gesagt worden: ich kenne dich, ich schätze dich, ich werde dafür sorgen, dass du hier rauskommst. Am nächsten Tag sei er zurück nach München gebracht worden. Eine längere Ausführung über die Nichtgewalttätigkeit der islamischen Religion, die er als eine schöne, einfache, klare Religion bezeichnete, in der aber gleichwohl ein gewisses religiöses Eifertum zu spüren war, schloss er mit den Worten, wobei er die Hand auf den Arm des neben ihm sitzenden Rechtsanwalts Lechner legte: und Gott weiß es besser.

Die Schlacht
Montag, 14. April 2008, Berlin

Im Frühjahr 2003 hatte ich das Buch Die Schlacht von Patrick Rambaud gelesen, und zwar hatte ich mir den Text selbst laut vorgelesen. Beim Reden mit anderen Leuten waren mir nämlich Ausdrucksprobleme aufgefallen, die eine beinahe motorische Komponente im Mund zu haben schienen. Was ich sagen wollte, brachte mein Sprechapparat nicht mehr in der Weise selbstverständlich hervor, wie ich es erwartete. Es funktionierte nicht richtig, etwas Gedachtes einfach so zu sagen, etwa im Gespräch. Mir war dann aufgefallen, dass ich wirklich oft tagelang kein einziges Wort laut auszusprechen hatte, außer vielleicht im Supermarkt an der Kasse ein: danke, wiedersehen. Aber ich ging auch nicht jeden Tag einkaufen. Beim Fernsehen kannte ich die Leute, deren Gesichter ich sah, konnte ihren Namen aber nicht aussprechen. Er lag mir nur auf der Zunge. Ich begegnete den Menschen eher im Fernsehen als in echt. Beim Lautlesen übte ich das Sprechen, täglich etwa eine Stunde. Ich fand es schon crazy, nahm es aber hin, dass mein Ich fast am Verschwinden war, weil es verschluckt worden war von den dunklen Jahren.

In den Ruinen der Projekte
Dienstag, 15. April 2008, Berlin

Die Asozialitätsaufgabe der Kunst kann man nicht auf Dauer aus der Abseitigkeitsposition wahrnehmen. Der Künstler lässt sich deshalb, auch wenn ihm naturellmäßig nicht danach ist, von Gesellschaft zum Mitmachen provozieren, in der Hoffnung, seine Gegenbewegung dagegen mit möglichst viel realer Sozialobjektivität zu munitionieren. Zugleich entstehen dabei aber natürlich auch attraktive, die Beweglichkeit unerwartet deutlich hemmende Bindungskräfte: Geld, Status, Zustimmung, Erfolg. Normalerweise reagiert der Geist mit Appeasement gegenüber diesen Fakten, Leugnung von deren das Denken dirigierendem Einfluss und vorallem mit Beibehaltung früherer Widerstandsradikalität im Verbalen zumindest, mit Ideologie also. Man denkt, was man lebt, sagt aber anderes, Ausweichendes, einen selbst und die Mitlebenden Beruhigendes. Weil dieser Widerspruchsfall im Alltag häufig auftritt, muss der Künstler seine Irritabilität zerstören, wird seine ursprüngliche Nervosität abgestumpft. Nervosität und Sensibilität gehen dabei gesamtsystemisch kaputt. Der ganze einstige Künstler ist bald ein völlig unnervöser, ganz normaler, die Stumpfen und Rohen mit den Resten seiner früheren Unkonventionalität bestens unterhaltender Exkünstler. Den Weg in diese ursprünglich von richtigen Absichten gebahnte Verblödung gehen Galerist und Künstler gemeinsam, er dauert etwa 10 bis 15 Jahre. Zuerst war der Künstler führend, jetzt der Galerist. Jetzt wird Geld gemacht, keine Kunst mehr, sondern Kunstattrappen. Künstler und Galerist wissen um die Abgefucktheit ihres Tuns, aber für den Sammler, der sowieso die Abgefucktheit des Geldes ist, wird noch das Theater der Kunsthaftigkeit und Nichtabgefucktheit der Kunst aufgeführt. Der Sammler darf sich jetzt als der Narr fühlen und in Gesellschaft aufführen, der der Künstler früher wirklich war. Die Aporie der Abseitigkeit hat der Künstler erfolgreich gemieden, den Auftrag der

Asozialität seiner Kunst dabei verfehlt. Ruine 123: Argument Salon 2008.

und die Vordringlichkeit des Befristeten
Mittwoch, 16. April 2008, Berlin

Ich ging neben der A durch die von uns besetzte Villa. Wir redeten nicht, ich schämte mich, sie mochte das aber. Ich ging zu schnell, bremste mich, als ich es bemerkte. Überall stand viel Krempel herum. Sie hatte jetzt auch ein Weblog, es gab von daher etwas uns Verbindendes. Auch davon fühlte ich mich gestresst, dass ich spürte, dass ihr auch das wohl gefiel. Zuvor hatte ich nach dem älteren Bruder gesucht, er war inhaftiert gewesen, jetzt verschwunden. Ich rief nach ihm, suchte alles ab, konnte ihn aber nirgends finden. Draußen sah ich meine Patentante mit einem Bauarbeiter sprechen. Sie schaute sehr elegant aus. Ich wollte gerade rausgehen, da fiel mir auf, dass mein Oberkörper nackt war. Ich ging zurück ins Haus, um mir etwas überzuziehen. In der unteren Schublade der großen Kommode, die leicht geöffnet stand, sah ich Geschenkpapier und Bänder. Vorher war Bescherung gewesen. Ich erinnerte mich an das Auspacken der Sachen durch die Mutter. Hier in der großen Vorhalle war es jetzt dunkel. Das Spiel davor war aber schön gewesen.

Politische Planung
Donnerstag, 17. April 2008, Berlin

Für Tadel war er sehr empfänglich, Klagor. Ein trauriger, enttäuschter Blick vom Gegenüber, das zu erfreuen man doch angetreten war mit einem Gesagten oder Gemachten, konnte genügen als Information: das war nicht optimal gewesen. Das hell flammende Aufleuchten im Gesicht, das Freude mitteilte, gab es als Differenzreaktion, wenn etwas gelungen war. Westbam: über gelungene Arbeiten freut er sich sehr. Kind Klage: freut sich, wenn die anderen sich freuen. Dann wurde man ernst zur Seite genommen, in Worten wurde einem direkt gesagt, was es auszusetzen gab, gemachte Fehler, gefährliche Entwicklungen, zu Vermeidendes, auf das man achten müsste. Diese Art Tadel hatte den Vorteil der Bedenkbarkeit. Man konnte in sich gehen, grübeln, lernen. Ein in sich Ruhender war er nicht, Nervösor, ganz im Gegenteil. Andreas Dorau: du bist so beeinflussbar. Ich weiß, entschuldigung. Von daher ergab sich ein manchmal etwas übersteigerter Bedarf für den allzu Tadelbaren, den Distanzgestörten, ganz allein für sich zu sein.

Im Bürgeramt Mitte saß ich unter den Mitbürgern im Warteraum und las im neu erschienenen suhrkamp taschenbuch 4000 Enzensbergers Erzählung über seinen Großvater Jakob. Mein Großvater Jakob war ein ordentlicher Mensch. Ha, das war doch mal ein erster Satz. So würde auch ich gerne dereinst von meinem Großvater Franz-Joseph erzählen, der in den frühen Klagetagen, die Figur Ernst Jünger zur Seite, mit seinen Weltkriegserlebnissen hier aufgetreten war, Politische Publizistik. Das hätte dann übergehen sollen in die Liebesgeschichte der Großeltern, und nachts, als ich wachlag, dachte ich wieder nach über mein Projekt eines theoretischen Erzählens, Geschichte als Abstraktion, und ob sie denn je das Licht der Schrift erblicken würde. In den Ruinen der Projekte, Ruine: Projekt Henker.

Noch bevor ich Enzensbergers Geschichte fertig gelesen hatte, wurde meine Wartenummer 233 aufgerufen, Platz 2 war mir zugeteilt. Ich ging hin. Die am Schreibtisch sitzende Amtsfrau war sehr freundlich. Sie füllte meine Parkraumbewirtschaftungsplakette mit ihrer Handschrift aus, und alles war, ähnlich wie neulich bei Detlef auf dem Amt und in seinen Worten gesagt: ganz prima gewesen.

Gespenster

Freitag, 18. April 2008, Berlin

Heute war ich hier der Typ, den sie PUFF JENNY nannten. Nicht was auf den Tisch kommt wird gegessen, hatte ich im Prater Biergarten gesagt, sondern worauf man Lust hat. Prinzip Blog, von Benutzerseite her gesehen. Ich rauchte eine dick zusammengerollte Papierserviette, auf der die Worte WEITER, IMMER WEITER! standen, puff puff. Was ich an der Vanity damals so toll gefunden hatte, neben dem ganzen Ulfirrsinn: die Lagerferne des Hauses Condé Nast. Kein Springer, kein Bertelsmann, kein Holtzbrinck; nicht Faz-rechts oder SZ-links; nicht Taz-alternativ, nicht Spiegel-chef-haft oder Burda-schundmäßig; und auch nicht von irgendeinem Undergroundort her positionsmäßig erstmal eh schon immer im Recht. Sondern: ja was denn, wo denn, wie denn? Schön ist es, wenn einem der Hass entgegenschlägt. Die Argumente kann man dann von unten vorbringen, eher unge-hört, die Analysen heiter, wirr, kaputt entwickeln. Da war ich daheim als Klage, in der Diaspora der Wahrheit, NEU-LICH wieder bei Andreas Maier, dann bei Werner Schwab in Volltext, an der Sprache war es zu erkennen: wir sinds, AB-SEITS, beauftragt, Dunkelheiten herzustellen, nichtbeliebige, plausible. Morgen, hatte es geheißen, würde ich daheim anru-fen sollen. Ich schrieb zurück: sehr gerne, die Adresse meiner Anschrift weiß ich nicht mehr, die Schwierigkeit, mich zu ver-lieren, der berühmte Rubicon usw usf. Gezeichnet unter-tänigst, Oswald, der Gekreuzigte. Dann war der berühmte Schuss gefallen.

Das 3. Schlesische Dragoner-Regiment Nr. 15

Samstag, 19. April 2008, Berlin

Zu viel Vernunft macht traurig, hatte Schöningh zu Harnack gesagt, sie saßen vor dem Unterstand am Boden, rauchten, der

Neue ist ein Trottel. Nach der plötzlichen Abberufung von Oberstleutnant Holtrop – bei der Unternehmung gegen das Birkenwäldchen hatte Holtrop einen glatten Durchschuss der linken Hand erlitten, war einige Tage im Lazarett, dann noch eine knappe Woche auf Genesungsurlaub in Brüssel gewesen, und als er zum Regiment zurückkam, hieß es plötzlich – angeblich habe zuvor Falkenhayn selbst am allzu flamboyanten Auftritt Holtrops am Rande einer Stabsbesprechung beim Divisionskommandeur der 7. Kavallerie Division Anstoß genommen und mit einem Mal die Geduld verloren gehabt: vielen Dank, das wars, aufwiedersehen – hatte jetzt ausgerechnet Major Koch das Regiment bekommen und auf eine sagenhaft stumpfe, bürokratisch biedere, geistig verlotterte Art übernommen gehabt. Ein Feldzug ohne Vision, sagte Harnack – da kam Leutnant Freiherr von Schlotheim im Galopp heran mit dem Ruf: Alles zurück! Warum das? Es ist gemeldet, dass auf dieser Straße Feind ist, unsere Artillerie schießt gleich hierher! Ich rief: Reiten Sie sofort nach hinten und melden Sie, dass ich die Autos nicht aufgeben kann, vielleicht finde ich wichtige Befehle oder Papiere. Wir warteten auf die Rückkehr Schlotheims. Da kam er wieder angaloppiert: Die Brigade geht zurück, die 3. Eskadron Nachhut, Oberleutnant Lotz, folgt mit seiner Patrouille als Nachspitze – ist eine ordinäre Schlachterei, da könnt ihr Nietzsche nehmen oder auch Simmel, George, Eucken, Benjamin. Harnack hatte wieder an seiner Geistzigarre Puff Jenny gezogen gehabt, den Rauch in die Luft geblasen und gesagt, wer am Wahnsinn gar keinen Anteil hat, hat die Grundfragen der Soziologie nicht oder falsch verstanden, was soll denn das sein: katholische Literatur? Darauf Schöningh: wir hatten uns aber auch nicht umsonst jahrelang intensiv mit dem Design der Kolbenmulde und der Spritzlochgeometrie beschäftigt gehabt, um jetzt hier, nicht mehr als 14 bis 18 Femtosekunden später, derartig falsche Derivate ohne Anspruch auf die Weihen eines Premiumgedankens mitzubetreiben. Nein, Gedanke falsch, Gesuch ist abgelehnt. Gezeichnet: Harnack, Rittmeister.

Aus meiner Kindheit

Montag, 21. April 2008, Berlin

Detlef Kuhlbrodt hatte unter einer Plusquamperfektüberschrift noch einmal über das Musiktreffen zwischen Thomas Meinecke und Daniel Richter im Hau geschrieben gehabt. Ich hatte an dem Abend im Ewigen Brunnen der Freundschaft von Albert von Schirnding das Gedicht Freundschaft von Hölderlin gelesen gehabt und war für später mit dem auswärts wohnenden Freund A in der Pizzeria Pappa Pane auf ein unverschiebbares Soloabendessen verabredet gewesen. Als ich den Lärm von Sprechchören hörte, öffnete ich das Fenster und sah am Ende der Straße einen Demonstrationszug vorbeimarschieren, ausnahmsweise mal nicht von Verdi. Ich rannte gleich runter, es war die Kurdendemo, fröhlich freundliche Stimmung zwischen den meist jugendlichen Demonstranten und starken, schwer gepanzerten Polizeikräften. Ich hatte gleich wieder einen solchen Staatsaffirmationsflash, fotographierte alles, nahm ein Flugblatt mit, begeistert, dass dieser ganze traurige Separatistenirrsinn, unter dessen Herrschaft ich keine fünf Minuten atmen müssen möcherte, hier aber sein Minderheitenanliegen, für viel Geld staatlicherseits geschützt, vorbringen darf. Später hatte es im Radio geheißen, dass es bei der Abschlusskundgebung am Nettelbeckplatz ein paar Steinewerfereien und Festnahmen gegeben hatte. Weil im Perlentaucher auf einen Artikel von Diedrich Diederichsen über den Schlagzeuger Michael Wertmüller hingewiesen war, hatte ich mir die Berliner Zeitung gekauft gehabt. Komm nicht ins Offene!, rief die Überschrift der Kulturaufmacherseite, ebenfalls hölderlinisch inspiriert, aber heftig umgekippt ins Gegenwärtige, aus, stürze dich in den unentwirrbaren Prozess! In jeder Zeile des Artikels stand eine Information, von der ich noch nie etwas gehört habe, und alles klang so, dass ich sofort gerne auch etwas darüber wissen würde. Genau so hatten sich für mich vor gut 25 Jahren, während ich am Schreiben von Irre gewesen war, die

Popmusikartikel von Diedrich Diederichsen in Sounds angefühlt gehabt, genau so. Es war auch die FSK-Zeit gewesen,
und direkt unter Diedrichs Artikel war die Besprechung von
dem Hauabend, Pop im Hau, Thomas Meinecke gegen Daniel Richter, hingedruckt, Kirsten Riesselmann hatte sie geschrieben. Auch hier: Überlegungen, Beobachtungen, Affekte und Informationen in einer Mischung, die im hier
gegebenen Idealfall die Unüberbietbarkeit der Zeitung, des
Feuilletons, der Theater- und Popbühnenkritik ausmacht.
Mit der Post war mittags ein blassblaues Heftchen gekommen, Erich Kästner, AUS MEINER KINDHEIT, die Schul-
lektüre der Klasse 7a des Münchner Ludwigsgymnasiums,
beim legendären Deutschlehrer Leo Ernstberger, April 1968.
Gauweiler, der in diesem 68er Frühjahr Abiturient am Ludwigsgymnasium gewesen war, hatte jetzt dem Willi Winkler
im SZ-Interview die letzten Sätze seines Deutschabituraufsat-
zes zitiert: Alles ist ein Heilmittel, nur die Dosis macht das
Gift. Mit eben diesem Argument hatte ich dem A gegenüber
meine von ihm kritisierten Tagebuchprojekte Abfall und
Klage zu rechtfertigen versucht: zu viel darf man natürlich
nicht davon lesen, immer nur bisschen was. Man will sich ja
nicht vergiften an der da sprechenden Figur, die in meinem
Fall eben STRESSOR ist. Nachts hatte ich an der Türe des Felix wieder einmal den dort seine Pachaveranstaltung über-
wachenden Michi besucht gehabt. Ein irrwitziger Alarm, vor
der Türe, drinnen, Jesus Christ, und erst die Leute: heterose-
xueller gehts echt nimmer. Wir rauchten draußen, wir rauchten drinnen, eine Maus aus München tauchte auf, sie hatte mit
dem Michi dringend etwas zu besprechen, und ich fuhr früh
davon. Heute hatten sie dann in der BZ auf der Titelseite gemeldet, dass die Bayern eben dort an diesem Abend ihren
Pokalsieg gefeiert hatten, Kahns wilde Partynacht, während
ich beim Spätimbiss noch das Taz-Interview mit Karl-Heinz
Dellwo gelesen gehabt hatte. Zur Feier bedruckter Zeitungs-
papiere.

Aus meiner Festung

Dienstag, 22. April 2008, Berlin

Aus meiner Festung
Shotters Nation
Back to Black

Sonnenschein und stürmische Winde, die in heftigen Böen und sekundenschnell die Richtung wechselnd daherblasteten und blusen, rüttelten wieder an den Radfahrern beim Hochhaus des Internationalen Handelszentrums, Jahrgang 1978, und wehten die Studenten in kleinen Grüppchen vor sich her, ja, es war wieder soweit, das Sommersemester hatte wieder angefangen. Alles, was zu viel Macht hat, kotzt einen an. Heute die Wirtschaft, früher die Kirche, früher die Hochkultur, heute die Unterhaltungsindustrie, heute die Kinder, früher die Eltern, die Männer, die Frauen, der Narrationsschund, früher der Underground, heute der Bestsellerbullshit, früher die Abstraktion, heute die Frechheit, die Kollektive, die Nackten und Qualli, die Trompete der Macht. An der Aufgeblasenheit ihres komplett imaginären Pluralis Majestatis, wir, die wir hier in Sachen Gregor Schneider – ein Windstoß fuhr heran: Gedanke war schon wieder weggeblasen, ah, angenehm. Immer noch betrat ich mit einer Art innerem Jubilieren das dicke Haus Charlotten Ecke Mittelstraße, gegenüber der Universitätsbibliothek, fuhr mit dem Aufzug hoch in den dritten Stock, machte die Türe auf und ging durch das erste, einzige, schönste und weißeste Großraumbüro meines Lebens nach hinten in die südwestliche Ecke ans Fenster zu meinem Schreibtischplatz, begrüßte paar Kollegen und machte den Computer an. Der Himmel draußen, der hoch und weit gewesen war, war inzwischen zugewachsen von unten her, der Rohbau des neuen Hotels Ecke Friedrichstraße und Unter den Linden war im vergangenen Jahr KLAGE hochgezogen worden wie nichts, gelb, rot, orange und weißbehelmte Bauarbeiter turnten durch die frisch da hingeknallte, todtraurige Betonruine. Manchmal machte ich ein Foto. Schröders Abgang, die Hunde fliegen tief, Laura und das Original von Laura, Schlot, Schleef, die Andersheit des Anderen bei Adam Smith und die Diktatur der Dinge. Daraufhin sei ein PROTESTSTURM losgebrochen. Besondere Sorgfalt hat der Maler hier auf das Dekor der Seidentapete verwandt.

Die Überschätzung der Freude
Mittwoch, 23. April 2008, Berlin

Ein herrlicher Morgen wieder, wieder Mittwoch, Kyritz dahin am Rad, nocheinmal unterwegs ins Kabinett. Auf der Chausseestraße kam mir Kollege Chef vom Dienst Dietmar entgegen, er wunderte sich, dass ich stadtauswärts fuhr, wir winkten uns, ich nahm die Invalide nach Westsüdwest, vorbei an den Prachtbauten von Blankenstein und Tiede, Jahrgang 1888, heute Naturkundemuseum, Humboldtuni und Bundesministerium für Verkehr und Bau, und auf den Gehwegen gingen scharenweise die Angestellten ihrem 9-Uhr-Arbeitsbeginn entgegen, links die Charité, die Anatomie von 1789, frühmorgens, abends oder nachts in Benützung.

Das war auch noch so eine unausgearbeitete Begleitthese der Klagesektion Politik gewesen, dass die immer Eiligen und Speedgetriebenen in den Macherapparaten von Parlament und Regierung zu wenig Realkontakt zum gesellschaftlichen Gegenort KRANKENHAUS haben. Die Politiker wissen real nichts vom Leid, vom Warten, vom Abgestellt- und Ausgesetztsein, ausgeliefert der Stille und der Angst, dass das große Nichts eintritt. Ganz im Gegenteil: Horst Seehofer kommt riesig und leicht humpelnd, bestens gelaunt, seehoferisch frisch schmunzelnd und irgendwas murmelnd im Pulk kleinerer und blasserer Mitminister in den Kabinettssaal hereingeschoben und -gewackelt, um sich hier bei der Arbeit, naja, kurz davor, beobachten und vorallem fotografieren zu lassen. Wird gemacht. Die Auslöser klackern, das Geklacker feuert, die Energie sprüht wie wild von den Fotographen her direkt hinein auch in das Hirn der so maximal und ganz aus der Nähe befeuerten Frau von der Leyen, und auch ihr Gesicht ist sofort reaktiv aufgeblüht und wieder, wie immer, von einer tief von innen her erstarrten Maske der Fröhlichkeit verzerrt. Sie lacht, natürlich, so künstlich, wie sie eben ist. Bei so einem Menschen als Mutter möchte man nicht Kind gewesen sein, der Dachschaden, den diese Art Heiterkeitskünstlichkeit in der Kinderseele vorbereitet, wird Doublebindwirrnis genannt, du meinst ja gar nicht, was du zeigst, das sieht man an den Augen. Yasmina Reza hat in ihrem Buch über Sarkozy die Beobachtung des Politikerkörpers zu einem unglaublich bild- und gedankenreichen Porträt des Politikers vom Typus Machthysteriker gemacht, Schröder, Fischer, Blair, später dazu mehr.

Jetzt betrat die Kanzlerin das Kabinett, den Blumenstrauß in der Hand, den der Leiter des Pressereferats, Herr Schlich, der jede Bewegung im Raum mit einer wach amüsierten, dabei auch ernsthaft zeremoniösen Protokollaufmerksamkeit verfolgte, zuvor schon angekündigt hatte. Der Blumenstrauß wurde überreicht, die Kanzlerin setzte sich hin. Alles, was sie ist und tut, ist anders, Antihysterie, der Bürokratismus der Politberichterstattung kommt damit nach wie vor nicht gut zurecht. Der Journalismus will immer, dass seine Objekte leuchten, dann kann er sie besser schlecht und böse, verächtlich behandeln. Die Überschätzung der Freude, von der Wolfgang Tillmans gesprochen hat, ist die Lichtmaschine der Kunst, die die Welt anstrahlt. Wie es von dort her zurückleuchtet und was daraus folgt für den gescheiterten Journalismus von Klage, konnte hier nicht mehr geklärt werden, der Kabinettstermin war zu Ende. Bitte verlassen Sie jetzt den Raum, sagte da wieder von hinten die Stimme dieser Frau, die noch nicht der Tod sein konnte. Abends war ich bei der Überlebnislesung.

Bettina, zieh dir bitte etwas an

Donnerstag, 24. April 2008, Berlin

Liebe Aktionäre, sagte Springerchef Döpfner, sehr geehrte Aktionärsvertreter und Journalisten, liebe Gäste, herzlich willkommen zu unserer Hauptversammlung. Es war kurz nach zehn, ich saß im Springerhaus in der Vorhalle, schaute auf die weiß lackierten Röntgenschleusen und Eintrittsschalter, die Hostessen, Bouncer und Gästelistenkontrollierer und hörte Döpfners Stimme über Lautsprecher zu mir sprechen. Agitiert von einem Spiegel-Artikel über Döpfner, Flop ohne Folgen betitelt, hatte ich mir Döpfners Rede und das Spektakel dieser Hauptversammlung gerne live anschauen wollen.

Den Raum sehen und die von ihm ausgehende Anmutung aufnehmen, die Leute, die als Zuhörer im Publikum sitzen, die Aktionäre also, kurz überblicken und ihre Körperausstrahlung, den Vibe dabei zu spüren, den Bühnenaufbau des Vorstandstisches, die Videobildwand dahinter, die Namensschilder auf dem Tisch und die dazu gehörigen Gesichter sehen, anschauen, beobachten nach Maßgabe der eigenen, spontan springenden oder verharrenden Neugier, sich selbst also ein Bild zu machen, Stichwort Bild dir deine Meinung, vom Hause Springer: in wenigen Worten erklärte ich mein Anliegen dem für mich hier zuständigen Pressesprecher Christian Garrels, 32, charmant, smart, unerbittlich: er ließ mich nicht rein. Maxim Biller hat dem Magazin Galore, durch Lottmanns Blog war ich darauf aufmerksam geworden, wieder mal ein klassisches Maxim-Biller-Interview gegeben gehabt, und den klassischsten Biller-Satz daraus haben sie zur Überschrift gemacht: Ich langweile mich zu Tode in diesem Land. Maxim, er irrt wieder einmal, wie so oft, IN DIESEM LAND, könnte hierher kommen, zu Springer, zur Aktionärshauptversammlung und sich mit mir mit Christian Garrels streiten. Es ist voll unlangweilig, es ist empörend, es bringt einen brutal in Fahrt. Vorallem weil ich es aus meiner Sicht natürlich falsch fand, dass sie mich nicht reinlassen, aus ihrer Sicht hingegen komplett richtig. Schließlich bin ich der letzte lebende echte FEIND des Hauses Springer. Und das kam so: die Idee Boulevard, die Praxis Bild, die dort so aggressiv betriebene Ausbeutung der Niedertracht –

Nein, kommt später, ist mir heute hier zu kompliziert. Plötzlich war es nämlich Sommer geworden, mit einem Schlag, die Sonne brütete aufs schönste auf die Stadt herunter, endlich, und mit dem Kollegen Kunstredakteur Sebastian Frenzel spazierte ich über die Weidendammbrücke, kurz vor elf, dem Borosbunker entgegen. Die Türe öffnete sich, der Hausherr sprühte vor Freude, und die Kunst seiner Sammlung, die er hier einer größeren Gruppe von Presseleuten zeigte, wirkte sofort: Organ des Geistes, der Komplikation, der Nichtgrellheit und vielgestaltiger Unbegreiflichkeiten, letztlich menschenfreundliche Ideen befördernder Gedanken, und zwischen den bunten Lampen von Tobias Rehberger hindurch mich windend, dachte ich froh: ja, stimmt, gut so, das ist die Kunst, da bin ich richtig.

Politikwissenschaft als Tugendlehre
Freitag, 25. April 2008, Berlin

Weil ich am Donnerstagmorgen bei Springer gewesen war, hatte Aldi-TV den gleichzeitigen Auftritt der Kanzlerin im Bundestag verpasst gehabt. Zuletzt hatte ich sie im November dort gefilmt. Die Idee der Langzeitbeobachtung, von der ich am Mittwoch dem manchmal für die ZDF-Nachrichten filmenden Regisseur und Kameramann B erzählt hatte, sieht die hier verletzte Regel einer möglichst strikten Stetigkeit vor: länger als drei Monate sollten die Pausen zwischen den einzelnen Aldi-TV-Terminen eigentlich nicht werden. Denn im Nachhinein sollte man die Veränderung des Gesichts und des Auftretens nicht einem bestimmten Zeitpunkt zuordnen können, sie sollte auch im Zeitraffer so unmerklich erscheinen wie in echt.

Auf der Internetseite des Bundestages ist inzwischen ein absolut benutzerfreundlicher Service zugänglich, der die Debatte live überträgt, besser als Phoenix, weil man von den komplett hohlen Laberausführungen der Großnervensäge Gerd-Joachim von Fallois verschont bleibt, außerdem wird die Tagesordnung eingeblendet, der Name des Redners und seine Fraktion, und der Typ, der jetzt so angenehm frei und animiert vor sich hingestikulierte, dass ich den Ton einschaltete, war Dr. Gerhard SCHICK von den Grünen. Es ging um die Krise der staatlichen Banken.

Herr Dautzenberg, sagte er, Sie haben zwar ganz vernünftige Vorschläge gemacht. Aber schauen Sie sich die Liste der Verfehlungen an, die belegen, dass die Union zum Sargnagel des öffentlich-rechtlichen Bankensektors geworden ist. Landowsky und Co. haben das Bundesland Berlin auf Jahre hinaus mit Milliarden belastet. Aber Sie haben keine Konsequenzen daraus gezogen, sagte er. Und ich zog als Konsequenz den Kürschner hervor, um über den Herrn Dr. Schick nachzulesen. Gerade 36 geworden, Volkswirt, aus Hechingen gebürtig, deshalb also der leicht südwestlich getönte Sprachklang, sympathisch. Zum ersten Mal in meinem Leben las ich das Wort VERPARTNERT. Ich wusste zuerst gar nicht, was das heißen soll. Leider klingt es nicht sehr schön, auch hätte man über die sogenannte sexuelle Orientierung lieber nichts gewusst. Der Spaß an der Beobachtung des Bundestagsredners Dr. Schick war jetzt durch Nebengedanken gestört. Die Kanzlerin, deren Teilnahme an dieser Plenumssitzung angekündigt war, war nirgends zu sehen.

Ich fuhr ins Schloss Bellevue. Dort war die Bundeskanzlerin Merkel mit Köhler, Lammert, Ole von Beust und Bundesverfassungsgerichtspräsident Papier zu einer sogenannten 4. Gesprächsrunde zusammengekommen. Was wird da wohl beredet? Die vier aktuellen Spitzenvertreter der drei staatlichen Gewalten waren hier also versammelt, die Türe tat sich auf, sie kamen herein, ließen sich kurz fotographieren und gingen durch die andere Türe wieder hinaus, zum Mittagessen, es war viertel vor eins. Die Süddeutsche Zeitung brachte eine ganze Seite zum Hassemer-Nachfolger Andreas Voßkuhle, der heute im Bundesrat gewählt und demnächst Vizepräsident des Bundesverfassungsgerichts werden würde, erst 44 Jahre alt: Institutionenbegeisterung. Morgen würde man irgendwo über die heutige 4. Gesprächsrunde irgendetwas Interessantes nachzulesen kriegen. Zur Feier der seriösen Presse, Bd. 2.

Florian Havemann

Montag, 28. April 2008, Berlin

Da kam er also an: Florian Havemann, groß, grazil, geistgesteuert, mit seinen dunklen Sprühhaaren am Kopf, die man von den Fotos her kennt, im Sternfoyer der Volksbühne waren alle Plätze an den Tischen besetzt, es war kurz nach neun, kam aufs Podium und fing an zu lesen, hatte da seinen gewaltigen Buchprügel vor sich liegen, den HAVEMANN, fing direkt am Anfang, mit dem Kapitel Anfangen, an, und sofort war das Entscheidende klar, und zwar am Sound, an der Motorik, am sprachlichen Vibe: dies ist ein Text der Wahrheit. Der Wahrheit, weil er denkt, forscht, zweifelt, weil er leicht ist und eilig, flüchtig, widersprüchlich in sich, weil er kreist, fragt, nachfasst, denkt.

Der Eindruck, den der HAVEMANN hier jetzt machte, war sofort noch viel stärker als beim stummen Lesen. Die echte Welt dieses Lebens, die Mitmenschen, die Geschehnisse in dieser einstmals so gigantisch totalitär gegenwärtigen, heute genauso komplettestens untergegangenen DDR-Gesellschaft: hinüberobjektiviert an den großen Weltgegenort SEELE, wo das Leben erlitten wird vom Einzelnen, ganz allein, wo der Mensch als Subjekt zerstampft wird und sich dagegen erhebt, in absoluter Einsamkeit und Einzigartigkeit. Davon dann Zeugnis gibt, das wieder hinausobjektiviert in den Text hinein. Das ist das Grandiose, die Herrlichkeit der

Literatur, einer bestimmten Art von Literatur, die genau das will und kann, das Leben bezeugen. Und es ist natürlich auch grotesk und lächerlich, durch und durch falsch, ein fürchterlicher Stress, scheußlich und abstoßend, darin wieder hilarious und lustig usw usf. Ja, das Leben selber ist eben auch so, kompliziert, wortreich, lang und quasi unerzählbar, als Familienroman vielleicht ja aber doch erzählbar, das wird hier gemacht. Es gibt gar nicht so viele Bücher, die genau das wirklich versuchen wollen, das ganze Leben so zu erzählen. Der HAVEMANN ist eines.

Der Text des HAVEMANN ist mit dem Menschen des Autors Florian Havemann komplett identisch. Auch in diesem Sinn ist der HAVEMANN eine seltene Maximalliteratur. Man merkte das beim Lesen, beim Zuhören, an der Art des Vorlesens, an der Art, wie Florian Havemann seinen eigenen Text hier brachte, eine so unglaublich im Inneren des vorgelesenen Textes sich befindende Geistigkeit, aus diesem Inneren heraus sprechende Erzählweise, Redeweise, Lesung von Gedanken zudem ja auch noch vorwiegend, die der Erzähler hier beim Vorlesen vorgetragen hatte: gebannt reagierten die Leute auf diese literarische Lebendigkeit. Man hörte dem vorlesenden Autor so gebannt zu, als würde er diesen Text jetzt eben in freier Rede, aus eben entstehenden Gedanken heraus entwickelt, hier darlegen, einen hochkünstlerisch, hochmusikalisch und extrem kunsthaft gemachten Text aber. Er sprach nahe am Mikrophon, leise, aber nicht affektiert leise, sondern wie für sich selbst sprechend, sich die eigenen Gedanken für sich, aber auch für die Zuhörer diese Gedanken sich vergegenwärtigend leise, sozusagen textnotwendig leise. Zögernd, innehaltend, schnell an schnellen Stellen, normal, aber genau diese Art normalen, vernünftigen Lesens ist die totale Seltenheit. Das gibt es fast nie, fast alle lesen irgendwie blöd, unsinnig, maniert, Florian Havemann, den HAVEMANN lesend, nicht. Allein das war schon so ermutigend.

Es ging um den Vater Havemann. Später kam Gysi dazu, befragte den Autor als Zweifelnder, sprach die Widersprüche aus, die der Text hervorruft, komplizierte und ergänzte so den HAVEMANN. Dass und warum das Verbot des Buches ein Witz ist: morgen. Der Abend ging hochintensiv zwei erschöpfende Stunden, man spürte im Publikum auch viel Reserve, Einwände, vielleicht sogar Gegnerschaft, auch das war absolut dem HAVEMANN selbst entsprechend und angemessen. Erst um viertel nach elf war dieser spektakuläre Volksbühnenabend zu Ende. Ich trat hinaus in die Nacht. Der Duft des Sommers war plötzlich da, ich atmete ein, aufgewühlt und beseelt. Es wurde dieser Tage nämlich Mai.

Sternfoyer
Dienstag, 29. April 2008, Berlin

Jahrelang war die Volksbühne Baustelle, eingerüstet, runtergekommen äußerlich und geistig die Innovationsinfusion für das Theater hier: OSTEN. Aus dem Kaputten schöpfte es sich gut. Jetzt sind die Gerüste abgebaut, die Energien anverbraucht, jetzt müssten die Ideen aus dem Nichtschäbigen heraus irgendwie neu erfunden werden, darauf ist hier im Osten aber niemand richtig gut vorbereitet. Seit 45 war hier Bruchbude, 60 Jahre lang, aber Bruchbude in einstmals herrlichster Architektur überall. Der politische Roman vom ROTEN ADEL, den die Ostler der Bundesrepublik noch schreiben werden, fängt ja gerade erst an, sichtbar zu werden. Als Westler weiß man von all diesen Geschichten, Verflechtungen, Freundschaften, Intrigen, Abhängigkeiten und zuletzt natürlich BITTERSTEN Feindschaften nichts, gar nichts. Dieser politische Roman ist ein moderner Großfamilienroman, der auch die Einzelfamilien der Adelssippe verbindet, es hatten ja alle mit allen ihre Affären und Liebschaften, Arbeitsbeziehungen und Spitzelverhältnisse. Wenn der Vater Havemann eine junge Frau, mit der er ein Affäre hatte, loswerden wollte, konnte er damit drohen, sie als Stasidenunziantin zu denunzieren, erzählte Florian Havemann, jetzt von Gregor Gysi befragt, so nebenher. Die tiefste menschliche Verrottetheit war das Allerselbstverständlichste. Geschlossene Gesellschaft heißt Hölle, Inzest, Niedertracht. Wie unter den Bedingungen dieser Totalität die Seelen der Menschen zerstört wurden, hat Schleef bezeugt, bezeugt auf andere, schon freiere, jüngere Art der HAVEMANN von Florian Havemann. Durchaus hatte er auch etwas Diabolisches, wie er da saß, fasziniert von der Vaterfigur auch als einer Figur des Spielers, sieht sich auch selbst so, eine Facette von sich, nennt seinen HAVEMANN ein Vabanquespiel, alles oder nichts. Gruselig, ja. Gysi, der ewige Quatschkopf und Laberautomat, stellte nur gute Fragen, hörte dann zu, das war das Wunder des Abends. Gysi redete über die moralischen Dilemmata der Schonungslosigkeit, nahm den Roman als Zeugnis, völlig richtig, und Florian Havemann, im Reden, auch normal, nicht auf dem Komplexitätsstand seines HAVEMANN als Buch, verteidigte sich falsch: mit der Kunst, der Kunsthaftigkeit des HAVEMANN. Das aber war keine Antwort auf die eine zentrale Frage, die grundsätzliche Textfrage: wie soll verfahren werden mit dem Beobachtungsverbot? Aufhebung: Staatssicherheit. Einhaltung: Kleinfamilientaburegel. Aufhebung: Literatur. Beachtung der Taburegel: Leben. Der ganze Stasikomplex hat diese superfundamentale Dimension und kommt auch deswegen zurecht nicht zur Ruhe: die Aufhebung des Beobachtungsverbots, hier auch noch als ein riesiger Apparat, als von der Gesellschaft gegen sich selbst gerichtetes Überwachungsorgan installiert, zerstört diese Gesellschaft von innen her. Der HAVEMANN bildet auch das ab, bis hinein in das Verbot des Buches. Die vom HAVEMANN Angegriffenen, oder sich auch nur angegriffen Fühlenden, die in den offenen Diskurs einsteigen könnten, reagieren nach altem DDR-Muster: die Wahrheit muss verboten werden. Das ist natürlich kompletter Blödsinn. Aber die Provokation an die Kunst verschärft sich dadurch: eine unverbietbare Form für die Wahrheit zu finden.

Der Rote Adel

Den Begriff vom ROTEN ADEL hatte ich lustigerweise ausgerechnet von Castorf zum ersten Mal gehört gehabt. Anfang
der nuller Jahre, am Tresen der Bar im ersten Stock des Hau.
Es war das erste und einzige Gespräch, das ich mit Castorf
geführt habe, wir waren beide bisschen angetrunken, die
Schwester von Gysi, wahrscheinlich die jetzige Dramaturgin
der Volksbühne, stand auch daneben und steuerte ergänzende
Anekdoten aus der Zeit der frühen DDR-Künstlerschaft von
Castorf bei. Westlerhafter, kulturell gesehen, als ich es bin,
kann man wahrscheinlich gar nicht so leicht geprägt sein,
von daher hatte ich Castorf nie richtig verstehen können,
seine ganze Haltung der Kultur gegenüber, die ewige ranzige
Rockmusik und das ewige öde Runtertrashen der angeblichen Hochkultur, das Nichttheater und zynisch ironische
Nervensägentum etc etc, aber Carl Hegemann, Castorfs damaliger Dramaturg, hatte mir immer wieder erklärt und in he-
gemannscher Unbedingtheit ultimativ dargelegt, ja: BEWIE-
SEN, dass Castorf toll ist, recht hat, wichtige Sachen macht
und vorallem als Regisseur eben ein absolut grandioser Thea-
termacher ist. Bei manchen Castorf-Stücken hatte ich das
dann nachvollziehen können, und hier jetzt endlich, am Tresen des Hau, endgültig richtig verstanden gehabt, von innen
her, menschlich: Osten, damals, ROTER ADEL, Pankow,
die ganzen irren Frauengeschichten, der ganze Wahnsinn.
Und genau das hatte Castorf ja wirklich in all diesen Jahren
indirekt und künstlich auf die Bühne der Volksbühne gestellt,
hinaufgewuchtet gehabt. Zum Abschied hatte ich Castorf an
diesem Abend im Hau in einer Aufwallung von Herzlichkeit
und Dankbarkeit umarmt gehabt, weil er mir durch seine Erzählungen diese ganze fremde Welt der DDR-Kultur für
einen unvergesslichen Augenblick erschlossen gehabt hatte.

Und genau so verhält es sich jetzt mit dem HAVEMANN.
Gedruckt, als Buch, als historisch-politisches Machwerk,

Monster, als Roman natürlich, wenn es diesen Begriff jenseits des 19. und 20. Jahrhunderts sinnvollerweise überhaupt noch gibt, als Familiengeschichte, Generationengeschichte und natürlich vorallem als Bildungsroman. Laurence Sterne hatte Florian Havemann im Gespräch mit Gysi erwähnt gehabt, man habe an diesem Sozialismus nur zweifeln können allein schon deshalb, weil er einem gegen den GESCHMACK!, ausgerufen, gegangen sei. Natürlich könnte Castorf einen unglaublichen HAVEMANN, als Stück, auf die Volksbühnenbühne stellen. Vielleicht ist es ihm zu nahe. Oder auch schon wieder zu fern, vielleicht hat er diese Dämonen für sich längst abgehandelt, eingesargt, gebannt. Für die BRD 2008, für Deutschland im Jahr zwei nach dem komplett gestörten Nationalbegeisterungsrausch von 2006, ist der HAVEMANN ein irrwitzig scharfes Instrument der Erkenntnis der Gegenwart, jüngster Geschichte, deshalb im Moment noch, hoffentlich nicht mehr lange, verboten. Die Kritiker haben sich am HAVEMANN vergiftet, das Buch zu schnell gelesen, man wird dem ganzen HAVEMANN nicht gerecht, wenn man das Buch ganz liest und aus diesem Eindruck heraus dann kritisch darüber urteilt und schreibt. Die Penetranz des Menschen Florian Havemann verstellt dann den Blick auf den HAVEMANN als Buch. Genau um die Differenz dieser beiden geht es aber beiden. In dieser Differenz genau von Öffentlichem und Privatem ist der HAVEMANN wirklich politische Kunst. Die einstündige Lesung vorgestern, die Lesung also von etwa 25 Seiten dieses insgesamt 1092 Seiten dicken Buches, hat auch ergeben: die Kunst des HAVEMANN wird auf jeder Seite sichtbar. Die Essenz des HAVEMANN würde auch in einer gekürzten Fassung immer noch erkennbar werden.

Klage selbst weiß aus langer Erfahrung am besten, dass gerade die persönlichkeitsrechtsverletzendsten Wahrheiten die schönsten Stellen einer Literatur ergeben. Die Beleidigung, die in der Echtwelt stimmt und deshalb trifft, explodiert im Text zur Überwahrheit, regnet auf das Ganze eines Textes als herrlich flirrender Echtweltstaub GLÄNZEND hernieder, ja. Deshalb fällt es einem als Autor so schwer, darauf zu verzichten. Und vom ersten Buch an habe ich eben das gemacht: verzichtet, codiert, gestrichen, abgeschwächt. Selten die Sache dadurch verbessert, aber das Erscheinen der Bücher so überhaupt erst möglich gemacht. Das würde ich auch dem Florian Havemann raten. Denn auch ein um zehn, zwanzig oder gar hundert Seiten gekürzter HAVEMANN, der dann so aber endlich wieder gedruckt erscheinen kann, wird immer noch ein echter HAVEMANN, ein Haupt- und Grundwerk der deutschen Gegenwartsliteratur, sein, glaubt, denkt, hofft, vertritt und schreibt hier: Klage.

Mai 2008

pp
Donnerstag, 8. Mai 2008, Berlin

– hallo?
– ja?
– ist da wer?
– nö
– ah ja

jeff koons
Freitag, 9. Mai 2008, Berlin

ich nahm die hintere ausfahrt
der vorderen rolle, den gelben alarm
die trübere watte, gestrüpp im gebüsch
gewellt die bewegte, mit schlieren verziert

ich hatte die tiefe von unten gehalten
die rote mit leichtsinn geführt
und die, die die nächste bebriefte wäre
bestrichen, besaitet, berührt

den schluck gezwitschert, den jasatz gesagt
den fernblick empfangen, die öffnung gefühlt
ich hatte die letzte sekunde geleuchtet, geperlt
und den sie verpeilte, befeuchtet, zerwühlt

jetzt kleine imperfekte verwiesen
den schlagbaum vor klage, noch einmal

nur diese wiesen gepriesen, belaufen
den mai hier gefeiert, gelebet, geliebt

Verwaltungsarchiv 1962

Dienstag, 13. Mai 2008, Berlin

Im Volkspark Friedrichshain, im Club der Visionäre, im Humboldthain und im Mauerpark war ich an den plötzlich hochsommerlich aufgeheizten Pfingstfeiertagen 2008 in der Sonne gelegen und hatte in frühen Luhmann-Aufsätzen aus den 60er Jahren nachgelesen, wie Luhmann den Gegenstandsbereichen seines damaligen Interesses – Verwaltung, Recht, Politik – seine Fragen erstmals vorhält und animiert und kämpferisch gestimmt konstatiert, dass sie allesamt nicht oder nur sehr ungenügend beantwortet werden bisher, von der bisherigen Wissenschaft, der Wissenschaft vor ihm, der des alteuropäisch kausalitätsfixierten Denkens vor der Perspektivenexplosion durch die funktionale Analyse. Die Theorie im Moment ihres Absprungs schaut schön und kraftvoll aus. Luhmanns Lösungsvorschläge für die von ihm beobachteten Theorieaporien werden als Resultate nur kurz angedeutet, noch nicht bewiesen, sie wirken dabei umso stärker kreativ, Intuitionen einer Spekulation, die von ihren Horizonten, von der Analyse weit hinausverschoben, her leuchtet, im Nachvollzug Freude auslösende Anmutungen von Wahrheit im Leser erzeugt. Es fühlt sich geistig sehr so an, als würden diese Texte stimmen.

Der neue Chef, Verwaltungsarchiv 53, 1962.
Die Gewissensfreiheit und das Gewissen, Archiv des öffentlichen Rechts 90, 1965.
Klassische Theorie der Macht. Kritik ihrer Prämissen, Zeitschrift für Politik 16, 1969.

Ich war ja immer noch beim Havemann. Die Literatur reagiert auf das Desaster der Realität individualistisch, in der Präzision der Besonderheit von Details entsteht der Umsprungsort in die allgemeine Erfahrung. Und nur das ist mein ewiger Einwand gegen ausgedachte, erfundene Literatur, dass ihre Details banal sind, notorisch schlecht ausgedacht, unpräzise in dem Sinn, dass sie nur Muster wiederholen, die der wirklich erlebten Erfahrung eines echten NERVÖSOR – wie er sich, in textentsprechender Weise auf Texte reagierend, durch dieses Reagieren unweigerlich bildet – jedoch widersprechen. Aber natürlich wird gerade auch der der Realität besonders triftig abgelauschte Erfahrungsgestus, zu schriftlicher Sprache festgefroren, blitzschnell das Klischee seiner selbst, also unbrauchbar für Literatur. Realismus ist ein aggressiv gegen sich selbst gerichtetes, sich selbst verbrauchendes und zerstörendes ästhetisches Konzept. Und auch darin könnte man die Bestätigung einer realistischen Ästhetik sehen, dass Selbstzerstörung der Praxis des Lebens entspricht, das sich selbst lebendig, als Experiment versteht, ohne es sich im Fragmentaristischen, im Provisorium gemütlich zu machen, gerade im Ausgriff auf ein Ganzes von Geschichte.

Selbstzerstörung: das war richtig, steht dadurch als richtig fest, ist dadurch unwiederholbar, heißt dadurch: wie geht es weiter? Keine Ahnung. Möglicherweise ist es dann falsch weitergegangen, oder auch gar nicht, möglicherweise hat man lebend sein Leben leider verfehlt. Unter kunstmäßigen Gesichtspunkten ist deshalb jeder Einwand, jede Kritik, jede enttäuschte Ablehnung und sogar noch die nur gemeine, bösartige Niedermache willkommen, denn sie gibt dem Werk, dem Leben, dem Text Kaputtheit, Scheitern, Defizit im Vorwurfsmodus vor. Man erschrickt –

erschrickte ich, erschrug
ich war erschrucken, Schreck
erschreckte und erschrak
erschrakte, ragte, schrukte mich –

weicht also aus, etwa in ein jelinekös überzogenes Scherz-
chen, dreht sich ins Sprachgegebene weg, und spürt in genau
diesem Moment: stimmt. Der Vorwurf stimmt. Dieses Problem hatte man übersehen gehabt. Es war einem dieser Aspekt,
hier für Klage etwa die simple Forderung nach AUTONO-
MIE, tatsächlich entgangen gewesen. Lauter Verrisse: stressig, aber schön. An der Destruktivität von Kritik erbaut sich
die Kunst in der Hoffnung, nocheinmal neu anfangen, es
noch einmal anders probieren zu dürfen. Selig sind die Starr-
sinnigen, denn sie wollen sich belehren, sich von sich selbst
abbringen lassen. So lag ich also da in der Sonne, Luhmann
wieder lesend, und das alte Jahr 2007 war so langsam am Zu-
endegehen angekommen.

4.53
Donnerstag, 15. Mai 2008, Berlin

EVIL: does it exist – or do
bad things just happen?

Goethe war um 4 Uhr aufgewacht und hatte im Dunkel der
zu Ende gehenden Nacht den Morgenvögeln zugehört, die
Meisen Kaltenburgs hatten gesungen: ich bin der Anton aus
Tirol, und ein Buchfink hatte knarrend dazu Schlagzeug gespielt gehabt. Goethe dachte nach über Springer. Langsam
wurde es hell, und als aus dem ersten Lichtgrau des Tages ein
Wolkenstrich, zartrosa einen hellsthellblauen Himmel dahinter erst sichtbar machend, hervortrat, sagte der Blick auf die
Uhr: 4.53, und der Anblick dieser Ziffern fühlte sich so ähnlich an wie der des Himmels, sehr schön nämlich, haben Sie
das, John?
    Das wirklich Scheußliche an Springer ist nicht die Ordinär-
heit der Bild-Zeitung, mit der sie ihr Schmutzgeld verdienen,
sondern POTSDAM, die Flucht aus dem geistigen Elend Pro-
letariens, das Bild täglich befördert und ausbeutet, hinaus ans

Ufer des, ja klar: HEILIGEN Sees, wo Springerchef Döpfner und seine Chefin in ihren lächerlichen VILLEN ihre Kultiviertheit, ihr Neobürgertum zu kultivieren versuchen, und sich für diesen Widerspruch natürlich keineswegs schämen, sondern auch noch gesellschaftliche, ja sogar intellektuelle Anerkennung dafür beanspruchen wollen, dass der Bilddreck so erfolgreich ist, dass er Potsdam finanziert, das ist der Irrsinn Springer. Unter jeder Gemeinheit, die Bild druckt, steht ja ganz groß der Name: Dr. M.O.C. Döpfner, Potsdam, und jeder Sexschund in Bild ist letztlich gewollt von Frau Friede Springer, Potsdam. Wenn sie eine weniger grunzende und schmatzende Zeitung wollen würden, müssten sie ja nur ihren Lakai Diekmann, ebenfalls Potsdam, informieren und anordnen: mach mal eine bessere Zeitung. Das tun sie aber nicht. Sie wollen Bild genau so, wie es ist.

In der aktuellen Ausgabe der Branchenzeitschrift JOURNALIST, deren Titelgeschichte dem Siegeszug des Boulevard gilt, trommelt sich Bildchef Diekmann im Interview ausgiebig auf die eigene Brust: Bild ist das Volk, Bild macht Gewinn, Reichweite steigt, Bild bestimmt die Debatten, nicht der Spiegel; Spiegel, Faz und SZ haben sich auch boulevardisiert, der Boulevard ist in der Mitte der Gesellschaft angekommen. Und verrückterweise: das stimmt. Das ist ja das Schlimme. Das ist das, was ich der Figur Schirrmacher vorhalte. Aus den spießigsten und vernageltsten Hochkulturallüren, noch 94 grölte Schirrmacher das Deppenprinzip Handwerk seitenweise in seine damalige Tiefdruckbeilage, ist eine genauso abgeschaute, unverstandene, uneigenständige Affirmation der Affirmationen von Populärkultur, Verkaufe, Charts, Quote, Bestsellertum geworden. Dass er sich heute bei einem Volltrottel wie Tom Cruise genauso anbiedert wie früher bei Fest und Reich-Ranicki, ist Ausdruck von Verfall und zugleich der Konstante dieser Vita: ANGST, da nicht dabei zu sein, wo Macht zu spüren ist. Die Intelligenz, das wäre VERTEIDIGUNG DER SCHRIFT, müsste all dem jedoch, zumindest manchmal, auch entgegentreten. Abends war ich bei Suhrkamp gewesen, wo die ersten acht Bände der edition unseld vorgestellt worden waren, haben Sie das, Frank?

Notizbücher 1971-1980. Zweiter Band

Freitag, 16. Mai 2008, Berlin

Mittags waren wir wieder, wie an manch anderen Freitagen auch, kollegenmäßig ins Einstein gegangen, hatten dort das Tagesgericht, den freitäglichen Fisch bestellt, heute eine Bachforelle, und waren dann beim Reden irgendwie auf uns und unsere Zeitschrift, die Vanityfair, zu sprechen gekommen und hatten uns darüber eine längere Zeit unterhalten. Wie alles ist und war, warum es wie gekommen ist, wie das Gekommene und Gewesene denn nun zu bewerten sei insgesamt, die Aussichten, wie es werden könnte, einzelne Artikel, die Konferenzen früher, die neuen Konzepte und alten Malaisen, die jetzigen Chefs und die früheren und die jetzigen Kollegen usw. Thema ist ja endlos. Aber jeder sogenannte Kollege weiß etwas anderes über die Sache, den Arbeitsplatz und das Produkt, weil er an jeweils anderer Stelle mit anderen Problemen zu tun hat. Früher wurde dieses besondere Wissen in der Blattkritik angezapft, jeden Donnerstag, 10 Uhr, vor der versammelten Mannschaft aller Mitarbeiter. Einer hatte das neue Heft gelesen und referierte jetzt in freier Rede seinen Eindruck. Diese Konferenzen waren das Beste, was ich in meinem ganzen Klagejahr bei der Vanity erlebt habe. Wenn der Vortragende gut vorbereitet und der die Diskussion danach leitende Chefredakteur Ulf Poschardt gut drauf war, ist die Zeitschrift in einer Weise zerlegt, debattiert, kritisiert, grundsätzlich in Frage gestellt, aber auch visionär entworfen worden, ist die Essenz von Zeitschriftenmachen am Einzelbeispiel irgendeines Fehlers als Ideal, das doch nicht unerreichbar sein müsste, erkennbar geworden, ist die ganze hochkomplizierte, unausrechenbare Unternehmung einer solchen ambitionierten Neugründung auf ein Publikum, das niemand kennen kann, hin orientiert, immer wieder spürbar geworden als echte Verrücktheit und Kapitalkalkül zugleich, nichts wurde verheimlicht und keiner war nicht gefragt, und unendlich langsam, aber eindeutig merkbar, wenn auch von außen, von wo uns Verachtung und Unlust, den Stress eines solchen Experiments rezeptiv mitzuvollziehen, tonnenweise entgegengeschlagen ist, und egal wie falsch, warum auch nicht, deshalb nicht bemerkt: ist die Zeitschrift immer besser geworden, in ihrem widersprüchlichen Ansatz konsistenter, wurde langsam das sichtbar, was die Übersetzung sein könnte aus dem Amerikanischen für hier, eben anders als in Italien, was das werden hätte können, Vanity Fair Deutschland. An jedem Donnerstag lernte ich so, wie jeder andere im großen Konferenzsaal, in dem Referierenden einen anderen Kollegen auf die letztlich essentielle Weise kennen: wie ist der geistig unterwegs, was will der, was hat er drauf, wie denkt er und wie tritt er auf. Und meistens war das Erstaunen groß, die Vielfalt der Leute, die Einzelpersönlichkeiten, und beim Rausgehen das Gefühl: Freude, Teil dieses Abenteuers zu sein. Die Bedienung war an unseren freitäglichen Einsteintisch getreten. Zahlen Sie zusammmen oder getrennt?, fragte sie. Bitte getrennt. Wir zahlten und gingen zurück in die Redaktion. Es war ein Freitagnachmittag im Mai: don't work – cry. Mit den Notizbüchern von Peter Weiss war ich später am Abend am offenen Fenster gesessen, und draußen fiel ein kurzer Sommerschauer auf die Wiesen nieder.

Blütenstaub. Fragmente
Montag, 19. Mai 2008, Berlin

Novalis hatte mich auf die von mir am Freitagabend wieder einmal nicht angeschaute Fernsehtalkshow 3 nach 9 aufmerksam gemacht, er hätte dort den Clemens Meyer zum ersten Mal live reden gehört und auftreten gesehen, es gäbe die Sendung auch im Internet. Ich selber war gerade, eine Schreibtischzeile weiter, Redaktion: romantische Horde, beim Anschauen einer alten Harald-Schmidt-Ausgabe von 2001, Christian Kracht war dort zu Gast. Christian Kracht war damals auf einem hochinteressanten Hochpunkt seiner später überkokett kultivierten Weirdness und kam im Dialog mit Harald Schmidt lässig und ernst, abgründig und verschmitzt, kindlich und abgefuckt und absolut sympathisch rüber. Er erzählte das alte Märchen von seinem ungeheuerlichen Titanenkampf mit Wagner, dem großen Gossen-Wagner, dem Bild-Briefe-Wagner, der ihn angeblich einmal vor der Paris Bar gewürgt haben soll, Wagner war damals Chefredakteur bei der Berliner Proletenzeitung BZ, und Christian Kracht, von Harald Schmidt nach den Gründen für den Streit mit Wagner gefragt, sagte:

und er sagte dann zu mir:
schreib doch bitte für die BZ!
und ich habe gesagt: ich kann nicht
auf KLOPAPIER schreiben

Kaum zuckte es im nervös beherrschten Gesicht von Christian Kracht, als die Publikumslacher, die er schon kannte, weil er die Geschichte schon so oft erzählt hat, jetzt beim Wort KLOPAPIER auch wirklich wie erwartet kamen. Christian Kracht, der Erzähler, der die Sümpfe der Verkommenheit der publizistischen Realität als der innerlich Unerreichbare, als unverwundbarer Dandy durchwatet hat, um davon solche Geschichten mit nachhause zu bringen. Clemens Meyer dagegen: Soul pur, wie in allen Reportagen beschrieben. Radio Bremen bringt die Sendung so portioniert, dass man gleich den Talkgast ansteuern kann, den man sehen will. Früher musste man sich durch zwei Stunden Amelie-Fried-Grausigkeiten quälen, heute ist das alles direkt zugänglich, und ich kann die Vendetta von Michael Hanfeld gegen die Internetangebote der Öffentlichrechtlichen nicht verstehen, genau dafür zahle ich doch meine Gebühren, dass die ihre Sendungen online verbreiten, ich schaue sie mir auf eine andere Art ja gar nicht an. Anschließend trat Benjamin von Stuckrad-Barre auf, in seinem vier Jahre alten Drogenfilm Rausch und Ruhm, der Film wird am Donnerstag auch im Münchner Stadtmuseum vorgeführt. Bei Willkommen Österreich, Ausgabe 18, versuchte Stuckrad-Barre die Besonderheiten der von ihm getragenen Weste zu erklären, aber die Interviewer hatten den von seiner Weste selbst so überzeugten Westenträger gar nicht richtig zu Wort kommen lassen. Zum Wort WITWENSCHÜTTLER: Kempowski war bei Raddatz zum Suppenessen zu Besuch gewesen, und Raddatz klagte, Szene spielt im Frühjahr 1991, dass er von allen ganz allein gelassen sei. Wieso wundert ihn das? Ist denn für den Machthaber, solange er die Macht hat, wirklich so wenig erkennbar, dass sein ganzes soziales Leben von eben dieser Position der Macht, nicht von ihm selbst als Person abhängt? Man könnte mal bei Matussek nachfragen, Stichwort Romantik, ein Jahr danach, was er heute weiß über das Verlassensein, über Freundschaft, Cliquen und Einsamkeit nach dem Sturz aus der Macht. Sein Blog ist zu fiktiv geworden, die Maskeraden der Ironie zu läppisch und privat, um noch Weltgehalte, Erfahrungen oder Gedanken erkennbar werden zu lassen. Nachmittags war ich in der Bibliothek des Bundestages gesessen und hatte in der Zeitschrift Athenaeum das Interview mit Henze gelesen. Alles was man nicht bedacht hat, schreit im Text um Hilfe.

Enkomion

Freitag, 23. Mai 2008, Berlin

Schön ist das Internet in seiner Leisigkeit, der Unendlichkeit seiner Räume und der Heimlichkeit jedes einzelnen seiner Punkte, von dem irgendwelche geheimen Signale ausgehen.

Leopold von Ranke, 1795-1884
Johann Gustav Droysen, 1808-1884
Theodor Mommsen, 1817-1903

it's all about learning – to become a man – and werd und bleib
and bleib und werd – a mensch zugleich –

hatte ich, Kitsch hin, Kitsch her, beim Abstauben alter Wein-
flaschen, die ich wegschmeißen, vorher aber noch kurz fotographieren wollte, gedacht. Alles muss anders werden, besser,
neu, ab morgen. REGALE IN AUFRUHR.

Gotik, Rokoko, Barock von Taschen
Denken und Selbstsein, noch einmal heute

Ein Fernrohr hatte sich von Klage auf den Neid gerichtet, ich
wollte anhand diverser Fehler von Frau Jelinek diverse Richtigkeiten vorschlagen, war dann aber von ihren Negativitäts-
exzessen so abgestoßen, dass mir das Negative komplett sinnlos vorkam, ein Umschlag in Vernunft also vielleicht. Im
Auto war durch den Ausbau des Kühlschranks ein giganti-
sches LOCH in der Rückbank entstanden, ich maß es aus,
ging in den Keller, holte ein Brett aus Holz, sägte es zurecht,
und tatsächlich: es passte, das Loch war zu. Der Perlentaucher hatte geschrieben: Sex brennt, und ich hatte die Worte
dort gelesen: flammendes Enkomion. So war das eigentlich,
wortmäßig jedenfalls, ein ganz bestimmt ganz schöner Tag
gewesen.

Praxis
Donnerstag, 29. Mai 2008, Frankfurt

Aufgewühlt und von den drei mir umgehängten, sinnlos
schweren Taschen kriegerisch gestimmt im Hirn, schleppte
ich mich abends vom Verlag zu meiner Unterkunft in dem

Apartmenthaus, das der Palmenhof betreibt, zusätzlich agitiert von der abendlichen Hitze hier in Frankfurt. Der Süden riecht anders, wenn es heiß ist, die Luft hier fühlt sich anders an als in Berlin, schwüler, heftiger und heißer, besser. Dieses Gefühl kannte ich, fiel mir plötzlich ein, Frankfurt im Mai, geistig gut erledigt, und die Sinne abends von der Hitze und dem Wind, den Straßen, dem Gefühl der Bäume und dem Gejodel eines Einzelvogels, der einen nachhause pfeift, sehr stark angesprochen: das war das Gefühl PRAXIS gewesen, der Mai 98, zehn Jahre genau war das jetzt her. Von dieser Erinnerung, der ich gar nicht weiter nachging, diffus erfreut, erhoben und dahingetragen, war ich später die Mendelssohnstraße entlangspaziert nach Süden, auf den Messeturm zu. Nocheinmal: Havemann liest aus seinem Havemann, vergangen verdichtet, das 20. Jahrhundert im zeitgenössischen Roman, das 4. Literaturfestival der Stadt Frankfurt am Main. Selbstbewusstsein ist schlecht, größtes Paradox der Kunst. Der Rechtsprofessor Dieter Simon, ein imposanter Mann, der lebenslang ein Mensch mit Einfluss gewesen ist, das zeigten die Züge seines Gesichts, stand zum Reden auf, es war die maximal selbstverständliche und, für ihn auch passend, selbstverständlich selbstbewusste Geste, wie sie vor Gericht oder eben im Hörsaal üblich ist, und während der Professor Simon das Buch Havemann und dessen Autor in natürlich freier Rede kurz vorstellte, dachte ich nach über das Leben dieses Professors und das meine: wüsste ich denn inzwischen genug über die Welt und die Menschen, dass ich einen solchen Professor der Rechte als Figur durch einen Roman von mir gehen lassen könnte? Es war mit den Jahren automatisch ein Interesse an Lebensverläufen entstanden, an den Gegebenheiten des Charakterlichen und Schicksalshaften, an Charakteren also und Biographien, an fremder Individualität im Verlauf über längere Zeiten hin, dafür hatte sich ein Gespür ausgebildet, für den Rohstoff also des ROMANS sozusagen, während gleichzeitig, durch das Übergehen des Ichs in die Objektivität seines Lebens hinaus, ein zentraler ICHVER-

LUST sich ereignet hatte, und zwar genau dort, von wo zuvor der Roman gekommen, das Reden und Erzählen hervorgesprudelt, der Text dem Ich entsprungen war. Dort war etwas weg, und draußen in der Welt war etwas dazugekommen. Was heißt das für den Text? Das wird für den Fall der hier denkenden Figur Henker nur im Experiment einer möglicherweise zukünftigen PRAXIS ermittelt werden können. Professor Simon hatte seine kleine Vorstellungsrede beendet, sich hingesetzt, dann begann die Lesung. Danach trudelte ich megaerledigt wieder hotelwärts. Über die rechtlichen Streitfragen des Verbots von Teilen des Havemann war in der der Lesung folgenden Diskussion wieder einmal, und trotz der Anwesenheit des Rechtsprofessors Simon, nicht auf dem Niveau diskutiert worden, das die viel geschmähten Urteile der Gerichte allesamt vorgeben. Die Leute fühlen sich dann einfach nur gut und im Recht, das ist aber schlecht für die Literatur, die doch der Wahrheit zugehören will.

und dem Kalkül Umbruch in Buch Klage
Mittwoch, 30. Juli 2008, Berlin

wahrlich: einer solchen Wahrheit
mich zu widmen, hätte ich gern
mehr Kraft gehabt: Prousts Flüchtige

aber jener Tag war noch fern

drei, drei, sechs
zwei, vier, fünf
zwei, vier, sechs

sechs, sechs, zwölf
zwölf, fünf, siebzehn
sechs, fünf, elf
elf, sechs, siebzehn –

siebzehn: ist doch schön

sechs, vier, zehn; zehn, sieben, siebzehn
nee, läuft jetzt anders – ist egal
crazy, crazy: Novalis, Handsatzoffizin Schlegel

Juni 2008

8.6.8

Sonntag, 8.6.8, Berlin

late initializers werden aufgerufen

Zigaretten
Winter in Wien
Heißer Sommer

Eigentlich möchte Frau Blum den Milchmann
kennenlernen

Herde der Rede
Nichts als die Wahrheit
Verstörung

Der Aufstand gegen die primäre Welt
Philosophische Elemente einer Theorie der Gesellschaft
Kritik des Auges. Texte zur Kunst

Baracken
Irrenanstalt Wolfsgarten
Artillerieschießplatz
Objektivität

Totenhütte, Sonnenschutz

Totenhütte, Sonnenschutz
Freitag, 13. Juni 2008, Berlin

Es regnete. Jetzt war die Regenfront also doch auch in den Nordosten Deutschlands hochgekrochen, es war der erste Regentag hier in Berlin seit vielen Wochen, nachdem immerzu nur schönes Wetter gewesen war, Sommer ohne Ende, der trockenste Mai seit 100 Jahren, der sommerlichste Juni bis heute, dauernd Sonne, manchmal Wolken, tagsüber warm, abends leicht angeheizt, morgens frische Luft und immer schön. Im Traum hatte ich dem A und der B in Köln den Film erzählen sollen, an dem ich arbeitete. Bei der Erzählung war ich selber erstaunt gewesen, wie gemein er war. Aber es habe doch auch jeder das Recht zu schweigen, meinte ich, dem war aber widersprochen worden, wer so und so wäre und dies und das zu sagen hätte, wurde gesagt, habe das Recht zu schweigen nicht. Schweigend lag ich da und las weiter in Kempowskis Somnia, und draußen tröpfelte der Regen traurig auf die sandige Berliner Erde nieder.

Eben dort haben sie gestern mit Baggern den Grund aufgerissen, die letzte Brache hier, wo jahrelang immerzu noch eine weitere Zahnlücke im Straßenzug geschlossen worden war, wird jetzt also auch noch abgeschafft, zerstört, bebaut, ein älterer Besitzer, Unternehmer, Bauführer mit silberglänzender kleiner elektronischer Kamera, der alles fotografierend dokumentierte, und drei Bauarbeiter standen morgens auf dem Nachbargrundstück, donnernd und krachend wurde ein Container hingeknallt, dem geöffneten Container der brüllende Bagger entladen, da wurde der Bagger auch schon losgelassen, er bellte und röhrte auf und haute seine Schaufel in die letzten wilden Wiesengewächse hier, Minuten später war die Kellerwand des Hauses gegenüber freigelegt, dunkelrotbraune Ziegel, sehr schön, sie werden morgen wegbetoniert werden für immer, nie wieder gestern, Bewegung, vorwärts, Auftrieb, neu. Der Führer schaute tatendurstig, die Bauarbeiter bei der Arbeit stoisch, und der Zuschauer betrübt.

Es war die Zeit des Kyritz abgelaufen. Moltke reist nach Halle. Enklitikon, Enklisis. Desinteresse, Diskretion, der Übergang war fließend, ging von Wort zu Wort, hingeneigt nocheinmal: Totenhütte, Sonnenschutz. Paar Sachen fehlten noch. Das Mitzunehmende, das Dagelassene, und zum Abschied ein Adieu schon eingeplant, Moment jedoch, es sollte morgen oder übermorgen noch –

amy
Montag, 16. Juni 2008, Berlin

plappernd in den abend ohne schleppe löser
lippe extraschwer verpositionisiert
angeläppert länger, lascher weniger entoht
trippelt keine weitere und keine wäre schon so tot

extraposition vermeide, letzte halbe eingesargt
sage, nagel: eine; keine silbe, ohr: vertagt
schwachsinn schwächer, unsinn uner
werde er, entleerter noch von un und sinn

plappernd rede er den abend sternwärts
ließe, lasse, löse sie den mond nur löser
wäre so enthimmelt für die letzte schwingung
sung sie friedlich, sinnlos vor sich hin

leserlich
Dienstag, 17. Juni 2008, Berlin

lese, lase, leste, las
untersinn verstehste

einiges entwehte
blödelosto: abgegrast

letzte vierer, kleiner zauder
kürzer eingetreten ins gedicht
funkte, bluhte, wortgeschwicht
haut sie raus und raus damit

stunde, finde, stand, vergaß
abgemähte ließ sie liegen
ließ die luhste ungelöst

meinetwegen sieben blieben
stiebten, trieben, droben
letztlich leser, ich sie las

Solstitium
Donnerstag, 19. Juni 2008, Berlin

Es hatte ja aufgehört, nachts überhaupt noch ganz dunkel zu
werden, in diesen letzten Nächten kurz vor der Sommeran-
fangssonnwendnacht. Feuer werden abgebrannt, Autos ange-
zündet, und der Mond scheint hell dazu. Irgendwann war ich
mitten in der Nacht, längst im Hellen, aufgewacht und hatte
Kempowskis Somnia fertig gelesen. Es endete sein Tagebuch
des Jahres 1991, kurz vor Weihnachten, mit dem in hier sonst
nirgends verwendeten Großbuchstaben gesetzten Wort:
SCHLAGANFALL. Ein glücklicher Mensch war er wirklich
nicht. Aber wer ist das schon, und der Schreiber kann glück-
licherweise eben damit arbeiten. Wie wird das unerreichbar
tief sitzende Nichtglück in Bewegung von Leben gesetzt, später in Text: das ist die Frage, auf die das Werk antwortet. Es
kann aus Bildern bestehen – halleluja Josef Winkler!, Büch-
nerpreis für Josef Winkler! –, wie oft bei Josef Winkler, aus
Geschichten, Plot und Spannung, aus Sprache primär, aus

Icherforschung, Dichtung, aus Erfundenem, oder, wie bei mir, zuallererst aus Argumenten. Was wird vorgetragen? Ist das wahr? Mir fiel eine Kritik von Barbara Bondy ein, die in der Süddeutschen Zeitung das Gewicht der Welt von Peter Handke besprochen hatte. Die Literaturkritik sei für die Bewertung des Lebens, wie es sich hier direktestens darstelle, aus Gründen der Diskretion gar nicht mehr zuständig. Wie ich das damals überhaupt nicht verstanden hatte, heute sehr gut verstehe, und doch denke, dass genau das der Idealort wäre für den Text: am Rand, wo er die Literatur, egal in welche Richtung hin, zu verlassen anfängt, ohne damit schon ganz fertig zu sein. Er ist wohl noch Literatur, aber eine fragliche: das wäre der richtige Wortort für mich, namens: schön.

Suites werden initialisiert
Werkzeuge werden geladen
Verbindungen werden hergestellt

Dienstregistrierung wird gestartet
Startdienste werden ausgeführt

Noch einmal also: die Programme starten. Photoshop, Safari, Entourage, Word und Indesign, Finder startet sich von selbst. TEXTAKTION. Was soll das denn heißen? Es schwebete mir, Irrealis Maximalis II, etwas da dann vor, was dieses Wort erfüllen könnte. Dass man sich auf ein Fest im Vorhinein freuen könnte, habe ich tatsächlich noch NIE erlebt. Es wird angesagt, weil es für richtig empfunden wird, man arbeitet darauf hin, arbeitet die Vorangst dabei ab, tut so Buße für den Übermut, etwas derartiges überhaupt geplant zu haben, und steht dann schließlich auf der Matte, hilft ja nichts: Samstag, 21. Juni 2008, es sind alle herzlich eingeladen, Klage feiert Abschied.

it's over, let's dance
Samstag, 21. Juni 2008, Berlin

klage
feiert abschied

texte, bilder, party

samstag, 21. juni 2008, 22 uhr
oranienstraße 189, berlin
atelier von anne neukamp
textaktion: 23 uhr
musik: julia schulz und georg nolte

und es sind alle herzlich
eingeladen –

let's dance –
schöne grüße, klage